静山社ペガサス文庫

ハリー・ポッターと死《し》の秘《ひ》宝《ほう》〈7-1〉

J.K.ローリング 作　松岡佑子 訳

ハリー・ポッターと死《し》の秘宝《ひほう》7-1 もくじ

ハリー・ポッターと死《し》の秘宝《ひほう》7－1　人物紹介《じんぶつしょうかい》

ハリー・ポッター

十七歳《さい》。緑《みどり》の目《め》に黒《くろ》い髪《かみ》、額《ひたい》には稲妻形《いなずまがた》の傷《きず》。幼《おさな》くして両親《りょうしん》を亡《な》くし、マグル（人間《にんげん》）界《かい》で育《そだ》った魔法使《まほうつか》い。闇《やみ》の帝王《ていおう》とは「一方《いっぽう》が生《い》きるかぎり、他方《たほう》は生《い》きられない」宿命《しゅくめい》にある

ヤックスリー

闇《やみ》の帝王《ていおう》に忠誠《ちゅうせい》を誓《ちか》った「死喰《しく》い人《びと》」の一員《いちいん》

ワームテール

闇《やみ》の帝王《ていおう》のしもべ。またの名《な》をピーター・ペティグリュー

ドラコ・マルフォイ

ハリーの宿敵《しゅくてき》。父親《ちちおや》は死喰《しく》い人《びと》のルシウス・マルフォイ。母親《ははおや》はシリウス・ブラックのいとこでベラトリックス・レストレンジの妹《いもうと》でもあるナルシッサ・マルフォイ

ベラトリックス・レストレンジ

シリウス・ブラックのいとこで、ニンファドーラ・トンクスのおば。闇《やみ》の帝王《ていおう》に最《もっと》も忠実《ちゅうじつ》な死喰《しく》い人《びと》

不死鳥《ふしちょう》の騎士団《きしだん》
ダンブルドアとともにヴォルデモートと戦《たたか》う魔法使《まほうつか》いと魔女《まじょ》の組織《そしき》

エルファイアス・ドージ
ダンブルドアの古《ふる》い友人《ゆうじん》。不死鳥《ふしちょう》の騎士団《きしだん》のメンバー

リータ・スキーター
記者《きしゃ》。スキャンダルを取《と》り上《あ》げるのが得意《とくい》

マッド-アイ・ムーディ
不死鳥《ふしちょう》の騎士団《きしだん》のメンバー。かつては腕利《うでき》きの「闇祓《やみばら》い」で、死喰《しく》い人《びと》との数々《かずかず》の戦《たたか》いの末《すえ》に失《うしな》った左目《ひだりめ》には、物《もの》を見透《みとお》す力《ちから》をもつ「魔法《まほう》の目《め》」をはめている

ダーズリー一家《いっか》（バーノン、ペチュニア、ダドリー）
ハリーの親《しん》せきで育《そだ》ての親《おや》とその息子《むすこ》。ペチュニアは、ハリーの母親《ははおや》であるリリーの姉《あね》

ヴォルデモート（例《れい》のあの人《ひと》、トム・マールヴォロ・リドル）
闇《やみ》の帝王《ていおう》。ハリーにかけた呪《のろ》いがはね返《かえ》り、死《し》のふちをさまよっていたが、ついに復活《ふっかつ》をとげた

The
dedication
of this book
is split
seven ways:
to Neil,
to Jessica,
to David,
to Kenzie,
to Di,
to Anne,
and to you,
if you have
stuck
with Harry
until the
very
end.

この
物語を
七つに
分けて
捧《ささ》げます。
ニールに
ジェシカに
デイビッドに
ケンジーに
ダイに
アンに
そしてあなたに。
もしあなたが
最後まで
ハリーに
ついてきて
くださったの
ならば。

おお、この家を苦しめる業《ごう》の深さ、
そして、調子はずれに、破滅がふりおろす
血ぬれた刃、
おお、呻きをあげても、堪えきれない心の煩《わずら》い、
おお、とどめようもなく続く責苦《せめく》。

この家の、この傷を切り開き、膿《うみ》をだす
治療の手だては、家のそとにはみつからず、
ただ、一族のものたち自身が、血を血で洗う
狂乱の争いの果てに見出すよりほかはない。
この歌は、地の底の神々のみが、嘉《よみ》したまう。

いざ、地下にまします祝福された霊たちよ、
ただいまの祈願を聞こし召されて、助けの力を遣わしたまえ、
お子たちの勝利のために。お志を嘉したまいて。

アイスキュロス「供養するものたち」より
（久保正彰訳『ギリシア悲劇全集I』岩波書店）

死とはこの世を渡り逝くことに過ぎない。友が海を渡り行くように。
友はなお、お互いの中に生きている。
なぜなら友は常に、偏在する者の中に生き、愛しているからだ。
この聖なる鏡の中に、友はお互いの顔を見る。
そして、自由かつ純粋に言葉を交わす。
これこそが友であることの安らぎだ。たとえ友は死んだと言われようとも、
友情と交わりは不滅であるがゆえに、最高の意味で常に存在している。

ウィリアム・ペン「孤独の果実」より
（松岡佑子訳）

Original Title: HARRY POTTER AND THE DEATHLY HALLOWS

First published in Great Britain in 2007
by Bloomsbury Publishing Plc, 50 Bedford Square, London WC1B 3DP

Japanese edition first published in 2008

This book is published in Japan by arrangement with
the author through The Blair Partnership

第《だい》1章《しょう》　闇《やみ》の帝王《ていおう》動く

月明《つきあ》かりに照《て》らされた狭《せま》い道《みち》に、どこからともなく二人《ふたり》の男《おとこ》が現《あらわ》れた。男《おとこ》たちの間《あいだ》はほんの数《すう》歩《ほ》と離《はな》れていない。一瞬《いっしゅん》、互《たが》いの胸元《むなもと》に杖《つえ》を向《む》けたまま身《み》じろぎもしなかったが、やがて相手《あいて》がわかると、二人《ふたり》とも杖《つえ》をマントにしまい、足早《あしばや》に同《おな》じ方向《ほうこう》に歩《ある》きだした。

「情報《じょうほう》は？」背《せ》の高《たか》い男《おとこ》が聞《き》いた。

「上々《じょうじょう》だ」セブルス・スネイプが答《こた》えた。

小道《こみち》の左側《ひだりがわ》にはイバラの灌木《かんぼく》がぼうぼうと伸《の》び、右側《みぎがわ》にはきっちり刈《か》りそろえられた高《たか》い生《い》け垣《がき》が続《つづ》いている。長《なが》いマントをくるぶしのあたりではためかせながら、男《おとこ》たちは先《さき》を急《いそ》いだ。

「遅《おく》れてしまったかもしれん」

ヤックスリーが言《い》った。覆《おお》いかぶさる木々《きぎ》の枝《えだ》が月明《つきあ》かりをさえぎり、そのすきまからヤックスリーの厳《いか》つい顔《かお》が見《み》え隠《かく》れしていた。

「思《おも》っていたより少々面倒《しょうしょうめんどう》だった。しかし、これであの方《かた》もお喜《よろこ》びになることだろう。君《きみ》のほうは、受《う》け入《い》れていただけるという確信《かくしん》がありそうだが？」

スネイプはうなずいただけで何《なに》も言《い》わなかった。右《みぎ》に曲《ま》がると、小道《こみち》は広《ひろ》い馬車道《ばしゃみち》に変《か》わった。行《ゆ》く手《て》には壮大《そうだい》な錬鉄《れんてつ》の門《もん》が立《た》ちふさがっている。高《たか》い生《い》け垣《がき》も同《おな》じく右《みぎ》に折《お》れ、道《みち》に沿《そ》って門《もん》の奥《おく》まで続《つづ》いている。二人《ふたり》とも足《あし》を止《と》めず、無言《むごん》のまま左腕《ひだりうで》を伸《の》ばして敬礼《けいれい》の姿勢《しせい》を取《と》り、黒《くろ》い鉄《てつ》が煙《けむり》であるかのように、そのまま門《もん》を通《とお》り抜《ぬ》けた。

イチイの生《い》け垣《がき》が、足音《あしおと》を吸《す》い込《こ》んだ。右《みぎ》のほうでザワザワという音《おと》がした。ヤックスリーが再《ふたた》び杖《つえ》を抜《ぬ》き、スネイプの頭越《あたまご》しにねらいを定《さだ》めたが、音《おと》の正体《しょうたい》は単《たん》なる白孔雀《しろくじゃく》で、生《い》け垣《がき》の上《うえ》を気位高《きぐらいたか》く歩《ある》いていた。

「ルシウスのやつ、相変《あいか》わらず贅沢《ぜいたく》な趣味《しゅみ》だな。孔雀《くじゃく》とはね……」

ヤックスリーはフンと鼻《はな》を鳴《な》らしながら、杖《つえ》をマントに納《おさ》めた。

まっすぐに延《の》びた馬車道《ばしゃみち》の奥《おく》の暗闇《くらやみ》に、瀟洒《しょうしゃ》な館《やかた》が姿《すがた》を現《あらわ》した。一階《かい》のひし形格子《がたごうし》の窓《まど》に明《あ》かりがきらめいている。生《い》け垣《がき》の裏《うら》の暗《くら》い庭《にわ》のどこかで、噴水《ふんすい》が音《おと》を立《た》てている。玄関《げんかん》へと足《あし》を速《はや》めたスネイプとヤックスリーの足元《あしもと》で、砂利《じゃり》がきしんだ。二人《ふたり》が近《ちか》づくと、人影《ひとかげ》もないのに玄関《げんかん》のドアが突然内側《とつぜんうちがわ》に開《ひら》いた。

明《あ》かりをしぼった広《ひろ》い玄関《げんかん》ホールは贅沢《ぜいたく》に飾《かざ》り立《た》てられ、豪華《ごうか》なカーペットが石《いし》の床《ゆか》をほぼ全《ぜん》面《めん》にわたって覆《おお》っている。壁《かべ》にかかる青白《あおじろ》い顔《かお》の肖像画《しょうぞうが》たちが、大股《おおまた》に通《とお》り過《す》ぎる二人《ふたり》の男《おとこ》を目《め》で追《お》った。ホールに続《つづ》く部屋《へや》の、がっしりした木《き》の扉《とびら》の前《まえ》で二人《ふたり》とも立《た》ち止《ど》まり、一瞬《いっしゅん》ためらったが、スネイプがすぐにブロンズの取《と》っ手《て》を回《まわ》した。

客間《きゃくま》の装飾《そうしょく》を凝《こ》らした長《なが》テーブルは、だまりこくった人々《ひとびと》で埋《う》められていた。客間《きゃくま》に日常《にちじょう》置《お》かれている家具《かぐ》は、無造作《むぞうさ》に壁際《かべぎわ》に押《お》しやられている。見事《みごと》な大理石《だいりせき》のマントルピースの上《うえ》には金箔押《きんぱくお》しの鏡《かがみ》がかかり、その下《した》で燃《も》え盛《さか》る暖炉《だんろ》の火《ひ》だけが部屋《へや》を照《て》らしている。スネイプとヤックスリーは、しばらく部屋《へや》の入口《いりぐち》にたたずんでいた。薄暗《うすぐら》さに目《め》が慣《な》れてきた二人《ふたり》は、その場《ば》でも最《もっと》も異様《いよう》な光景《こうけい》に引《ひ》きつけられ、視線《しせん》を上《うえ》に向《む》けた。テーブルの上《うえ》に逆《さか》さになって浮《う》かんでいる人間《にんげん》がいる。どうやら気《き》を失《うしな》っているらしい。見《み》えないロープで吊《つ》り下《さ》げられているかのように、ゆっくりと回転《かいてん》する姿《すがた》が、暖炉上《だんろうえ》の鏡《かがみ》と、クロスのかかっていない磨《みが》かれたテーブルとに映《うつ》っている。テーブルの周囲《しゅうい》では、誰一人《だれひとり》としてこの異様《いよう》な光景《こうけい》を見《み》てはいない。ただ、真下《ました》に座《すわ》っている青白《あおじろ》い顔《かお》の青年《せいねん》だけは、ほとんど一分《ぷん》おきに、ちらちらと上《うえ》を見《み》ずにはいられない様子《ようす》だ。

「ヤックスリー、スネイプ」

テーブルの一番奥《いちばんおく》から、かん高《だか》い、はっきりした声《こえ》が言《い》った。

「遅《おそ》い。遅刻《ちこく》すれすれだ」

声《こえ》の主《ぬし》は暖炉《だんろ》を背《せ》にして座《すわ》っていた。そのため、今到着《いまとうちゃく》したばかりの二人《ふたり》には、はじめその黒《くろ》いりんかくしか見《み》えなかった。しかし、影《かげ》に近《ちか》づくにつれて、薄明《うすあ》かりの中《なか》にその顔《かお》が浮《う》かび上《あ》がってきた。髪《かみ》はなく、蛇《へび》のような顔《かお》に鼻孔《びこう》が切《き》り込《こ》まれ、赤《あか》い両眼《りょうがん》の瞳《ひとみ》は、細《ほそ》い縦線《たてせん》のようだ。ろうのような顔《かお》は、青白《あおじろ》い光《ひかり》を発《はっ》しているように見《み》える。

「セブルス、ここへ」

ヴォルデモートが自分《じぶん》の右手《みぎて》の席《せき》を示《しめ》した。

「ヤックスリー、ドロホフの隣《となり》へ」

二人《ふたり》は示《しめ》された席《せき》に着《つ》いた。ほとんどの目《め》がスネイプを追《お》い、ヴォルデモートが最初《さいしょ》に声《こえ》をかけたのもスネイプだった。

「それで？」

「わが君《きみ》、不死鳥《ふしちょう》の騎士団《きしだん》は、ハリー・ポッターを現在《げんざい》の安全《あんぜん》な居所《いどころ》から、来《きた》る土曜日《どようび》の日暮《ひぐ》れに移動《いどう》させるつもりです」

テーブルの周辺《しゅうへん》がにわかに色《いろ》めき立《た》った。緊張《きんちょう》する者《もの》、そわそわする者《もの》、全員《ぜんいん》がスネイプとヴォルデモートを見《み》つめていた。

「土曜日《どようび》……日暮《ひぐ》れ」

ヴォルデモートがくり返《かえ》した。赤《あか》い目《め》がスネイプの暗《くら》い目《め》を見《み》すえた。その視線《しせん》のあまりの烈《はげ》しさに、そばで見《み》ていた何人《なんにん》かが目《め》を背《そむ》けた。凶暴《きょうぼう》な視線《しせん》が自分《じぶん》の目《め》を焼《や》き尽《つ》くすのを恐《おそ》れているかのようだった。しかしスネイプは、静《しず》かにヴォルデモートの顔《かお》を見《み》つめ返《かえ》した。ややあって、ヴォルデモートの唇《くちびる》のない口《くち》が動《うご》き、笑《わら》うような形《かたち》になった。

「そうか。よかろう。情報源《じょうほうげん》は——」

「打《う》ち合《あ》わせどおりの出所《でどころ》から」スネイプが答《こた》えた。

「わが君《きみ》」

ヤックスリーが長《なが》いテーブルの向《む》こうから身《み》を乗《の》り出《だ》して、ヴォルデモートとスネイプを見《み》た。全員《ぜんいん》の顔《かお》がヤックスリーに向《む》いた。

「わが君《きみ》、わたしの得《え》た情報《じょうほう》はちがっております」

ヤックスリーは反応《はんのう》を待《ま》ったが、ヴォルデモートがだまったままなので、言葉《ことば》を続《つづ》けた。

「闇祓《やみばら》いのドーリッシュがもらしたところでは、ポッターは十七歳《さい》になる前《まえ》の晩《ばん》、すなわち三十日《にち》の夜中《よなか》までは動《うご》かないとのことです」

スネイプがニヤリと笑《わら》った。

「我輩《わがはい》の情報源《じょうほうげん》によれば、偽《にせ》の手《て》がかりを残《のこ》す計画《けいかく》があるとのことだ。きっとそれだろう。ドーリッシュは『錯乱《さくらん》の呪文《じゅもん》』をかけられたにちがいない。これが初《はじ》めてのことではない。あやつは、かかりやすいことがわかっている」

「おそれながら、わが君《きみ》、わたしが請《う》け合《あ》います。ドーリッシュは確信《かくしん》があるようでした」

ヤックスリーが言《い》った。

「『錯乱《さくらん》の呪文《じゅもん》』にかかっていれば、確信《かくしん》があるのは当然《とうぜん》だ」スネイプが言《い》った。

「ヤックスリー、我輩《わがはい》が君《きみ》に請《う》け合《あ》おう。闇祓《やみばら》い局《きょく》は、もはやハリー・ポッターの保護《ほご》には何《なん》の役割《やくわり》もはたしておらん。騎士団《きしだん》は、我々《われわれ》が魔法省《まほうしょう》に潜入《せんにゅう》していると考《かんが》えている」

「騎士団《きしだん》も、一つぐらいは当《あ》たっているじゃないか、え？」

ヤックスリーの近《ちか》くに座《すわ》っているずんぐりした男《おとこ》が、せせら笑《わら》った。引《ひ》きつったようなその笑《わら》い声《ごえ》を受《う》けて、テーブルのあちこちに笑《わら》いが起《お》こった。

ヴォルデモートは笑《わら》わなかった。上《うえ》でゆっくりと回転《かいてん》している宙吊《ちゅうづ》りの姿《すがた》に視線《しせん》を漂《ただよ》わせたまま、考《かんが》え込《こ》んでいるようだった。

「わが君《きみ》」ヤックスリーがさらに続《つづ》けた。「ドーリッシュは、例《れい》の小僧《こぞう》の移動《いどう》に、闇祓《やみばら》い局《きょく》から相当《そうとう》な人数《にんずう》が差《さ》し向《む》けられるだろうと考《かんが》えておりますし――」

ヴォルデモートは、指《ゆび》の長《なが》いろうのような手《て》を挙《あ》げて制《せい》した。ヤックスリーはたちまち口《くち》をつぐみ、ヴォルデモートが再《ふたた》びスネイプに向《む》きなおるのを恨《うら》めしげに見《み》た。

「あの小僧《こぞう》を、今度《こんど》はどこに隠《かく》すのだ？」

「騎士団《きしだん》の誰《だれ》かの家《いえ》です」スネイプが答《こた》えた。「情報《じょうほう》によれば、その家《いえ》には、騎士団《きしだん》と魔法省《まほうしょう》の両方《りょうほう》が、できうるかぎりの防衛策《ぼうえいさく》を施《ほどこ》したとのこと。いったんそこに入《はい》れば、もはやポッターを奪《うば》う可能性《かのうせい》はまずないと思《おも》われます。もちろん、わが君《きみ》、魔法省《まほうしょう》が土曜日《どようび》を待《ま》たずして陥落《かんらく》すれば話《はなし》は別《べつ》です。さすれば我々《われわれ》は、施《ほどこ》された魔法《まほう》のかなりの部分《ぶぶん》を見《み》つけ出《だ》して破《やぶ》り、残《のこ》りの防衛線《ぼうえいせん》を突破《とっぱ》する機会《きかい》も充分《じゅうぶん》にあるでしょう」

「さて、ヤックスリー？」

ヴォルデモートがテーブルの奥《おく》から声《こえ》をかけた。赤《あか》い目《め》に暖炉《だんろ》の灯《あか》りが不気味《ぶきみ》に反射《はんしゃ》している。

「はたして、魔法省《まほうしょう》は土曜日《どようび》を待《ま》たずして陥落《かんらく》しているか？」

再《ふたた》び全員《ぜんいん》の目《め》がヤックスリーに注《そそ》がれた。ヤックスリーは肩《かた》をそびやかした。

「わが君《きみ》、そのことですが、よい報《しら》せがあります。わたしは――だいぶ苦労《くろう》しましたし、並《なみ》たいていの努力《どりょく》ではなかったのですが――パイアス・シックネスに『服従《ふくじゅう》の呪文《じゅもん》』をかけることに成功《せいこう》しました」

ヤックスリーの周《まわ》りでは、これには感心《かんしん》したような顔《かお》をする者《もの》が多《おお》かった。隣《となり》に座《すわ》っていた、長《なが》いひん曲《ま》がった顔《かお》のドロホフが、ヤックスリーの背中《せなか》をパンとたたいた。

「手《て》ぬるい」ヴォルデモートが言《い》った。「シックネスは一人《ひとり》にすぎぬ。俺様《おれさま》が行動《こうどう》に移《うつ》る前《まえ》に、わが手勢《てぜい》でスクリムジョールを包囲《ほうい》するのだ。大臣《だいじん》の暗殺《あんさつ》に一度《いちど》失敗《しっぱい》すれば、俺様《おれさま》は大幅《おおはば》な後退《こうたい》を余儀《よぎ》なくされよう」

「御意《ぎょい》――わが君《きみ》、仰《おお》せのとおりです――しかし、わが君《きみ》、魔法法執行部《まほうほうしっこうぶ》の部長《ぶちょう》として、シックネスは魔法大臣《まほうだいじん》ばかりでなく、他《た》の部長全員《ぶちょうぜんいん》とも定期的《ていきてき》に接触《せっしょく》しています。このような政府高官《せいふこうかん》を我《われ》らが支配《しはい》の下《もと》に置《お》いたからには、他《た》の者《もの》たちを服従《ふくじゅう》せしめるのはたやすいことだと思《おも》われます。そうなれば、連中《れんちゅう》が束《たば》になってスクリムジョールを引《ひ》き倒《たお》すでしょう」

「我《われ》らが友《とも》シックネスが、ほかのやつらを屈服《くっぷく》させる前《まえ》に見破《みやぶ》られてしまわなければ、だが――」ヴォルデモートが言《い》った。「いずれにせよ、土曜日《どようび》までに魔法省《まほうしょう》がわが手《て》に落《お》ちるとは考《かんが》えにくい。小僧《こぞう》が目的地《もくてきち》に着《つ》いてからでは手出《てだ》しができないとなれば、移動中《いどうちゅう》に始末《しまつ》せねばなるまい」

「わが君《きみ》、その点《てん》につきましては我々《われわれ》が有利《ゆうり》です」

ヤックスリーは、少《すこ》しでも認《みと》めてもらおうと躍起《やっき》になっていた。

「魔法運輸部《まほううんゆぶ》に何人《なんにん》か手勢《てぜい》を送《おく》り込《こ》んでおります。ポッターが『姿《すがた》あらわし』したり、『煙突飛《えんとつひ》行《こう》ネットワーク』を使《つか》ったりすれば、すぐさまわかりましょう」

「ポッターはそのどちらも使《つか》いませんな」スネイプが言《い》った。「騎士団《きしだん》は、魔法省《まほうしょう》の管理《かんり》・規制《きせい》下《か》にある輸送手段《ゆそうしゅだん》すべてをさけています。魔法省《まほうしょう》がらみのものは、いっさい信用《しんよう》しておりません」

「かえって好都合《こうつごう》だ」ヴォルデモートが言《い》った。「やつはおおっぴらに移動《いどう》せねばならん。ずっとたやすいわ」

ヴォルデモートは再《ふたた》びゆっくりと回転《かいてん》する姿《すがた》を見上《みあ》げながら、言葉《ことば》を続《つづ》けた。

「あの小僧《こぞう》は俺様《おれさま》が直々《じきじき》に始末《しまつ》する。ハリー・ポッターに関《かん》しては、これまであまりにも失態《しったい》が多《おお》かった。俺様自身《おれさまじしん》の手抜《てぬ》かりもある。ポッターが生《い》きているのは、あやつの勝利《しょうり》というより俺《おれ》様《さま》の思《おも》わぬ誤算《ごさん》によるものだ」

テーブルを囲《かこ》む全員《ぜんいん》が、ヴォルデモートを不安《ふあん》な表情《ひょうじょう》で見《み》つめていた。どの顔《かお》も、自分《じぶん》がハリー・ポッター生存《せいぞん》の責《せ》めを負《お》わされるのではないかと恐《おそ》れていた。しかし、ヴォルデモートは、誰《だれ》に向《む》かって話《はな》しているわけでもなかった。頭上《ずじょう》に浮《う》かぶ意識《いしき》のない姿《すがた》に目《め》を向《む》けたまま、むしろ自分自身《じぶんじしん》に話《はな》していた。

「俺様《おれさま》はあなどっていた。その結果《けっか》、綿密《めんみつ》な計画《けいかく》には起《お》こりえぬことだが、幸運《こううん》と偶然《ぐうぜん》というつまらぬやつにはばまれてしまったのだ。しかし、今《いま》はちがう。以前《いぜん》には理解《りかい》していなかったことが、今《いま》はわかる。ポッターの息《いき》の根《ね》を止《と》めるのは、俺様《おれさま》でなければならぬ。そうしてやる」

その言葉《ことば》に呼応《こおう》するかのように、突然《とつぜん》、苦痛《くつう》に満《み》ちた恐《おそ》ろしいうめき声《ごえ》が、長々《ながなが》と聞《き》こえてきた。テーブルを囲《かこ》む者《もの》の多《おお》くが、ぎくりとして下《した》を見《み》た。うめき声《ごえ》が足元《あしもと》から上《あ》がってくるかのようだったからだ。

「ワームテールよ」

ヴォルデモートは、思《おも》いにふける静《しず》かな調子《ちょうし》をまったく変《か》えず、宙《ちゅう》に浮《う》かぶ姿《すがた》から目《め》を離《はな》すこともなく呼《よ》びかけた。

「囚人《しゅうじん》をおとなしくさせておけと言《い》わなかったか？」

「はい、わ――わが君《きみ》」

テーブルの中《なか》ほどで、小《ちい》さな男《おとこ》が息《いき》をのんだ。あまりに小《ちい》さくなって座《すわ》っていたので、一見《いっけん》、その席《せき》には誰《だれ》も座《すわ》っていないかのようだった。ワームテールはあわてて立《た》ち上《あ》がり、大急《おおいそ》ぎで部屋《へや》を出《で》ていった。あとには得体《えたい》のしれない銀色《ぎんいろ》の残像《ざんぞう》が残《のこ》っただけだった。

「話《はなし》の続《つづ》きだが――」

ヴォルデモートは、再《ふたた》び部下《ぶか》の面々《めんめん》の緊張《きんちょう》した顔《かお》に目《め》を向《む》けた。

「俺様《おれさま》は、以前《いぜん》よりよくわかっている。たとえば、ポッターを亡《な》き者《もの》にするには、おまえたちの誰《だれ》かから、杖《つえ》を借《か》りる必要《ひつよう》がある」

全員《ぜんいん》が衝撃《しょうげき》を受《う》けた表情《ひょうじょう》になった。腕《うで》を一本差《ぽんさ》し出《だ》せと宣言《せんげん》されたかのようだった。

「進《すす》んで差《さ》し出《だ》す者《もの》は？」ヴォルデモートが聞《き》いた。

「さてと……ルシウス、おまえはもう杖《つえ》を持《も》っている必要《ひつよう》がなかろう」

ルシウス・マルフォイが顔《かお》を上《あ》げた。暖炉《だんろ》の灯《あか》りに照《て》らし出《だ》された顔《かお》は、皮膚《ひふ》が黄《き》ばんでろうのように血《ち》の気《け》がなく、両眼《りょうがん》は落《お》ちくぼんでくまができていた。

「わが君《きみ》？」聞《き》き返《かえ》す声《こえ》がしわがれていた。

「ルシウス、おまえの杖《つえ》だ。俺様《おれさま》はおまえの杖《つえ》をご所望《しょもう》なのだ」

「私《わたし》は……」

マルフォイは横目《よこめ》で妻《つま》を見《み》た。夫《おっと》と同《おな》じく青白《あおじろ》い顔《かお》をした妻《つま》は、長《なが》いブロンドの髪《かみ》を背中《せなか》に流《なが》し、まっすぐ前《まえ》を見《み》つめたままだったが、テーブルの下《した》では一瞬《いっしゅん》、ほっそりした指《ゆび》で夫《おっと》の手首《てくび》を包《つつ》んだ。妻《つま》の手《て》を感《かん》じたマルフォイは、ローブに手《て》を入《い》れて杖《つえ》を引《ひ》き出《だ》し、杖《つえ》は次々《つぎつぎ》と手送《ておく》りでヴォルデモートに渡《わた》された。ヴォルデモートはそれを目《め》の前《まえ》にかざし、赤《あか》い目《め》が丹念《たんねん》に杖《つえ》を調《しら》べた。

「物《もの》は何《なん》だ？」

「楡《にれ》です、わが君《きみ》」マルフォイがつぶやくように言《い》った。

「芯《しん》は？」

「ドラゴン――ドラゴンの心臓《しんぞう》の琴線《きんせん》です」

「うむ」ヴォルデモートは自分《じぶん》の杖《つえ》を取《と》り出《だ》して長《なが》さを比《くら》べた。

ルシウス・マルフォイが一瞬《いっしゅん》、反射的《はんしゃてき》に体《からだ》を動《うご》かした。かわりにヴォルデモートの杖《つえ》を受《う》け取《と》ろうとしたような動《うご》きだった。ヴォルデモートは見逃《みのが》さなかった。その目《め》が意地悪《いじわる》く光《ひか》った。

「ルシウス、俺様《おれさま》の杖《つえ》をおまえに？　俺様《おれさま》の杖《つえ》を？」

周囲《しゅうい》から嘲笑《あざわら》う声《こえ》が上《あ》がった。

「ルシウス、おまえには自由《じゆう》を与《あた》えたではないか。それで充分《じゅうぶん》ではないのか？　どうやらこのところ、おまえも家族《かぞく》もご機嫌《きげん》うるわしくないように見受《みう》けるが……ルシウス、俺様《おれさま》がこの館《やかた》にいることがお気《き》に召《め》さぬのか？」

「とんでもない――わが君《きみ》、そんなことはけっして！」

「ルシウス、このうそつきめが……」

残忍《ざんにん》な唇《くちびる》の動《うご》きが止《と》まったあとにも、シューッという密《ひそ》やかな音《おと》が続《つづ》いているようだった。そのシューッという音《おと》はしだいに大《おお》きくなり、一人《ひとり》、二人《ふたり》とこらえきれずに身震《みぶる》いした。テーブルの下《した》を、何《なに》か重《おも》たい物《もの》がすべっていく音《おと》が聞《き》こえてきた。

巨大《きょだい》な蛇《へび》が、ゆっくりとヴォルデモートの椅子《いす》にはい上《あ》がった。大蛇《だいじゃ》は、どこまでも伸《の》び続《つづ》けるのではないかと思《おも》われるほど高々《たかだか》と伸《の》び上《あ》がり、ヴォルデモートの首《くび》の周《まわ》りにゆったりと胴体《どうたい》を預《あず》けた。大《だい》の男《おとこ》の太《ふと》ももほどもある鎌首《かまくび》。瞬《まばた》きもしない両目《りょうめ》。縦《たて》に切《き》り込《こ》まれた瞳孔《どうこう》。ヴォルデモートは、ルシウス・マルフォイを見《み》すえたまま、細長《ほそなが》い指《ゆび》で無意識《むいしき》に蛇《へび》をなでていた。

「マルフォイ一家《いっか》はなぜ不幸《ふこう》な顔《かお》をしているのだ？　俺様《おれさま》が復帰《ふっき》して勢力《せいりょく》を強《つよ》めることこそ、長《なが》年《ねん》の望《のぞ》みだったと公言《こうげん》していたのではないか？」

「わが君《きみ》、もちろんでございます」

ルシウス・マルフォイが言《い》った。上唇《うわくちびる》の汗《あせ》をぬぐうマルフォイの手《て》が震《ふる》えていた。

「私《わたくし》どもはそれを望《のぞ》んでおりました――今《いま》も望《のぞ》んでおります」

マルフォイの左隣《ひだりどなり》では、ヴォルデモートと蛇《へび》から目《め》を背《そむ》けたまま、妻《つま》が不自然《ふしぜん》に硬《かた》いうなずき方《かた》をした。右隣《みぎどなり》では、宙吊《ちゅうづ》りの人間《にんげん》を見《み》つめ続《つづ》けていた息子《むすこ》のドラコが、ちらりとヴォルデモートを見《み》たが、直接《ちょくせつ》に目《め》が合《あ》うことを恐《おそ》れてすぐに視線《しせん》をそらした。

「わが君《きみ》」

テーブルの中《なか》ほどにいた黒髪《くろかみ》の女《おんな》が、感激《かんげき》に声《こえ》を詰《つ》まらせて言《い》った。

「あなた様《さま》がわが親族《しんぞく》の家《いえ》におとどまりくださることは、この上《うえ》ない名誉《めいよ》でございます。これにまさる喜《よろこ》びがありましょうか」

厚《あつ》ぼったいまぶたに黒髪《くろかみ》の女《おんな》は、隣《となり》に座《すわ》っている妹《いもうと》とは似《に》ても似《に》つかない容貌《ようぼう》の上《うえ》、立《た》ち居振《いふ》る舞《ま》いもまったくちがっていた。体《からだ》をこわばらせ、無《む》表情《ひょうじょう》で座《すわ》る妹《いもうと》のナルシッサに比《くら》べて、姉《あね》のベラトリックスは、おそばにはべりたい渇望《かつぼう》を言葉《ことば》では表《あらわ》しきれないとでも言《い》うように、ヴォルデモートのほうに身《み》を乗《の》り出《だ》していた。

「これにまさる喜《よろこ》びはない」

ヴォルデモートは言葉《ことば》をくり返《かえ》し、ベラトリックスを吟味《ぎんみ》するようにわずかに頭《あたま》をかしげた。

「おまえの口《くち》からそういう言葉《ことば》を聞《き》こうとは。ベラトリックス、殊勝《しゅしょう》なことだ」

ベラトリックスはパッとほおを赤《あか》らめ、喜《よろこ》びに目《め》をうるませた。

「わが君《きみ》は、私《わたし》が心《こころ》からそう申《もう》し上《あ》げているのをご存《ぞん》じでいらっしゃいます！」

「これにまさる喜《よろこ》びはない……今週《こんしゅう》、おまえの親族《しんぞく》に喜《よろこ》ばしい出来事《できごと》があったと聞《き》くが、それに比《くら》べてもか？」

ベラトリックスは、ポカンと口《くち》を開《あ》け、困惑《こんわく》した目《め》でヴォルデモートを見《み》た。

「わが君《きみ》、何《なん》のことやら私《わたし》にはわかりません」

「ベラトリックス、おまえの姪《めい》のことだ。ルシウス、ナルシッサ、おまえたちの姪《めい》でもある。先《さき》ごろその姪《めい》は、狼男《おおかみおとこ》のリーマス・ルーピンと結婚《けっこん》したな。さぞ鼻《はな》が高《たか》かろう」

一座《いちざ》から嘲笑《ちょうしょう》が湧《わ》き起《お》こった。身《み》を乗《の》り出《だ》して、さもおもしろそうに顔《かお》を見合《みあ》わせる者《もの》も大勢《おおぜい》いたし、テーブルを拳《こぶし》でたたいて笑《わら》う者《もの》もいた。騒《さわ》ぎが気《き》に入《い》らない大蛇《だいじゃ》は、カッと口《くち》を開《あ》けて、シューッと怒《いか》りの音《おと》を出《だ》した。しかし、ベラトリックスやマルフォイ一族《いちぞく》がはずかしめを受《う》けたことに狂喜《きょうき》している死喰《しく》い人《びと》たちの耳《みみ》には入《はい》らない。今《いま》しがた喜《よろこ》びに上気《じょうき》したばかりのベラトリックスの顔《かお》は、ところどころ赤《あか》い斑点《はんてん》の浮《う》き出《で》た醜《みにく》い顔《かお》に変《か》わった。

「わが君《きみ》、あんなやつは姪《めい》ではありません」

大喜《おおよろこ》びで騒《さわ》ぐ周囲《しゅうい》の声《こえ》に負《ま》けじと、ベラトリックスが叫《さけ》んだ。

「私《わたし》たちは――ナルシッサも私《わたし》も――穢《けが》れた血《ち》と結婚《けっこん》した妹《いもうと》など、それ以来一顧《いらいいっこ》だにしておりません。そんな妹《いもうと》のガキも、そいつが結婚《けっこん》する獣《けだもの》も、私《わたし》たちとは何《なん》の関係《かんけい》もありません」

「ドラコ、おまえはどうだ？」

ヴォルデモートの声《こえ》は静《しず》かだったが、ヤジや嘲笑《ちょうしょう》の声《こえ》を突《つ》き抜《ぬ》けてはっきりと響《ひび》いた。

「狼《おおかみ》の子《こ》が産《う》まれたら、子守《こもり》をするのか？」

浮《う》かれ騒《さわ》ぎが一段《いちだん》と高《たか》まった。ドラコ・マルフォイは恐怖《きょうふ》に目《め》を見開《みひら》いて父親《ちちおや》を見《み》た。しかし、ルシウスは自分《じぶん》のひざをじっと見《み》つめたままだったので、今度《こんど》は母親《ははおや》の視線《しせん》をとらえた。ナルシッサはほとんど気《き》づかれないくらいに首《くび》を振《ふ》ったきり、むかい側《がわ》の壁《かべ》を無表情《むひょうじょう》に見《み》つめる姿《し》勢《せい》に戻《もど》った。

「もうよい」気《き》の立《た》っている蛇《へび》をなでながら、ヴォルデモートが言《い》った。「もうよい」

笑《わら》い声《ごえ》は、ぴたりとやんだ。

「旧《ふる》い家柄《いえがら》の血筋《ちすじ》も、時間《じかん》とともにいくぶんくさってくるものが多《おお》い」

ベラトリックスは息《いき》を殺《ころ》し、取《と》りすがるようにヴォルデモートを見《み》つめながら聞《き》いていた。

「おまえたちの場合《ばあい》も、健全《けんぜん》さを保《たも》つには枝落《えだお》としが必要《ひつよう》ではないか？　残《のこ》り全員《ぜんいん》の健全《けんぜん》さをそこなう恐《おそ》れのある、くさった部分《ぶぶん》を切《き》り落《お》とせ」

「わが君《きみ》、わかりました」ベラトリックスは再《ふたた》び感謝《かんしゃ》に目《め》をうるませて、ささやくように言《い》った。「できるだけ早《はや》く！」

「そうするがよい」ヴォルデモートが言《い》った。「おまえの家系《かけい》においても、世界全体《せかいぜんたい》でも……純《じゅん》血《けつ》のみの世《よ》になるまで、我々《われわれ》をむしばむ病根《びょうこん》を切《き》り取《と》るのだ……」

ヴォルデモートはルシウス・マルフォイの杖《つえ》を上《あ》げ、テーブルの上《うえ》でゆっくり回転《かいてん》する宙吊《ちゅうづ》りの姿《すがた》をぴたりとねらって小《ちい》さく振《ふ》った。息《いき》を吹《ふ》き返《かえ》した魔女《まじょ》はうめき声《ごえ》を上《あ》げ、見《み》えない束縛《そくばく》から逃《のが》れようともがいた。

「セブルス、客人《きゃくじん》が誰《だれ》だかわかるか？」ヴォルデモートが聞《き》いた。

スネイプは上下逆《じょうげさか》さまになった顔《かお》のほうに目《め》を上《あ》げた。居並《いなら》ぶ死喰《しく》い人《びと》も、興味《きょうみ》を示《しめ》す許可《きょか》が出《で》たかのように囚《とら》われ人《びと》を見上《みあ》げた。宙吊《ちゅうづ》りの顔《かお》が暖炉《だんろ》の灯《あか》りに向《む》いたとき、魔女《まじょ》がおびえきったしわがれ声《ごえ》を出《だ》した。

「セブルス！　助《たす》けて！」

「なるほど」

囚《とら》われの魔女《まじょ》の顔《かお》が再《ふたた》びゆっくりとむこう向《む》きになったとき、スネイプが言《い》った。

「おまえはどうだ？　ドラコ？」

杖《つえ》を持《も》っていない手《て》で蛇《へび》の鼻面《はなづら》をなでながら、ヴォルデモートが聞《き》いた。ドラコはけいれんしたように首《くび》を横《よこ》に振《ふ》った。魔女《まじょ》が目《め》を覚《さ》ました今《いま》は、ドラコはもうその姿《すがた》を見《み》ることさえできないようだった。

「いや、おまえがこの女《おんな》の授業《じゅぎょう》を取《と》るはずはなかったな」ヴォルデモートが言《い》った。「知《し》らぬ者《もの》にご紹介申《しょうかいもう》し上《あ》げよう。今夜《こんや》ここにお出《い》でいただいたのは、最近《さいきん》までホグワーツ魔法魔術学校《まほうまじゅつがっこう》で教鞭《きょうべん》を執《と》られていたチャリティ・バーベッジ先生《せんせい》だ」

周囲《しゅうい》からは、合点《がてん》がいったような声《こえ》がわずかに上《あ》がった。怒《いか》り肩《がた》で猫背《ねこぜ》の魔女《まじょ》が、とがった歯《は》を見《み》せてかん高《だか》い笑《わら》い声《ごえ》を上《あ》げた。

「そうだ……バーベッジ教授《きょうじゅ》は魔法使《まほうつか》いの子弟《してい》にマグルのことを教《おし》えておいでだった……やつらが我々《われわれ》魔法族《まほうぞく》とそれほどちがわないとか……」

死喰《しく》い人《びと》の一人《ひとり》が床《ゆか》につばを吐《は》いた。チャリティ・バーベッジの顔《かお》が回転《かいてん》して、またスネイプと向《む》き合《あ》った。

「セブルス……お願《ねが》い……お願《ねが》い……」

「だまれ」

ヴォルデモートが再《ふたた》びマルフォイの杖《つえ》をヒョイと振《ふ》ると、チャリティは猿《さる》ぐつわをかまされたように静《しず》かになった。

「魔法族《まほうぞく》の子弟《してい》の精神《せいしん》を汚辱《おじょく》するだけではあき足《た》らず、バーベッジ教授《きょうじゅ》は先週《せんしゅう》、『日刊予言者新聞《にっかんよげんしゃしんぶん》』に穢《けが》れた血《ち》を擁護《ようご》する熱烈《ねつれつ》な一文《いちぶん》をお書《か》きになった。我々《われわれ》の知識《ちしき》や魔法《まほう》を盗《ぬす》むやつらを受《う》け入《い》れなければならぬ、とのたもうた。純血《じゅんけつ》が徐々《じょじょ》に減《へ》ってきているのは、バーベッジ教授《きょうじゅ》によれば最《もっと》も望《のぞ》ましい状況《じょうきょう》であるとのことだ……我々全員《われわれぜんいん》をマグルと交《ま》じわらせるおつもりよ……もしくは、もちろん、狼人間《おおかみにんげん》とだな……」

今度《こんど》は誰《だれ》も笑《わら》わなかった。ヴォルデモートの声《こえ》には、紛《まぎ》れもなく怒《いか》りと軽蔑《けいべつ》がこもっていた。チャリティ・バーベッジがまた回転《かいてん》し、スネイプと三度目《どめ》の向《む》き合《あ》いになった。涙《なみだ》がこぼれ、髪《かみ》の毛《け》に滴《したた》り落《お》ちている。ゆっくり回《まわ》りながら離《はな》れていくその目《め》を、スネイプは無表情《むひょうじょう》に見《み》つめ返《かえ》した。

「アバダ　ケダブラ」

緑色《みどりいろ》の閃光《せんこう》が、部屋《へや》の隅々《すみずみ》まで照《て》らし出《だ》した。チャリティの体《からだ》は、真下《ました》のテーブルに落下《らっか》した。ドサッという音《おと》が響《ひび》き渡《わた》り、テーブルは揺《ゆ》れ、きしんだ。死喰《しく》い人《びと》の何人《なんにん》かは椅子《いす》ごと飛《と》びのき、ドラコは椅子《いす》から床《ゆか》に転《ころ》げ落《お》ちた。

「ナギニ、夕食《ゆうしょく》だ」

ヴォルデモートのやさしい声《こえ》を合図《あいず》に、大蛇《だいじゃ》はゆらりと鎌首《かまくび》をもたげ、ヴォルデモートの肩《かた》から磨《みが》き上《あ》げられたテーブルへとすべり降《お》りた。

第《だい》2章《しょう》 追悼《ついとう》

ハリーは血《ち》を流《なが》していた。けがした右手《みぎて》を左手《ひだりて》で押《お》さえ、小声《こごえ》で悪態《あくたい》をつきながら二階《かい》の寝室《しんしつ》のドアを肩《かた》で押《お》し開《あ》けた。ガチャンと陶器《とうき》の割《わ》れる音《おと》がして、ハリーは、ドアの外《そと》に置《お》かれていた冷《さ》めた紅茶《こうちゃ》のカップを踏《ふ》んづけていた。

「いったい何《なん》だ——？」

ハリーはあたりを見回《みまわ》した。プリベット通《どお》り四番地《ばんち》の家《いえ》。二階《かい》の階段《かいだん》の踊《おど》り場《ば》には誰《だれ》もいない。紅茶《こうちゃ》のカップは、ダドリーの仕掛《しか》けた罠《わな》だったのかもしれない。ダドリーは、賢《かしこ》い「まぬけ落《お》とし」と考《かんが》えたのだろう。血《ち》の出《で》ている右手《みぎて》を上《あ》げてかばいながら、ハリーは左手《ひだりて》で陶器《とうき》のかけらをかき集《あつ》め、ドアの内側《うちがわ》に少《すこ》しだけ見《み》えているごみ箱《ばこ》へ投《な》げ入《い》れた。ごみ箱《ばこ》はすでに、かなりぎゅうぎゅう詰《づ》めになっている。それから腹立《はらだ》ち紛《まぎ》れに足《あし》を踏《ふ》み鳴《な》らしながらバスルームまで行《い》き、指《ゆび》を蛇口《じゃぐち》の下《した》に突《つ》き出《だ》して洗《あら》った。

あと四日間《かかん》も魔法《まほう》が使《つか》えないなんて、ばかげている。何《なん》の意味《いみ》もないし、どうしようもないほどいらだたしい……しかし考《かんが》えてみれば、この指《ゆび》のギザギザした切り傷《きず》は、ハリーの魔法《まほう》ではどうにもならなかった。傷《きず》の治《なお》し方《かた》など習《なら》ったことはない。そういえば――特《とく》にこれからやろうとしている計画《けいかく》を考《かんが》えると――これは、ハリーが受《う》けてきた魔法教育《まほうきょういく》の重大《じゅうだい》な欠陥《けっかん》のようだ。どうやって治《なお》すのか、ハーマイオニーに聞《き》かなければと自分《じぶん》に言《い》い聞《き》かせながら、ハリーはトイレットペーパーを分厚《ぶあつ》く巻《ま》き取《と》って、こぼれた紅茶《こうちゃ》をできるだけきれいにふき取《と》り、部屋《へや》に戻《もど》ってドアをバタンと閉《し》めた。

ハリーは、六年前《ねんまえ》に荷造《にづく》りして以来初《いらいはじ》めて、学校用《がっこうよう》のトランクを完全《かんぜん》に空《から》にするという作業《さぎょう》を、午前中《ごぜんちゅう》いっぱい続《つづ》けていた。これまでは、学期《がっき》が始《はじ》まる前《まえ》にトランクの上から四分《ぶん》の三ほどを出《だ》し入《い》れしたり入《い》れ替《か》えたりしただけで、底《そこ》のがらくたの層《そう》はそのままにしておいた――古《ふる》い羽根《はね》ペン、ひからびたコガネムシの目玉《めだま》、片方《かたほう》しかない小《ちい》さくなったソックスなどが残《のこ》っていた。そのごたごたした万年床《まんねんどこ》に、ほんの数分前《すうふんまえ》、右手《みぎて》を突《つ》っ込《こ》み、薬指《くすりゆび》に鋭《するど》い痛《いた》みを感《かん》じて引《ひ》っ込《こ》めると、ひどく出血《しゅっけつ》していたのだ。

ハリーは、今度《こんど》はもっと慎重《しんちょう》に取《と》り組《く》もうと、もう一度《いちど》トランクの脇《わき》にひざをついて、底《そこ》のほうに探《さぐ》りを入《い》れた。「**セドリック・ディゴリーを応援《おうえん》しよう**」と「**汚《きたな》いぞ、ポッター**」の文字《もじ》が交互《こうご》に光《ひか》る古《ふる》いバッジが弱々《よわよわ》しく光《ひか》りながら出《で》てきたあとに、割《わ》れてぼろぼろになった

「かくれん防止器《スニーコスコープ》」、そして「R《アール》・A《エー》・B《ビー》」の署名《しょめい》のあるメモが隠《かく》されていた金《きん》のロケットが出《で》てきた。それからやっと、切《き》り傷《きず》の犯人《はんにん》である刃物《はもの》が見《み》つかった。正体《しょうたい》はすぐにわかった。名付《なづ》け親《おや》のシリウスが死《し》ぬ前《まえ》にくれた魔法《まほう》の鏡《かがみ》の、長《なが》さ六センチほどのかけらだった。それを脇《わき》に置《お》き、ほかにかけらは残《のこ》っていないかと注意深《ちゅういぶか》く手探《てさぐ》りしたが、粉々《こなごな》になったガラスが一番底《いちばんそこ》のがらくたにくっついてキラキラしているだけで、シリウスの最後《さいご》の贈《おく》り物《もの》は、ほかに何《なに》も残《のこ》っていなかった。

ハリーは座《すわ》りなおし、指《ゆび》を切《き》ったギザギザのかけらをよく調《しら》べたが、自分《じぶん》の明《あか》るい緑《みどり》の目《め》が見《み》つめ返《かえ》すばかりだった。ハリーは、読《よ》まずにベッドの上《うえ》に置《お》いてあるその日《ひ》の「日刊予言者新聞《にっかんよげんしゃしんぶん》」の上《うえ》に、そのかけらを置《お》いた。割《わ》れた鏡《かがみ》が、つらい思《おも》い出《で》を一時《いちどき》によみがえらせた。後悔《こうかい》が胸《むね》を刺《さ》し、会《あ》いたい思《おも》いがつのった。ハリーはトランクに残《のこ》ったがらくたをやっつけることで胸《むね》の痛《いた》みをせき止《と》めようとした。

むだな物《もの》を捨《す》て、残《のこ》りを今後必要《こんごひつよう》な物《もの》と不要《ふよう》な物《もの》とに分《わ》けて積《つ》み上《あ》げ、トランクを完全《かんぜん》に空《から》にするのにまた一時間《じかん》かかった。学校《がっこう》の制服《せいふく》、クィディッチのユニフォーム、大鍋《おおなべ》、羊皮紙《ようひし》、羽根《はね》ペン、それに教科書《きょうかしょ》の大部分《だいぶぶん》は置《お》いていくことにして、部屋《へや》の隅《すみ》に積《つ》み上《あ》げた。ふと、おじさんとおばさんはどう処理《しょり》するのだろう、と思《おも》った。恐《おそ》ろしい犯罪《はんざい》の証拠《しょうこ》でもあるように、たぶん真夜中《まよなか》に焼《や》いてしまうだろう。マグルの洋服《ようふく》、透明《とうめい》マント、魔法薬調合《まほうやくちょうごう》キット、本《ほん》を数冊《すうさつ》、それにハグリッドに昔《むかし》もらったアルバムや手紙《てがみ》の束《たば》と杖《つえ》は、古《ふる》いリュックサックに詰《つ》めた。リュックの前《まえ》ポケットには、忍《しの》びの地図《ちず》と「R《アール》・A《エー》・B《ビー》」の署名入《しょめいい》りメモが入《はい》ったロケットをしまった。ロケットを名誉《めいよ》ある特別席《とくべつせき》に入《い》れたのは、それ自体《じたい》に価値《かち》があるからではなく——普通《ふつう》に考《かんが》えればまったく価値《かち》のないものだ——払《はら》った犠牲《ぎせい》が大《おお》きかったからだ。

残《のこ》るは新聞《しんぶん》の山《やま》の整理《せいり》だ。ペットの白《しろ》ふくろう、ヘドウィグの脇《わき》の机《つくえ》に積《つ》み上《あ》げられている。プリベット通《どお》りで過《す》ごしたこの夏休《なつやす》みの日数分《にっすうぶん》だけある。

ハリーは床《ゆか》から立《た》ち上《あ》がり、伸《の》びをして机《つくえ》に向《む》かった。ヘドウィグは、ハリーが新聞《しんぶん》をぱらぱらめくっては一日分《にちぶん》ずつごみの山《やま》に放《ほう》り投《な》げる間《あいだ》、ぴくりとも動《うご》かなかった。眠《ねむ》っているのか眠《ねむ》ったふりをしているのか、最近《さいきん》はめったに鳥《とり》かごから出《だ》してもらえないので、ハリーに腹《はら》を立《た》てているのだ。

新聞《しんぶん》の山《やま》が残《のこ》り少《すく》なくなると、ハリーはめくる速度《そくど》を落《お》とした。探《さが》している記事《きじ》は、たしか夏《なつ》休《やす》みでプリベット通《どお》りに戻《もど》ってまもなくの日付《ひづけ》の新聞《しんぶん》にのっていたはずだ。一面《めん》に、ホグワーツ校《こう》のマグル学教授《がくきょうじゅ》であるチャリティ・バーベッジが辞職《じしょく》したという記事《きじ》が小《ちい》さくのっていた記《き》憶《おく》がある。やっとその新聞《しんぶん》が見《み》つかった。ハリーは十面《めん》をめくりながら椅子《いす》に腰《こし》を落《お》ち着《つ》かせて、探《さが》していた記事《きじ》をもう一度《いちど》読《よ》みなおした。

アルバス・ダンブルドアを悼《いた》む

エルファイアス・ドージ

私《わたし》がアルバス・ダンブルドアと出会《であ》ったのは、十一歳《さい》のとき、ホグワーツでの最初《さいしょ》の日《ひ》だった。互《たが》いにのけ者《もの》だと感《かん》じていたことが、二人《ふたり》をひきつけたにちがいない。私《わたし》は登校直前《とうこうちょくぜん》に龍痘《りゅうとう》にかかり、他人《たにん》に感染《かんせん》する恐《おそ》れはもうなかったもののあばたが残《のこ》っていたし、顔色《かおいろ》も緑色《みどりいろ》がかっていたため、積極的《せっきょくてき》に近《ちか》づこうとする者《もの》はほとんどいなかった。一方《いっぽう》、アルバスは、かんばしくない評判《ひょうばん》を背負《せお》ってのホグワーツ入学《にゅうがく》だった。父親《ちちおや》のパーシバルが三人《にん》のマグルの若者《わかもの》を襲《おそ》った件《けん》で有罪《ゆうざい》になり、その残忍《ざんにん》な事件《じけん》がさんざん報道《ほうどう》されてから、まだ一年《ねん》とたっていなかったのだ。

アルバスは、父親《ちちおや》（その後《ご》アズカバンで亡《な》くなった）がそのような罪《つみ》を犯《おか》したことを、否定《ひてい》しようとはしなかった。むしろ、私《わたし》が思《おも》いきって聞《き》いたときは、父親《ちちおや》はたしかに有《ゆう》罪《ざい》であると認《みと》めた。この悲《かな》しむべき出来事《できごと》については、どれだけ多《おお》くの者《もの》が聞《き》き出《だ》そうとしても、ダンブルドアはそれ以上話《いじょうはな》そうとはしなかった。実《じつ》は、一部《いちぶ》の者《もの》が彼《かれ》の父《ちち》親《おや》の行為《こうい》を称賛《しょうさん》する傾向《けいこう》にあり、その者《もの》たちはダンブルドアもまた、マグル嫌《ぎら》いなのだと思《おも》い込《こ》んでいた。見当《けんとう》ちがいもはなはだしい。アルバスを知《し》る者《もの》なら誰《だれ》もが、彼《かれ》には反《はん》マグル的傾向《てきけいこう》の片鱗《へんりん》すらなかったと証言《しょうげん》するだろう。むしろ、その後《ご》の長《なが》い年月《ねんげつ》、断《だん》固《こ》としてマグルの権利《けんり》を支持《しじ》してきたことで、アルバスは多《おお》くの敵《てき》を作《つく》った。

しかしながら、入学後数《にゅうがくごすう》か月《げつ》をへずして、アルバス自身《じしん》の評判《ひょうばん》は、父親《ちちおや》の悪評《あくひょう》をしのぐほどになった。一学年《がくねん》の終《お》わりには、マグル嫌《ぎら》いの父親《ちちおや》の息子《むすこ》という見方《みかた》はまったくなくなり、ホグワーツ校始《こうはじ》まって以来《いらい》の秀才《しゅうさい》ということだけで知《し》られるようになった。光栄《こうえい》にもアルバスの友人《ゆうじん》であった我々《われわれ》は、彼《かれ》を模範《もはん》として見習《みなら》うことができたし、アルバスが常《つね》に喜《よろこ》んで我々《われわれ》を助《たす》けたり、激励《げきれい》してくれたりしたことで恩恵《おんけい》を受《う》けたことは言《い》うまでもない。後年《こうねん》アルバスが私《わたし》に打《う》ち明《あ》けてくれたことには、すでにそのころから、人《ひと》を導《みちび》き教《おし》えることがアルバスの最大《さいだい》の喜《よろこ》びだったと言《い》う。

学校《がっこう》の賞《しょう》という賞《しょう》を総《そう》なめにしたばかりでなく、アルバスはまもなく、その時代《じだい》の有《ゆう》名《めい》な魔法使《まほうつか》いたちと定期的《ていきてき》に手紙《てがみ》のやり取《と》りをするようになった。たとえば、著名《ちょめい》な錬《れん》金術師《きんじゅつし》のニコラス・フラメル、歴史家《れきしか》として知《し》られるバチルダ・バグショット、魔法《まほう》理論家《りろんか》のアドルバート・ワフリングなどが挙《あ》げられる。彼《かれ》の論文《ろんぶん》のいくつかは、『変身《へんしん》現代《げんだい》』や『呪文《じゅもん》の挑戦《ちょうせん》』、『実践《じっせん》魔法薬《まほうやく》』などの学術《がくじゅつ》出版物《しゅっぱんぶつ》に取《と》り上《あ》げられるようになった。ダンブルドアには、華々《はなばな》しい将来《しょうらい》が約束《やくそく》されていると思《おも》われた。あとは、いつ魔法大臣《まほうだいじん》になるかという時期《じき》の問題《もんだい》だけだった。後年《こうねん》、いく度《ど》となく、ダンブルドアがまもなくその地位《ちい》につくと人《ひと》の口《くち》に上《のぼ》ったが、彼《かれ》が大臣職《だいじんしょく》を望《のぞ》んだことは、実《じつ》は一度《いちど》もなかった。

　我々《われわれ》がホグワーツに来《き》て三年後《ねんご》に、弟《おとうと》のアバーフォースが入学《にゅうがく》してきた。兄弟《きょうだい》とはいえ、二人《ふたり》は似《に》ていなかった。アバーフォースはけっして本《ほん》の虫《むし》ではなかったし、もめ事《ごと》の解決《かいけつ》にも、アルバスとはちがって論理的《ろんりてき》な話《はな》し合《あ》いよりも決闘《けっとう》に訴《うった》えるほうを好《この》んだ。とはいえ、兄弟仲《きょうだいなか》が悪《わる》かったという一部《いちぶ》の見方《みかた》は大《おお》きなまちがいだ。あれだけ性格《せいかく》のちがう兄弟《きょうだい》にしては、うまくつき合《あ》っていた。アバーフォースのために釈明《しゃくめい》するが、アルバスの影《かげ》のような存在《そんざい》であり続《つづ》けるのは、必《かなら》ずしも楽《らく》なことではなかったにちがいない。アルバスの友人《ゆうじん》であることは、何《なに》をやっても彼《かれ》にはかなわないという職業病《しょくぎょうびょう》を抱《かか》えるようなもので、弟《おとうと》だからといって、他人《たにん》の場合《ばあい》より楽《らく》だったはずはない。

　アルバスとともにホグワーツを卒業《そつぎょう》したとき、私《わたし》たちは、そのころの伝統《でんとう》であった卒《そつ》業《ぎょう》世界旅行《せかいりょこう》に一緒《いっしょ》に出《で》かけるつもりだった。海外《かいがい》の魔法使《まほうつか》いたちをたずねて見聞《けんぶん》を広《ひろ》め、それから各々《おのおの》の人生《じんせい》を歩《あゆ》みだそうと考《かんが》えていた。ところが、悲劇《ひげき》が起《お》こった。旅行《りょこう》の前夜《ぜんや》、アルバスの母親《ははおや》、ケンドラが亡《な》くなり、アルバスは家長《かちょう》であり家族唯一《かぞくゆいいつ》の稼《かせ》ぎ手《て》となってしまった。私《わたし》は出発《しゅっぱつ》を延《の》ばしてケンドラの葬儀《そうぎ》に列席《れっせき》し、礼《れい》を尽《つ》くしたあとに、一人旅《ひとりたび》となってしまった世界旅行《せかいりょこう》に出《で》かけた。面倒《めんどう》を見《み》なければならない弟《おとうと》と妹《いもうと》を抱《かか》え、残《のこ》された遺産《いさん》も少《すく》なく、アルバスはとうてい私《わたし》と一緒《いっしょ》に出《で》かけることなどできなくなっていた。

それからしばらくは、我々二人《われわれふたり》の人生《じんせい》の中《なか》で、最《もっと》も接触《せっしょく》の少《すく》ない時期《じき》となった。私《わたし》はアルバスに手紙《てがみ》を書《か》き、今考《いまかんが》えれば無神経《むしんけい》にも、ギリシャで危《あや》うくキメラから逃《のが》れたことからエジプトでの錬金術師《れんきんじゅつし》の実験《じっけん》にいたるまで、旅先《たびさき》の驚《おどろ》くべき出来事《できごと》を書《か》き送《おく》った。アルバスからの手紙《てがみ》には、日常的《にちじょうてき》なことはほとんど書《か》かれていなかった。あれほどの秀才《しゅうさい》のことだ。毎日《まいにち》が味気《あじけ》なく、焦燥感《しょうそうかん》にかられていたのではないか、と私《わたし》は推察《すいさつ》していた。旅《たび》の体験《たいけん》にどっぷりつかっていた私《わたし》は、一年間《ねんかん》の旅《たび》の終《お》わり近《ちか》くになって、ダンブルドア一家《いっか》をまたもや悲劇《ひげき》が襲《おそ》ったという報《しら》せを聞《き》き、驚愕《きょうがく》した。妹《いもうと》、アリアナの死《し》だ。

アリアナは長《なが》く病弱《びょうじゃく》だった。とはいえ、母親《ははおや》の死《し》に引《ひ》き続《つづ》くこの痛手《いたで》は、兄弟二人《きょうだいふたり》に深刻《しんこく》な影響《えいきょう》を与《あた》えた。アルバスと近《ちか》しい者《もの》はみな——私《わたし》もその幸運《こううん》な一人《ひとり》だが——アリアナの死《し》と、その死《し》の責《せ》めが自分自身《じぶんじしん》にあると考《かんが》えたことが（もちろん彼《かれ》に罪《つみ》はないのだが）、アルバスに一生消《いっしょうき》えない傷痕《きずあと》を残《のこ》したという一致《いっち》した見方《みかた》をしている。

帰国後《きこくご》に会《あ》ったアルバスは、年齢以上《ねんれいいじょう》の辛酸《しんさん》をなめた人間《にんげん》になっていた。以前《いぜん》に比《くら》べて感情《かんじょう》を表《おもて》に出《だ》さず、快活《かいかつ》さも薄《うす》れていた。アルバスをさらにみじめにしたのは、アリアナの死《し》によって、アバーフォースとの間《あいだ》に新《あら》たな絆《きずな》が結《むす》ばれるどころか、仲《なか》たがいしてしまったことだった（その後《ご》この関係《かんけい》は修復《しゅうふく》する——後年《こうねん》、二人《ふたり》は親《した》しいとは言《い》えないまでも、気心《きごころ》の通《つう》じ合《あ》う関係《かんけい》に戻《もど》った）。しかしながら、それ以降《いこう》アルバスは、両親《りょうしん》やアリアナのことをほとんど語《かた》らなくなったし、友人《ゆうじん》たちもそのことを口《くち》にしないようになった。

その後《ご》のダンブルドアの顕著《けんちょ》な功績《こうせき》については、他《た》の著者《ちょしゃ》の羽根《はね》ペンが語《かた》るであろう。魔法界《まほうかい》の知識《ちしき》を豊《ゆた》かにしたダンブルドアの貢献《こうけん》は数《かぞ》えきれない。たとえば、ドラゴンの血液《けつえき》の十二の利用法《りようほう》などは、この先何世代《さきなんせだい》にもわたって役立《やくだ》つであろうし、ウィゼンガモット最高裁《さいこうさい》の主席魔法戦士《しゅせきまほうせんし》として下《くだ》した、数多《かずおお》くの名判決《めいはんけつ》に見《み》る彼《かれ》の叡智《えいち》もしかりである。さらに、一九四五年《ねん》のダンブルドアとグリンデルバルドとの決闘《けっとう》をしのぐものはいまだにないと言《い》われている。決闘《けっとう》の目撃者《もくげきしゃ》たちは、傑出《けっしゅつ》した二人《ふたり》の魔法使《まほうつか》いの戦《たたか》いが、見《み》る者《もの》をいかに畏怖《いふ》せしめたかについて書《か》き残《のこ》している。ダンブルドアの勝利《しょうり》と、その結果魔法界《けっかまほうかい》に訪《おとず》れた歴史的《れきしてき》な転換《てんかん》の重要性《じゅうようせい》は、国際機密保持法《こくさいきみつほじほう》の制定《せいてい》もしくは「名前《なまえ》を言《い》ってはいけないあの人《ひと》」の凋落《ちょうらく》に匹敵《ひってき》するものだと考《かんが》えられている。

アルバス・ダンブルドアはけっして誇《ほこ》らず、おごらなかった。誰《だれ》に対《たい》しても、たとえはた目《め》にはどんなに取《と》るに足《た》りない者《もの》、見下《みさ》げはてた者《もの》にでも、何《なに》かしらすぐれた価値《かち》を見出《みいだ》した。若《わか》くして身内《みうち》を失《うしな》ったことが、彼《かれ》に大《おお》いなる人間味《にんげんみ》と思《おも》いやりの心《こころ》を与《あた》えたのだと思《おも》う。アルバスという友《とも》を失《うしな》ったことは、私《わたし》にとって言葉《ことば》に尽《つ》くせないほどの悲《かな》しみである。しかし、私個人《わたしこじん》の喪失感《そうしつかん》は、魔法界《まほうかい》の失《うしな》ったものに比《くら》べれば何《なに》ほどのものでもない。ダンブルドアがホグワーツの歴代校長《れきだいこうちょう》の中《なか》でも最《もっと》も啓発力《けいはつりょく》に富《と》み、最《もっと》も敬《けい》愛《あい》されていたことは疑《うたが》いの余地《よち》がない。彼《かれ》の生《い》き方《かた》は、そのまま彼《かれ》の死《し》に方《かた》でもあった。常《つね》により大《おお》きな善《ぜん》のために力《ちから》を尽《つ》くし、最後《さいご》の瞬間《しゅんかん》まで、私《わたし》が初《はじ》めて彼《かれ》に出会《であ》ったあの日《ひ》のように、龍痘《りゅうとう》の少年《しょうねん》に喜《よろこ》んで手《て》を差《さ》し伸《の》べたアルバス・ダンブルドアそのままであった。

ハリーは読《よ》み終《お》わってもなお、追悼文《ついとうぶん》に添《そ》えられた写真《しゃしん》を見《み》つめ続《つづ》けていた。ダンブルドアは、いつものあのやさしいほほ笑《え》みを浮《う》かべていた。しかし、新聞《しんぶん》の写真《しゃしん》にすぎないのに、半月形《はんげつがた》めがねの上《うえ》からのぞいているその目《め》は、ハリーの気持《きも》ちをレントゲンのように透視《とうし》しているようだった。ハリーの今《いま》の悲《かな》しみには、恥《は》じ入《い》る気持《きも》ちがまじっていた。

ハリーはダンブルドアをよく知《し》っているつもりだった。しかしこの追悼文《ついとうぶん》を最初《さいしょ》に読《よ》んだときから、実《じつ》はほとんど何《なに》も知《し》らなかったことに気《き》づかされていた。ダンブルドアの子供《こども》のころや青《せい》年時代《ねんじだい》など、ハリーは一度《いちど》も想像《そうぞう》したことがなかった。最初《さいしょ》からハリーの知《し》っている姿《すがた》で出現《しゅつげん》した人《ひと》のような気《き》がしていた。人格者《じんかくしゃ》で、銀色《ぎんいろ》の髪《かみ》をした高齢《こうれい》のダンブルドアだ。十代《だい》のダンブルドアなんてちぐはぐだ。愚《おろ》かなハーマイオニーとか、人《ひと》なつっこい尻尾爆発《しっぽばくはつ》スクリュートを想像《そうぞう》するのと同《おな》じくらいおかしい。

ハリーは、ダンブルドアの過去《かこ》を聞《き》こうとしたことさえなかった。聞《き》くのは何《なん》だかおかしいし、むしろ不躾《ぶしつけ》に感《かん》じられただろう。しかし、ダンブルドアが臨《のぞ》んだグリンデルバルドとのあの伝説《でんせつ》の決闘《けっとう》なら、誰《だれ》でも知《し》っていることだ。それなのに、ハリーは、決闘《けっとう》の様子《ようす》をダンブルドアに聞《き》こうともしなかったし、そのほかの有名《ゆうめい》な功績《こうせき》についても、いっさい聞《き》こうと思《おも》わなかった。そうなのだ。二人《ふたり》はいつもハリーのことを話《はな》した。ハリーの過去《かこ》、ハリーの未来《みらい》、ハリーの計画《けいかく》……自分《じぶん》の未来《みらい》がどんなに危険極《きけんきわ》まりなく不確実《ふかくじつ》なものであったにせよ、今《いま》にして思《おも》えば、ダンブルドアについてもっといろいろ聞《き》いておかなかったのは、取《と》り返《かえ》しのつかない機会《きかい》を逃《のが》したことになる。もっとも、ハリーは、たった一度《いちど》だけダンブルドア校長《こうちょう》に個人的《こじんてき》な質問《しつもん》をしたことがあったが、その時《とき》だけは、ダンブルドアが正直《しょうじき》に答《こた》えなかったのではないかと、ハリーは疑《うたが》っていた。

——先生《せんせい》ならこの鏡《かがみ》で何《なに》が見《み》えるんですか。

——わしかね？　厚手《あつで》のウールの靴下《くつした》を一足《そく》、手《て》に持《も》っておるのが見《み》える。

しばらく考《かんが》えにふけったあと、ハリーは「日刊予言者新聞《にっかんよげんしゃしんぶん》」の追悼文《ついとうぶん》を破《やぶ》り取《と》り、きちんとたたんで『実践的防衛術《じっせんてきぼうえいじゅつ》と闇《やみ》の魔術《まじゅつ》に対《たい》するその使用法《しようほう》』第《だい》一巻《かん》の中《なか》に挟《はさ》み込《こ》んだ。それから、破《やぶ》った残《のこ》りの新聞《しんぶん》をごみの山《やま》に放《ほう》り投《な》げ、部屋《へや》をながめた。ずいぶんすっきりした。まだ片《かた》づいていないのは、ベッドに置《お》いたままにしてある今朝《けさ》の「日刊予言者新聞《にっかんよげんしゃしんぶん》」と、その上《うえ》にのせた鏡《かがみ》のかけらだけだ。

ハリーはベッドまで歩《ある》いて、鏡《かがみ》のかけらを新聞《しんぶん》からそっとすべらせて脇《わき》に落《お》とし、紙面《しめん》を広《ひろ》げた。今朝早《けさはや》く、配達《はいたつ》ふくろうから丸《まる》まったまま受《う》け取《と》り、大見出《おおみだ》しだけをちらりと見《み》て、ヴォルデモートの記事《きじ》が何《なに》もないことをたしかめてから、そのまま投《な》げ出《だ》しておいた新聞《しんぶん》だ。魔法省《まほうしょう》が「予言者新聞《よげんしゃしんぶん》」に圧力《あつりょく》をかけて、ヴォルデモートに関《かん》する記事《きじ》を隠蔽《いんぺい》しているにちがいないと思《おも》い込《こ》んでいたので、ハリーは今《いま》あらためて、読《よ》みすごしていた記事《きじ》に気《き》がついた。

一面《めん》の下半分《したはんぶん》を占《し》める記事《きじ》に、悩《なや》ましげな表情《ひょうじょう》のダンブルドアが大股《おおまた》で歩《ある》いている写真《しゃしん》があり、その上《うえ》に小《ちい》さめの見出《みだ》しがついていた。

ダンブルドア――ついに真相《しんそう》が？

同世代《どうせだい》で最《もっと》も偉大《いだい》と称《しょう》された天才魔法使《てんさいまほうつか》いの欠陥《けっかん》を暴《あば》く衝撃《しょうげき》の物語《ものがたり》、

いよいよ来週《らいしゅう》 発売《はつばい》

銀《ぎん》のひげを蓄《たくわ》えた静《しず》かな賢人《けんじん》、ダンブルドアのその親《した》しまれたイメージの仮面《かめん》をはぎ、リータ・スキーターが暴《あば》く精神不安定《せいしんふあんてい》な子供時代《こどもじだい》、法《ほう》を無視《むし》した青年時代《せいねんじだい》、生涯《しょうがい》にわたる不和《ふわ》、そして墓場《はかば》まで持《も》ち去《さ》った秘密《ひみつ》の罪《つみ》。魔法大臣《まほうだいじん》になるとまで目《もく》された魔法使《まほうつか》いが、単《たん》なる校長《こうちょう》に甘《あま》んじていたのはなぜか？「不死鳥《ふしちょう》の騎士団《きしだん》」と呼《よ》ばれる秘密組織《ひみつそしき》の真《しん》の目的《もくてき》は何《なん》だったのか？ ダンブルドアはどのように最期《さいご》を迎《むか》えたのか？

これらの疑問《ぎもん》に答《こた》え、さらにさまざまな謎《なぞ》に迫《せま》る、リータ・スキーターの衝撃《しょうげき》の新刊《しんかん》、評伝《ひょうでん》『アルバス・ダンブルドアの真《ま》っ白《しろ》な人生《じんせい》と真《ま》っ赤《か》なうそ』。

（ベティ・ブレイスウェイトによる著者独占《ちょしゃどくせん》インタビューが十三面《めん》に）

ハリーは乱暴《らんぼう》に紙面《しめん》をめくって十三面《めん》を見《み》た。記事《きじ》の一番上《いちばんうえ》に、こちらもまた見慣《みな》れた顔《かお》の写真《しゃしん》があった。宝石縁《ほうせきぶち》のめがねに、念入《ねんい》りにカールさせたブロンドの魔女《まじょ》が、本人《ほんにん》は魅力的《みりょくてき》だと思《おも》っているらしい歯《は》をむき出《だ》しにした笑顔《えがお》で、ハリーに向《む》かって指《ゆび》をごにょごにょ動《うご》かし、愛嬌《あいきょう》をふりまいていた。吐《は》き気《け》をもよおすような写真《しゃしん》を必死《ひっし》で無視《むし》しながら、ハリーは記事《きじ》を読《よ》んだ。

リータ・スキーター女史《じょし》は、辛辣《しんらつ》な羽根《はね》ペン使《づか》いで有名《ゆうめい》な印象《いんしょう》とはちがい、会《あ》ってみるとずっと温《あたた》かく人当《ひとあ》たりのよい人物《じんぶつ》だった。居心地《いごこち》のよさそうな自宅《じたく》の玄関《げんかん》で出迎《でむか》えを受《う》け、女史《じょし》に案内《あんない》されるままにキッチンに入《はい》ると、紅茶《こうちゃ》とパウンド・ケーキと、言《い》うまでもなく湯気《ゆげ》の立《た》つほやほやのゴシップでたっぷり接待《せったい》された。

「そりゃあ、もちろん、ダンブルドアは伝記作家《でんきさっか》にとっての夢《ゆめ》ざんすわ」とスキーター女史《じょし》。

「あれだけの長《なが》い、中身《なかみ》の濃《こ》い人生《じんせい》ざんすもの。あたくしの著書《ちょしょ》を皮切《かわき》りに、もっともっと多《おお》くの伝記《でんき》が出《で》るざんしょうよ」

スキーターはまちがいなく一番乗《いちばんの》りだった。九百ページにおよぶ著書《ちょしょ》を、ダンブルドアが謎《なぞ》の死《し》を遂《と》げた六月《がつ》からわずか四週間《しゅうかん》で上梓《じょうし》したわけだ。筆者《ひっしゃ》は、この超《ちょう》スピード出版《しゅっぱん》をなしとげた秘訣《ひけつ》を聞《き》いてみた。

「ああ、あたくしのように長《なが》いことジャーナリストをやっておりますとね、しめきりに間《ま》に合《あ》わせるのが習《なら》い性《せい》となってるんざんすわ。魔法界《まほうかい》が完全《かんぜん》な伝記《でんき》を待《ま》ち望《のぞ》んでいることはわかっていたざんすしね、そういうニーズに真《ま》っ先《さき》に応《こた》えたかったわけざんす」

筆者《ひっしゃ》は、アルバス・ダンブルドアの長年《ながねん》の友人《ゆうじん》であり、ウィゼンガモットの特別顧問《とくべつこもん》でもあるエルファイアス・ドージの、最近話題《さいきんわだい》になっているあのコメントに触《ふ》れてみた。

「スキーターの本《ほん》に書《か》いてある事実《じじつ》は、『蛙《かえる》チョコ』の付録《ふろく》のカード以下《いか》でしかない」という批判《ひはん》だ。

スキーターはのけぞって笑《わら》った。

「ドジのドージ！　二、三年前《ねんまえ》、水中人《すいちゅうじん》の権利《けんり》についてインタビューしたことがあるざんすけどね。かわいそうに、完全《かんぜん》なボケ。二人《ふたり》でウィンダミア湖《こ》の湖底《こてい》に座《すわ》っていると勘《かん》ちがいしたらしくて、あたくしに『鱒《ます》』に気《き》をつけろと何度《なんど》も注意《ちゅうい》していたざんすわ」

しかしながら、エルファイアス・ドージと同様《どうよう》に、事実無根《じじつむこん》と非難《ひなん》する声《こえ》はほかにも多《おお》く聞《き》かれる。スキーターは、たった四週間《しゅうかん》で、ダンブルドアの傑出《けっしゅつ》した長《なが》い生涯《しょうがい》を完全《かんぜん》に把握《はあく》できると、本気《ほんき》でそう思《おも》っているのだろうか？

「まあ、あなた」スキーターは、ペンを握《にぎ》った私《わたし》の手《て》の節《ふし》を親《した》しげに軽《かる》くたたいてニッコリした。「あなたもよくご存《ぞん》じざんしょ。ガリオン金貨《きんか》のぎっしり詰《つ》まった袋《ふくろ》、『ノー』という否定《ひてい》の言葉《ことば》には耳《みみ》を貸《か》さないこと、それにすてきな鋭《するど》い『自動速記羽根《じどうそっきはね》ペンＱＱＱ《キューキューキュー》』が一本《ぽん》あれば、情報《じょうほう》はザックザク出《で》てくるざんす！　いずれにせよ、ダンブルドアの私生活《しせいかつ》を何《なん》だかんだと取《と》りざたしたい連中《れんちゅう》はうようよしてるざんすわ。誰《だれ》もが彼《かれ》のことをすばらしいと思《おも》っていたわけじゃないざんすよ――他人《たにん》の、しかも重要《じゅうよう》人物《じんぶつ》の領域《りょういき》にちょっかいを出《だ》して、かなり大勢《おおぜい》に煙《けむ》たがられてたざんすからね。とにかく、ドジのドージじいさんには、ヒッポグリフに乗《の》った気分《きぶん》で、偉《えら》そうに知《し》ったかぶりするのはやめていただくことざんすね。何《なに》しろあたくしには、大方《おおかた》のジャーナリストが杖《つえ》を差《さ》し出《だ》してでも手《て》に入《い》れたいと思《おも》うような情報源《じょうほうげん》が一つあるざんす。これまで公《おおやけ》には一度《いちど》も話《はな》さなかった人《ひと》ざんしてね、ダンブルドアの若《わか》かりしころ、最《もっと》も荒《あ》れ狂《くる》った危《あぶ》ない時期《じき》に、彼《かれ》と親《した》しかった人物《じんぶつ》ざんす」

スキーターの伝記《でんき》の前宣伝《まえせんでん》によれば、ダンブルドアの完全無欠《かんぜんむけつ》な人生《じんせい》を信《しん》じていた人《ひと》たちには衝撃《しょうげき》が待《ま》ち受《う》けていると、明《あき》らかにそうにおわせている。スキーターの見《み》つけた事実《じじつ》の中《なか》で、一番衝撃的《いちばんしょうげきてき》なものは何《なに》かと聞《き》いてみた。

「さあ、さあ、ベティ、そうは問屋《とんや》がおろさないざんす。まだ誰《だれ》も本《ほん》を買《か》わないうちに、おいしいところを全部差《ぜんぶさ》し上《あ》げるわけにはいかないざんしょ！」スキーターは笑《わら》った。「でもね、約束《やくそく》するざんすわ。ダンブルドア自身《じしん》があのひげのように真《ま》っ白《しろ》だと、まだそう思《おも》っている人《ひと》には衝撃《しょうげき》の発見《はっけん》ざんす！　これだけは言《い》えるざんすがね、ダンブルドアが『例《れい》のあの人《ひと》』に激怒《げきど》するのを聞《き》いた人《ひと》は夢《ゆめ》にもそうは思《おも》わないざんしょうが、ダンブルドア自身《じしん》、若《わか》いころは闇《やみ》の魔術《まじゅつ》にちょいと手《て》を出《だ》していたざんす！　それに、後《こう》年《ねん》、寛容《かんよう》を説《と》くことに生涯《しょうがい》を費《つい》やした魔法使《まほうつか》いにしては、若《わか》いころは必《かなら》ずしも心《こころ》が広《ひろ》かったとは言《い》えないざんすね！　ええ、アルバス・ダンブルドアは非常《ひじょう》に薄暗《うすぐら》い過去《かこ》を持《も》っていたざんすとも。もちろんうさんくさい家族《かぞく》のことは言《い》うにおよばないざんす。ダンブルドアは躍起《やっき》になってそのことを葬《ほうむ》ろうとしたざんすがね」

スキーターが示唆《しさ》しているのは、ダンブルドアの弟《おとうと》、アバーフォースのことかと聞《き》いてみた。十五年前《ねんまえ》、魔法不正使用《まほうふせいしよう》によりウィゼンガモットで有罪判決《ゆうざいはんけつ》を受《う》け、ちょっとしたスキャンダルの元《もと》になった人物《じんぶつ》だ。

「ああ、アバーフォースなんか、糞山《ふんざん》の一角《いっかく》ざんすよ」スキーターは笑《わら》い飛《と》ばした。「いやいや、山羊《やぎ》とたわむれるのがお好《す》きな弟《おとうと》なんかよりはるかに悪質《あくしつ》で、マグル傷害《しょうがい》事件《じけん》の父親《ちちおや》よりもさらにたちが悪《わる》いざんす――いずれにせよ、二人《ふたり》ともウィゼンガモットに告発《こくはつ》されたざんすから、ダンブルドアは、どちらの件《けん》ももみ消《け》すことはできなかったざんすけどね。いいえ、実《じつ》は、母親《ははおや》と妹《いもうと》のことざんすよ、あたくしが興味《きょうみ》を引《ひ》かれたのは。ちょっとほじくってみたら、ありましたざんすよ。胸《むね》の悪《わる》くなるような巣窟《そうくつ》が――ま、先《さき》ほど言《い》いましたざんすが、くわしくは第《だい》九章《しょう》から第《だい》十二章《しょう》までを読《よ》んでのお楽《たの》しみざんすね。今《いま》はただ、自分《じぶん》の鼻《はな》がなぜ折《お》れたかを、ダンブルドアがけっして話《はな》さなかったのも無理《むり》はない、とだけ申《もう》し上《あ》げておくざんす」

家族《かぞく》の恥《はじ》となるような秘密《ひみつ》は別《べつ》として、スキーターは、多《おお》くの魔法《まほう》を発見《はっけん》したダンブルドアの、卓越《たくえつ》した能力《のうりょく》をも否定《ひてい》するのだろうか？

「頭《あたま》はよかったざんすね」スキーターは認《みと》めた。「ただ、ダンブルドアの業績《ぎょうせき》とされているものすべてが、ほんとうに彼一人《かれひとり》の功績《こうせき》であったかどうかは、今《いま》では疑《うたが》う人《ひと》も多《おお》いざんすよ。第十六章《だいしょう》であたくしが明《あき》らかにしてるざんすが、アイバー・ディロンスビーは、自分《じぶん》がすでに発見《はっけん》していたドラゴンの血液《けつえき》の八つの使用法《しようほう》を、ダンブルドアが論文《ろんぶん》に『借用《しゃくよう》』したと主張《しゅちょう》しているざんす」

しかし、筆者《ひっしゃ》はあえて、ダンブルドアの功績《こうせき》のいくつかが重要《じゅうよう》なものであることは否定《ひてい》できないと主張《しゅちょう》した。グリンデルバルドを打《う》ち負《ま》かしたという有名《ゆうめい》な一件《いっけん》はどうだろう？

「ああ、それそれ、グリンデルバルドを持《も》ち出《だ》してくださってうれしいざんす」スキーターはじらすようにほほ笑《え》んだ。「ダンブルドアの胸《むね》のすくような勝利《しょうり》に目《め》をうるませるみな様《さま》には悪《わる》うござんすけど、心《こころ》の準備《じゅんび》が必要《ひつよう》ざんすね。これは爆弾《ばくだん》ざんすよ――むしろクソ爆弾《ばくだん》。まったく汚《きたな》い話《はなし》ざんす。ま、伝説《でんせつ》の決闘《けっとう》と言《い》えるものがほんとうにあったのかどうか、あまり思《おも》い込《こ》まないことざんすね。あたくしの本《ほん》を読《よ》んだら、グリンデルバルドは単《たん》に杖《つえ》の先《さき》から白《しろ》いハンカチを出《だ》して神妙《しんみょう》に降参《こうさん》しただけだ、なんていう結《けつ》論《ろん》を出《だ》さざるをえないかもしれないざんす！」

スキーターはこの気《き》になる話題《わだい》について、これ以上《いじょう》は明《あ》かそうとしなかった。そこで、読者《どくしゃ》にとってはまちがいなく興味《きょうみ》をそそられるであろう、ある人間関係《にんげんかんけい》に水《みず》を向《む》けてみた。

「ええ、ええ」スキーターは勢《いきお》いよくうなずいた。「一章《しょう》まるまる割《さ》いたざんすよ。ポッター＝ダンブルドアの関係《かんけい》のすべてにはね。不健全《ふけんぜん》で、むしろいまわしい関係《かんけい》だと言《い》われてたざんす。まあ、この全容《ぜんよう》も、新聞《しんぶん》の読者《どくしゃ》にあたくしの本《ほん》を買《か》ってもらうしかないざんすがね、ダンブルドアがはじめっからポッターに不自然《ふしぜん》な関心《かんしん》を持《も》っていたことは、まちがいないざんす。それがあの少年《しょうねん》にとって最善《さいぜん》だったかどうか――ま、そのうちわかるざんしょ。とにかく、ポッターが問題《もんだい》のある青春時代《せいしゅんじだい》を過《す》ごしたことは、公然《こうぜん》の秘密《ひみつ》ざんす」

スキーターは二年前《ねんまえ》、ハリー・ポッターとの、かの有名《ゆうめい》な独占《どくせん》インタビューをはたした。ポッターが確信《かくしん》を持《も》って、「例《れい》のあの人《ひと》」が戻《もど》ってきたと語《かた》った画期的記事《かっきてききじ》だったが、今《いま》でもポッターと接触《せっしょく》があるかどうかと尋《たず》ねてみた。

「ええ、そりゃ、あたくしたち二人《ふたり》は親《した》しい絆《きずな》で結《むす》ばれるようになったざんす」スキーターが言《い》った。「かわいそうに、ポッターには真《しん》の友《とも》と呼《よ》べる人間《にんげん》がほとんどいないざんしてね。しかも、あたくしたちが出会《であ》ったのは、あの子《こ》の人生《じんせい》でも最《もっと》も厳《きび》しい試練《しれん》のとき──三校対抗試合《さんこうたいこうじあい》のときだったざんす。たぶんあたくしは、ハリー・ポッターの実像《じつぞう》を知《し》る、数少《かずすく》ない生《い》き証人《しょうにん》の一人《ひとり》ざんしょうね」

話《はなし》の流《なが》れが、いまだに流布《るふ》しているダンブルドアの最期《さいご》に関《かん》するさまざまなうわさへと、うまく結《むす》びついた。ダンブルドアが死《し》んだとき、ポッターがその場《ば》にいたといううわさを、スキーターは信《しん》じているだろうか？

「まあ、しゃべり過《す》ぎないようにしたいざんすけどね──すべては本《ほん》の中《なか》にあるざんす──しかし、ダンブルドアが墜落《ついらく》したか、飛《と》び降《お》りたか、押《お》されて落《お》ちたかした直後《ちょくご》に、ホグワーツ城内《じょうない》の目撃者《もくげきしゃ》が、ポッターが現場《げんば》から走《はし》り去《さ》るところを見《み》ているざんす。ポッターはその後《ご》、セブルス・スネイプに不利《ふり》な証言《しょうげん》をしているざんすが、ポッターがこの人物《じんぶつ》に恨《うら》みを抱《いだ》いていることは有名《ゆうめい》ざんすよ。はたして言葉《ことば》どおり受《う》け取《と》れるかどうか？　それは魔法界全体《まほうかいぜんたい》が決《き》めること──あたくしの本《ほん》を読《よ》んでからざんすけどね」

思《おも》わせぶりな一言《ひとこと》を受《う》けて、筆者《ひっしゃ》はいとまを告《つ》げた。スキーターの羽根《はね》ペンによる本《ほん》書《しょ》は、たちどころにベストセラーとなることまちがいなしだ。一方《いっぽう》、ダンブルドアを崇《すう》拝《はい》する多《おお》くの人々《ひとびと》にとっては、その英雄像《えいゆうぞう》から何《なに》が飛《と》び出《だ》すやら、戦々恐々《せんせんきょうきょう》の日々《ひび》かもしれない。

記事《きじ》を読《よ》み終《お》わっても、ハリーはぼうぜんとその紙面《しめん》をにらみつけたままだった。嫌悪感《けんおかん》と怒《いか》りが反吐《へど》のように込《こ》み上《あ》げてきた。新聞《しんぶん》を丸《まる》め、力《ちから》まかせに壁《かべ》に投《な》げつけた。ごみ箱《ばこ》はすでにあふれ、新聞《しんぶん》はごみ箱《ばこ》の周《まわ》りに散《ち》らばっているごみの山《やま》に加《くわ》わった。

ハリーは部屋《へや》の中《なか》を無意識《むいしき》に大股《おおまた》で歩《ある》き回《まわ》った。からっぽの引《ひ》き出《だ》しを開《あ》けたり、本《ほん》を取《と》り上《あ》げてはまた元《もと》の山《やま》に戻《もど》したり、ほとんど何《なに》をしているかの自覚《じかく》もなかった。リータの記事《きじ》の言葉《ことば》が、バラバラに頭《あたま》の中《なか》で響《ひび》いていた。――ポッター＝ダンブルドアの関係《かんけい》のすべてには、一章《しょう》まるまる割《さ》いた……不健全《ふけんぜん》で、むしろいまわしい関係《かんけい》だと言《い》われてた……ダンブルドア自身《じしん》、若《わか》いころは闇《やみ》の魔術《まじゅつ》にちょいと手《て》を出《だ》していた……あたくしには、大方《おおかた》のジャーナリストが杖《つえ》を差《さ》し出《だ》してでも手《て》に入《い》れたいと思《おも》うような情報源《じょうほうげん》が一つある……。

「うそだ！」ハリーは大声《おおごえ》で叫《さけ》んだ。

窓《まど》の向《む》こうで、芝刈《しばか》り機《き》の手《て》を休《やす》めていた隣《となり》の住人《じゅうにん》が、不安《ふあん》げに見上《みあ》げるのが見《み》えた。ハリーはベッドにドスンと座《すわ》った。割《わ》れた鏡《かがみ》のかけらが、踊《おど》り上《あ》がって遠《とお》くに飛《と》んだ。ハリーはそれを拾《ひろ》い、指《ゆび》で裏返《うらがえ》しながら考《かんが》えた。ダンブルドアのことを、そしてダンブルドアの名誉《めいよ》を傷《きず》つけているリータ・スキーターのうそ八百《はっぴゃく》を……。

明《あか》るい、鮮《あざ》やかなブルーがきらりと走《はし》った。ハッと身《み》を硬《かた》くしたとたん、けがをした指《ゆび》が再《ふたた》びギザギザした鏡《かがみ》の縁《ふち》ですべった。気《き》のせいだ。気《き》のせいにちがいない。ハリーは振《ふ》り返《かえ》った。しかし、背後《はいご》の壁《かべ》はペチュニアおばさん好《ごの》みの、気持《きも》ちの悪《わる》い桃色《ももいろ》だ。鏡《かがみ》に映《うつ》るようなブルーの物《もの》はどこにもない。ハリーはもう一度《いちど》鏡《かがみ》のかけらをのぞき込《こ》んだが、明《あか》るい緑色《みどりいろ》の自分《じぶん》の目《め》が見《み》つめ返《かえ》しているだけだった。

気《き》のせいだ。それしか説明《せつめい》のしようがない。亡《な》くなった校長《こうちょう》のことを考《かんが》えていたから、見《み》えたような気《き》がしただけだ。アルバス・ダンブルドアの明《あか》るいブルーの目《め》が、ハリーを見透《みす》かすように見《み》つめることはもう二度《にど》とない。それだけはたしかだ。

第《だい》3章《しょう》　ダーズリー一家《いっか》去《さ》る

玄関《げんかん》のドアがバタンと閉《し》まる音《おと》が階段《かいだん》の下《した》から響《ひび》いてきたと思《おも》ったら、呼《よ》び声《ごえ》が聞《き》こえた。

「おい、こら！」

十六年間《ねんかん》こういう呼《よ》び方《かた》をされてきたのだから、おじさんが誰《だれ》を呼《よ》んでいるかはわかる。しかしハリーは、すぐには返事《へんじ》をせず、まだ鏡《かがみ》のかけらを見《み》つめていた。今しがた、ほんの一瞬《いっしゅん》、ダンブルドアの目《め》が見《み》えたような気《き》がしたのだ。「**小僧《こぞう》！**」のどなり声《ごえ》でようやくハリーはゆっくり立《た》ち上《あ》がり、部屋《へや》のドアに向《む》かった。途中《とちゅう》で足《あし》を止《と》め、持《も》っていく予定《よてい》の物《もの》を詰《つ》め込《こ》んだリュックサックに、割《わ》れた鏡《かがみ》のかけらも入《い》れた。

「ぐずぐずするな！」ハリーの姿《すがた》が階段《かいだん》の上《うえ》に現《あらわ》れると、バーノン・ダーズリーが大声《おおごえ》で言《い》った。「下《お》りてこい。話《はなし》がある！」

ハリーはジーンズのポケットに両手《りょうて》を突《つ》っ込《こ》んだまま、ぶらぶらと階段《かいだん》を下《お》りた。居間《いま》に入《はい》ると、ダーズリー一家《いっか》三人《にん》がそろっていた。全員旅支度《ぜんいんたびじたく》だ。バーノンおじさんは淡《あわ》い黄土色《おうどいろ》のブルゾン、ペチュニアおばさんはきちんとしたサーモンピンクのコート、ブロンドで図体《ずうたい》が大《おお》きく、筋骨隆々《きんこつりゅうりゅう》のいとこのダドリーはレザージャケット姿《すがた》だ。

「何《なに》か用《よう》？」ハリーが聞《き》いた。

「座《すわ》れ！」バーノンおじさんが言《い》った。ハリーが眉《まゆ》を吊《つ》り上《あ》げると、バーノンおじさんは「どうぞ！」とつけ加《くわ》えたが、言葉《ことば》が鋭《するど》くのどに突《つ》き刺《さ》さったかのように顔《かお》をしかめた。

ハリーは腰《こし》かけた。次《つぎ》に何《なに》が来《く》るか、わかるような気《き》がした。おじさんは往《い》ったり来《き》たりしはじめ、ペチュニアおばさんとダドリーは心配《しんぱい》そうな顔《かお》でその動《うご》きを追《お》っていた。バーノンおじさんは、意識《いしき》を集中《しゅうちゅう》するあまり、どでかい赤《あか》ら顔《がお》を紫色《むらさきいろ》のしかめっ面《つら》にして、やっとハリーの前《まえ》で立《た》ち止《ど》まって口《くち》を開《ひら》いた。

「気《き》が変《か》わった」

「そりゃあ驚《おどろ》いた」ハリーが言《い》った。

「そんな言《い》い方《かた》はおやめ――」ペチュニアおばさんがかん高《だか》い声《こえ》で言《い》いかけたが、バーノン・ダーズリーは手《て》を振《ふ》って制《せい》した。

「たわ言《ごと》もはなはだしい」バーノンおじさんは豚《ぶた》のように小《ちい》さな目《め》でハリーをにらみつけた。「一言《ひとこと》も信《しん》じないと決《き》めた。わしらはここに残《のこ》る。どこにも行《い》かん」

ハリーはおじさんを見上《みあ》げ、怒《おこ》るべきか笑《わら》うべきか複雑《ふくざつ》な気持《きも》ちになった。この四週間《しゅうかん》というもの、バーノン・ダーズリーは二十四時間《じかん》ごとに気《き》が変《か》わっていた。そのたびに、車《くるま》に荷物《にもつ》を積《つ》んだり降《お》ろしたり、また積《つ》んだりをくり返《かえ》していた。ある時《とき》など、ダドリーが自分《じぶん》の荷物《にもつ》に新《あら》たにダンベルを入《い》れたのに気《き》づかなかったバーノンおじさんが、その荷物《にもつ》を車《くるま》のトランクに積《つ》みなおそうと持《も》ち上《あ》げたとたんに押《お》しつぶされて、痛《いた》みに大声《おおごえ》を上《あ》げながら悪態《あくたい》をついていた。これがハリーのお気《き》に入《い》りの一場面《いちばめん》だった。

「おまえが言《い》うには」バーノン・ダーズリーはまた居間《いま》の往復《おうふく》を始《はじ》めた。「わしらが――ペチュニアとダドリーとわしだが――ねらわれとるとか。相手《あいて》は――その――」

「『僕《ぼく》たちの仲間《なかま》』、そうだよ」ハリーが言《い》った。

「いいや、わしは信《しん》じないぞ」バーノンおじさんはまたハリーの前《まえ》で立《た》ち止《ど》まり、くり返《かえ》した。「昨夜《さくや》はそのことを考《かんが》えて、半分《はんぶん》しか寝《ね》とらん。これは家《いえ》を乗《の》っ取《と》る罠《わな》だと思《おも》う」

「家《いえ》？」ハリーがくり返《かえ》した。「どの家《いえ》？」

「この家《いえ》だ！」バーノンおじさんの声《こえ》が上《うわ》ずり、こめかみの青筋《あおすじ》がピクピクしはじめた。「わしらの家《いえ》だ！　このあたりは住宅《じゅうたく》の値段《ねだん》がうなぎ上《のぼ》りだ！　おまえはじゃまなわしらを追《お》い出《だ》して、それからちょいとチチンプイプイをやらかして、あっという間《ま》に権利証《けんりしょう》はおまえの名前《なまえ》になって、そして――」

「気《き》はたしかなの？」ハリーが問《と》いただした。「この家《いえ》を乗《の》っ取《と》る罠《わな》？　おじさん、顔《かお》ばかりか頭《あたま》までおかしいのかな？」

「なんて口《くち》のきき方《かた》を――！」

ペチュニアおばさんがキーキー声《ごえ》を上《あ》げたが、またしてもバーノンおじさんが手《て》を振《ふ》って制止《せいし》した。顔《かお》をけなされることなど、自分《じぶん》が見破《みやぶ》った危険《きけん》に比《くら》べれば何《なん》でもないという様子《ようす》だ。

「忘《わす》れちゃいないとは思《おも》うけど」ハリーが言《い》った。「僕《ぼく》にはもう家《いえ》がある。名付《なづ》け親《おや》が遺《のこ》してくれた家《いえ》だよ。なのに、どうして僕《ぼく》がこの家《いえ》を欲《ほ》しがるってわけ？　楽《たの》しい思《おも》い出《で》がいっぱいだから？」

おじさんがぐっと詰《つ》まった。ハリーは、この一言《ひとこと》がおじさんにはかなり効《き》いたと思《おも》った。

「おまえの言《い》い分《ぶん》は」バーノンおじさんはまた歩《ある》きはじめた。「その何《なん》とか卿《きょう》が――」

「ヴォルデモート」ハリーはいらいらしてきた。「もう百回《かい》も話《はな》し合《あ》ったはずだ。僕《ぼく》の言《い》い分《ぶん》なんかじゃない。事実《じじつ》だ。ダンブルドアが去年《きょねん》おじさんにそう言《い》ったし、キングズリーもウィーズリーさんも――」

バーノン・ダーズリーは怒《おこ》ったように肩《かた》をそびやかした。ハリーはおじさんの考《かんが》えていることが想像《そうぞう》できた。夏休《なつやす》みに入《はい》ってまもなく、正真正銘《しょうしんしょうめい》の魔法使《まほうつか》いが二人《ふたり》、前触《まえぶ》れもなしにこの家《いえ》にやってきたという記憶《きおく》を振《ふ》り払《はら》おうとしているのだ。キングズリー・シャックルボルトとアーサー・ウィーズリーの二人《ふたり》が戸口《とぐち》に現《あらわ》れたこの事件《じけん》は、ダーズリー一家《いっか》にとって不快極《ふかいきわ》まりない衝撃《しょうげき》だった。ハリーにもその気持《きも》ちはわかる。ウィーズリーおじさんは、かつてこの居間《いま》の半分《はんぶん》を吹《ふ》っ飛《と》ばしたことがあるのだから、再度《さいど》の訪問《ほうもん》にバーノンおじさんがうれしい顔《かお》をするはずがない。

「――キングズリーもウィーズリーさんも、全部説明《ぜんぶせつめい》したはずだ」ハリーは手《て》かげんせずにぐいぐい話《はなし》を進《すす》めた。「僕《ぼく》が十七歳《さい》になれば、僕《ぼく》の安全《あんぜん》を保《たも》ってきた護《まも》りの呪文《じゅもん》が破《やぶ》れるんだ。そしたら、おじさんたちも僕《ぼく》も危険《きけん》にさらされる。騎士団《きしだん》は、ヴォルデモートが必《かなら》ずおじさんたちをねらうと見《み》ている。僕《ぼく》の居場所《いばしょ》を見《み》つけ出《だ》そうとして拷問《ごうもん》するためか、さもなければ、おじさんたちを人質《ひとじち》に取《と》れば僕《ぼく》が助《たす》けにくるだろうと考《かんが》えてのことだ」

バーノンおじさんとハリーの目《め》が合《あ》った。その瞬間《しゅんかん》ハリーは、はたしてそうだろうか……と互《たが》いにいぶかっているのがわかった。それからバーノンおじさんはまた歩《ある》きだし、ハリーは話《はな》し続《つづ》けた。

「おじさんたちは身《み》を隠《かく》さないといけないし、騎士団《きしだん》はそれを助《たす》けたいと思《おも》っているんだよ。おじさんたちには厳重《げんじゅう》で最高《さいこう》の警護《けいご》を提供《ていきょう》するって言《い》ってるんだ」

バーノンおじさんは、何《なに》も言《い》わず往《い》ったり来《き》たりを続《つづ》けていた。家《いえ》の外《そと》では、太陽《たいよう》がイボタノキの生《い》け垣《がき》にかかるほど低《ひく》くなっていた。隣《となり》の芝刈《しばか》り機《き》がまたエンストして止《と》まった。

「魔法省《まほうしょう》とかいうものがあると思《おも》ったのだが？」バーノン・ダーズリーが出《だ》し抜《ぬ》けに聞《き》いた。

「あるよ」ハリーが驚《おどろ》いて答《こた》えた。

「さあ、それなら、どうしてそいつがわしらを守《まも》らんのだ？　わしらは、お尋《たず》ね者《もの》をかくまっただけの、それ以外《いがい》は何《なん》の罪《つみ》もない犠牲者《ぎせいしゃ》だ。当然政府《とうぜんせいふ》の保護《ほご》を受《う》ける資格《しかく》がある！」

ハリーはがまんできずに声《こえ》を上《あ》げて笑《わら》った。おじさん自身《じしん》が軽蔑《けいべつ》し、信用《しんよう》もしていない世界《せかい》の政府《せいふ》だというのに、あくまで既成《きせい》の権威《けんい》に期待《きたい》をかけるなんて、まったくどこまでもバーノン・ダーズリーらしい。

「ウィーズリーさんやキングズリーの言《い》ったことを聞《き》いたはずだ」ハリーが言《い》った。「魔法省《まほうしょう》にはもう敵《てき》が入《はい》り込《こ》んでいるんだ」

バーノンおじさんは暖炉《だんろ》まで行《い》ってまた戻《もど》ってきた。息《いき》を荒《あら》らげているので巨大《きょだい》な黒《くろ》い口《くち》ひげが小刻《こきざ》みに波打《なみう》ち、意識《いしき》を集中《しゅうちゅう》させているので顔《かお》はまだ紫色《むらさきいろ》のままだ。

「よかろう」おじさんはまたハリーの前《まえ》で立《た》ち止《ど》まった。「よかろう。たとえばの話《はなし》だが、わしらがその警護《けいご》とやらを受《う》け入《い》れたとしよう。しかし、なぜあのキングズリーというやつがわしらに付《つ》き添《そ》わんのだ。理解《りかい》できん」

ハリーはやれやれという目《め》つきになるのをかろうじてがまんした。同《おな》じ質問《しつもん》にもう何度《なんど》も答《こた》えている。

「もう話《はな》したはずだけど」ハリーは歯《は》を食《く》いしばって答《こた》えた。「キングズリーの役割《やくわり》は、マグ――つまり、英国首相《えいこくしゅしょう》の警護《けいご》なんだ」

「そうだとも――あいつが一番《いちばん》だ！」

バーノンおじさんは、ついていないテレビの画面《がめん》を指差《ゆびさ》して言《い》った。ダーズリー一家《いっか》は、病院《びょういん》を公式見舞《こうしきみま》いするマグルの首相《しゅしょう》の背後《はいご》にぴったりついて、さり気《げ》なく歩《ある》くキングズリーの姿《すがた》をニュースで見《み》つけたのだった。その上《うえ》、キングズリーはマグルの洋服《ようふく》を着《き》こなすコツを心得《こころえ》ているし、ゆったりした深《ふか》い声《こえ》は何《なに》かしら人《ひと》を安心《あんしん》させるものがある。それやこれやで、ダーズリー一家《いっか》は、キングズリーをほかの魔法使《まほうつか》いとは別格扱《べっかくあつか》いにしているのだ。もっとも、片耳《かたみみ》にイヤリングをしているキングズリーの姿《すがた》を、ダーズリーたちが見《み》ていないのもたしかだ。

「でも、キングズリーの役目《やくめ》はもう決《き》まってる」ハリーが言《い》った。「だけど、ヘスチア・ジョーンズとディーダラス・ディグルなら充分《じゅうぶん》にこの仕事《しごと》を――」

「履歴書《りれきしょ》でも見《み》ていれば……」バーノンおじさんが食《く》い下《さ》がろうとしたが、ハリーはがまんできなくなった。立《た》ち上《あ》がっておじさんに詰《つ》め寄《よ》り、今度《こんど》はハリーがテレビを指差《ゆびさ》した。

「テレビで見《み》ている事故《じこ》はただの事故《じこ》じゃない――衝突事故《しょうとつじこ》だとか爆発《ばくはつ》だとか脱線《だっせん》だとか、そういうテレビニュースのあとにも、いろいろな事件《じけん》が起《お》こっているにちがいないんだ。人《ひと》が行方《ゆくえ》不明《ふめい》になったり死《し》んだりしてる裏《うら》には、やつがいるんだ――ヴォルデモートが。いやというほど言《い》って聞《き》かせたじゃないか。あいつはマグル殺《ごろ》しを楽《たの》しんでるんだ。霧《きり》が出《で》るときだって――吸魂鬼《きゅうこんき》の仕業《しわざ》なんだ。吸魂鬼《きゅうこんき》が何《なん》だか思《おも》い出《だ》せないのなら、息子《むすこ》に聞《き》いてみろ！」

ダドリーの両手《りょうて》がびくっと動《うご》いて口《くち》を覆《おお》った。両親《りょうしん》とハリーが見《み》つめているのに気《き》づき、ダドリーはゆっくり手《て》を下《お》ろして聞《き》いた。「いるのか……もっと？」

「もっと？」ハリーは笑《わら》った。「僕《ぼく》たちを襲《おそ》った二人《ふたり》のほかにもっといるかって？　もちろんだとも。何百《なんびゃく》、いや今《いま》はもう何千《なんぜん》かもしれない。恐《おそ》れと絶望《ぜつぼう》を食《く》い物《もの》にして生《い》きるやつらのことだ――」

「もういい、もういい」バーノンおじさんがどなり散《ち》らした。

「おまえの言《い》いたいことはわかった――」

「そうだといいけどね」ハリーが言《い》った。「何《なに》しろ僕《ぼく》が十七歳《さい》になったとたん、連中《れんちゅう》は――死喰《しく》い人《びと》だとか吸魂鬼《きゅうこんき》だとか、たぶん亡者《もうじゃ》たちまで、つまり闇《やみ》の魔術《まじゅつ》で動《うご》かされる屍《しかばね》のことだけど——おじさんたちを見《み》つけて、必《かなら》ず襲《おそ》ってくる。それに、おじさんが昔《むかし》、魔法使《まほうつか》いから逃《に》げようとしたときのことを思《おも》い出《だ》せばわかってくれると思《おも》うけど、おじさんたちには助《たす》けが必要《ひつよう》なんだ」

一瞬沈黙《いっしゅんちんもく》が流《なが》れた。その短《みじか》い時間《じかん》に、ハグリッドがその昔《むかし》ぶち破《やぶ》った木《き》の扉《とびら》の音《おと》が遠《とお》く響《ひび》き、その時《とき》から今《いま》までの長《なが》い年月《ねんげつ》を伝《つた》わって反響《はんきょう》してくるようだった。ペチュニアおばさんはバーノンおじさんを見《み》つめ、ダドリーはハリーをじっと見《み》ていた。やがてバーノンおじさんが口走《くちばし》った。

「しかし、わしの仕事《しごと》はどうなる？　ダドリーの学校《がっこう》は？　そういうことは、のらくら者《もの》の魔法《まほう》使《つか》いなんかにゃ、どうでもいいことなんだろうが——」

「まだわかってないのか？」ハリーがどなった。

「やつらは、僕《ぼく》の父《とう》さんや母《かあ》さんとおんなじように、おじさんたちを拷問《ごうもん》して殺《ころ》すんだ！」

「パパ」ダドリーが大声《おおごえ》で言《い》った。

「パパ——僕《ぼく》、騎士団《きしだん》の人《ひと》たちと一緒《いっしょ》に行《い》く」

「ダドリー」ハリーが言《い》った。「君《きみ》、生《う》まれて初《はじ》めてまともなことを言《い》ったぜ」

勝《か》った、とハリーは思《おも》った。ダドリーが怖気《おじけ》づいて騎士団《きしだん》の助《たす》けを受《う》け入《い》れるなら、親《おや》もついていくはずだ。かわいいダディちゃんと離《はな》ればなれになることなど考《かんが》えられない。ハリーは暖炉《だんろ》の上《うえ》にある骨董品《こっとうひん》の時計《とけい》をちらりと見《み》た。

「あと五分《ふん》くらいで迎《むか》えに来《く》るよ」

そう言《い》ってもダーズリーたちからは何《なん》の反応《はんのう》もないので、ハリーは部屋《へや》を出《で》た。おじ、おば、そしていとことの別《わか》れ――それもたぶん永遠《えいえん》の別《わか》れ――ハリーにはむしろ喜《よろこ》ばしい別《わか》れだった。にもかかわらず、何《なん》となく気《き》づまりな雰囲気《ふんいき》が流《なが》れていた。十六年間《ねんかん》しっかり憎《にく》しみ合《あ》った末《すえ》の別《わか》れには、普通《ふつう》、何《なん》とあいさつするのだっけ？

ハリーは自分《じぶん》の部屋《へや》に戻《もど》り、意味《いみ》もなくリュックサックをいじり、それから、ふくろうナッツを二個《こ》、鳥《とり》かごの格子《こうし》から押《お》し込《こ》むようにヘドウィグに差《さ》し入《い》れたが、二つともかごの底《そこ》にボトッと鈍《にぶ》い音《おと》を立《た》てて落《お》ち、ヘドウィグは見向《みむ》きもしなかった。

「僕《ぼく》たち出《で》かけるんだ。もうすぐだよ」ハリーは話《はな》しかけた。「そしたら、また飛《と》べるようになるからね」

玄関《げんかん》の呼《よ》び鈴《りん》が鳴《な》った。ハリーはちょっと迷《まよ》ったが、部屋《へや》を出《で》て階段《かいだん》を下《お》りた。ヘスチアとディーダラスだけでダーズリー一味《いちみ》を相手《あいて》にできると思《おも》うのは期待《きたい》し過《す》ぎだ。

「ハリー・ポッター！」

ハリーが玄関《げんかん》を開《あ》けたとたん、興奮《こうふん》したかん高《だか》い声《こえ》が言《い》った。藤紫色《ふじむらさきいろ》のシルクハットをかぶった小柄《こがら》な男《おとこ》が、深々《ふかぶか》とハリーにおじぎした。

「またまた光栄《こうえい》のいたり！」

「ありがとう、ディーダラス」

黒髪《くろかみ》のヘスチアに、ちょっと照《て》れくさそうに笑《わら》いかけながら、ハリーが言《い》った。「お二人《ふたり》にはお世話《せわ》になります……おじとおばといとこはこちらです……」

「これはこれは、ハリー・ポッターのご親《しん》せきの方々《かたがた》！」

ディーダラスはずんずん居間《いま》に入《はい》り込《こ》み、うれしそうに挨拶《あいさつ》した。ダーズリー一家《いっか》のほうは、そういう呼《よ》びかけはまったくうれしくないという顔《かお》をした。ハリーはこれでまた気《き》が変《か》わるのではないかと半《なか》ば覚悟《かくご》した。ダドリーは魔法使《まほうつか》いと魔女《まじょ》の姿《すがた》に縮《ちぢ》み上《あ》がって、ますます母親《ははおや》にくっついた。

「もう荷造《にづく》りもできているようですな。けっこう、けっこう！　ハリーが話《はな》したと思《おも》いますがね、なに、簡単《かんたん》な計画《けいかく》ですよ」

チョッキのポケットから巨大《きょだい》な懐中時計《かいちゅうどけい》を引《ひ》っ張《ぱ》り出《だ》し、時間《じかん》をたしかめながらディーダラスが言《い》った。

「我々《われわれ》はハリーより先《さき》に出発《しゅっぱつ》します。この家《いえ》で魔法《まほう》を使《つか》うと危険《きけん》ですから――ハリーはまだ未成《みせい》年《ねん》なので、魔法省《まほうしょう》がハリーを逮捕《たいほ》する口実《こうじつ》を与《あた》えてしまいますんでね――そこで、我々《われわれ》は車《くるま》で、そうですな、十五、六キロ走《はし》りましてね、それからみなさんのために我々《われわれ》が選《えら》んでおいた安全《あんぜん》な場所《ばしょ》へと『姿《すがた》くらまし』するわけです。車《くるま》の運転《うんてん》は、たしか、おできになりますな？」

バーノンおじさんに、ディーダラスがていねいに尋《たず》ねた。

「おできに――？　むろん運転《うんてん》はよくできるわい！」

バーノンおじさんがつばを飛《と》ばしながら言《い》った。

「それはまた賢《かしこ》い。実《じつ》に賢《かしこ》い。わたしなぞ、あれだけボタンやら丸《まる》い握《にぎ》りやらを見《み》たら、頭《あたま》がこんがらがりますな」

ディーダラスはバーノン・ダーズリーを誉《ほ》め上《あ》げているつもりにちがいなかったが、何《なに》か言《い》うたびに、見《み》る見《み》るダーズリー氏《し》の信頼《しんらい》を失《うしな》っていた。

「運転《うんてん》もできんとは」ダーズリー氏《し》が口《くち》ひげをわなわな震《ふる》わせながら、小声《こごえ》でつぶやいたが、幸《さいわ》いディーダラスにもヘスチアにも聞《き》こえていなかった。

「ハリー、あなたのほうは」ディーダラスが話《はな》し続《つづ》けた。「ここで護衛《ごえい》を待《ま》っていてください。手《て》はずにちょっと変更《へんこう》がありましてね――」

「どういうこと？」ハリーが急き込《こ》んで聞《き》いた。「マッドーアイが来《き》て、『付《つ》き添《そ》い姿《すがた》くらまし』で僕《ぼく》を連《つ》れていくはずだけど」

「できないの」ヘスチアが短《みじか》く答《こた》えた。「マッドーアイが説明《せつめい》するでしょう」

それまでさっぱりわからないという顔《かお》で聞《き》いていたダーズリーたちは、「急《いそ》げ！」とどなるキーキー声《ごえ》で飛《と》び上《あ》がった。ハリーは部屋中《へやじゅう》を見回《みまわ》してやっと気《き》づいたが、声《こえ》の主《ぬし》はディーダラスの懐中時計《かいちゅうどけい》だった。

「そのとおり。我々《われわれ》は非常《ひじょう》に厳《きび》しいスケジュールで動《うご》いていますんでね」

ディーダラスは懐中時計《かいちゅうどけい》に向《む》かってうなずき、チョッキにそれをしまい込《こ》んだ。

「我々《われわれ》は、ハリー、あなたがこの家《いえ》から出発《しゅっぱつ》する時間《じかん》と、ご家族《かぞく》が『姿《すがた》くらまし』する時間《じかん》を合《あ》わせようとしていましてね。そうすれば、呪文《じゅもん》が破《やぶ》れると同時《どうじ》に、あなたがた全員《ぜんいん》が安全《あんぜん》な所《ところ》に向《む》かっているという算段《さんだん》です。さて――」ディーダラスはダーズリー一家《いっか》に振《ふ》り向《む》いた。「準備《じゅんび》はよろしいですかな？」

誰《だれ》も答《こた》えなかった。バーノンおじさんは愕然《がくぜん》とした顔《かお》で、ディーダラスのチョッキのふくれたポケットをにらみつけたままだった。

「ディーダラス、わたしたちは玄関《げんかん》ホールで待《ま》っていたほうが」ヘスチアがささやいた。

ハリーとダーズリー一家《いっか》が、涙《なみだ》の別《わか》れを交《か》わすかもしれない親密《しんみつ》な場《ば》に同席《どうせき》するのは、無粋《ぶすい》だと思《おも》ったにちがいない。

「そんな気《き》づかいは」ハリーはボソボソ言《い》いかけたが、バーノンおじさんの「さあ、小僧《こぞう》、ではこれでおさらばだ」の大声《おおごえ》で、それ以上説明《いじょうせつめい》する手間《てま》が省《はぶ》けた。

ダーズリー氏《し》は右腕《みぎうで》を上《あ》げてハリーと握手《あくしゅ》するそぶりを見《み》せたが、間際《まぎわ》になってとてもたえられないと思《おも》ったらしく、拳《こぶし》を握《にぎ》るなり、メトロノームのように腕《うで》をぶらぶら振《ふ》りだした。

「ダディちゃん、いい？」ペチュニアおばさんは、ハンドバッグのとめ金《がね》を何度《なんど》もチェックすることで、ハリーと目《め》を合《あ》わすのをさけていた。ダドリーは答《こた》えもせず、口《くち》を半開《はんびら》きにしてその場《ば》に突《つ》っ立《た》っていた。ハリーは巨人《きょじん》のグロウプをちらりと思《おも》い出《だ》した。

「それじゃあ、行《い》こう」バーノンおじさんが言《い》った。

おじさんが居間《いま》のドアまで行《い》ったとき、ダドリーがぼそりと言《い》った。

「わかんない」

「かわいい子《こ》ちゃん、何《なに》がわからないの？」ペチュニアおばさんが息子《むすこ》を見上《みあ》げて言《い》った。

ダドリーは丸《まる》ハムのような大《おお》きな手《て》でハリーを指《さ》した。

「あいつはどうして一緒《いっしょ》に来《こ》ないの？」

バーノンおじさんもペチュニアおばさんも、ダドリーがたった今《いま》、バレリーナになりたいとでも言《い》ったように、その場《ば》に凍《こお》りついてダドリーを見《み》つめた。

「何《なん》だと？」バーノンおじさんが大声《おおごえ》を出《だ》した。

「どうしてあいつも来《こ》ないの？」ダドリーが聞《き》いた。

「そりゃ、あいつは――来《き》たくないんだ」そう言《い》うなり、バーノンおじさんはハリーをにらみつけて聞《き》いた。「来《き》たくないいんだろう。え？」

「ああ、これっぽっちも」ハリーが言《い》った。

「それ見《み》ろ」バーノンおじさんがダドリーに言《い》った。「さあ、来《こ》い。出《で》かけるぞ」

ダーズリー氏《し》はさっさと部屋《へや》から出《で》ていった。玄関《げんかん》のドアが開《ひら》く音《おと》がした。しかしダドリーは動《うご》かない。二、三歩《ぽ》ためらいがちに歩《ある》きだしたペチュニアおばさんも立《た》ち止《ど》まった。

「今度《こんど》は何《なん》だ？」部屋《へや》の入口《いりぐち》にまた顔《かお》を現《あらわ》したバーノンおじさんがわめいた。

ダドリーは、言葉《ことば》にするのが難《むずか》しい考《かんが》えと格闘《かくとう》しているように見《み》えた。いかにも痛々《いたいた》しげな心《こころ》の葛藤《かっとう》がしばらく続《つづ》いたあと、ダドリーが言《い》った。

「それじゃ、あいつはどこに行《い》くの？」

ペチュニアおばさんとバーノンおじさんは顔《かお》を見合《みあ》わせた。ダドリーにぎょっとさせられたにちがいない。ヘスチア・ジョーンズが沈黙《ちんもく》を破《やぶ》った。

「でも……あなたたちの甥御《おいご》さんがどこに行《い》くか、知《し》らないはずはないでしょう？」

ヘスチアは困惑《こんわく》した顔《かお》で聞《き》いた。

「知《し》ってるとも」バーノンおじさんが言《い》った。「おまえたちの仲間《なかま》と一緒《いっしょ》に行《い》く。そうだろうが？　さあ、ダドリー、車《くるま》に乗《の》ろう。あの男《おとこ》の言《い》うことを聞《き》いたろう。急《いそ》いでいるんだ」

バーノン・ダーズリーは再《ふたた》びさっさと玄関《げんかん》まで出《で》ていった。しかしダドリーはついていかなかった。

「私《わたし》たちの仲間《なかま》と一緒《いっしょ》に行《い》く？」

ヘスチアは憤慨《ふんがい》したようだった。同《おな》じような反応《はんのう》を、ハリーはこれまでも見《み》てきた。有名《ゆうめい》なハリー・ポッターに対《たい》して、まだ生《い》きている親族《しんぞく》の中《なか》では一番近《いちばんちか》いこの家族《かぞく》があまりに冷淡《れいたん》なことに、魔法使《まほうつか》いたちはショックを受《う》けるらしい。

「気《き》にしないで」ハリーがヘスチアに言《い》った。「ほんとに、何《なん》でもないんだから」

「何《なん》でもない？」聞《き》き返《かえ》すヘスチアの声《こえ》が高《たか》くなり、険悪《けんあく》になった。

「この人《ひと》たちは、あなたがどんな経験《けいけん》をしてきたか、わかっているのですか？　あなたがどんなに危険《きけん》な立場《たちば》にあるか、知《し》っているの？　反《はん》ヴォルデモート運動《うんどう》にとって、あなたが精神的《せいしんてき》にどんなに特別《とくべつ》な位置《いち》を占《し》めているか、認識《にんしき》しているの？」

「あの――いえ、この人《ひと》たちにはわかっていません」ハリーが言《い》った。

「僕《ぼく》なんか、粗大《そだい》ごみだと思《おも》われているんだ。でも僕《ぼく》、なれてるし――」

「おまえ、粗大《そだい》ごみじゃないと思《おも》う」

ダドリーの唇《くちびる》が動《うご》くのを見《み》ていなかったら、ハリーは耳《みみ》を疑《うたが》ったかもしれない。ハリーはそれでもなおダドリーを見《み》つめ、今《いま》しゃべったのが自分《じぶん》のいとこだと納得《なっとく》するのに、数秒《すうびょう》かかった。まちがいなくダドリーがそう言《い》った。一つには、ダドリーが赤《あか》くなっていたからだ。ハリーもきまりが悪《わる》くなったし、意表《いひょう》を突《つ》かれて驚《おどろ》いていた。

「えーと……あの……ありがとう、ダドリー」

ダドリーは再《ふたた》び表現《ひょうげん》しきれない思《おも》いと取《と》り組《く》んでいるように見《み》えたが、やがてつぶやいた。

「おまえはおれの命《いのち》を救《すく》った」

「正確《せいかく》にはちがうね」ハリーが言《い》った。「吸魂鬼《きゅうこんき》が奪《うば》いそこねたのは、君《きみ》の魂《たましい》さ」

ハリーは不思議《ふしぎ》なものを見《み》るように、いとこを見《み》た。今年《ことし》も、去年《きょねん》の夏《なつ》も、ハリーは短《みじか》い間《あいだ》しかプリベット通《どお》りにいなかったし、ほとんど部屋《へや》にこもりきりだったので、ダドリーとは事実《じじつ》上接触《じょうせっしょく》がなかった。しかし、ハリーはたった今《いま》、はたと思《おも》い当《あ》たった。今朝《けさ》がた踏《ふ》んづけたあの冷《さ》めた紅茶《こうちゃ》のカップは、いたずらではなかったのかもしれない。ハリーは胸《むね》が熱《あつ》くなりかけたが、ダドリーの感情《かんじょう》表現能力《ひょうげんのうりょく》がどうやら底《そこ》をついてしまったらしいのを見《み》て、やはりホッとした。ダドリーはさらに一、二度《ど》、口《くち》をパクパクさせたが、真《ま》っ赤《か》になってだまり込《こ》んでしまった。

ペチュニアおばさんはワッと泣《な》きだした。ヘスチアはそれでよいという顔《かお》をしたが、おばさんがかけ寄《よ》って抱《だ》きしめたのがハリーではなくダドリーだったので、憤怒《ふんぬ》の表情《ひょうじょう》に変《か》わった。

「な──なんてやさしい子《こ》なの、ダッダーちゃん……」ペチュニアは息子《むすこ》のだだっ広《ぴろ》い胸《むね》に顔《かお》をうずめてすすり泣《な》いた。「な──なんて、い、いい子《こ》なんでしょう……あ、ありがとうって言《い》うなんて……」

「その子《こ》はありがとうなんて、言《い》っていませんよ！」ヘスチアが憤慨《ふんがい》して言《い》った。「ただ、『ハリーは粗大《そだい》ごみじゃないと思《おも》う』って言《い》っただけでしょう！」

「うん、そうなんだけど、ダドリーがそう言《い》うと、『君《きみ》が大好《だいす》きだ』って言《い》ったようなものなんだ」

ハリーは説明《せつめい》した。ペチュニアおばさんがダドリーにしがみつき、まるでダドリーが燃《も》え盛《さか》るビルからハリーを救《すく》い出《だ》しでもしたかのように泣《な》き続《つづ》けるのを見《み》て、ハリーは困《こま》ったような、笑《わら》いたいような複雑《ふくざつ》な気持《きも》ちだった。

「行《い》くのか行《い》かないのか？」居間《いま》の入口《いりぐち》にまたまた顔《かお》を現《あらわ》したバーノンおじさんがわめいた。

「スケジュールが厳《きび》しいんじゃなかったのか！」

「そう――そうですとも」わけがわからない様子《ようす》で一部始終《いちぶしじゅう》をながめていたディーダラス・ディグルが、やっと我《われ》に返《かえ》ったかのように言《い》った。「もうほんとうに行《い》かないと。ハリー――」

ディーダラスはひょいひょい歩《ある》きだし、ハリーの手《て》を両手《りょうて》でギュッと握《にぎ》った。

「――お元気《げんき》で。またお会《あ》いしましょう。魔法界《まほうかい》の希望《きぼう》はあなたの双肩《そうけん》にかかっております」

「あ、ええ、ありがとう」ハリーが言《い》った。

「さようなら、ハリー」ヘスチアもハリーの手《て》をしっかり握《にぎ》った。「私《わたし》たちはどこにいても、心《こころ》はあなたと一緒《いっしょ》です」

「何《なに》もかもうまくいくといいけど」

ハリーは、ペチュニアおばさんとダドリーをちらりと見《み》ながら言《い》った。

「ええ、ええ、私《わたし》たちはきっと大《だい》の仲良《なかよ》しになりますよ」ディグルは部屋《へや》の入口《いりぐち》でシルクハットを振《ふ》りながら、明《あか》るく言《い》った。ヘスチアもそのあとから出《で》ていった。

ダドリーはしがみついている母親《ははおや》からそっと離《はな》れ、ハリーのほうに歩《ある》いてきた。ハリーは魔法《まほう》でダドリーを脅《おど》してやりたいという衝動《しょうどう》を抑《おさ》えつけなければならなかった。ダドリーがだしぬけに大《おお》きなピンクの手《て》を差《さ》し出《だ》した。

「驚《おどろ》いたなあ、ダドリー」ペチュニアおばさんがまたしても泣《な》きだす声《こえ》を聞《き》きながら、ハリーが言《い》った。「吸魂鬼《きゅうこんき》に別《べつ》な人格《じんかく》を吹《ふ》き込《こ》まれたのか？」

「わかんない」ダドリーが小声《こごえ》で言《い》った。「またな、ハリー」

「ああ……」ハリーはダドリーの手《て》を取《と》って握手《あくしゅ》した。「たぶんね。元気《げんき》でな、ビッグD《ディー》」

ダドリーはニヤッとしかけ、それからドスドスと部屋《へや》を出《で》ていった。庭《にわ》の砂利道《じゃりみち》を踏《ふ》みしめるダドリーの重《おも》い足音《あしおと》が聞《き》こえ、やがて車《くるま》のドアがバタンと閉《し》まる音《おと》がした。ハンカチに顔《かお》をうずめていたペチュニアおばさんは、その音《おと》であたりを見回《みまわ》した。ハリーと二人《ふたり》きりになるとは、思《おも》ってもいなかったようだ。ぬれたハンカチをあわててポケットにしまいながら、おばさんは「じゃ――さよなら」と言《い》って、ハリーの顔《かお》も見《み》ずにどんどん戸口《とぐち》まで歩《ある》いていった。

「さようなら」ハリーが言《い》った。

ペチュニアおばさんが立《た》ち止《ど》まって、振《ふ》り返《かえ》った。一瞬《いっしゅん》ハリーは、おばさんが自分《じぶん》に何《なに》か言《い》いたいのではないかという、不思議《ふしぎ》な気持《きも》ちに襲《おそ》われた。何《なん》とも奇妙《きみょう》な、おののくような目《め》でハリーを見《み》ながら、言《い》おうか言《い》うまいかと迷《まよ》っているようだったが、やがてくいっと頭《あたま》を上《あ》げ、おばさんは夫《おっと》と息子《むすこ》を追《お》って、せかせかと部屋《へや》を出《で》ていった。

第《だい》4章《しょう》　七人《にん》のポッター

ハリーは二階《かい》にかけ戻《もど》り、自分《じぶん》の部屋《へや》の窓辺《まどべ》に走《はし》り寄《よ》った。ちょうど、ダーズリー一家《いっか》を乗《の》せた車《くるま》が、庭《にわ》から車道《しゃどう》に出《で》ていくところに間《ま》に合《あ》った。後部座席《こうぶざせき》に座《すわ》ったペチュニアおばさんとダドリーの間《あいだ》に、ディーダラスのシルクハットが見《み》えた。プリベット通《どお》りの端《はし》で右《みぎ》に曲《ま》がった車《くるま》の窓《まど》ガラスが、沈《しず》みかけた太陽《たいよう》で一瞬《いっしゅん》真《ま》っ赤《か》に染《そ》まった。そして次《つぎ》の瞬間《しゅんかん》、車《くるま》の姿《すがた》はもうなかった。

ハリーはヘドウィグの鳥《とり》かごを持《も》ち上《あ》げ、ファイアボルトとリュックサックを持《も》って、不自然《ふしぜん》なほどすっきり片《かた》づいた部屋《へや》をもう一度《いちど》ぐるりと見回《みまわ》した。それから、荷物《にもつ》をぶらさげた不格好《ぶかっこう》な足取《あしど》りで階段《かいだん》を下《お》り、階段下《かいだんした》に鳥《とり》かごと箒《ほうき》、リュックを置《お》いて玄関《げんかん》ホールに立《た》った。陽射《ひざ》しは急速《きゅうそく》に弱《よわ》まり、夕暮《ゆうぐ》れの薄明《うすあ》かりがホールにさまざまな影《かげ》を落《お》としていた。静《しず》まり返《かえ》った中《なか》にたたずみ、まもなくこの家《いえ》を永久《えいきゅう》に去《さ》るのだと思《おも》うと、何《なん》とも言《い》えない不思議《ふしぎ》な気持《きも》ちがした。その昔《むかし》、ダーズリー一家《いっか》が遊《あそ》びに出《で》かけたあとの取《と》り残《のこ》された孤独《こどく》な時間《じかん》は、貴重《きちょう》なお楽《たの》しみの時間《じかん》だった。まず冷蔵庫《れいぞうこ》からおいしそうな物《もの》をかすめて急《いそ》いで二階《かい》に上《あ》がり、ダドリーのコンピュータ・ゲームをしたり、テレビをつけて心行《こころゆ》くまで次《つぎ》から次《つぎ》とチャンネルを替《か》えたりしたものだ。そのころを思《おも》い出《だ》すと、何《なん》だかちぐはぐでうつろな気持《きも》ちになった。まるで死《し》んだ弟《おとうと》を思《おも》い出《だ》すような気持《きも》ちだった。

「最後《さいご》にもう一度《いちど》、見《み》ておきたくないのかい？」

ハリーは、すねて翼《つばさ》に頭《あたま》を突《つ》っ込《こ》んだままのヘドウィグに話《はな》しかけた。

「もう二度《にど》とここには戻《もど》らないんだ。楽《たの》しかったときのことを思《おも》い出《だ》したくないのかい？　ほら、この玄関《げんかん》マットを見《み》てごらん。どんな思《おも》い出《で》があるか……ダドリーを吸魂鬼《きゅうこんき》から助《たす》けたあとで、あいつ、ここに吐《は》いたっけ……あいつ、結局《けっきょく》、僕《ぼく》に感謝《かんしゃ》してたんだよ。信《しん》じられるかい？……それに、去年《きょねん》の夏休《なつやす》み、ダンブルドアがこの玄関《げんかん》から入《はい》ってきて……」

ハリーはふと、何《なに》を考《かんが》えていたかわからなくなった。ヘドウィグは思《おも》い出《だ》す糸口《いとぐち》を見《み》つける手《て》助《だす》けもせず、頭《あたま》を翼《つばさ》に突《つ》っ込《こ》んだままだった。ハリーは玄関《げんかん》に背《せ》を向《む》けた。

「ほら、ヘドウィグ、ここだよ——」ハリーは階段《かいだん》の下《した》のドアを開《あ》けた。「——僕《ぼく》、ここで寝《ね》てたんだ！　そのころ、君《きみ》はまだ僕《ぼく》のことを知《し》らなかった——驚《おどろ》いたなあ、こんなに狭《せま》いなんて。僕《ぼく》、忘《わす》れてた……」

ハリーは、積《つ》み上《あ》げられた靴《くつ》や傘《かさ》を眺《なが》めて、毎朝《まいあさ》目《め》が覚《さ》めると階段《かいだん》の裏側《うらがわ》が見《み》えたことを思《おも》い出《だ》した。だいたいいつも、クモが一匹《ぴき》か二匹《ひき》はぶら下《さ》がっていたものだ。ほんとうの自分《じぶん》が何者《なにもの》なのかを、まったく知《し》らなかったころの思《おも》い出《で》だ。両親《りょうしん》がどのようにして死《し》んだのかも知《し》らず、なぜ自分《じぶん》の周《まわ》りで、いろいろと不思議《ふしぎ》なことが起《お》きるのかもわからなかったころのことだ。しかし、すでにその当時《とうじ》から自分《じぶん》につきまとっていた夢《ゆめ》のことは覚《おぼ》えている。緑色《みどりいろ》の閃光《せんこう》が走《はし》る、混乱《こんらん》した夢《ゆめ》だ。そして一度《いちど》は――ハリーが夢《ゆめ》の話《はなし》をしたら、バーノンおじさんが危《あや》うく車《くるま》をぶつけそうになったっけ――空飛《そらと》ぶオートバイの夢《ゆめ》だった……。

突然《とつぜん》、どこか近《ちか》くでごう音《おん》がした。かがめていた体《からだ》を急《きゅう》に起《お》こしたとたん、ハリーは頭《あたま》のてっぺんを低《ひく》いドアの枠《わく》にぶつけてしまい、一瞬《いっしゅん》その場《ば》に立《た》ったまま、バーノンおじさんとっておきの悪態《あくたい》を二言《ふたこと》三言《みこと》吐《は》いた。それからすぐに、ハリーは頭《あたま》を押《お》さえながらよろよろとキッチンに入《はい》り、窓《まど》から裏庭《うらにわ》をじっとのぞいた。

暗《くら》がりが波立《なみだ》ち、空気《くうき》そのものが震《ふる》えているようだった。そして、一人《ひとり》、また一人《ひとり》と、「目《め》くらまし術《じゅつ》」を解《と》いた人影《ひとかげ》が現《あらわ》れた。その場《ば》を圧《あっ》する姿《すがた》のハグリッドは、ヘルメットにゴーグルを着《つ》け、黒《くろ》いサイドカーつきの巨大《きょだい》なオートバイにまたがっている。その周囲《しゅうい》に出現《しゅつげん》した人《ひと》たちは次々《つぎつぎ》に箒《ほうき》から下《お》り、二頭《とう》の羽《はね》の生《は》えたがい骨《こつ》のような黒《くろ》い馬《うま》から降《お》りる人影《ひとかげ》も見《み》えた。

ハリーはキッチンの裏戸《うらど》を開《あ》けるのももどかしく、その輪《わ》に飛《と》び込《こ》んでいった。ワッといっせいに声《こえ》が上《あ》がり、ハーマイオニーがハリーに抱《だ》きついた。ロンはハリーの背《せ》をパンとたたき、ハグリッドは「大丈夫《だいじょうぶ》か、ハリー？　準備《じゅんび》はええか？」と声《こえ》をかけた。

「ばっちりだ」ハリーは全員《ぜんいん》にニッコリと笑《わら》いかけた。「でも、こんなにたくさん来《く》るなんて思《おも》わなかった！」

「計画変更《けいかくへんこう》だ」マッド-アイがうなるように言《い》った。

マッド-アイは、ふくれ上《あ》がった大《おお》きな袋《ふくろ》を二つ持《も》ち、魔法《まほう》の目玉《めだま》を、暮《く》れゆく空《そら》から家《いえ》へ、庭《にわ》へと目《め》まぐるしく回転《かいてん》させていた。

「おまえに説明《せつめい》する前《まえ》に、安全《あんぜん》な場所《ばしょ》に入《はい》ろう」

ハリーはみんなをキッチンに案内《あんない》した。にぎやかに笑《わら》ったり話《はな》したりしながら、椅子《いす》に座《すわ》ったり、ペチュニアおばさんが磨《みが》き上《あ》げた調理台《ちょうりだい》に腰《こし》かけたり、しみ一つない電気製品《でんきせいひん》などに寄《よ》りかかったりして、全員《ぜんいん》がどこかに納《おさ》まった。ロンはひょろりとした長身《ちょうしん》。ハーマイオニーは豊《ゆた》かな髪《かみ》を後《うし》ろで一つに束《たば》ね、長《なが》い三《み》つ編《あ》みにしている。フレッドとジョージは瓜二《うりふた》つのニヤニヤ笑《わら》いを浮《う》かべ、ビルはひどい傷痕《きずあと》の残《のこ》る顔《かお》に長髪《ちょうはつ》だ。頭《あたま》のはげ上《あ》がった親切《しんせつ》そうな顔《かお》のウィーズリーおじさんは、めがねが少《すこ》しずれている。歴戦《れきせん》のマッド-アイは片足《かたあし》が義足《ぎそく》で、明《あか》るいブルーの魔《ま》法《ほう》の目玉《めだま》がぐるぐる回《まわ》っている。トンクスの短《みじか》い髪《かみ》はお気《き》に入《い》りのショッキングピンクだが、ルーピンは白髪《しらが》もしわも増《ふ》えていた。フラーは長《なが》い銀色《ぎんいろ》の髪《かみ》を垂《た》らし、ほっそりとして美《うつく》しい。黒人《こくじん》のキングズリーははげていて、肩幅《かたはば》ががっちりしている。髪《かみ》もひげもぼうぼうのハグリッドは、天井《てんじょう》に頭《あたま》をぶつけないように背中《せなか》を丸《まる》めて立《た》っていた。マンダンガス・フレッチャーは、バセットハウンド犬《けん》のように垂《た》れ下《さ》がった目《め》ともつれた髪《かみ》の、おどおどした汚《きたな》らしい小男《こおとこ》だ。みんなを眺《なが》めていると、ハリーは心《こころ》が広々《ひろびろ》として光《ひかり》で満《み》たされるような気《き》がした。みんなが好《す》きでたまらなかった。前《まえ》に会《あ》ったときにはしめ殺《ころ》してやろうと思《おも》ったマンダンガスでさえ、好《す》きだった。

「キングズリー、マグルの首相《しゅしょう》の警護《けいご》をしてるんじゃなかったの？」

ハリーは部屋《へや》の向《む》こうに呼《よ》びかけた。

「一晩《ひとばん》ぐらい私《わたし》がいなくとも、あっちは差《さ》しつかえない」キングズリーが言《い》った。「君《きみ》のほうが大切《たいせつ》だ」

「ハリー、これな〜んだ？」

洗濯機《せんたくき》に腰《こし》かけたトンクスが、ハリーに向《む》かって左手《ひだりて》を振《ふ》って見《み》せた。指輪《ゆびわ》が光《ひか》っている。

「結婚《けっこん》したの？」ハリーは思《おも》わず叫《さけ》んで、トンクスからルーピンに視線《しせん》を移《うつ》した。

「来《き》てもらえなくて残念《ざんねん》だったが、ハリー、ひっそりした式《しき》だったのでね」

「よかったね。おめで――」

「さあさあ。積《つ》もる話《はなし》はあとにするのだ！」

ガヤガヤをさえぎるように、ムーディが大声《おおごえ》を出《だ》すと、キッチンが静《しず》かになった。ムーディは袋《ふくろ》を足元《あしもと》に下《お》ろし、ハリーを見《み》た。

「ディーダラスが話《はな》したと思《おも》うが、計画A《けいかくエー》は中止《ちゅうし》せざるをえん。パイアス・シックネスが寝返《ねがえ》った。これは我々《われわれ》にとって大問題《だいもんだい》となる。シックネスめ、この家《いえ》を『煙突飛行《えんとつひこう》ネットワーク』と結《むす》ぶことも、『移動キー《ポートキー》』を置《お》くことも、『姿《すがた》あらわし』で出入《でい》りすることも禁《きん》じ、違反《いはん》すれば監獄《かんごく》行《い》きとなるようしてくれおった。おまえを保護《ほご》し、『例《れい》のあの人《ひと》』がおまえに手出《てだ》しできんようにするためだという口実《こうじつ》だが、まったく意味《いみ》をなさん。おまえの母親《ははおや》の魔法《まほう》がとっくに保護《ほご》してくれておるのだからな。あいつのほんとうのねらいは、おまえをここから無事《ぶじ》には出《だ》させんようにすることだ」

「二つ目《め》の問題《もんだい》だが、おまえは未成年《みせいねん》だ。つまりまだ『におい』をつけておる」

「僕《ぼく》、そんなもの――」

「『におい』だ、『におい』！」マッド-アイがたたみかけた。「『十七歳未満《さいみまん》の者《もの》の周囲《しゅうい》での魔法《まほう》行為《こうい》をかぎ出《だ》す呪文《じゅもん》』、魔法省《まほうしょう》が未成年《みせいねん》の魔法《まほう》を発見《はっけん》する方法《ほうほう》のことだ！　おまえないしおまえの周辺《しゅうへん》の者《もの》がここからおまえを連《つ》れ出《だ》す呪文《じゅもん》をかけると、シックネスにそれが伝《つた》わり、死喰《しく》い人《びと》にもかぎつけられるだろう」

「我々《われわれ》は、おまえの『におい』が消《き》えるまで待《ま》つわけにはいかん。十七歳《さい》になったとたん、おまえの母親《ははおや》が与《あた》えた護《まも》りはすべて失《うしな》われる。要《よう》するに、パイアス・シックネスはおまえをきっちり追《お》い詰《つ》めたと思《おも》っておる」

面識《めんしき》のないシックネスだったが、ハリーもシックネスの考《かんが》えどおりだと思《おも》った。

「それで、どうするつもりですか？」

「残《のこ》された数少《かずすく》ない輸送手段《ゆそうしゅだん》を使《つか》う。『におい』がかぎつけられない方法《ほうほう》だ。何《なに》しろこれなら呪文《じゅもん》をかける必要《ひつよう》がないからな。箒《ほうき》、セストラル、それとハグリッドのオートバイだ」

ハリーにはこの計画《けいかく》の欠陥《けっかん》が見《み》えた。しかし、マッド-アイがその点《てん》に触《ふ》れるまでだまっていることにした。

「さて、おまえの母親《ははおや》の魔法《まほう》は、二つの条件《じょうけん》のどちらかが満《み》たされたときにのみ破《やぶ》れる。おまえが成人《せいじん》に達《たっ》したとき、または――」

ムーディはちり一つないキッチンをぐるりと指《さ》した。

「――この場所《ばしょ》を、もはやおまえの家《いえ》と呼《よ》べなくなったときだ。おまえは今夜《こんや》、おじおばとは別《べつ》の道《みち》に向《む》かう。もはや二度《にど》と一緒《いっしょ》に住《す》むことはないとの了解《りょうかい》の上《うえ》だ。そうだな？」

ハリーはうなずいた。

「さすれば、今回《こんかい》この家《いえ》を去《さ》れば、おまえはもはや戻《もど》ることはない。おまえがこの家《いえ》の領域《りょういき》から外《そと》に出《で》たとたん、呪文《じゅもん》は破《やぶ》れる。我々《われわれ》は早《はや》めに呪文《じゅもん》を破《やぶ》るほうを選択《せんたく》した。何《なん》となれば、もう一つの方法《ほうほう》では、おまえが十七歳《さい》になったとたん、『例《れい》のあの人《ひと》』がおまえを捕《と》らえにくる。それを待《ま》つだけのことになるからだ」

「我々《われわれ》にとって一つ有利《ゆうり》なのは、今夜《こんや》の移動《いどう》を『例《れい》のあの人《ひと》』が知《し》らぬことだ。魔法省《まほうしょう》にガセネタを流《なが》しておいた。連中《れんちゅう》はおまえが三十日《にち》の夜中《よなか》までは発《た》たぬと思《おも》っておる。しかし相手《あいて》は『例《れい》のあの人《ひと》』だ。やつが日程《にってい》を誤《あや》まることだけを当《あ》てにするわけにはいかぬ。万《まん》が一《いち》のために、このあたりの空全体《そらぜんたい》を、二人《ふたり》の死喰《しく》い人《びと》にパトロールさせているにちがいない。そこで我々《われわれ》は十二軒《けん》の家《いえ》に、できうるかぎりの保護呪文《ほごじゅもん》をかけた。そのいずれも、わしらがおまえを隠《かく》しそうな家《いえ》だ。騎士団《きしだん》と何《なん》らかの関係《かんけい》がある場所《ばしょ》ばかりだからな。わしの家《いえ》、キングズリーの所《ところ》、モリーのおば御《ご》のミュリエルの家《いえ》――わかるな」

「ええ」と言《い》ってはみたが、必《かなら》ずしも正直《しょうじき》な答《こた》えではなかった。ハリーにはまだ、この計画《けいかく》の大《おお》きな落《お》とし穴《あな》が見《み》えていた。

「おまえはトンクスの両親《りょうしん》の家《いえ》に向《む》かう。いったん我々《われわれ》がそこにかけておいた保護呪文《ほごじゅもん》の境界内《きょうかいない》に入《はい》ってしまえば、『隠《かく》れ穴《あな》』に向《む》かう移動《ポート》キーが使《つか》える。質問《しつもん》は？」

「あ——はい」ハリーが言《い》った。「最初《さいしょ》のうちは、十二軒《けん》のどれに僕《ぼく》が向《む》かうのか、あいつらにはわからないかもしれませんが、でも、もし——」ハリーはサッと頭数《あたまかず》を数《かぞ》えた。「——十四人《にん》もトンクスのご両親《りょうしん》の家《いえ》に向《む》かって飛《と》んだら、ちょっと目立《めだ》ちませんか？」

「ああ」ムーディが言《い》った。「肝心《かんじん》なことを忘《わす》れておった。十四人《にん》がトンクスの実家《じっか》に向《む》かうのではない。今夜《こんや》は七人《にん》のハリー・ポッターが空《そら》を移動《いどう》する。それぞれに随行《ずいこう》がつく。それぞれの組《くみ》が、別々《べつべつ》の安全《あんぜん》な家《いえ》に向《む》かう」

ムーディはそこで、マントの中《なか》から、泥《どろ》のようなものが入《はい》ったフラスコを取《と》り出《だ》した。それ以《い》上《じょう》の説明《せつめい》は不要《ふよう》だった。ハリーは計画《けいかく》の全貌《ぜんぼう》をすぐさま理解《りかい》した。

「ダメだ！」ハリーの大声《おおごえ》がキッチン中《じゅう》に響《ひび》き渡《わた》った。「絶対《ぜったい》ダメだ！」

「きっとそう来《く》るだろうって、私《わたし》、みんなに言《い》ったのよ」ハーマイオニーが自慢《じまん》げに言《い》った。

「僕《ぼく》のために六人《にん》もの命《いのち》を危険《きけん》にさらすなんて、僕《ぼく》が許《ゆる》すとでも——！」

「——何《なに》しろ、そんなことは僕《ぼく》らにとって初《はじ》めてだから、とか言《い》っちゃって」ロンが言《い》った。

「今度《こんど》はわけがちがう。僕《ぼく》に変身《へんしん》するなんて——」

「そりゃ、ハリー、好《す》きこのんでそうするわけじゃないぜ」フレッドが大真面目《おおまじめ》な顔《かお》で言《い》った。

「考《かんが》えてもみろよ。失敗《しっぱい》すりゃ俺《おれ》たち、永久《えいきゅう》にめがねをかけたやせっぽちの、さえない男《おとこ》のままだぜ」

ハリーは笑《わら》うどころではなかった。

「僕《ぼく》が協力《きょうりょく》しなかったらできないぞ。僕《ぼく》の髪《かみ》の毛《け》が必要《ひつよう》なはずだ」

「ああ、それがこの計画《けいかく》の弱《よわ》みだぜ」ジョージが言《い》った。「君《きみ》が協力《きょうりょく》しなけりゃ、俺《おれ》たち、君《きみ》の髪《かみ》の毛《け》をちょっぴりちょうだいするチャンスは明《あき》らかにゼロだからな」

「まったくだ。我《われ》ら十三人《にん》に対《たい》するは、魔法《まほう》の使《つか》えないやつ一人《ひとり》だ。俺《おれ》たちのチャンスはゼロだな」フレッドが言《い》った。

「おかしいよ」ハリーが言《い》った。「まったく笑《わら》っちゃうよ」

「力《ちから》ずくでもということになれば、そうするぞ」ムーディがうなった。魔法《まほう》の目玉《めだま》がハリーをにらみつけて、今《いま》やわなわなと震《ふる》えていた。「ここにいる全員《ぜんいん》が成人《せいじん》に達《たっ》した魔法使《まほうつか》いだぞ、ポッター。しかも全員《ぜんいん》が危険《きけん》を覚悟《かくご》しておる」

マンダンガスが肩《かた》をすくめてしかめっ面《つら》をした。ムーディの魔法《まほう》の目玉《めだま》がぐるりと横《よこ》に回転《かいてん》し、頭《あたま》の横《よこ》からマンダンガスをにらみつけた。

「議論《ぎろん》はもうやめだ。刻々《こっこく》と時間《じかん》がたっていく。さあ、いい子《こ》だ、髪《かみ》の毛《け》を少《すこ》しくれ」

「でも、とんでもないよ。そんな必要《ひつよう》はないと——」

「必要《ひつよう》はないだと！」ムーディが歯《は》をむき出《だ》した。「『例《れい》のあの人《ひと》』が待《ま》ち受《う》けておるし、魔法《まほう》省《しょう》の半分《はんぶん》が敵《てき》に回《まわ》っておってもか？　ポッター、うまくいけば、あいつは疑似餌《ぎじえ》に食《く》らいつき、三十日《にち》におまえを待《ま》ち伏《ぶ》せするように計画《けいかく》するだろう。しかしあいつもばかじゃないからな、死《し》喰《く》い人《びと》の一人《ひとり》や二人《ふたり》は見張《みは》りにつけておるだろう。わしならそうする。おまえの母親《ははおや》の護《まも》りが効《き》いているうちは、おまえにもこの家《いえ》にも手出《てだ》しができんかもしれんが、まもなく呪文《じゅもん》は破《やぶ》れる。それにやつらは、この家《いえ》の位置《いち》のだいたいの見当《けんとう》をつけている。おとりを使《つか》うのが我《われ》らに残《のこ》された唯一《ゆいいつ》の途《みち》だ。『例《れい》のあの人《ひと》』といえども、体《からだ》を七つに分《わ》けることはできまい」

　ハリーはハーマイオニーの視線《しせん》をとらえたが、すぐに目《め》をそらした。

「そういうことだ、ポッター——髪《かみ》の毛《け》をくれ。頼《たの》む」

　ハリーはちらりとロンを見《み》た。ロンは、いいからやれよと言《い》うように、ハリーに向《む》かって顔《かお》をしかめた。

「さあ！」ムーディがほえた。

　全員《ぜんいん》の目《め》が注《そそ》がれる中《なか》、ハリーは頭《あたま》のてっぺんに手《て》をやり、髪《かみ》を一握《ひとにぎ》り引《ひ》き抜《ぬ》いた。

「よーし」ムーディが足《あし》を引《ひ》きずって近《ちか》づき、魔法薬《まほうやく》のフラスコの栓《せん》を抜《ぬ》いた。「さあ、そのままこの中《なか》に」

ハリーは泥状《どろじょう》の液体《えきたい》に髪《かみ》の毛《け》を落《お》とし入《い》れた。液体《えきたい》は、髪《かみ》がその表面《ひょうめん》に触《ふ》れるや否《いな》や、泡立《あわだ》ち、煙《けむり》を上《あ》げ、それから一気《いっき》に明《あか》るい金色《きんいろ》の透明《とうめい》な液体《えきたい》に変化《へんか》した。

「うわぁ、ハリー、あなたって、クラッブやゴイルよりずっとおいしそう」

そう言《い》ったあとで、ハーマイオニーはロンの眉毛《まゆげ》が吊《つ》り上《あ》がるのに気《き》づき、ちょっと赤《あか》くなってあわててつけ足《た》した。

「あ、ほら――ゴイルのなんか、鼻《はな》クソみたいだったじゃない」

「よし。では偽《にせ》ポッターたち、ここに並《なら》んでくれ」ムーディが言《い》った。

ロン、ハーマイオニー、フレッド、ジョージ、そしてフラーが、ペチュニアおばさんのピカピカの流《なが》し台《だい》の前《まえ》に並《なら》んだ。

「一人《ひとり》足《た》りないな」ルーピンが言《い》った。

「ほらよ」ハグリッドがどら声《ごえ》とともにマンダンガスのえり首《くび》をつかんで持《も》ち上《あ》げ、フラーのかたわらに落《お》とした。フラーはあからさまに鼻《はな》にしわを寄《よ》せ、フレッドとジョージの間《あいだ》に移動《いどう》した。

「言《い》っただろうが。俺《おれ》は護衛役《ごえいやく》のほうがいいって」マンダンガスが言《い》った。

「だまれ」ムーディがうなった。「おまえに言《い》って聞《き》かせたはずだ。この意気地《いくじ》なしめが。死喰《しく》い人《びと》に出《で》くわしても、ポッターを捕《つか》まえようとはするが殺《ころ》しはせん。ダンブルドアがいつも言《い》っておった。『例《れい》のあの人《ひと》』は自分《じぶん》の手《て》でポッターを始末《しまつ》したいのだとな。護衛《ごえい》のほうこそ、むしろ心配《しんぱい》すべきなのだ。死喰《しく》い人《びと》は護衛《ごえい》を殺《ころ》そうとするぞ」

マンダンガスは、格別納得《かくべつなっとく》したようには見《み》えなかった。しかしムーディはすでに、マントからゆで卵《たまご》立《た》てほどの大《おお》きさのグラスを六個《こ》取《と》り出《だ》し、それぞれに渡《わた》してポリジュース薬《やく》を少《すこ》しずつ注《そそ》いでいた。

「それでは、一緒《いっしょ》に……」

ロン、ハーマイオニー、フレッド、ジョージ、フラー、そしてマンダンガスが飲《の》んだ。薬《くすり》がのどを通《とお》るとき、全員《ぜんいん》が顔《かお》をしかめてゼイゼイ言《い》った。たちまち六人《にん》の顔《かお》が熱《あつ》いろうのように泡立《あわだ》ち、形《かたち》が変《か》わった。ハーマイオニーとマンダンガスが縦《たて》に伸《の》びだす一方《いっぽう》、ロン、フレッド、ジョージのほうは縮《ちぢ》んでいった。全員《ぜんいん》の髪《かみ》が黒《くろ》くなり、ハーマイオニーとフラーの髪《かみ》は頭《あたま》の中《なか》に吸《す》い込《こ》まれていくようだった。

ムーディはいっさい無関心《むかんしん》に、今度《こんど》は持《も》ってきた二つの大《おお》きいほうの袋《ふくろ》の口《くち》を開《あ》けていた。ムーディが再《ふたた》び立《た》ち上《あ》がったときには、その前《まえ》に、ゼイゼイ息《いき》を切《き》らした六人《にん》のハリー・ポッターが現《あらわ》れていた。

フレッドとジョージは互《たが》いに顔《かお》を見合《みあ》わせ、同時《どうじ》に叫《さけ》んだ。

「わおっ――俺《おれ》たちそっくりだぜ！」

「しかし、どうかな、やっぱり俺《おれ》のほうがいい男《おとこ》だ」

やかんに映《うつ》った姿《すがた》を眺《なが》めながら、フレッドが言《い》った。

「アララ」フラーは電子《でんし》レンジの前《まえ》で自分《じぶん》の姿《すがた》をたしかめながら嘆《なげ》いた。「ビル、見《み》ないでちょうだい――わたし、いどいわ」

「着《き》ているものが多少《たしょう》ぶかぶかな場合《ばあい》、ここに小《ちい》さいのを用意《ようい》してある」ムーディが最初《さいしょ》の袋《ふくろ》を指差《ゆびさ》した。「逆《ぎゃく》の場合《ばあい》も同様《どうよう》だ。めがねを忘《わす》れるな。横《よこ》のポケットに六個《こ》入《はい》っている。着替《きが》えたら、もう一つの袋《ふくろ》のほうに荷物《にもつ》が入《はい》っておる」

本物《ほんもの》のハリーは、これまで異常《いじょう》なものをたくさん見《み》てきたにもかかわらず、今目《いまめ》にしているほど不気味《ぶきみ》なものを見《み》たことがないと思《おも》った。六人《にん》の「生《い》き霊《りょう》」が袋《ふくろ》に手《て》を突《つ》っ込《こ》み、服《ふく》を引《ひ》っ張《ぱ》り出《だ》してめがねをかけ、自分《じぶん》の服《ふく》を片《かた》づけている。全員《ぜんいん》が公衆《こうしゅう》の面前《めんぜん》で臆面《おくめん》もなく裸《はだか》になりはじめたのを見《み》て、ハリーは、もう少《すこ》し自分《じぶん》のプライバシーを尊重《そんちょう》してくれと言《い》いたくなった。みんな自分《じぶん》の体《からだ》ならこうはいかないだろうが、他人《たにん》の体《からだ》なので気楽《きらく》なのにちがいない。

「ジニーのやつ、刺青《いれずみ》のこと、やっぱりうそついてたぜ」ロンが裸《はだか》の胸《むね》を見《み》ながら言《い》った。

「ハリー、あなたの視力《しりょく》って、ほんとに悪《わる》いのね」ハーマイオニーがめがねをかけながら言《い》った。

着替《きが》えが終《お》わると、偽《にせ》ハリーたちは、二つ目《め》の袋《ふくろ》からリュックサックと鳥《とり》かごを取《と》り出《だ》した。かごの中《なか》にはぬいぐるみの白《しろ》ふくろうが入《はい》っている。

服《ふく》を着《き》てめがねをかけた七人《にん》のハリーが、荷物《にもつ》を持《も》ってついにムーディの目《め》の前《まえ》に勢《せい》ぞろいした。

「よし」と、ムーディが言《い》った。「次《つぎ》の者同士《ものどうし》が組《く》む。マンダンガスはわしとともに移動《いどう》だ。箒《ほうき》を使《つか》う――」

「どうして、おれがおめえと？」出口《でぐち》の一番近《いちばんちか》くにいるハリーがブツクサ言《い》った。

「おまえが一番《いちばん》、目《め》が離《はな》せんからだ」ムーディがうなった。たしかに魔法《まほう》の目玉《めだま》は、名前《なまえ》を呼《よ》び上《あ》げる間《あいだ》も、ずっとマンダンガスをにらんだままだった。

「アーサーはフレッドと――」

「俺《おれ》はジョージだぜ」ムーディに指差《ゆびさ》された双子《ふたご》が言《い》った。「ハリーの姿《すがた》になっても見分《みわ》けがつかないのかい？」

「すまん、ジョージ――」

「ちょっと揚《あ》げ杖《づえ》を取《と》っただけさ。俺《おれ》、ほんとはフレッド――」

「こんなときに冗談《じょうだん》はよさんか！」ムーディが歯《は》がみしながら言《い》った。「もう一人《ひとり》の双子《ふたご》――

ジョージだろうがフレッドだろうが、どっちでもかまわん——リーマスと一緒《いっしょ》だ。ミス・デラクール——」

「僕《ぼく》がフラーをセストラルで連《つ》れていく」ビルが言《い》った。「フラーは箒《ほうき》が好《す》きじゃないからね」

フラーはビルの所《ところ》に歩《ある》いていき、メロメロに甘《あま》えた顔《かお》をした。ハリーは、自分《じぶん》の顔《かお》に二度《にど》とあんな表情《ひょうじょう》が浮《う》かびませんように、と心《こころ》から願《ねが》った。

「ミス・グレンジャー、キングズリーと。これもセストラル——」

ハーマイオニーはキングズリーのほほ笑《え》みに応《こた》えながら、安心《あんしん》したように見《み》えた。ハーマイオニーも箒《ほうき》には自信《じしん》がないことを、ハリーは知《し》っていた。

「残《のこ》ったのは、あなたとわたしね、ロン！」

トンクスが明《あか》るく言《い》いながらロンに手《て》を振《ふ》ったとたん、マグカップ・スタンドを引《ひ》っかけて倒《たお》してしまった。

ロンは、ハーマイオニーほどうれしそうな顔《かお》をしなかった。

「そんでもって、ハリー、おまえさんは俺《おれ》と一緒《いっしょ》だ。ええか？」

ハグリッドはちょっと心配《しんぱい》そうに言《い》った。

「俺《おれ》たちはバイクで行《い》く。箒《ほうき》やセストラルじゃ、俺《おれ》の体重《たいじゅう》を支《ささ》えきれんからな。だけんどバイクの座席《ざせき》のほうも、俺《おれ》が乗《の》るとあんまり場所《ばしょ》がねえんで、おまえさんはサイドカーだ」

「すごいや」心底《しんそこ》そう思《おも》ったわけではなかったが、ハリーはそう言《い》った。

「死喰《しく》い人《びと》のやつらは、おまえが箒《ほうき》に乗《の》ると予想《よそう》するだろう」

ムーディがハリーの気持《きも》ちを見透《みす》かしたように言《い》った。

「スネイプは、おまえに関《かん》して、以前《いぜん》には話《はな》したことがないような事柄《ことがら》までくわしく連中《れんちゅう》に伝《つた》える時間《じかん》があったはずだ。さすれば、死喰《しく》い人《びと》に遭遇《そうぐう》した場合《ばあい》、やつらは箒《ほうき》になれた様子《ようす》のポッターをねらうだろうと、我々《われわれ》はそう読《よ》んでおる。それでは、いいな」

ムーディは、偽《にせ》ポッターたちの服《ふく》が入《はい》った袋《ふくろ》の口《くち》を閉《し》め、先頭《せんとう》に立《た》って裏口《うらぐち》に向《む》かった。

「出発《しゅっぱつ》すべき時間《じかん》まで三分《ぷん》と見《み》た。鍵《かぎ》などかける必要《ひつよう》はない。死喰《しく》い人《びと》が探《さが》しにきた場合《ばあい》、鍵《かぎ》で締《し》め出《だ》すことはできん……いざ……」

ハリーは急《いそ》いで玄関《げんかん》に戻《もど》り、リュックサックとファイアボルト、それにヘドウィグの鳥《とり》かごをつかんで、みんなの待《ま》つ暗《くら》い裏庭《うらにわ》に出《で》た。あちらこちらで、箒《ほうき》が乗《の》り手《て》の手《て》に向《む》かって飛《と》び上《あ》がっていた。ハーマイオニーはキングズリーに助《たす》けられて、すでに大《おお》きな黒《くろ》いセストラルの背《せ》にまたがっていたし、フラーもビルに助《たす》けられてもう一頭《とう》の背《せ》に乗《の》っていた。ハグリッドはゴーグルを着《つ》け、バイクの脇《わき》に立《た》って待《ま》っていた。

「これなの？　これがシリウスのバイクなの？」

「まさにそれよ」ハグリッドは、ハリーを見下《みお》ろしてニッコリした。「そんで、おまえさんがこの前《まえ》これに乗《の》ったときにゃあ、ハリーよ、俺《おれ》の片手《かたて》に乗《の》っかるほどだったぞ！」

サイドカーに乗《の》り込《こ》んだハリーは、何《なん》だか屈辱的《くつじょくてき》な気持《きも》ちになった。みんなより体《からだ》一つ低《ひく》い位置《いち》に座《すわ》っていた。ロンは、遊園地《ゆうえんち》の電気自動車《でんきじどうしゃ》に乗《の》った子供《こども》のようなハリーを見《み》て、ニヤッと笑《わら》った。ハリーはリュックサックと箒《ほうき》を両足《りょうあし》の横《よこ》に置《お》き、ヘドウィグの鳥《とり》かごを両《りょう》ひざの間《あいだ》に押《お》し込《こ》んだ。とても居心地《いごこち》が悪《わる》かった。

「アーサーがちょいといじくった」

ハグリッドは、ハリーのきゅうくつさなど、まったく気《き》づいていないようだった。ハグリッドがまたがって腰《こし》を落《お》ち着《つ》けると、バイクが少《すこ》しきしんで地面《じめん》に数《すう》センチめり込《こ》んだ。

「ハンドルに、ちいっとばかり種《たね》も仕掛《しか》けもしてある。俺《おれ》のアイデアだ」

ハグリッドは太《ふと》い指《ゆび》で、スピードメーターの横《よこ》にある紫《むらさき》のボタンを指《さ》した。

「ハグリッド、用心《ようじん》しておくれ」

すぐ横《よこ》に箒《ほうき》を持《も》って立《た》っていたウィーズリーおじさんが言《い》った。

「よかったのかどうか、私《わたし》にはまだ自信《じしん》がないんだよ。とにかく緊急《きんきゅう》のときにしか使《つか》わないように」

「ではいいな」ムーディが言《い》った。「全員《ぜんいん》、位置《いち》に着《つ》いてくれ。いっせいに飛《と》び立《た》ってほしい。さもないと陽動作戦《ようどうさくせん》は意味《いみ》がなくなる」

全員《ぜんいん》が箒《ほうき》にまたがった。

「さあ、ロン、しっかりつかまって」トンクスが言《い》った。

ロンが申《もう》し訳《わけ》なさそうな目《め》でこっそりルーピンを見《み》てから両手《りょうて》をトンクスの腰《こし》に回《まわ》すのを、ハリーは見《み》た。ハグリッドがペダルをけるとバイクにエンジンがかかった。バイクはドラゴンのようなうなりを上《あ》げ、サイドカーが振動《しんどう》しはじめた。

「全員《ぜんいん》、無事《ぶじ》でな」ムーディが叫《さけ》んだ。「約《やく》一時間後《じかんご》に、みんな『隠《かく》れ穴《あな》』で会《あ》おう。三つ数《かぞ》えたらだ。一……二……三」

オートバイの爆音《ばくおん》とともに、サイドカーが突然《とつぜん》ぐらりと気持《きも》ちの悪《わる》い傾《かたむ》き方《かた》をした。ハリーは急速《きゅうそく》に空《くう》を切《き》って昇《のぼ》っていった。目《め》が少《すこ》しうるみ、髪《かみ》の毛《け》は押《お》し流《なが》されてはためいた。ハリーの周《まわ》りには、箒《ほうき》が数本《すうほん》上昇《じょうしょう》し、セストラルの長《なが》く黒《くろ》いしっぽがサッと通《とお》り過《す》ぎた。サイドカーに押《お》し込《こ》まれたハリーの両足《りょうあし》は、ヘドウィグの鳥《とり》かごとリュックサックに挟《はさ》まれ、痛《いた》みを通《とお》り越《こ》してしびれかけていた。あまりの乗《の》り心地《ごこち》の悪《わる》さに、危《あや》うく最後《さいご》に一目《ひとめ》プリベット通《どお》り四番地《ばんち》を見《み》るのを忘《わす》れるところだった。気《き》がついてサイドカーの縁越《へりご》しにのぞいたときには、どの家《いえ》がそれなのか、もはや見分《みわ》けがつかなくなっていた。高《たか》く、さらに高《たか》く、一行《いっこう》は空《そら》へと上昇《じょうしょう》していく――。

その時《とき》、どこからともなく降《ふ》って湧《わ》いたような人影《ひとかげ》が、一行《いっこう》を包囲《ほうい》した。少《すく》なくとも三十人《にん》のフードをかぶった姿《すがた》が宙《ちゅう》に浮《う》かび、大《おお》きな円《えん》を描《えが》いて取《と》り囲《かこ》んでいた。騎士団《きしだん》のメンバーは、その真《ま》っただ中《なか》に飛《と》び込《こ》んできたのだ。何《なに》も気《き》づかずに――。

叫《さけ》び声《ごえ》が上《あ》がり、緑色《みどりいろ》の閃光《せんこう》があたり一面《いちめん》にきらめいた。ハグリッドがウオッと叫《さけ》び、バイクがひっくり返《かえ》った。ハリーは方角《ほうがく》がわからなくなった。頭上《ずじょう》に街灯《がいとう》の明《あ》かりが見《み》え、周《まわ》り中《じゅう》から叫《さけ》び声《ごえ》が聞《き》こえた。ハリーは必死《ひっし》でサイドカーにしがみついていた。ヘドウィグの鳥《とり》かご、ファイアボルト、リュックサックがハリーのひざ下《した》からすべり落《お》ちた。

「ああっ――**ヘドウィグ！**」

箒《ほうき》はきりもみしながら落《お》ちていったが、ハリーはやっとのことでリュックのひもと鳥《とり》かごのてっぺんをつかんだ。その時《とき》バイクがぐるりと元《もと》の姿勢《しせい》に戻《もど》った。ホッとしたのもつかの間《ま》、またしても緑《みどり》の閃光《せんこう》が走《はし》った。白《しろ》ふくろうがキーッと鳴《な》き、かごの底《そこ》にポトリと落《お》ちた。

「そんな――**うそだー！**」

バイクが急速《きゅうそく》で前進《ぜんしん》した。ハグリッドが囲《かこ》みを突《つ》き破《やぶ》って、フードをかぶった死喰《しく》い人《びと》をけ散《ち》らすのが見《み》えた。

「ヘドウィグ——ヘドウィグ——」

白《しろ》ふくろうはまるでぬいぐるみのように、哀《あわ》れにも鳥《とり》かごの底《そこ》でじっと動《うご》かなくなっていた。何《なに》が起《お》こったのか理解《りかい》できなかった。同時《どうじ》にほかの組《くみ》の安否《あんぴ》を思《おも》うと恐《おそ》ろしくなり、ハリーは振《ふ》り返《かえ》った。すると、一塊《ひとかたまり》の集団《しゅうだん》が動《うご》き回《まわ》り、緑《みどり》の閃光《せんこう》が飛《と》び交《か》っていた。その中《なか》から箒《ほうき》に乗《の》った二組《ふたくみ》が抜《ぬ》け出《だ》し、遠《とお》くに飛《と》び去《さ》っていったが、ハリーには誰《だれ》の組《くみ》なのかわからなかった——。

「ハグリッド。戻《もど》らなきゃ。戻《もど》らなきゃ！」

エンジンのごう音《おん》をしのぐ大声《おおごえ》で、ハリーが叫《さけ》んだ。杖《つえ》を抜《ぬ》き、ヘドウィグの鳥《とり》かごを足元《あしもと》に押《お》し込《こ》みながら、ヘドウィグの死《し》を認《みと》めるものかと思《おも》った。

「ハグリッド！　**戻《もど》ってくれ！**」

「ハリー、俺《おれ》の仕事《しごと》はおまえさんを無事《ぶじ》に届《とど》けることだ！」

ハグリッドが破《わ》れ鐘《がね》のような声《こえ》を上《あ》げ、アクセルを吹《ふ》かした。

「止《と》まれ——**止《と》まれ！**」ハリーが叫《さけ》んだ。しかし、再《ふたた》び振《ふ》り返《かえ》ったとき、左《ひだり》の耳《みみ》を二本《ほん》の緑《みどり》の閃光《せんこう》がかすめた。死喰《しく》い人《びと》が四人《にん》、二人《ふたり》を追《お》って包囲網《ほういもう》から離《はな》れ、ハグリッドの広《ひろ》い背中《せなか》を標的《ひょうてき》にしていた。ハグリッドは急旋回《きゅうせんかい》したが、死喰《しく》い人《びと》がバイクに追《お》いついてきた。背後《はいご》から次々《つぎつぎ》と浴《あ》びせられる呪《のろ》いを、ハリーはサイドカーに身《み》を沈《しず》めてよけた。狭《せま》い中《なか》で身《み》をよじりながら、ハリーは「ステューピファイ！ まひせよ！」と叫《さけ》んだ。赤《あか》い閃光《せんこう》がハリーの杖《つえ》から発射《はっしゃ》され、死《し》喰《く》い人《びと》たちはそれをかわして二手《ふたて》に割《わ》れた。

「つかまっちょれ、ハリー、これでも食《く》らえだ！」ハグリッドがほえた。

ハリーが目《め》を上《あ》げると、ちょうどハグリッドが、燃料計《ねんりょうけい》の横《よこ》の緑《みどり》のボタンを太《ふと》い指《ゆび》でたたくのが見《み》えた。

排気筒《はいきとう》から壁《かべ》が現《あらわ》れた。固《かた》いれんがの壁《かべ》だ。その壁《かべ》が空中《くうちゅう》に広《ひろ》がっていくのを、ハリーは首《くび》を伸《の》ばして見《み》ていた。三人《にん》の死喰《しく》い人《びと》は壁《かべ》をかわして飛《と》んだが、四人目《にんめ》は悪運尽《あくうんつ》きて姿《すがた》を消《け》し、バラバラになった箒《ほうき》とともに壁《かべ》のむこう側《がわ》から石《いし》のように落下《らっか》していった。死喰《しく》い人《びと》三人《にん》のうちの一人《ひとり》が、救出《きゅうしゅつ》しようとして速度《そくど》を落《お》とし、ハグリッドがハンドルにのしかかってスピードを上《あ》げると、その死喰《しく》い人《びと》たちも空中《くうちゅう》の壁《かべ》も、背後《はいご》の暗闇《くらやみ》に吸《す》い込《こ》まれていった。

残《のこ》る二人《ふたり》の死喰《しく》い人《びと》の杖《つえ》から放《はな》たれたいくつもの「死《し》の呪《のろ》い」が、ハリーの頭上《ずじょう》を通《とお》り過《す》ぎた。ハグリッドをねらっている。ハリーは「失神《しっしん》の呪文《じゅもん》」の連続《れんぞく》で応酬《おうしゅう》した。赤《あか》と緑《みどり》の閃光《せんこう》が空中《くうちゅう》で衝突《しょうとつ》し、色《いろ》とりどりの火花《ひばな》が降《ふ》り注《そそ》いだ。ハリーは、こんなときなのに花火《はなび》を思《おも》い出《だ》した。下《げ》界《かい》のマグルたちには、何《なに》が起《お》こっているのかさっぱりわからないだろう——。

「またやるぞ、ハリー、つかまっちょれ！」

大声《おおごえ》でそう言《い》うなり、ハグリッドは二番目《ばんめ》のボタンを押《お》した。排気筒《はいきとう》から今度《こんど》は巨大《きょだい》な網《あみ》が飛《と》び出《だ》したが、用心《ようじん》していた死喰《しく》い人《びと》たちは引《ひ》っかからなかった。二人《ふたり》とも旋回《せんかい》してよけたばかりか、気絶《きぜつ》した仲間《なかま》を救《すく》うためにいったん速度《そくど》を落《お》とした死喰《しく》い人《びと》も追《お》いついてきた。闇《やみ》の中《なか》から忽然《こつぜん》と姿《すがた》を現《あらわ》し、三人《にん》で呪《のろ》いを浴《あ》びせながら、バイクを追《お》ってきた。

「そんじゃ、取《と》っておきのやつだ。ハリー、しっかりつかまっちょれ！」

ハグリッドが叫《さけ》んだ。ハリーは、スピードメーターの横《よこ》の紫《むらさき》のボタンを、ハグリッドが手《て》の平《ひら》全体《ぜんたい》でバーンとたたくのを見《み》た。

紛《まぎ》れもないドラゴンの咆哮《ほうこう》とともに、排気筒《はいきとう》から白熱《はくねつ》したドラゴンの青《あお》い炎《ほのお》が噴《ふ》き出《だ》した。バイクは、金属《きんぞく》がねじ曲《ま》がる音《おと》を響《ひび》かせて、弾丸《だんがん》のように飛《と》び出《だ》した。ハリーは死喰《しく》い人《びと》が死《し》の炎《ほのお》をよけて旋回《せんかい》し、視界《しかい》から消《き》えていくのを見《み》たが、同時《どうじ》にサイドカーが不吉《ふきつ》に揺《ゆ》れだすのを感《かん》じた。バイクに結合《けつごう》している金属部分《きんぞくぶぶん》が加速《かそく》の力《ちから》で裂《さ》けたのだ。

「心配《しんぱい》ねえぞ、ハリー！」

急加速《きゅうかそく》の勢《いきお》いで仰向《あおむ》けにひっくり返《かえ》ったハグリッドがどなった。今《いま》や誰《だれ》もハンドルを握《にぎ》っていない。サイドカーはバイクのスピードが起《お》こす乱気流《らんきりゅう》に巻《ま》き込《こ》まれ、激《はげ》しくぐらつきはじめた。

「ハリー、俺《おれ》が面倒見《めんどうみ》る。心配《しんぱい》するな！」

ハグリッドが声《こえ》を張《は》り上《あ》げ、上着《うわぎ》のポケットからピンクの花柄《はながら》の傘《かさ》を引《ひ》っ張《ぱ》り出《だ》した。

「ハグリッド！　やめて！　僕《ぼく》に任《まか》せて！」

「レパロ！　直《なお》れ！」

耳《みみ》をつんざくバーンという音《おと》とともに、サイドカーは完全《かんぜん》にバイクから分離《ぶんり》した。バイクの前《ぜん》進《しん》する勢《いきお》いに押《お》し出《だ》されて、サイドカーは前《まえ》に飛《と》び出《だ》したが、やがて高度《こうど》を下《さ》げはじめた――。

ハリーは死《し》に物狂《ものぐる》いでサイドカーに杖《つえ》を向《む》け叫《さけ》んだ。

「ウィンガーディアム　レヴィオーサ！　浮遊《ふゆう》せよ！」

サイドカーはコルクのように浮《う》かんだ。舵《かじ》は取《と》れないものの、とにかくまだ浮《う》かんでいる。ホッとしたのもつかの間《ま》、何本《なんぼん》もの呪《のろ》いが、矢《や》のようにハリーのそばを飛《と》んでいった。三人《にん》の死《し》喰《く》い人《びと》が迫《せま》っていた。

「今行《いまい》くぞ、ハリー！」

暗闇《くらやみ》の中《なか》からハグリッドの大声《おおごえ》が聞《き》こえたが、ハリーはサイドカーが再《ふたた》び沈《しず》みはじめるのを感《かん》じた。できるだけ身《み》をかがめ、ハリーは襲《おそ》ってくる死喰《しく》い人《びと》の真《ま》ん中《なか》の一人《ひとり》をねらって叫《さけ》んだ。

「インペディメンタ！　妨害《ぼうがい》せよ！」

呪詛《じゅそ》が真《ま》ん中《なか》の死喰《しく》い人《びと》の胸《むね》に当《あ》たった。男《おとこ》は見《み》えない障壁《しょうへき》にぶつかったかのように、一瞬《いっしゅん》、大《だい》の字形《じがた》の滑稽《こっけい》な姿《すがた》をさらして宙《ちゅう》に浮《う》かび、死喰《しく》い人仲間《びとなかま》の一人《ひとり》が、危《あや》うくそれに衝突《しょうとつ》しそうになった――。

次《つぎ》の瞬間《しゅんかん》、サイドカーは本格的《ほんかくてき》に落下《らっか》しはじめた。三人目《にんめ》の死喰《しく》い人《びと》が放《はな》った呪《のろ》いがあまりにも近《ちか》くに飛《と》んできたので、ハリーはサイドカーの縁《へり》に隠《かく》れるようにすばやく頭《あたま》を引《ひ》っ込《こ》めたが、その拍子《ひょうし》に座席《ざせき》の端《はし》にぶつかって、歯《は》が一本《ぽん》折《お》れた――。

「今行《いまい》くぞ、ハリー、今行《いまい》くからな！」

巨大《きょだい》な手《て》がハリーのローブの背中《せなか》をつかまえ、落《お》ちていくサイドカーから持《も》ち上《あ》げた。ハリーはリュックを引《ひ》っ張《ぱ》りながら、バイクの座席《ざせき》にはい上《あ》がった。気《き》がつくとハグリッドと背中合《せなかあ》わせに座《すわ》っていた。二人《ふたり》の死喰《しく》い人《びと》を引《ひ》き離《はな》して上昇《じょうしょう》しながら、ハリーは口《くち》からペッと血《ち》を吐《は》き出《だ》し、落下《らっか》していくサイドカーに杖《つえ》を向《む》けて叫《さけ》んだ。

「コンフリンゴ！　爆発《ばくはつ》せよ！」

サイドカーが爆発《ばくはつ》したとき、ハリーはヘドウィグを思《おも》い、腸《はらわた》がよじれるような激《はげ》しい痛《いた》みを感《かん》じた。その近《ちか》くにいた死喰《しく》い人《びと》が箒《ほうき》から吹《ふ》き飛《と》ばされ、姿《すがた》が見《み》えなくなった。もう一人《ひとり》の仲間《なかま》も、退却《たいきゃく》して姿《すがた》を消《け》した。

「ハリー、すまねえ、すまねえ」ハグリッドがうめいた。「俺《おれ》が自分《じぶん》で直《なお》そうとしたんが悪《わる》かった——座《すわ》る場所《ばしょ》がなかろう——」

「大丈夫《だいじょうぶ》だから飛《と》び続《つづ》けて！」ハリーが叫《さけ》び返《かえ》した。暗闇《くらやみ》からまた二人《ふたり》の死喰《しく》い人《びと》が現《あらわ》れて、だんだん近《ちか》づいていた。

追《お》っ手《て》の放《はな》つ呪《のろ》いが、再《ふたた》びオートバイ目《め》がけて矢《や》のように飛《と》んできたが、ハグリッドはジグザグ運転《うんてん》でかわした。ハリーが不安定《ふあんてい》な座《すわ》り方《かた》をしている状態《じょうたい》では、ハグリッドは二度《にど》とドラゴン噴射《ふんしゃ》ボタンを使《つか》う気《き》にはなれないだろうとハリーは思《おも》った。追《お》っ手《て》に向《む》かって、ハリーは次《つぎ》から次《つぎ》へと「失神呪文《しっしんじゅもん》」を放《はな》ったが、かろうじて死喰《しく》い人《びと》との距離《きょり》を保《たも》てただけだった。追《お》っ手《て》を食《く》い止《と》めるためにハリーはまた呪文《じゅもん》を発《はっ》した。一番近《いちばんちか》くにいた死喰《しく》い人《びと》がそれをよけようとした拍子《ひょうし》に、頭《あたま》からフードがすべり落《お》ちた。ハリーが続《つづ》けて放《はな》った「失神呪文《しっしんじゅもん》」の赤《あか》い光《ひかり》が照《て》らし出《だ》した顔《かお》は、奇妙《きみょう》に無表情《むひょうじょう》なスタンリー・シャンパイク——スタンだ——。

「エクスペリアームス！　武器《ぶき》よ去《さ》れ！」ハリーが叫《さけ》んだ。

「あれだ。あいつがそうだ。あれが本物《ほんもの》だ！」

もう一人《ひとり》の、まだフードをかぶったままの死喰《しく》い人《びと》の叫《さけ》び声《ごえ》は、エンジンのごう音《おん》をも乗《の》り越《こ》えてハリーに届《とど》いた。次《つぎ》の瞬間《しゅんかん》、追《お》っ手《て》は二人《ふたり》とも退却《たいきゃく》し、視界《しかい》から消《き》えた。

「ハリー、何《なに》が起《お》こった？」ハグリッドの大声《おおごえ》が響《ひび》いた。「連中《れんちゅう》はどこに消《き》えた？」

「わからないよ！」

しかしハリーは不安《ふあん》だった。フード姿《すがた》の死喰《しく》い人《びと》が、「あれが本物《ほんもの》だ」と叫《さけ》んだ。どうしてわかったのだろう？　一見何《いっけんなに》もない暗闇《くらやみ》をじっと見《み》つめながら、ハリーは迫《せま》り来《く》る脅威《きょうい》を感《かん》じた。やつらはどこへ？

ハリーは何《なん》とか半回転《はんかいてん》して前向《まえむ》きに座《すわ》りなおし、ハグリッドの上着《うわぎ》の背中《せなか》につかまった。

「ハグリッド、ドラゴン噴射《ふんしゃ》をもう一度《いちど》やって。早《はや》くここから離《はな》れよう！」

「そんじゃ、しっかりつかまれ、ハリー！」

またしても耳《みみ》をつんざくギャーッという咆哮《ほうこう》とともに、灼熱《しゃくねつ》の青白《あおじろ》い炎《ほのお》が排気筒《はいきとう》から噴《ふ》き出《だ》した。ハリーは、もともとわずかしかない座席《ざせき》からさらにずり落《お》ちるのを感《かん》じた。ハグリッドはハリーの上《うえ》に仰向《あおむ》けにひっくり返《かえ》ったが、まだかろうじてハンドルを握《にぎ》っていた――。

「ハリー、やつらをまいたと思《おも》うぞ。うまくやったぞ！」ハグリッドが大声《おおごえ》を上《あ》げた。

しかしハリーにはそう思《おも》えなかった。まちがいなく追《お》っ手《て》が来《く》るはずだと左右《さゆう》を見回《みまわ》しながら、ハリーは恐怖《きょうふ》がひたひたと押《お》し寄《よ》せるのを感《かん》じていた……連中《れんちゅう》はなぜ退却《たいきゃく》したのだろう？　一人《ひとり》はまだ杖《つえ》を持《も》っていたのに――あいつがそうだ。あれが本物《ほんもの》だ――スタンに武装解除呪文《ぶそうかいじょじゅもん》をかけた直後《ちょくご》に、死喰《しく》い人《びと》は言《い》い当《あ》てた。

「もうすぐ着《つ》くぞ、ハリー。もうちっとで終《お》わるぞ！」ハグリッドが叫《さけ》んだ。

ハリーはバイクが少《すこ》し降下《こうか》するのを感《かん》じた。しかし地上《ちじょう》の明《あ》かりは、まだ星《ほし》のように遠《とお》くに見《み》えた。

その時《とき》、額《ひたい》の傷痕《きずあと》が焼《や》けるように痛《いた》んだ。死喰《しく》い人《びと》がバイクの両側《りょうがわ》に一人《ひとり》ずつ現《あらわ》れ、同時《どうじ》に、背後《はいご》から放《はな》たれた二本《ほん》の「死《し》の呪《のろ》い」は、ハリーをすれすれにかすめた――。

そして、ハリーは見《み》た。ヴォルデモートが風《かぜ》に乗《の》った煙《けむり》のように、箒《ほうき》もセストラルもなしに飛《と》んでくる。蛇《へび》のような顔《かお》が真《ま》っ暗《くら》な中《なか》で微光《びこう》を発《はっ》し、白《しろ》い指《ゆび》が再《ふたた》び杖《つえ》を上《あ》げた――。

ハグリッドは恐怖《きょうふ》の叫《さけ》び声《ごえ》を上《あ》げ、バイクを一直線《いっちょくせん》に下《した》に向《む》けた。ハリーは生《い》きた心地《ここち》もせずしがみつきながら、ぐるぐる回《まわ》る夜空《よぞら》に向《む》かって失神呪文《しっしんじゅもん》を乱射《らんしゃ》した。誰《だれ》かが物体《ぶったい》のようにそばを落《お》ちていくのが見《み》えたので、一人《ひとり》に命中《めいちゅう》したことはわかったが、その時《とき》、バーンという音《おと》が聞《き》こえ、エンジンが火《ひ》を噴《ふ》くのが見《み》えた。オートバイはまったく制御不能《せいぎょふのう》となり、きりもみしながら落《お》ちていった――。

またしても緑《みどり》の閃光《せんこう》が、いく筋《すじ》か二人《ふたり》をかすめて通《とお》り過《す》ぎた。ハリーは上《うえ》も下《した》もわからなくなった。傷痕《きずあと》はまだ焼《や》けるように痛《いた》んでいる。ハリーは死《し》を覚悟《かくご》した。間近《まぢか》に箒《ほうき》に乗《の》ったフード姿《すがた》が迫《せま》り、その腕《うで》が上《あ》がるのが見《み》えた――。

「この野郎《やろう》！」

怒《いか》りの叫《さけ》び声《ごえ》を上《あ》げながら、ハグリッドがバイクから飛《と》び降《お》りてその死喰《しく》い人《びと》に襲《おそ》いかかった。ハリーが恐怖《きょうふ》に目《め》を見開《みひら》くその前《まえ》を、ハグリッドは死喰《しく》い人《びと》もろとも落《お》ちていき、姿《すがた》が見《み》えなくなった。箒《ほうき》は二人《ふたり》の重《おも》みにたえられなかったのだ――。

落下《らっか》するバイクをやっと両《りょう》ひざで押《お》さえながら、ハリーはヴォルデモートの叫《さけ》びを聞《き》いた。

「俺様《おれさま》のものだ！」

もうおしまいだ。ヴォルデモートがどこにいるのか、姿《すがた》も見《み》えず、声《こえ》も聞《き》こえなくなった。死喰《しく》い人《びと》が一人《ひとり》、すっと道《みち》を開《あ》けるのがちらりと見《み》えたとたん、声《こえ》が聞《き》こえた。

「アバダ――」

傷痕《きずあと》の激痛《げきつう》で、ハリーは目《め》を固《かた》く閉《と》じた。その時《とき》、ハリーの杖《つえ》がひとりでに動《うご》いた。まるで巨《きょ》大《だい》な磁石《じしゃく》のように、杖《つえ》がハリーの手《て》を引《ひ》っ張《ぱ》っていくのを感《かん》じた。閉《と》じたまぶたの間《あいだ》から、ハリーは金色《きんいろ》の炎《ほのお》が杖《つえ》から噴《ふ》き出《だ》すのを見《み》、バシンという音《おと》とともに、怒《いか》りの叫《さけ》びを聞《き》いた。一人《ひとり》残《のこ》っていた死喰《しく》い人《びと》が大声《おおごえ》を上《あ》げ、ヴォルデモートは「しまった！」と叫《さけ》んだ。なぜか、ハリーの目《め》と鼻《はな》の先《さき》にドラゴン噴射《ふんしゃ》のボタンが見《み》えた。杖《つえ》に引《ひ》かれていないほうの手《て》を握《にぎ》って拳《こぶし》でボタンをたたくと、バイクはまたしても炎《ほのお》を吹《ふ》き出《だ》して、一直線《いっちょくせん》に地上《ちじょう》に向《む》かった。

「ハグリッド！」ハリーは必死《ひっし》でバイクにつかまりながら呼《よ》んだ。

「ハグリッド――アクシオ　ハグリッド！」

バイクは地面《じめん》に吸《す》い込《こ》まれるようにスピードを上《あ》げた。ハリーの顔《かお》はハンドルと同《おな》じ高《たか》さにあり、遠《とお》くの明《あ》かりがどんどん近《ちか》づいてくるのだけが見《み》えた。このままでは衝突《しょうとつ》する。しかしどうしようもない。背後《はいご》でまた叫《さけ》ぶ声《こえ》がした――。

「おまえの杖《つえ》だ。セルウィン、おまえの杖《つえ》をよこせ！」

ヴォルデモートの姿《すがた》が見《み》える前《まえ》に、ハリーはその存在《そんざい》を感《かん》じた。横《よこ》を見《み》ると、赤《あか》い両眼《りょうがん》と目《め》が合《あ》った。きっとこれがこの世《よ》の見納《みおさ》めだ。ヴォルデモートは再《ふたた》びハリーに死《し》の呪《のろ》いをかけようとしている――。

ところがその時《とき》、ヴォルデモートの姿《すがた》が消《き》えた。下《した》を見《み》ると、ハグリッドが真下《ました》の地面《じめん》に大《だい》の字《じ》に伸《の》びていた。ハグリッドの上《うえ》に落《お》ちないようにと、ハリーは必死《ひっし》にハンドルをぐいと引《ひ》き、ブレーキをまさぐったが、耳《みみ》をつんざき地面《じめん》を揺《ゆ》るがす衝突音《しょうとつおん》とともに、ハリーは池《いけ》の泥水《どろみず》の中《なか》に突《つ》っ込《こ》んだ。

第《だい》5章《しょう》　倒《たお》れた戦士《せんし》

「ハグリッド？」

ハリーは金属《きんぞく》や革《かわ》の残《ざん》がいに埋《う》もれながら、起《お》き上《あ》がろうともがいた。立《た》ち上《あ》がろうとすると、両手《りょうて》が数《すう》センチ泥水《どろみず》の中《なか》に沈《しず》み込《こ》んだ。ヴォルデモートがどこに行《い》ってしまったのか、わけがわからなかったし、今《いま》にも暗闇《くらやみ》からぬっと現《あらわ》れるのではないかと気《き》が気《き》でなかった。あごや額《ひたい》からは、どろっとした生暖《なまあたた》かいものが滴《したた》り落《お》ちてくる。ハリーは池《いけ》からはい出《だ》し、地面《じめん》に横《よこ》たわる巨大《きょだい》な黒《くろ》い塊《かたまり》に見《み》えるハグリッドに、よろよろと近《ちか》づいた。

「ハグリッド？　ハグリッド、何《なに》か言《い》ってよ——」

しかし、黒《くろ》い塊《かたまり》は動《うご》かなかった。

「誰《だれ》かね？　ポッターか？　君《きみ》はハリー・ポッターかね？」

ハリーには聞《き》き覚《おぼ》えのない男《おとこ》の声《こえ》だった。それから女性《じょせい》の声《こえ》がした。

「テッド！　墜落《ついらく》したんだわ。庭《にわ》に墜落《ついらく》したのよ！」

ハリーは頭《あたま》がくらくらした。

「ハグリッド」ハリーはふ抜《ぬ》けのようにくり返《かえ》し、がっくりとひざを折《お》った。

気《き》がつくと、ハリーは仰向《あおむ》けに寝《ね》ていた。背中《せなか》にクッションのようなものを感《かん》じ、ろっ骨《こつ》と右《みぎ》腕《うで》に焼《や》けるような感覚《かんかく》があった。折《お》れた歯《は》は元《もと》どおり生《は》えていたが、額《ひたい》の傷痕《きずあと》はまだずきずきしていた。

「ハグリッド?」

目《め》を開《あ》けると、ランプに照《て》らされた見知《みし》らぬ居間《いま》のソファに横《よこ》になっていた。ぬれて泥《どろ》だらけのリュックサックが、すぐそばの床《ゆか》に置《お》かれている。腹《はら》の突《つ》き出《で》た、明《あか》るい色《いろ》の髪《かみ》をした男《おとこ》が、心配《しんぱい》そうにハリーを見《み》つめていた。

「ハグリッドは大丈夫《だいじょうぶ》だよ」男《おとこ》が言《い》った。

「今《いま》、妻《つま》が看病《かんびょう》している。気分《きぶん》はどうかね? ほかに折《お》れた所《ところ》はないかい? ろっ骨《こつ》と歯《は》と腕《うで》は治《なお》しておいたがね。ところで私《わたし》はテッドだよ。テッド・トンクス――ドーラの父親《ちちおや》だ」

ハリーはガバッと起《お》き上《あ》がった。目《め》の前《まえ》に星《ほし》がチカチカし、吐《は》き気《け》とめまいがした。

「ヴォルデモートは――」

「さあ落《お》ち着《つ》いて」テッド・トンクスはハリーの肩《かた》に手《て》を置《お》いて、クッションに押《お》し戻《もど》した。

「ひどい激突《げきとつ》だったからね。何《なに》が起《お》こったのかね？　バイクがおかしくなったのかね？　アーサー・ウィーズリーがまたやり過《す》ぎたのかな？　何《なに》しろマグルの奇妙《きみょう》な仕掛《しか》けが好《す》きな男《おとこ》のことだ」

「ちがいます」額《ひたい》の傷痕《きずあと》は、生傷《なまきず》のようにずきずき痛《いた》んだ。「死喰《しく》い人《びと》が、大勢《おおぜい》で――僕《ぼく》たち、追跡《ついせき》されて――」

「死喰《しく》い人《びと》？」テッドが鋭《するど》い声《こえ》を上《あ》げた。「死喰《しく》い人《びと》とは、どういうことかね？　あいつらは、君《きみ》が今夜《こんや》移動《いどう》することを知《し》らないはずだ。連中《れんちゅう》は――」

「知《し》ってたんです」ハリーが言《い》った。

テッド・トンクスは、まるで天井《てんじょう》から空《そら》が透視《とうし》できるかのように、上《うえ》を見上《みあ》げた。

「まあ、それじゃあ、我々《われわれ》の保護《ほご》呪文《じゅもん》が効《き》いたというわけだね？　連中《れんちゅう》はここから周辺《しゅうへん》百メートル以内《いない》には侵入《しんにゅう》できないはずだ」

ヴォルデモートがなぜ消《き》えたのか、ハリーはやっとわかった。あれは、オートバイが騎士団《きしだん》の呪文《じゅもん》の境界内《きょうかいない》に入《はい》った時点《じてん》だったのだ。ハリーは呪文《じゅもん》の効果《こうか》が続《つづ》きますようにと願《ねが》った。ハリーは、大《おお》きな透明《とうめい》の泡《あわ》のような障壁《しょうへき》を思《おも》い浮《う》かべ、こうして話《はなし》をしている間《あいだ》にも、ヴォルデモートが百メートル頭上《ずじょう》で侵入《しんにゅう》する方法《ほうほう》を探《さが》している姿《すがた》を想像《そうぞう》した。

ハリーは腰《こし》をひねってソファから両足《りょうあし》を下《お》ろした。ハグリッドが生《い》きていることを、自分《じぶん》の目《め》でたしかめないと信用《しんよう》できなかった。しかし、ハリーがまだ立《た》ち上《あ》がりきらないうちにドアが開《あ》いて、ハグリッドがきゅうくつそうに入《はい》ってきた。顔《かお》は泥《どろ》と血《ち》にまみれ、少《すこ》し足《あし》を引《ひ》きずっていたが、奇跡的《きせきてき》に生《い》きていた。

「ハリー！」

華奢《きゃしゃ》なテーブルを二脚《きゃく》と観葉植物《かんようしょくぶつ》のハランを一鉢《ひとはち》ひっくり返《かえ》し、ハグリッドはたった二歩《ほ》で部屋《へや》を横切《よこぎ》ってハリーを抱《だ》きしめた。治《なお》ったばかりのろっ骨《こつ》がまた折《お》れそうになった。

「おったまげた。ハリー、いったいどうやって助《たす》かった？　てっきり俺《おれ》たち二人《ふたり》ともお陀仏《だぶつ》だと思《おも》ったぞ」

「うん、僕《ぼく》も。信《しん》じられな――」

ハリーは突然言葉《とつぜんことば》を切《き》った。ハグリッドのあとから部屋《へや》に入《はい》ってきた女性《じょせい》に気《き》づいたからだ。

「おまえは！」叫《さけ》ぶなりハリーは、ポケットに手《て》を突《つ》っ込《こ》んだが、からっぽだった。

「杖《つえ》ならここにあるよ」テッドが杖《つえ》で、ハリーの腕《うで》を軽《かる》くたたきながら言《い》った。「君《きみ》のすぐ脇《わき》に落《お》ちていたので、拾《ひろ》っておいた。それに、私《わたし》の妻《つま》だよ、今《いま》、君《きみ》がどなりつけたのは」

「えっ、あ、僕《ぼく》――すみません」

部屋《へや》の中《なか》に入《はい》ってくるにつれて、トンクス夫人《ふじん》と姉《あね》のベラトリックスの似《に》ている点《てん》はあまり目《め》立《だ》たなくなった。髪《かみ》は明《あか》るくやわらかい褐色《かっしょく》だったし、目《め》はもっと大《おお》きく、親《した》しげだった。にもかかわらず、ハリーが大声《おおごえ》を出《だ》したせいか、少《すこ》しツンとしているように見《み》えた。

「娘《むすめ》はどうなったの？」夫人《ふじん》が聞《き》いた。「ハグリッドが、待《ま》ち伏《ぶ》せされたと言《い》っていましたが、ニンファドーラはどこ？」

「僕《ぼく》、わかりません」ハリーが言《い》った。「ほかのみんながどうなったのか、僕《ぼく》たちにはわからないんです」

夫人《ふじん》はテッドと顔《かお》を見合《みあ》わせた。その表情《ひょうじょう》を見《み》て、ハリーは恐怖《きょうふ》と罪悪感《ざいあくかん》の入《い》りまじった気持《きも》ちにとらわれた。ほかの誰《だれ》かが死《し》んだら、自分《じぶん》の責任《せきにん》だ。全部自分《ぜんぶじぶん》のせいだ。計画《けいかく》に同意《どうい》して、髪《かみ》の毛《け》を提供《ていきょう》したのは自分《じぶん》だ……。

「移動《ポート》キーだ」ハリーは急《きゅう》に思《おも》い出《だ》した。「僕《ぼく》たち、『隠《かく》れ穴《あな》』に戻《もど》らないといけない。どうなったか様子《ようす》を見《み》ないと――そうしたら僕《ぼく》たち、お二人《ふたり》に伝言《でんごん》を送《おく》れます。でなければ――でなければトンクスからお送《おく》りします。着《つ》いたときに――」

「ドーラは大丈夫《だいじょうぶ》だよ、ドロメダ」テッドが言《い》った。「あの子《こ》は、どうすればよいか知《し》っている。闇祓《やみばら》いの仲間《なかま》と一緒《いっしょ》に、これまでも、さんざん危《あぶ》ない目《め》にあってきた子《こ》だ。さあ、移動《ポート》キーはこっちだよ」テッドがハリーを見《み》た。「使《つか》うつもりなら、あと三分《ぷん》でここを発《た》つことになっている」

「ええ、行《い》きます」ハリーは、リュックサックをつかんで背中《せなか》に担《かつ》ぎ上《あ》げた。「僕《ぼく》——」

ハリーはトンクス夫人《ふじん》を見《み》た。夫人《ふじん》を恐怖《きょうふ》におとしいれたまま残《のこ》していくことを、わびたかった。しかも、自分《じぶん》がどんなにその責任《せきにん》を深《ふか》く感《かん》じているかを述《の》べて、謝《あやま》りたかった。しかし、言《い》うべき言葉《ことば》を思《おも》いつかない。どんな言葉《ことば》もむなしいし、誠意《せいい》がないように思《おも》えた。

「僕《ぼく》、トンクスに——ドーラに——連絡《れんらく》するように言《い》います。トンクスが戻《もど》ってきたときに……。僕《ぼく》たちのこと、あちこち治《なお》していただいてありがとうございます。いろいろお世話《せわ》になりました。僕《ぼく》——」

その部屋《へや》を出《で》ていけるのが、ハリーにとっては救《すく》いだった。テッド・トンクスについて玄関《げんかん》の短《みじか》い廊下《ろうか》を抜《ぬ》け、ハリーは寝室《しんしつ》に入《はい》った。ハグリッドが二人《ふたり》のあとから、ドアの上《うえ》に頭《あたま》をぶつけないように上体《じょうたい》を曲《ま》げて入《はい》ってきた。

「さあ、あれが移動《ポート》キーだよ」

トンクス氏《し》は、化粧台《けしょうだい》に置《お》かれた小《ちい》さな銀《ぎん》のヘアブラシを指差《ゆびさ》していた。

「ありがとう」ハリーは手《て》を伸《の》ばして指《ゆび》を一本《ぽん》そこに乗《の》せ、いつでも出発《しゅっぱつ》できるようにした。

「ちょっと待《ま》った」ハグリッドがあたりを見回《みまわ》した。「ハリー、ヘドウィグはどこだ？」

「ヘドウィグは……撃《う》たれた」ハリーが言《い》った。

現実《げんじつ》が実感《じっかん》として押《お》し寄《よ》せてきた。鼻《はな》の奥《おく》がツンと痛《いた》くなるのを、ハリーは恥《は》ずかしく思《おも》った。ヘドウィグは、ずっとハリーと一緒《いっしょ》だった。そして、義務的《ぎむてき》にダーズリー家《け》に戻《もど》らなければならなかった日々《ひび》には、ハリーと魔法界《まほうかい》とをつなぐ一つの大《おお》きな絆《きずな》だった。

ハグリッドは大《おお》きな手《て》でハリーの肩《かた》を軽《かる》く、しかし痛《いた》いほどにたたいた。

「もう、ええ」ハグリッドの声《こえ》がかすれた。「もう、ええ。あいつは幸《しあわ》せに長生《ながい》きした――」

「ハグリッド！」テッド・トンクスが気《き》づかわしげに声《こえ》をかけた。ヘアブラシが明《あか》るいブルーに光《ひか》りだしていた。間一髪《かんいっぱつ》、ハグリッドは人差《ひとさ》し指《ゆび》でブラシに触《ふ》れた。

見《み》えない鉤《かぎ》と糸《いと》で引《ひ》かれるように、へその裏側《うらがわ》をぐいと前《まえ》に引《ひ》っ張《ぱ》られ、ハリーは無《む》の中《なか》へと引《ひ》き込《こ》まれた。指《ゆび》を移動《ポート》キーに貼《は》りつけたまま、くるくると無抵抗《むていこう》に回転《かいてん》しながら、ハリーはハグリッドとともにトンクス氏《し》から急速《きゅうそく》に離《はな》れていった。数秒後《すうびょうご》、両足《りょうあし》が固《かた》い地面《じめん》を打《う》ち、ハリーは「隠《かく》れ穴《あな》」の裏庭《うらにわ》に両手両《りょうてりょう》ひざをついて落《お》ちた。叫《さけ》び声《ごえ》が聞《き》こえた。もう光《ひか》らなくなったヘアブラシを放《ほう》り投《な》げ、ハリーは、少《すこ》しよろめきながら立《た》ち上《あ》がった。ウィーズリーおばさんとジニーが、勝手口《かってぐち》から階段《かいだん》をかけ下《お》りてくるのが見《み》えた。ハグリッドも着地《ちゃくち》で倒《たお》れ、どっこいしょと立《た》ち上《あ》がるところだった。

「ハリー？　あなたが本物《ほんもの》のハリー？　何《なに》があったの？　ほかのみんなは？」

ウィーズリーおばさんが叫《さけ》んだ。

「どうしたの？　ほかには誰《だれ》も戻《もど》っていないの？」ハリーがあえぎながら聞《き》いた。

ウィーズリーおばさんの青《あお》い顔《かお》に、答《こた》えがはっきり刻《きざ》まれていた。

「死喰《しく》い人《びと》たちが待《ま》ち伏《ぶ》せしていたんだ」ハリーはおばさんに話《はな》した。

「飛《と》び出《だ》すとすぐに囲《かこ》まれた――やつらは今夜《こんや》だってことを知《し》っていたんだ――ほかのみんながどうなったか、僕《ぼく》にはわからない。僕《ぼく》らは四人《にん》に追跡《ついせき》されて、逃《に》げるので精《せい》いっぱいだった。それからヴォルデモートが僕《ぼく》たちに追《お》いついて――」

ハリーは、自分《じぶん》の言《い》い方《かた》が弁解《べんかい》がましいのに気《き》づいていた。それは、おばさんの息子《むすこ》たちがどうなったのか、自分《じぶん》が知《し》らないわけを理解《りかい》してほしいという、切実《せつじつ》な気持《きも》ちだった。しかし――。

「ああ、あなたが無事《ぶじ》で、ほんとうによかった」おばさんはハリーを抱《だ》きしめた。ハリーは、自分《じぶん》にはそうしてもらう価値《かち》がないと感《かん》じた。

「モリー、ブランデーはねえかな、え？」ハグリッドは少《すこ》しよろめきながら言《い》った。「気《き》つけ薬《ぐすり》用《よう》だが？」

魔法《まほう》で呼《よ》び寄《よ》せることができるはずなのに、曲《ま》がりくねった家《いえ》に走《はし》って戻《もど》るおばさんの後《うし》ろ姿《すがた》を見《み》て、ハリーは、おばさんが顔《かお》を見《み》られたくないのだと思《おも》った。ハリーはジニーを見《み》た。すると、様子《ようす》が知《し》りたいという無言《むごん》のハリーの願《ねが》いを、ジニーはくみ取《と》ってくれた。

「ロンとトンクスが一番《いちばん》に戻《もど》るはずだったけど、移動《ポート》キーの時間《じかん》に間《ま》に合《あ》わなかったの。キーだけが戻《もど》ってきたわ」ジニーはそばに転《ころ》がっているさびた油注《あぶらさ》しを指差《ゆびさ》した。「それから、あれは」ジニーは、ぼろぼろのスニーカーを指《さ》しながら言《い》った。「パパとフレッドのキーのはずだったの。二番目《ばんめ》に着《つ》く予定《よてい》だった。ハグリッドとあなたが三番目《ばんめ》で」ジニーは腕時計《うでどけい》を見《み》た。「間《ま》に合《あ》えば、ジョージとルーピンがあと一分《ぷん》ほどで戻《もど》るはずよ」

ウィーズリーおばさんがブランデーの瓶《びん》を抱《かか》えて再《ふたた》び現《あらわ》れ、ハグリッドに手渡《てわた》した。ハグリッドは栓《せん》を開《あ》け、一気《いっき》に飲《の》み干《ほ》した。

「ママ！」ジニーが、少《すこ》し離《はな》れた場所《ばしょ》を指差《ゆびさ》して叫《さけ》んだ。

暗闇《くらやみ》に青《あお》い光《ひかり》が現《あらわ》れ、だんだん大《おお》きく、明《あか》るくなった。そして、ルーピンとジョージがこまのように回《まわ》りながら現《あらわ》れて倒《たお》れた。何《なに》かがおかしいと、ハリーはすぐに気《き》づいた。ルーピンは、血《ち》だらけの顔《かお》で気《き》を失《うしな》っているジョージを支《ささ》えている。

ハリーはかけ寄《よ》って、ジョージの両足《りょうあし》を抱《かか》え上《あ》げた。ルーピンと二人《ふたり》でジョージを家《いえ》の中《なか》に運《はこ》び込《こ》み、台所《だいどころ》を通《とお》って居間《いま》のソファに寝《ね》かせた。ランプの光《ひかり》がジョージの頭《あたま》を照《て》らし出《だ》すと、ジニーは息《いき》をのみ、ハリーの胃袋《いぶくろ》はぐらりと揺《ゆ》れた。ジョージの片方《かたほう》の耳《みみ》がない。側頭《そくとう》から首《くび》にかけて、驚《おどろ》くほど真《ま》っ赤《か》な血《ち》でべっとり染《そ》まっていた。

ウィーズリーおばさんが息子《むすこ》の上《うえ》にかがみ込《こ》むとすぐ、ルーピンがハリーの二《に》の腕《うで》をつかんで、とてもやさしいとは言《い》えない強《つよ》さで引《ひ》っ張《ぱ》り、台所《だいどころ》に連《つ》れ戻《もど》した。そこでは、ハグリッドが、巨体《きょたい》を何《なん》とか勝手口《かってぐち》から押《お》し込《こ》もうとがんばっていた。

「おい！」ハグリッドが憤慨《ふんがい》した。「ハリーを放《はな》せ！　放《はな》さんか！」

ルーピンは無視《むし》した。

「ホグワーツの私《わたし》の部屋《へや》を、ハリー・ポッターが初《はじ》めて訪《たず》ねたときに、すみに置《お》いてあった生《い》き物《もの》は何《なん》だ？」ルーピンはハリーをつかんだまま小《ち》さく揺《ゆ》すぶった。「答《こた》えろ！」

「グ――グリンデロー、水槽《すいそう》に入《はい》った水魔《すいま》、でしょう？」

ルーピンはハリーを放《はな》し、台所《だいどころ》の戸棚《とだな》に倒《たお》れるようにもたれかかった。

「な、何《なん》のつもりだ？」ハグリッドがどなった。

「すまない、ハリー。しかし、たしかめる必要《ひつよう》があった」ルーピンは簡潔《かんけつ》に答《こた》えた。「裏切《うらぎ》られたのだ。ヴォルデモートは、君《きみ》が今夜移《こんやうつ》されることを知《し》っていたし、やつにそれを教《おし》えることができたのは、計画《けいかく》に直接《ちょくせつ》かかわった者《もの》だけだ。君《きみ》が偽者《にせもの》の可能性《かのうせい》もあった」

「そんなら、なんで俺《おれ》を調《しら》べねえ？」

勝手口《かってぐち》を通《とお》り抜《ぬ》けようとまだもがきながら、ハグリッドが息《いき》を切《き》らして聞《き》いた。

「君《きみ》は半巨人《はんきょじん》だ」ルーピンがハグリッドを見上《みあ》げながら言《い》った。「ポリジュース薬《やく》はヒトの使用《しよう》に限定《げんてい》されている」

「騎士団《きしだん》のメンバーが、ヴォルデモートに今夜《こんや》の移動《いどう》のことを話《はな》すはずがない」ハリーが言《い》った。疑《うたが》うことさえ、ハリーにはいとわしかった。誰一人《だれひとり》として、そんなことをするとは思《おも》えなかった。

「ヴォルデモートは、最後《さいご》のほうになって僕《ぼく》に追《お》いついたんだ。最初《さいしょ》は、誰《だれ》が僕《ぼく》なのか、あいつは知《し》らなかった。あいつが計画《けいかく》を知《し》っていたなら、僕《ぼく》がハグリッドと一緒《いっしょ》だと、はじめからわかっていたはずだ」

「ヴォルデモートが君《きみ》を追《お》ってきたって？」ルーピンが声《こえ》をとがらせた。「何《なに》があったんだ？どうやって逃《のが》れた？」

ハリーはかいつまんで説明《せつめい》した。自分《じぶん》を追《お》っていた死喰《しく》い人《びと》たちが、本物《ほんもの》のハリーだと気《き》づいたらしいこと、追跡《ついせき》を急《きゅう》に中止《ちゅうし》したこと、ヴォルデモートを呼《よ》び出《だ》したにちがいないこと、そしてハリーとハグリッドが安全地帯《あんぜんちたい》のトンクスの実家《じっか》に到着《とうちゃく》する直前《ちょくぜん》に、ヴォルデモートが現《あらわ》れたこと、などなど。

「君《きみ》が本物《ほんもの》だと気《き》づいたって？　しかし、どうして？　君《きみ》は何《なに》をしたんだ？」

「僕《ぼく》……」ハリーは思《おも》い出《だ》そうとした。

今夜《こんや》のことすべてが、恐怖《きょうふ》と混乱《こんらん》のぼやけた映像《えいぞう》のように思《おも》えた。

「僕《ぼく》、スタン・シャンパイクを見《み》たんだ……ほら、夜の騎士《ナイト》バスの車掌《しゃしょう》を知《し》ってるでしょう？　それで、『武装解除《ぶそうかいじょ》』しようとしたんだ。ほんとうなら別《べつ》の——だけど、スタンは自分《じぶん》で何《なに》をしているのかわかってない。そうでしょう？　『服従の呪文《ふくじゅうじゅもん》』にかかっているにちがいないんだ！」

ルーピンはあっけに取《と》られたような顔《かお》をした。

「ハリー、武装解除《ぶそうかいじょ》の段階《だんかい》はもう過《す》ぎた！　あいつらが君《きみ》を捕《と》らえて殺《ころ》そうとしているというのに！　殺《ころ》すつもりがないなら、少《すく》なくとも『失神《しっしん》』させるべきだった！」

「何百《なんびゃく》メートルも上空《じょうくう》だよ！　スタンは正気《しょうき》を失《うしな》っているし、もし僕《ぼく》があいつを『失神《しっしん》』させたら、『アバダ　ケダブラ』を使《つか》ったも同《おな》じことになっていた。スタンはきっと落《お》ちて死《し》んでいた！　それに、『エクスペリアームス』の呪文《じゅもん》だって、二年前《ねんまえ》、僕《ぼく》をヴォルデモートから救《すく》ってくれたんだ」最後《さいご》の言葉《ことば》を、ハリーは挑戦的《ちょうせんてき》につけ加《くわ》えた。

今《いま》のルーピンは、ダンブルドア軍団《ぐんだん》に「武装解除術《ぶそうかいじょじゅつ》」のかけ方《かた》を教《おし》えようとするハリーを嘲《あざ》笑《わら》った、ハッフルパフ寮《りょう》のザカリアス・スミスを思《おも》い出《だ》させた。

「そのとおりだよ、ハリー」ルーピンは必死《ひっし》に自制《じせい》していた。「しかも、その場面《ばめん》を、大勢《おおぜい》の死喰《しく》い人《びと》が目撃《もくげき》している！　こんなことを言《い》うのは悪《わる》いが、死《し》に直面《ちょくめん》したそんな切迫《せっぱく》した場面《ばめん》でそのような動《うご》きに出《で》るのは、まったく普通《ふつう》じゃない。その現場《げんば》を目撃《もくげき》したか、または話《はなし》に聞《き》いていた死喰《しく》い人《びと》たちの目《め》の前《まえ》で、今夜《こんや》また同《おな》じ行動《こうどう》をくり返《かえ》すとは、まさに自殺行為《じさつこうい》だ！」

「それじゃ、僕《ぼく》はスタン・シャンパイクを殺《ころ》すべきだったと言《い》うんですか？」

ハリーは憤慨《ふんがい》した。

「いや、そうではない」ルーピンが言《い》った。「しかし、死喰《しく》い人《びと》たちは——率直《そっちょく》に言《い》って、たいていの人《ひと》なら——君《きみ》が反撃《はんげき》すると予想《よそう》しただろう！『エクスペリアームス、武器《ぶき》よ去《さ》れ』は役《やく》に立《た》つ呪文《じゅもん》だよ、ハリー。しかし、死喰《しく》い人《びと》は、それが君《きみ》を見分《みわ》ける独特《どくとく》の動《うご》きだと考《かんが》えているようだ。だから、そうならないようにしてくれ！」

ルーピンの言葉《ことば》でハリーは自分《じぶん》の愚《おろ》かしさに気《き》づいたが、それでもまだわずかに反発《はんぱつ》したい気《き》持《も》ちがあった。

「たまたまそこにいるだけで、じゃまだから吹《ふ》き飛《と》ばしたりするなんて、僕《ぼく》にはできない」ハリーが言《い》った。「そんなことは、ヴォルデモートのやることだ」

ルーピンが言《い》い返《かえ》したが、その時《とき》ようやく狭《せま》い勝手口《かってぐち》を通《とお》り抜《ぬ》けたハグリッドが、よろよろと椅子《いす》に座《すわ》り込《こ》んだとたんに椅子《いす》がつぶれ、ルーピンの言葉《ことば》は聞《き》こえなかった。ののしったり謝《あやま》ったりのハグリッドを無視《むし》して、ハリーは再《ふたた》びルーピンに話《はな》しかけた。

「ジョージは大丈夫《だいじょうぶ》？」

ハリーに対《たい》するルーピンのいらだちは、この問《と》いかけですっかりどこかに消《き》えてしまったようだった。

「そう思《おも》うよ。ただ、耳《みみ》は元《もと》どおりにはならない。呪《のろ》いでもぎ取《と》られてしまったのだからね——」

外《そと》で、何《なに》かがゴソゴソ動《うご》き回《まわ》る音《おと》がした。ルーピンは勝手口《かってぐち》の戸《と》に飛《と》びつき、ハリーはハグリッドの足《あし》を飛《と》び越《こ》えて裏庭《うらにわ》にかけ出《だ》した。

裏庭《うらにわ》には二人《ふたり》の人影《ひとかげ》が現《あらわ》れていた。ハリーが走《はし》って近《ちか》づくにつれて、それが元《もと》の姿《すがた》に戻《もど》る最《さい》中《ちゅう》のハーマイオニーとキングズリーだとわかった。二人《ふたり》とも曲《ま》がったハンガーをしっかりつかんでいた。ハーマイオニーはハリーの腕《うで》に飛《と》び込《こ》んだが、キングズリーは誰《だれ》の姿《すがた》を見《み》てもうれしそうな顔《かお》をしなかった。ハリーは、キングズリーが杖《つえ》を上《あ》げてルーピンの胸《むね》をねらうのを、ハーマイオニーの肩越《かたご》しに見《み》た。

「アルバス・ダンブルドアが、我《われ》ら二人《ふたり》に遺《のこ》した最後《さいご》の言葉《ことば》は？」

「**ハリーこそ我々《われわれ》の最大《さいだい》の希望《きぼう》だ。彼《かれ》を信《しん》じよ**」ルーピンが静《しず》かに答《こた》えた。

キングズリーは次《つぎ》に杖《つえ》をハリーに向《む》けたが、ルーピンが止《と》めた。

「本人《ほんにん》だ。私《わたし》がもう調《しら》べた！」

「わかった、わかった！」キングズリーは杖《つえ》をマントの下《した》に収《おさ》めた。「しかし、誰《だれ》かが裏切《うらぎ》ったぞ！　あいつらは知《し》っていた。今夜《こんや》だということを知《し》っていたんだ！」

「そのようだ」ルーピンが答《こた》えた。「しかし、どうやら七人《にん》のハリーがいるとは知《し》らなかったようだ」

「たいしたなぐさめにはならん！」キングズリーが歯《は》がみした。「ほかに戻《もど》った者《もの》は？」

「ハリー、ハグリッド、ジョージ、それに私《わたし》だけだ」

ハーマイオニーが口《くち》を手《て》で覆《おお》って、小《ちい》さなうめき声《ごえ》を押《お》し殺《ころ》した。

「君《きみ》たちには、何《なに》があった？」ルーピンがキングズリーに聞《き》いた。

「五人《にん》に追跡《ついせき》されたが二人《ふたり》を負傷《ふしょう》させた。一人殺《ひとりころ》したかもしれん」キングズリーは一気《いっき》に話《はな》した。「それに、『例《れい》のあの人《ひと》』も目撃《もくげき》した。あいつは途中《とちゅう》から追跡《ついせき》に加《くわ》わったが、たちまち姿《すがた》を消《け》した。リーマス、あいつは――」

「飛《と》べる」ハリーが言葉《ことば》を引《ひ》き取《と》った。「僕《ぼく》もあいつを見《み》た。ハグリッドと僕《ぼく》を追《お》ってきたんだ」

「それでいなくなったのか――君《きみ》を追《お》うために！」キングズリーが言《い》った。「なぜ消《き》えてしまったのか理解《りかい》できなかったのだが。しかし、どうして標的《ひょうてき》を変《か》えたのだ？」

「ハリーが、スタン・シャンパイクに少《すこ》し親切過《しんせつす》ぎる行動《こうどう》を取《と》ったためだ」

ルーピンが答《こた》えた。

「スタン？」ハーマイオニーが聞《き》き返《かえ》した。「だけどあの人《ひと》は、アズカバンにいるんじゃなかったの？」

キングズリーが、おもしろくもなさそうに笑《わら》った。

「ハーマイオニー、集団脱走《しゅうだんだっそう》があったのはまちがいない。魔法省《まほうしょう》は隠蔽《いんぺい》しているがね。私《わたし》の呪《のろ》いでフードがはずれた死喰《しく》い人《びと》は、トラバースだった。あいつも収監中《しゅうかんちゅう》のはずなのだが。ところで、リーマス、君《きみ》のほうは何《なに》があったんだ？　ジョージはどこだ？」

「耳《みみ》を失《うしな》った」ルーピンが言《い》った。

「何《なに》をですって――？」ハーマイオニーの声《こえ》が上《うわ》ずった。

「スネイプの仕業《しわざ》だ」ルーピンが言《い》った。

「スネイプだって？」ハリーが叫《さけ》んだ。「さっきはそれを言《い》わなかった――」

「追跡《ついせき》してくる途中《とちゅう》であいつのフードがはずれた。『セクタムセンプラ』の呪《のろ》いは、昔《むかし》からあいつの十八番《おはこ》だった。そっくりそのままお返《かえ》しをしてやったと言《い》いたいところだが、負傷《ふしょう》したジョージを箒《ほうき》に乗《の》せておくだけで精《せい》いっぱいだった。出血《しゅっけつ》が激《はげ》しかったのでね」

四人《にん》は、空《そら》を見上《みあ》げながらだまり込《こ》んだ。何《なに》も動《うご》く気配《けはい》はない。星《ほし》が、瞬《まばた》きもせず冷《つめ》たく見《み》つめ返《かえ》すばかりで、光《ひかり》をよぎって飛《と》んでくる友《とも》の影《かげ》は見《み》えない。ロンはどこだろう？　フレッドとウィーズリーおじさんは？　ビル、フラー、トンクス、マッド-アイ、マンダンガスは？

「ハリー、手《て》を貸《か》してくれや！」

ハグリッドがまた勝手口《かってぐち》につっかえて、かすれ声《ごえ》で呼《よ》びかけた。何《なに》かすることがあるのは救《すく》いだった。ハリーはハグリッドを外《そと》に引《ひ》っ張《ぱ》り出《だ》し、誰《だれ》もいない台所《だいどころ》を通《とお》って居間《いま》に戻《もど》った。ウィーズリーおばさんとジニーが、ジョージの手当《てあ》てを続《つづ》けていた。ウィーズリーおばさんの手《て》当《あ》てで、血《ち》はもう止《と》まっていたが、ランプの灯《あか》りの下《した》で、ハリーは、ジョージの耳《みみ》があった所《ところ》にぽっかり穴《あな》が開《あ》いているのを見《み》た。

「どんな具合《ぐあい》ですか？」ハリーが聞《き》いた。

ウィーズリーおばさんが振《ふ》り返《かえ》って答《こた》えた。

「私《わたし》には、また耳《みみ》を生《は》やしてあげることはできないわ。闇《やみ》の魔術《まじゅつ》に奪《うば》われたのですからね。でも、不幸中《ふこうちゅう》の幸《さいわ》いだったわ……この子《こ》は生《い》きているんですもの」

「ええ」ハリーが言《い》った。「よかった」

「裏庭《うらにわ》で、誰《だれ》かほかの人《ひと》の声《こえ》がしたようだったけど？」ジニーが聞《き》いた。

「ハーマイオニーとキングズリーだ」ハリーが答《こた》えた。二人《ふたり》は互《たが》いに見《み》つめ合《あ》った。ハリーはジニーを抱《だ》きしめたかった。ジニーがささやくように言《い》った。二人は互いに見つめ合った。ハリーはジニーのそばにいることさえあまり気《き》にならなかった。ジニーにすがりつきたかった。しかし衝動《しょうどう》に身《み》を任《まか》せるより前《まえ》に、台所《だいどころ》ですさまじい音《おと》がした。

「キングズリー、私《わたし》が私《わたし》であることは、息子《むすこ》の顔《かお》を見《み》てから証明《しょうめい》してやる。さあ、悪《わる》いことは言《い》わんから、そこをどけ！」

ハリーは、ウィーズリーおじさんがこんな大声《おおごえ》を出《だ》すのを初《はじ》めて聞《き》いた。おじさんははげた頭《あたま》のてっぺんを汗《あせ》で光《ひか》らせ、めがねをずらしたまま居間《いま》に飛《と》び込《こ》んできた。フレッドもすぐあとに続《つづ》いていた。二人《ふたり》とも真《ま》っ青《さお》だったが、けがはしていない。

「アーサー！」ウィーズリーおばさんがすすり泣《な》いた。「ああ、無事《ぶじ》でよかった！」

「様子《ようす》はどうかね？」

ウィーズリーおじさんは、ジョージのそばにひざをついた。フレッドは、言葉《ことば》が出《で》ない様子《ようす》だった。ハリーは、そんなフレッドを見《み》たことがなかった。目《め》にしているものが信《しん》じられないという顔《かお》で、フレッドは、ソファの後《うし》ろから双子《ふたご》の相棒《あいぼう》の傷《きず》をポカンと眺《なが》めていた。

フレッドと父親《ちちおや》がそばに来《き》た物音《ものおと》で気《き》がついたのか、ジョージが身動《みうご》きした。

「ジョージィ、気分《きぶん》はどう？」ウィーズリーおばさんが小声《こごえ》で聞《き》いた。

ジョージの指《ゆび》が、耳《みみ》のあたりをまさぐった。

「聖人《せいじん》みたいだ」ジョージがつぶやいた。

「いったい、どうしちまったんだ？」フレッドが、ぞっとしたようにかすれ声《ごえ》で言《い》った。「頭《あたま》もやられっちまったのか？」

「聖人《せいじん》みたいだ」ジョージが目《め》を開《あ》けて、双子《ふたご》の兄弟《きょうだい》を見上《みあ》げた。「見《み》ろよ……穴《あな》だ。ホールだ、**ホーリー**だ。ほら、聖人《ホーリー》じゃないか、わかったか、フレッド？」

ウィーズリーおばさんがますます激《はげ》しくすすり泣《な》いた。フレッドの蒼白《そうはく》な顔《かお》に赤《あか》みがさした。

「なっさけねえ」フレッドがジョージに言《い》った。「情《なさ》けねえぜ！　耳《みみ》に関《かん》するジョークなら、掃《は》いて捨《す》てるほどあるっていうのに、何《なん》だい、『**ホーリー**』しか考《かんが》えつかないのか？」

「まあね」ジョージは涙《なみだ》でぐしょぐしょの母親《ははおや》に向《む》かって、ニヤリと笑《わら》った。「ママ、これで二人《ふたり》の見分《みわ》けがつくだろう」

ジョージは周《まわ》りを見回《みまわ》した。

「やあ、ハリー――君《きみ》、ハリーだろうな？」

「ああ、そうだよ」ハリーがソファに近寄《ちかよ》った。

「まあ、何《なん》とか君《きみ》を無事《ぶじ》に連《つ》れて帰《かえ》ることはできたわけだ」ジョージが言《い》った。「我《わ》が病床《びょうしょう》に、ロンとビルが侍《はべ》っていないのはどういうわけ？」

「まだ帰《かえ》ってきていないのよ、ジョージ」

ウィーズリーおばさんが言《い》った。ジョージの笑顔《えがお》が消《き》えた。ハリーはジニーに目配《めくば》せし、一緒《いっしょ》に外《そと》に出《で》てくれというしぐさをした。台所《だいどころ》を歩《ある》きながら、ジニーが小声《こごえ》で言《い》った。

「ロンとトンクスはもう戻《もど》ってないといけないの。長《なが》い旅《たび》じゃないはずなのよ。ミュリエルおばさんの家《いえ》はここからそう遠《とお》くないから」

ハリーは何《なに》も言《い》わなかった。「隠《かく》れ穴《あな》」に戻《もど》って以来《いらい》ずっとこらえていた恐怖《きょうふ》が、今《いま》やハリーを包《つつ》み込《こ》み、皮膚《ひふ》をはい、胸《むね》の中《なか》でずきずきと脈打《みゃくう》って、のどを詰《つ》まらせているような気《き》がした。勝手口《かってぐち》から暗《くら》い庭《にわ》へと階段《かいだん》を下《お》りながら、ジニーがハリーの手《て》を握《にぎ》った。

キングズリーが大股《おおまた》で往《い》ったり来《き》たりしながら、折《お》り返《かえ》すたびに空《そら》を見上《みあ》げていた。ハリーは、バーノンおじさんが居間《いま》を往《い》ったり来《き》たりしていた様子《ようす》を、もう百万年《まんねん》も昔《むかし》のことのように思《おも》い出《だ》した。ハグリッド、ハーマイオニー、そしてルーピンの黒《くろ》い影《かげ》が、肩《かた》を並《なら》べてじっと上《うえ》を見《み》つめていた。ハリーとジニーが沈黙《ちんもく》の見張《みは》りに加《くわ》わっても、誰《だれ》も振《ふ》り向《む》かなかった。

何分間《なんぷんかん》が何年《なんねん》にも感《かん》じられた。全員《ぜんいん》が、ちょっとした風《かぜ》のそよぎにもびくりとして振《ふ》り向《む》き、葉《は》ずれの音《おと》に耳《みみ》をそばだて、潅木《かんぼく》や木々《きぎ》の葉陰《はかげ》から行方不明《ゆくえふめい》の騎士団員《きしだんいん》の無事《ぶじ》な姿《すがた》が飛《と》び出《で》てきはしないかと、望《のぞ》みをかけるのだった。

やがて箒《ほうき》が一本《ぽん》、みんなの真上《まうえ》に現《あらわ》れ、地上《ちじょう》に向《む》かって急降下《きゅうこうか》してきた——。

「帰《かえ》ってきたわ！」ハーマイオニーが喜《よろこ》びの声《こえ》を上《あ》げた。

トンクスが長々《ながなが》と箒跡《ほうきあと》を引《ひ》きずり、土《つち》や小石《こいし》をあたり一面《いちめん》に跳《は》ね飛《と》ばしながら着地《ちゃくち》した。

「リーマス！」よろよろと箒《ほうき》から下《お》りたトンクスが、叫《さけ》びながらルーピンの腕《うで》に抱《だ》かれた。

ルーピンは何《なに》も言《い》えず、真《ま》っ青《さお》な硬《かた》い表情《ひょうじょう》をしていた。ロンはぼうっとして、よろけながらハリーとハーマイオニーのほうに歩《ある》いてきた。

「君《きみ》たち、無事《ぶじ》だね」ロンがつぶやいた。

ハーマイオニーは飛《と》びついてロンをしっかりと抱《だ》きしめた。

「心配《しんぱい》したわ——私《わたし》、心配《しんぱい》したわ——」

「僕《ぼく》、大丈夫《だいじょうぶ》」ロンは、ハーマイオニーの背中《せなか》をたたきながら言《い》った。「僕《ぼく》、元気《げんき》」

「ロンはすごかったわ」トンクスが、抱《だ》きついていたルーピンから離《はな》れて、ロンをほめそやした。「すばらしかった。死喰《しく》い人《びと》の頭《あたま》に『失神呪文《しっしんじゅもん》』を命中《めいちゅう》させたんだから。何《なに》しろ飛《と》んでいる箒《ほうき》から動《うご》く的《まと》をねらうとなると――」

「ほんと？」

ハーマイオニーはロンの首《くび》に両腕《りょううで》を巻《ま》きつけたまま、ロンの顔《かお》をじっと見上《みあ》げた。

「意外《いがい》で悪《わる》かったね」

ロンはハーマイオニーから離《はな》れながら、少《すこ》しむっとしたように言《い》った。

「僕《ぼく》たちが最後《さいご》かい？」

「ちがうわ」ジニーが言《い》った。「ビルとフラー、それにマッド-アイとマンダンガスがまだなの。ロン、私《わたし》、パパとママに、あなたが無事《ぶじ》だって知《し》らせてくるわ――」

ジニーが家《いえ》にかけ込《こ》んだ。

「それで、どうして遅《おそ》くなった？　何《なに》があったんだ？」

ルーピンは、まるでトンクスに腹《はら》を立《た》てているような聞《き》き方《かた》をした。

「ベラトリックスなのよ」トンクスが言《い》った。「あいつ、ハリーをねらうのと同《おな》じくらいしつこく私《わたし》をねらってね、リーマス、私《わたし》を殺《ころ》そうと躍起《やっき》になってた。あいつをやっつけたかったなぁ。ベラトリックスには借《か》りがあるんだから。でも、ロドルファスには確実《かくじつ》にけがをさせてやった……それからロンのおばさんのミュリエルの家《いえ》に行《い》ったけど、移動《ポート》キーの時間《じかん》に間《ま》に合《あ》わなくて、ミュリエルにさんざんやきもきされて――」

ルーピンは、あごの筋肉《きんにく》をピクピクさせて聞《き》いていた。うなずくだけで、何《なに》も言《い》えないようだった。

「それで、みんなのほうは何《なに》があったの？」

トンクスがハリー、ハーマイオニー、そしてキングズリーに聞《き》いた。

それぞれがその夜《よる》の旅《たび》のことを語《かた》った。しかし、その間《あいだ》も、ビル、フラー、マッド-アイ、マンダンガスの姿《すがた》がないことが、霜《しも》が降《お》りたように全員《ぜんいん》の心《こころ》にのしかかり、その冷《つめ》たさはしだいに無視《むし》できないつらさになっていた。

「私《わたし》はダウニング街《がい》の首相官邸《しゅしょうかんてい》に戻《もど》らなければならない。一時間前《じかんまえ》に戻《もど》っていなければならなかったのだが――」しばらくしてキングズリーがそう言《い》い、最後《さいご》にもう一度《いちど》、隅々《すみずみ》まで空《そら》を見回《みまわ》した。「戻《もど》ってきたら、報《しら》せをくれ」

ルーピンがうなずいた。みんなに手《て》を振《ふ》りながら、キングズリーは暗闇《くらやみ》の中《なか》を門《もん》へと歩《ある》いていった。ハリーは、「隠《かく》れ穴《あな》」の境界《きょうかい》のすぐ外《そと》で、キングズリーが「姿《すがた》くらまし」するポンというかすかな音《おと》を聞《き》いたような気《き》がした。

ウィーズリー夫妻《ふさい》が、裏庭《うらにわ》への階段《かいだん》をかけ下《お》りてきた。すぐ後《うし》ろにジニーがいた。二人《ふたり》はロンを抱《だ》きしめ、それからルーピンとトンクスを見《み》た。

「ありがとう」ウィーズリーおばさんが二人《ふたり》に言《い》った。「息子《むすこ》たちのことを」

「あたりまえじゃないの、モリー」トンクスがすぐさま言《い》った。

「ジョージの様子《ようす》は？」ルーピンが聞《き》いた。

「ジョージがどうかしたの？」ロンが口《くち》を挟《はさ》んだ。

「あの子《こ》は、耳《みみ》――」

ウィーズリーおばさんの言葉《ことば》は、途中《とちゅう》で歓声《かんせい》に飲《の》み込《こ》まれてしまった。高々《たかだか》と滑空《かっくう》するセストラルが見《み》えたのだ。目《め》の前《まえ》に着地《ちゃくち》したセストラルの背《せ》から、風《かぜ》に吹《ふ》きさらされてはいたが、ビルとフラーの無事《ぶじ》な姿《すがた》がすべり降《お》りた。

「ビル！　ああよかった、ああよかった――」

ウィーズリーおばさんがかけ寄《よ》ったが、ビルは、母親《ははおや》をおざなりに抱《だ》きしめただけで、父親《ちちおや》をまっすぐ見《み》て言《い》った。

「マッド-アイが死《し》んだ」

誰《だれ》も声《こえ》を上《あ》げなかった。誰《だれ》も動《うご》かなかった。ハリーは体《からだ》の中《なか》から何《なに》かが抜《ぬ》け落《お》ちて、自分《じぶん》を置《お》き去《ざ》りにしたまま、地面《じめん》の下《した》にどんどん落《お》ちていくような気《き》がした。

「僕《ぼく》たちが目撃《もくげき》した」ビルの言葉《ことば》に、フラーがうなずいた。そのほおに残《のこ》る涙《なみだ》の跡《あと》が、台所《だいどころ》の明《あ》かりにキラキラ光《ひか》った。「僕《ぼく》たちが敵《てき》の囲《かこ》みを抜《ぬ》けた直後《ちょくご》だった。マッド‐アイとダングがすぐそばにいて、やはり北《きた》を目指《めざ》していた。ヴォルデモートが――あいつは飛《と》べるんだ――まっすぐあの二人《ふたり》に向《む》かっていった。ダングが動転《どうてん》して――僕《ぼく》はやつの叫《さけ》ぶ声《こえ》を聞《き》いたよ――マッド‐アイが何《なん》とか止《と》めようとしたけれど、ダングは『姿《すがた》くらまし』してしまった。ヴォルデモートの呪《のろ》いがマッド‐アイの顔《かお》にまともに当《あ》たって、マッド‐アイは仰向《あおむ》けに箒《ほうき》から落《お》ちて、それで――僕《ぼく》たちは何《なに》もできなかった。何《なん》にも。僕《ぼく》たちも六人《にん》に追《お》われていた――」

ビルは涙声《なみだごえ》になった。

「当然《とうぜん》だ。君《きみ》たちには何《なに》もできはしなかった」ルーピンが言《い》った。

全員《ぜんいん》が、顔《かお》を見合《みあ》わせて立《た》ち尽《つ》くした。ハリーはまだ納得《なっとく》できなかった。マッド‐アイが死《し》んだ。そんなはずはない……あんなにタフで、勇敢《ゆうかん》で、死地《しち》をくぐり抜《ぬ》けてきたマッド‐アイが……。

やがて、誰《だれ》も口《くち》に出《だ》しては言《い》わなかったが、誰《だれ》もがもはや庭《にわ》で待《ま》ち続《つづ》ける意味《いみ》がなくなったと気《き》づいたようだった。全員《ぜんいん》が無言《むごん》で、ウィーズリー夫妻《ふさい》に続《つづ》いて「隠《かく》れ穴《あな》」の中《なか》へ、そして居間《いま》へと戻《もど》った。そこではフレッドとジョージが、笑《わら》い合《あ》っていた。

「どうかしたのか？」居間《いま》に入《はい》ってきたみんなの顔《かお》を次々《つぎつぎ》に見回《みまわ》して、フレッドが聞《き》いた。「何《なに》があったんだ？　誰《だれ》かが――？」

「マッド-アイだ」ウィーズリーおじさんが言《い》った。「死《し》んだ」

双子《ふたご》の笑顔《えがお》が衝撃《しょうげき》でゆがんだ。何《なに》をすべきか、誰《だれ》にもわからなかった。トンクスはハンカチに顔《かお》をうずめて、声《こえ》を出《だ》さずに泣《な》いていた。トンクスはマッド-アイと親《した》しかった。魔法省《まほうしょう》で、マッド-アイの秘蔵《ひぞう》っ子《こ》として目《め》をかけられていたことを、ハリーは知《し》っていた。ハグリッドは部屋《へや》の隅《すみ》の一番広《いちばんひろ》くあいている場所《ばしょ》に座《すわ》り込《こ》み、テーブルクロス大《だい》のハンカチで目《め》をぬぐっていた。

ビルは戸棚《とだな》に近《ちか》づき、ファイア・ウィスキーを一本《ぽん》と、グラスをいくつか取《と》り出《だ》した。

「さあ」そう言《い》いながら、ビルは杖《つえ》を一振《ひとふ》りし、十二人《にん》の戦士《せんし》に、なみなみと満《み》たしたグラスを送《おく》った。十三個目《こめ》のグラスを宙《ちゅう》に浮《う》かべ、ビルが言《い》った。

「マッド-アイに」

「マッド-アイに」全員《ぜんいん》が唱和《しょうわ》し、飲《の》み干《ほ》した。

「マッド-アイに」一呼吸遅《ひとこきゅうおく》れて、しゃっくりしながらハグリッドが唱和《しょうわ》した。

ファイア・ウィスキーはハリーののどを焦《こ》がした。焼《や》けるような感覚《かんかく》がハリーをしゃきっとさせた。まひした感覚《かんかく》を呼《よ》び覚《さ》まし、現実《げんじつ》に立《た》ち戻《もど》らせ、何《なに》かしら勇気《ゆうき》のようなものに火《ひ》をつけた。

「それじゃ、マンダンガスは行方《ゆくえ》をくらましたのか？」

一気《いっき》にグラスを飲《の》み干《ほ》したルーピンが聞《き》いた。

周《まわ》りの空気《くうき》がサッと変《か》わった。緊張《きんちょう》した全員《ぜんいん》の目《め》が、ルーピンに注《そそ》がれていた。ルーピンにそのまま追及《ついきゅう》してほしいという気持《きも》ちと、答《こた》えを聞《き》くのが少《すこ》し恐《おそ》ろしいという気持《きも》ちが混《ま》じっている。ハリーにはそう思《おも》えた。

「みんなが考《かんが》えていることはわかる」ビルが言《い》った。「僕《ぼく》もここに戻《もど》る道々《みちみち》、同《おな》じことを疑《うたが》った。何《なに》しろ連中《れんちゅう》は、どうも我々《われわれ》を待《ま》ち伏《ぶ》せしていたようだったからね。しかし、マンダンガスが裏《うら》切《ぎ》ったはずはない。ハリーが七人《にん》になることを、連中《れんちゅう》は知《し》らなかったし、だからこそ、我々《われわれ》が現《あらわ》れたとき、連中《れんちゅう》は混乱《こんらん》した。それに、忘《わす》れてはいないだろうが、このインチキ戦法《せんぽう》を提案《ていあん》したのはマンダンガスだった。肝心《かんじん》なポイントをやつらに教《おし》えていなかったのは、おかしいだろう？　僕《ぼく》は、ダングが単純《たんじゅん》に恐怖《きょうふ》にかられただけだと思《おも》う。あいつは、はじめから来《き》たくなかったんだが、マッド‐アイが参加《さんか》させた。それに、『例《れい》のあの人《ひと》』が真《ま》っ先《さき》にあの二人《ふたり》を追《お》った。それだけで誰《だれ》だって動転《どうてん》するよ」

「『例《れい》のあの人《ひと》』は、マッド‐アイの読《よ》みどおりに行動《こうどう》したわ」トンクスがすすり上《あ》げた。「マッドーアイが言《い》ったけど、『あの人《ひと》』は、本物《ほんもの》のハリーなら、一番《いちばん》タフで熟練《じゅくれん》の闇祓《やみばら》いと一緒《いっしょ》だと考《かんが》えるだろうって。マッドーアイを最初《さいしょ》に追《お》って、マンダンガスが正体《しょうたい》を現《あらわ》したあとは、キングズリーに切《き》り替《か》えた……」

「ええ、それはそのとーりでーすが」フラーが切《き》り込《こ》んだ。「でも、わたしたちが今夜《こんや》アリーを移動《いどう》するこーとを、なぜ知《し》っていーたのか、説明《せつめい》つきませーんね？　誰《だれ》かがうっかりでしたにちがいありませーん。誰《だれ》かが外部《がいぶ》のい・とにうっかりもらしましたね。彼《かれ》らがい・にちだけ知《し》っていーて、プランの全部《ぜんぶ》は知《し》らなーいのは、それしか説明《せつめい》できませーん」

フラーは美《うつく》しい顔《かお》にまだ涙《なみだ》の跡《あと》を残《のこ》しながら、全員《ぜんいん》をにらみつけ、異論《いろん》があるなら言《い》ってごらんと、無言《むごん》で問《と》いかけていた。誰《だれ》も反論《はんろん》しなかった。沈黙《ちんもく》を破《やぶ》るのは、ハグリッドがハンカチで押《お》さえながらヒックヒックヒックしゃくり上《あ》げる声《こえ》だけだった。ハリーはハグリッドをちらりと見《み》た。ほんの少《すこ》し前《まえ》、ハリーの命《いのち》を救《すく》うために自分《じぶん》の命《いのち》を危険《きけん》にさらしたハグリッド——ハリーの大好《だいす》きな、ハリーの信《しん》じているハグリッド。そして、一度《いちど》はだまされて、ドラゴンの卵《たまご》と引《ひ》き換《か》えに、ヴォルデモートに大切《たいせつ》な情報《じょうほう》を渡《わた》してしまったハグリッド……。

「ちがう」ハリーが口《くち》に出《だ》してそう言《い》うと、全員《ぜんいん》が驚《おどろ》いてハリーを見《み》た。ファイア・ウィスキーのせいで、ハリーの声《こえ》が大《おお》きくなっていたらしい。

「あの……誰《だれ》かがミスを犯《おか》して」ハリーは言葉《ことば》を続《つづ》けた。「それでうっかりもらしたのなら、きっとそんなつもりはなかったんだ。その人《ひと》が悪《わる》いんじゃない」ハリーは、いつもより少《すこ》し大《おお》きい声《こえ》でくり返《かえ》した。「僕《ぼく》たち、お互《たが》いに信頼《しんらい》し合《あ》わないといけないんだ。僕《ぼく》はみんなを信《しん》じている。この部屋《へや》にいる人《ひと》は、誰《だれ》も僕《ぼく》のことをヴォルデモートに売《う》ったりはしない」

ハリーの言葉《ことば》のあとに、また沈黙《ちんもく》が続《つづ》いた。全員《ぜんいん》の目《め》がハリーに注《そそ》がれていた。ハリーは再《ふたた》び高揚《こうよう》した気持《きも》ちになり、何《なに》かをせずにはいられずにファイア・ウィスキーをまた少《すこ》し飲《の》んだ。飲《の》みながらマッド-アイのことを思《おも》った。マッド-アイは、人《ひと》を信用《しんよう》したがるダンブルドアの傾向《けいこう》を、いつも痛烈《つうれつ》に批判《ひはん》していたものだ。

「よくぞ言《い》ったぜ、ハリー」フレッドが不意《ふい》に言《い》った。

「傾聴《けいちょう》、傾聴《けいちょう》！　傾耳《けいみみ》、傾耳《けいみみ》！」ジョージがフレッドを横目《よこめ》で見《み》ながら合《あ》いの手《て》を入《い》れた。フレッドの口《くち》の端《はし》がいたずらっぽくヒクヒク動《うご》いた。

ルーピンは、哀《あわ》れみとも取《と》れる奇妙《きみょう》な表情《ひょうじょう》で、ハリーを見《み》ていた。

「僕《ぼく》が、お人好《ひとよ》しのばかだと思《おも》っているんでしょう？」ハリーが詰問《きつもん》した。

「いや、君《きみ》がジェームズに似《に》ていると思《おも》ってね」ルーピンが言《い》った。「ジェームズは、友《とも》を信《しん》じないのは、不名誉極《ふめいよきわ》まりないことだと考《かんが》えていた」

ハリーには、ルーピンの言《い》おうとすることがわかっていた。父親《ちちおや》は友人《ゆうじん》のピーター・ペティグリューに裏切《うらぎ》られたではないかということだ。ハリーは説明《せつめい》できない怒《いか》りにかられ、反論《はんろん》したいと思《おも》った。しかしルーピンは、ハリーから顔《かお》を背《そむ》け、グラスを脇《わき》のテーブルに置《お》いてビルに話《はな》しかけていた。

「やらなければならないことがある。私《わたし》からキングズリーに頼《たの》んで、手《て》を貸《か》してもらえるかどうかと――」

「いや」ビルが即座《そくざ》に答《こた》えた。「僕《ぼく》がやります。僕《ぼく》が行《い》きます」

「どこに行《い》くつもり？」トンクスとフラーが同時《どうじ》に聞《き》いた。

「マッド-アイのなきがらだ」ルーピンが言《い》った。「回収《かいしゅう》する必要《ひつよう》がある」

「そのことは――？」ウィーズリーおばさんが、懇願《こんがん》するようにビルを見《み》た。

「待《ま》てないかって？」ビルが言《い》った。「いや。死喰《しく》い人《びと》たちに奪《うば》われたくはないでしょう？」

誰《だれ》も何《なに》も言《い》わなかった。ルーピンとビルは、みんなに挨拶《あいさつ》して出《で》ていった。

残《のこ》った全員《ぜんいん》が今《いま》や力《ちから》なく椅子《いす》に座《すわ》り込《こ》んだが、ハリーだけは立《た》ったままだった。死《し》は突然《とつぜん》であり、妥協《だきょう》がない。全員《ぜんいん》がその死《し》の存在《そんざい》を意識《いしき》していた。

「僕《ぼく》も行《い》かなければならない」ハリーが言《い》った。

十組《くみ》の驚愕《きょうがく》した目《め》がハリーを見《み》た。

「ハリー、そんなばかなことを」ウィーズリーおばさんが言《い》った。「いったい、どういうつもりなの？」

「僕《ぼく》はここにはいられない」

ハリーは額《ひたい》をこすった。こんなふうに痛《いた》むことはここ一年以上《ねんいじょう》なかったのに、またチクチクと痛《いた》みだしていた。

「僕《ぼく》がここにいるかぎり、みんなが危険《きけん》だ。僕《ぼく》はそんなこと——」

「バカなことを言《い》わないで！」ウィーズリーおばさんが言《い》った。「今夜《こんや》の目的《もくてき》は、あなたを無事《ぶじ》にここに連《つ》れてくることだったのよ。そして、ああ、うれしいことにうまくいったわ。それに、フラーが、フランスではなく、ここで結婚式《けっこんしき》を挙《あ》げることを承知《しょうち》したの。私《わたし》たちはね、みんながここに泊《と》まってあなたを護《まも》れるように、何《なに》もかも整《ととの》えたのよ——」

おばさんにはわかっていない。気《き》が楽《らく》になるどころか、ハリーはますます気《き》が重《おも》くなった。

「もしヴォルデモートが、ここに僕《ぼく》がいることをかぎつけたら——」

「でも、どうしてそうなるって言《い》うの？」ウィーズリーおばさんが反論《はんろん》した。

「ハリー、今現在《いまげんざい》、君《きみ》のいそうな安全《あんぜん》な場所《ばしょ》は十二か所《しょ》もある」ウィーズリーおじさんが言《い》った。

「その中《なか》の、どの家《いえ》に君《きみ》がいるのか、あいつにわかるはずがない」

「僕《ぼく》のことを心配《しんぱい》してるんじゃない！」ハリーが言《い》った。

「わかっているよ」ウィーズリーおじさんが静《しず》かに言《い》った。「しかし、君《きみ》が出《で》ていけば、今夜《こんや》の私《わたし》たちの努力《どりょく》はまったく無意味《むいみ》になってしまうだろう」

「おまえさんは、どこにも行《い》かねえ」ハグリッドがうなるように言《い》った。「とんでもねえ、ハリー、おまえさんをここに連《つ》れてくるのに、あんだけいろいろあったっちゅうのにか？」

「そうだ。俺《おれ》の流血《りゅうけつ》の片耳《かたみみ》はどうしてくれる？」ジョージはクッションの上《うえ》に起《お》き上《あ》がりながら言《い》った。

「わかってる――」

「マッド‐アイはきっと喜《よろこ》ばないと――」

「**わかってるったら！**」ハリーは声《こえ》を張《は》り上《あ》げた。

ハリーは包囲《ほうい》されて責《せ》められているような気持《きも》ちだった。みんなが自分《じぶん》のためにしてくれたことを、僕《ぼく》が知《し》らないとでも思《おも》っているのか？　だからこそ、みんなが僕《ぼく》のためにこれ以上《いじょう》苦《くる》しまないうちに、たった今《いま》出《で》ていきたいんだってことがわからないのか？　長《なが》い、気《き》づまりな沈黙《ちんもく》が流《なが》れ、その間《あいだ》もハリーの傷痕《きずあと》はチクチクと痛《いた》み、うずき続《つづ》けていた。

しばらくして沈黙《ちんもく》を破《やぶ》ったのは、ウィーズリーおばさんだった。

「ハリー、ヘドウィグはどこなの？」おばさんがなだめすかすように言《い》った。「ピッグウィジョンと一緒《いっしょ》に休《やす》ませて、何《なに》か食《た》べ物《もの》をあげましょう」

ハリーは内臓《ないぞう》がギュッとしめつけられた。おばさんにほんとうのことが言《い》えなかった。答《こた》えずにすむように、ハリーはグラスに残《のこ》ったファイア・ウィスキーを飲《の》み干《ほ》した。

「今《いま》に知《し》れわたるだろうが、ハリー、おまえさんはまた勝《か》った」ハグリッドが言《い》った。「あいつの手《て》を逃《のが》れたし、あいつに真上《まうえ》まで迫《せま》られたっちゅうのに、戦《たたか》って退《しりぞ》けた！」

「僕《ぼく》じゃない」ハリーがにべもなく言《い》った。「僕《ぼく》の杖《つえ》がやったことだ。杖《つえ》がひとりでに動《うご》いたんだ」

しばらくしてハーマイオニーがやさしく言《い》った。

「ハリー、でもそんなことありえないわ。あなたは自分《じぶん》で気《き》がつかないうちに魔法《まほう》を使《つか》ったのよ。直感的《ちょっかんてき》に反応《はんのう》したんだわ」

「ちがうんだ」ハリーが言《い》った。「バイクが落下《らっか》していて、僕《ぼく》はヴォルデモートがどこにいるのかもわからなくなっていた。それなのに杖《つえ》が手《て》の中《なか》で回転《かいてん》して、あいつを見《み》つけて呪文《じゅもん》を発射《はっしゃ》したんだ。しかも、僕《ぼく》には何《なん》だかわからない呪文《じゅもん》だった。僕《ぼく》はこれまで、金色《きんいろ》の炎《ほのお》なんて出《だ》したことがない」

「よくあることだ」ウィーズリーおじさんが言《い》った。「プレッシャーがかかると、夢《ゆめ》にも思《おも》わなかったような魔法《まほう》が使《つか》えることがある。まだ訓練《くんれん》を受《う》ける前《まえ》の小《ちい》さな子供《こども》がよくやることだが――」

「そんなことじゃなかった」ハリーは歯《は》を食《く》いしばりながら言《い》った。傷痕《きずあと》が焼《や》けるように痛《いた》んだ。腹《はら》が立《た》っていらいらしていた。ハリーこそヴォルデモートと対抗《たいこう》できる力《ちから》を持《も》っていると、みんなが勝手《かって》に思《おも》い込《こ》んでいるのが、いやでたまらなかった。

誰《だれ》も何《なに》も言《い》わなかった。自分《じぶん》の言《い》ったことを信《しん》じていないのだと、ハリーにはわかっていた。それに、考《かんが》えてみれば、杖《つえ》がひとりでに魔法《まほう》を使《つか》うという話《はなし》は聞《き》いたことがない。

傷痕《きずあと》が焼《や》けつくように痛《いた》んだ。うめき声《ごえ》を上《あ》げないようにするのが精《せい》いっぱいだった。外《そと》の空《くう》気《き》を吸《す》ってくるとつぶやきながら、ハリーはグラスを置《お》いて居間《いま》を出《で》た。

暗《くら》い裏庭《うらにわ》を横切《よこぎ》るとき、骨《ほね》ばったセストラルが顔《かお》を向《む》けて、巨大《きょだい》なコウモリのような翼《つばさ》をすり合《あ》わせたが、またすぐ草《くさ》を食《は》みはじめた。ハリーは庭《にわ》に出《で》る門《もん》の所《ところ》で立《た》ち止《ど》まり、伸《の》び放題《ほうだい》の庭《にわ》木《き》を眺《なが》め、ずきずきうずく額《ひたい》をさすりながら、ダンブルドアのことを考《かんが》えた。

ダンブルドアなら、ハリーを信《しん》じてくれただろう、絶対《ぜったい》に。ダンブルドアならハリーの杖《つえ》がなぜひとりでに動《うご》いたのかも、どのように動《うご》いたのかもわかっていただろう。ダンブルドアは、どんなときにも答《こた》えを持《も》っていた。杖一般《つえいっぱん》についても知《し》っていたし、ハリーの杖《つえ》とヴォルデモートの杖《つえ》の間《あいだ》に不思議《ふしぎ》な絆《きずな》があることも説明《せつめい》してくれた……しかし、ダンブルドアは逝《い》ってしまった。そして、マッド-アイも、シリウスも、両親《りょうしん》も、哀《あわ》れなハリーのふくろうも、みんな、ハリーが二度《にど》と話《はなし》ができない所《ところ》へ行《い》ってしまった。ハリーはのどが焼《や》けるような気《き》がしたが、それは、ファイア・ウィスキーとは何《なん》の関係《かんけい》もなかった……。

するとその時《とき》、まったく唐突《とうとつ》に、傷痕《きずあと》の痛《いた》みが最高潮《さいこうちょう》に達《たっ》した。額《ひたい》を押《お》さえ、目《め》を閉《と》じると、頭《あたま》の中《なか》で声《こえ》が聞《き》こえてきた。

「誰《だれ》かほかの者《もの》の杖《つえ》を使《つか》えば問題《もんだい》は解決《かいけつ》すると、貴様《きさま》はそう言《い》ったな！」

ハリーの頭《あたま》の中《なか》に映像《えいぞう》がパッと浮《う》かんだ。ぼろぼろの服《ふく》の、やせおとろえた老人《ろうじん》が石《いし》の床《ゆか》に倒《たお》れ、長《なが》く恐《おそ》ろしい叫《さけ》び声《ごえ》を上《あ》げている。たえがたい苦痛《くつう》の悲鳴《ひめい》だ……。

「やめて！　やめてください！　どうか、どうかお許《ゆる》しを……」

「ヴォルデモート卿《きょう》に対《たい》して、うそをついたな、オリバンダー！」

「うそではない……けっしてうそなど……」

「おまえはポッターを助《たす》けようとしたな。俺様《おれさま》の手《て》を逃《のが》れる手助《てだす》けをしたな！」

「けっしてそのようなことは……別《べつ》の杖《つえ》ならうまくいくだろうと信《しん》じていました……」

「それなら、なぜあのようなことが起《お》こったのだ。言《い》え。ルシウスの杖《つえ》は破壊《はかい》されたぞ！」

「わかりません……絆《きずな》は……二人《ふたり》の杖《つえ》の間《あいだ》に……その二本《ほん》の間《あいだ》にしかないのです……」

「うそだ！」

「どうか……お許《ゆる》しを……」

ハリーは、ろうのような手《て》が杖《つえ》を上《あ》げるのを見《み》た。そしてヴォルデモートの邪悪《じゃあく》な怒《いか》りがどっと流《なが》れるのを感《かん》じ、弱《よわ》りきった老人《ろうじん》が苦痛《くつう》に身《み》をよじり、床《ゆか》をのたうち回《まわ》る姿《すがた》を見《み》た――。


「ハリー？」

始《はじ》まったときと同様《どうよう》に、事《こと》は突然《とつぜん》終《お》わった。ハリーは、門《もん》にすがって震《ふる》えながら暗闇《くらやみ》の中《なか》に立《た》っていた。動悸《どうき》が高《たか》まり、傷痕《きずあと》はまだ痛《いた》んでいた。しばらくしてやっと、ロンとハーマイオニーがそばに立《た》っているのに気《き》づいた。

「ハリー、家《いえ》の中《なか》に戻《もど》って」ハーマイオニーが小声《こごえ》で言《い》った。「出《で》ていくなんて、まだ、そんなことを考《かんが》えてるんじゃないでしょうね？」

「そうさ、おい、君《きみ》はここにいなきゃ」ロンがハリーの背中《せなか》をバンとたたいた。

「気分《きぶん》が悪《わる》いの？」近《ちか》づいたハーマイオニーが、ハリーの顔《かお》をのぞき込《こ》んで聞《き》いた。

「ひどい顔《かお》よ！」

「まあね」ハリーが弱々《よわよわ》しく答《こた》えた。

「たぶん、オリバンダーよりはましな顔《かお》だろうけど……」

今見《いまみ》たことをハリーが話《はな》し終《お》えると、ロンはあっけに取《と》られた顔《かお》をしたが、ハーマイオニーはおびえきっていた。

「そういうことは終《お》わったはずなのに！　あなたの傷痕《きずあと》――こんなことはもうしないはずだったのに！　またあのつながりを開《ひら》いたりしてはいけないわ――ダンブルドアはあなたが心《こころ》を閉《と》じることを望《のぞ》んでいたのよ！」

ハリーが答《こた》えずにいると、ハーマイオニーはハリーの腕《うで》を強《つよ》く握《にぎ》った。

「ハリー、あの人《ひと》は魔法省《まほうしょう》を乗《の》っ取《と》りつつあるわ！　新聞《しんぶん》も、魔法界《まほうかい》の半分《はんぶん》もよ！　あなたの頭《あたま》の中《なか》までそうなっちゃダメ！」

第《だい》6章《しょう》　パジャマ姿《すがた》の屋根裏《やねうら》お化《ば》け

マッド－アイを失《うしな》った衝撃《しょうげき》は、それから何日《なんにち》も、家中《いえじゅう》に重《おも》くたれ込《こ》めていた。ハリーは、ニュースを伝《つた》えに家《いえ》に出入《ではい》りする騎《き》士団《しだん》のメンバーにまじって、マッド－アイも裏口《うらぐち》からコツッコツッと義足《ぎそく》を響《ひび》かせて入《はい》ってくるような気《き》がしてならなかった。罪悪感《ざいあくかん》と哀《かな》しみをやわらげるには行動《こうどう》しかない。分霊箱《ぶんれいばこ》を探《さが》し出《だ》して破壊《はかい》する使命《しめい》のために、できるだけ早《はや》く出発《しゅっぱつ》しなければならない、とハリーは感《かん》じていた。

「でも、十七歳《さい》になるまでは、君《きみ》は何《なに》もできないじゃないか。その『×××』のこと」ロンは「分霊箱《ぶんれいばこ》」と声《こえ》には出《だ》さず、口《くち》の形《かたち》で言《い》った。「何《なに》しろ、まだ『におい』がついているんだから。それに、ここだってどこだって計画《けいかく》は立《た》てられるだろ？　それとも」ロンは声《こえ》を落《お》としてささやいた。「『例《れい》のあいつら』がどこにあるか、もうわかってるのか？」

「いいや」ハリーは認《みと》めた。

「ハーマイオニーが、ずっと何《なに》か調《しら》べていたと思《おも》うよ」ロンが言《い》った。「君《きみ》がここへ来《く》るまではだまってるって、ハーマイオニーがそう言《い》ってた」

ハリーとロンは、朝食《ちょうしょく》のテーブルで話《はな》していた。ウィーズリーおじさんとビルが今《いま》しがた仕事《しごと》に出《で》かけ、おばさんはハーマイオニーとジニーを起《お》こしに上《うえ》の階《かい》に行《い》き、フラーが湯船《ゆぶね》に浸《つ》かるために、ゆったりと出《で》ていったあとのことだ。

「『におい』は三十一日《にち》に消《き》える」ハリーが言《い》った。「ということは、僕《ぼく》がここにいなければならないのは、四日《か》だ。そのあとは、僕《ぼく》――」

「五日《いつか》だよ」ロンがはっきり訂正《ていせい》した。「僕《ぼく》たち、結婚式《けっこんしき》に残《のこ》らないと。出席《しゅっせき》しなかったら、あの人《ひと》たちに殺《ころ》されるぜ」

ハリーは、「あの人《ひと》たち」というのが、フラーとウィーズリーおばさんだと理解《りかい》した。

「たった一日《にち》増《ふ》えるだけさ」抗議《こうぎ》したそうなハリーの顔《かお》を見《み》て、ロンが言《い》った。

「『あの人《ひと》たち』には、事《こと》の重要《じゅうよう》さが――？」

「もちろん、わかってないさ」ロンが言《い》った。「あの人《ひと》たちは、これっぽっちも知《し》らない。そう言《い》えば、話《はなし》が出《で》たついでに君《きみ》に言《い》っておきたいことがあるんだ」

ロンは、玄関《げんかん》ホールへのドアをちらりと見《み》て、母親《ははおや》がまだ戻《もど》ってこないことをたしかめてから、ハリーのほうに顔《かお》を近《ちか》づけて言《い》った。

「ママは、僕《ぼく》やハーマイオニーから聞《き》き出《だ》そうと、躍起《やっき》になってるんだ。僕《ぼく》たちが何《なに》をするつもりなのかって。次《つぎ》は君《きみ》の番《ばん》だから、覚悟《かくご》しとけよ。パパにもルーピンにも聞《き》かれたけど、ハリーはダンブルドアから、僕《ぼく》たち二人《ふたり》以外《いがい》には話《はな》さないようにと言《い》われてるって説明《せつめい》したら、もう聞《き》かなくなった。でもママはあきらめない」

ロンの予想《よそう》は、それから数時間《すうじかん》もたたないうちに的中《てきちゅう》した。昼食《ちゅうしょく》の少《すこ》し前《まえ》、ウィーズリーおばさんはハリーに頼《たの》み事《ごと》があると言《い》って、みんなから引《ひ》き離《はな》した。ハリーのリュックサックから出《で》てきたと思《おも》われる片方《かたほう》だけの男物《おとこもの》の靴下《くつした》が、ハリーのものかどうかをたしかめてほしいというわけだ。台所《だいどころ》の隣《となり》にある小《ちい》さな洗《あら》い場《ば》にハリーを追《お》いつめるや否《いな》や、おばさんのそれ、が始《はじ》まった。

「ロンとハーマイオニーは、どうやらあなたたち三人《にん》とも、ホグワーツ校《こう》を退学《たいがく》すると考《かんが》えているらしいのよ」おばさんは、なにげない軽《かる》い調子《ちょうし》で始《はじ》めた。

「あー」ハリーが言《い》った。「あの、ええ、そうです」

すみのほうで洗濯物《せんたくもの》しぼり機《き》がひとりでに回《まわ》り、ウィーズリーおじさんの下着《したぎ》のようなものを一枚《まい》しぼり出《だ》した。

「ねえ、どうして勉強《べんきょう》をやめてしまうのかしら？」おばさんが言《い》った。

「あの、ダンブルドアが僕《ぼく》に……やるべきことを残《のこ》して」ハリーは口《くち》ごもった。「ロンとハーマイオニーはそのことを知《し》っています。それで二人《ふたり》とも一緒《いっしょ》に来《き》たいって」

『『やるべきこと』ってどんなことなの？」

「ごめんなさい。僕《ぼく》、言《い》えない――」

「あのね、率直《そっちょく》に言《い》って、アーサーと私《わたし》は知《し》る権利《けんり》があると思《おも》うの。それに、グレンジャーご夫《ふ》妻《さい》もそうおっしゃるはずよ！」ウィーズリーおばさんが言《い》った。「子《こ》を心配《しんぱい》する親心《おやごころ》」の攻撃作《こうげきさく》戦《せん》を、ハリーは前《まえ》から恐《おそ》れていた。ハリーは気合《きあ》いを入《い》れて、おばさんの目《め》をまっすぐに見《み》た。そのせいで、おばさんの褐色《かっしょく》の目《め》が、ジニーの目《め》とまったく同《おな》じ色合《いろあ》いであることに気《き》づいてしまった。これには弱《よわ》かった。

「おばさん、ほかの誰《だれ》にも知《し》られないようにというのが、ダンブルドアの願《ねが》いでした。すみません。ロンもハーマイオニーも、一緒《いっしょ》に来《く》る必要《ひつよう》はないんです。二人《ふたり》が選《えら》ぶことです――」

「あなただって、行《い》く必要《ひつよう》はないわ！」

今《いま》や遠回《とおまわ》しをかなぐり捨《す》てたおばさんが、ピシャリと言《い》った。

「あなたたち、ようやく成人《せいじん》に達《たっ》したばかりなのよ！　まったくナンセンスだわ。ダンブルドアが何《なに》か仕事《しごと》をさせる必要《ひつよう》があったのなら、騎士団全員《きしだんぜんいん》が指揮下《しきか》にいたじゃありませんか！　ハリー、あなた、誤解《ごかい》したにちがいないわ。ダンブルドアは、たぶん、誰《だれ》かにやりとげてほしいことがあると言《い》っただけなのに、あなたは自分《じぶん》に言《い》われたと考《かんが》えて——」

「誤解《ごかい》なんかしていません」ハリーはきっぱりと言《い》った。

「僕《ぼく》でなければならないことなんです」

ハリーは自分《じぶん》のものかどうかを見分《みわ》けるはずの靴下《くつした》を、おばさんに返《かえ》した。金色《きんいろ》のパピルスの模様《もよう》がついている。

「それに、これは僕《ぼく》のじゃないです。僕《ぼく》、パドルミア・ユナイテッドのサポーターじゃありません」

「あら、そうだったわね」

ウィーズリーおばさんは急《きゅう》になにげない口調《くちょう》に戻《もど》ったが、かなり気《き》になる戻《もど》り方《かた》だった。

「私《わたし》が気《き》づくべきだったのにね。じゃあ、ハリー、あなたがまだここにいる間《あいだ》に、ビルとフラーの結婚式《けっこんしき》の準備《じゅんび》を手伝《てつだ》ってもらってもかまわないかしら？　まだまだやることがたくさん残《のこ》っているの」

「いえ——あの——もちろんかまいません」

急《きゅう》に話題《わだい》が変《か》わったことに、かなり引《ひ》っかかりを感《かん》じながら、ハリーが答《こた》えた。

「助《たす》かるわ」おばさんはそう言《い》い、洗《あら》い場《ば》から出《で》ていきながらほほ笑《え》んだ。

その時《とき》を境《さかい》に、ウィーズリーおばさんは、ハリーとロン、ハーマイオニーを、結婚式《けっこんしき》の準備《じゅんび》で大《おお》わらわにしてくれた。忙《いそが》しくて何《なに》も考《かんが》える時間《じかん》がないほどだった。おばさんの行動《こうどう》を善意《ぜんい》に解《かい》釈《しゃく》すれば、三人《にん》ともマッド－アイのことや先日《せんじつ》の移動《いどう》の恐怖《きょうふ》を忘《わす》れていられるように、と配慮《はいりょ》してのことなのだろう。しかし、二日間《ふつかかん》休《やす》む間《ま》もなく、ナイフやスプーン磨《みが》き、パーティ用《よう》の小物《こもの》やリボンや花《はな》などの色合《いろあ》わせ、庭小人駆除《にわこびとくじょ》、大量《たいりょう》のカナッペを作《つく》るおばさんの手伝《てつだ》い等々《とうとう》を続《つづ》けたあと、ハリーは、おばさんには別《べつ》の意図《いと》があるのではないかと疑《うたが》いはじめた。おばさんが言《い》いつける仕事《しごと》のすべてが、ハリー、ロン、ハーマイオニーの三人《にん》を、別々《べつべつ》に引《ひ》き離《はな》しておくためのものに思《おも》えた。最初《さいしょ》の晩《ばん》、ヴォルデモートがオリバンダーを拷問《ごうもん》していた話《はなし》をしたあとは、誰《だれ》もいない所《ところ》で二人《ふたり》と話《はな》す機会《きかい》はまったくなかった。

「ママはね、三人《にん》が一緒《いっしょ》になって計画《けいかく》するのを阻止《そし》すれば、あなたたちの出発《しゅっぱつ》を遅《おく》らせることができるだろうって、考《かんが》えているんだわ」

三日目《みっかめ》の夜《よる》、一緒《いっしょ》に夕食《ゆうしょく》の食器《しょっき》をテーブルに並《なら》べながら、ジニーが声《こえ》をひそめてハリーに言《い》った。

「でも、それじゃおばさんは、そのあと、どうなると思《おも》っているんだろう？」ハリーがつぶやいた。「僕《ぼく》たちをここに足止《あしど》めして、ヴォローヴァン・パイなんか作《つく》らせている間《あいだ》に、誰《だれ》かがヴォルデモートの息《いき》の根《ね》を止《と》めてくれるとでも言《い》うのか？」

深《ふか》く考《かんが》えもせずにそう言《い》ったあとで、ハリーはジニーの顔《かお》が青《あお》ざめるのに気《き》づいた。

「それじゃ、ほんとなのね？」ジニーが言《い》った。「あなたがしようとしていることは、それなのね？」

「僕《ぼく》——別《べつ》に——冗談《じょうだん》さ」ハリーはごまかした。

二人《ふたり》はじっと見《み》つめ合《あ》った。ジニーの表情《ひょうじょう》には、単《たん》に衝撃《しょうげき》を受《う》けただけではない何《なに》かがあった。突然《とつぜん》ハリーは、ジニーと二人《ふたり》きりになったのはしばらくぶりであることに気《き》がついた。ホグワーツの校庭《こうてい》の隠《かく》れた片隅《かたすみ》で、こっそり二人《ふたり》きりの時間《じかん》を過《す》ごした日々《ひび》以来《いらい》、初《はじ》めてのことだった。ハリーは、ジニーもその時間《じかん》のことを思《おも》い出《だ》しているにちがいないと思《おも》った。その時《とき》、勝手口《かってぐち》の戸《と》が開《あ》いて、二人《ふたり》とも飛《と》び上《あ》がるほど驚《おどろ》いた。ウィーズリーおじさんとキングズリー、ビルが入《はい》ってきた。

今《いま》では、夕食《ゆうしょく》に騎士団《きしだん》のメンバーが来《く》ることが多《おお》くなっていた。「グリモールド・プレイス十二番地《ばんち》」にかわって、「隠《かく》れ穴《あな》」が本部《ほんぶ》の役目《やくめ》をはたしていたからだ。ウィーズリーおじさんの話《はなし》では、騎士団《きしだん》の「秘密《ひみつ》の守人《もりびと》」だったダンブルドアの死後《しご》は、本部《ほんぶ》の場所《ばしょ》を打《う》ち明《あ》けられていた騎士団員《きしだんいん》が、ダンブルドアにかわってあの本部の「秘密《ひみつ》の守人《もりびと》」を務《つと》めることになったとのことだ。

「しかし、守人《もりびと》は二十人《にん》ほどいるから、『忠誠《ちゅうせい》の術《じゅつ》』も相当弱《そうとうよわ》まっている。死喰《しく》い人《びと》が、我々《われわれ》のうちの誰《だれ》かから秘密《ひみつ》を聞《き》き出《だ》す危険性《きけんせい》は二十倍《ばい》だ。秘密《ひみつ》が今後《こんご》どれだけ長《なが》く保《たも》たれるか、あまり期待《きたい》できないね」

「でも、きっとスネイプが、もう十二番地《ばんち》を死喰《しく》い人《びと》に教《おし》えてしまったのでは？」

ハリーが聞《き》いた。

「さあね、スネイプが十二番地《ばんち》に現《あらわ》れたときに備《そな》えて、マッド-アイが二種類《しゅるい》の呪文《じゅもん》をかけておいた。それが効《き》いて、スネイプを寄《よ》せつけず、もしあの場所《ばしょ》のことをしゃべろうとしたらあいつの舌《した》を縛《しば》ってくれることを願《ねが》っているがね。しかし確信《かくしん》は持《も》てない。護《まも》りが危《あや》うくなってしまった以上《いじょう》、あそこを本部《ほんぶ》として使《つか》い続《つづ》けるのは、まともな神経《しんけい》とは言《い》えないだろう」

その晩《ばん》の台所《だいどころ》は超満員《ちょうまんいん》で、ナイフやフォークを使《つか》うことさえ難《むずか》しかった。気《き》がつくとハリーは、ジニーの隣《となり》に押《お》し込《こ》まれていた。今《いま》しがた無言《むごん》で二人《ふたり》の間《あいだ》に通《かよ》い合《あ》ったものを思《おも》うと、ハリーはジニーとの間《あいだ》にもう二、三人座《にんすわ》っていてほしかった。ジニーの腕《うで》に触《ふ》れないようにしようと必死《ひっし》になって、チキンを切《き》ることさえできないくらいだった。

「マッド-アイのことは、何《なに》もわからないの？」ハリーがビルに聞《き》いた。

「何《なん》にも」ビルが答《こた》えた。

ビルとルーピンが遺体《いたい》を回収《かいしゅう》できなかったために、まだ、マッド-アイ・ムーディの葬儀《そうぎ》ができないままだった。あの暗《くら》さ、あの混戦状態《こんせんじょうたい》からして、マッド-アイがどこに落《お》ちたのかを知《し》るのは難《むずか》しかった。

「『日刊予言者《にっかんよげんしゃ》』には、マッド-アイが死《し》んだとも遺体《いたい》を発見《はっけん》したとも、一言《ひとこと》ものっていない」ビルが話《はなし》を続《つづ》けた。「しかし、それは、取《と》りたてて言《い》うほどのことでもない。あの新聞《しんぶん》は、最近《さいきん》いろいろなことに口《くち》をつぐんだままだからね」

「それに、死喰《しく》い人《びと》から逃《のが》れるときに、未成年《みせいねん》の僕《ぼく》があれだけ魔法《まほう》を使《つか》ったのに、まだ尋問《じんもん》に召喚《しょうかん》されないの？」ハリーはテーブルの向《む》こうにいるウィーズリーおじさんに聞《き》いたが、おじさんは首《くび》を横《よこ》に振《ふ》った。「僕《ぼく》にはそうするしか手段《しゅだん》がなかったって、わかっているからなの？　それともヴォルデモートが僕《ぼく》を襲《おそ》ったことを、公表《こうひょう》されたくないから？」

「あとのほうの理由《りゆう》だと思《おも》うね。スクリムジョールは、『例《れい》のあの人《ひと》』がこれほど強《つよ》くなっていることも、アズカバンから集団脱走《しゅうだんだっそう》があったことも、認《みと》めたくないんだよ」

「そうだよね、世間《せけん》に真実《しんじつ》を知《し》らせる必要《ひつよう》なんかないものね？」ハリーはナイフをギュッと握《にぎ》りしめた。すると、右手《みぎて》の甲《こう》にうっすらと残《のこ》る傷痕《きずあと》が白《しろ》く浮《う》かび上《あ》がった――僕《ぼく》はうそをついてはいけない――

「魔法省《まほうしょう》には、大臣《だいじん》に抵抗《ていこう》しようって人《ひと》はいないの？」ロンが憤慨《ふんがい》した。

「もちろんいるよ、ロン。しかし誰《だれ》もがおびえている」ウィーズリーおじさんが答《こた》えた。「次《つぎ》は自分《じぶん》が消《け》される番《ばん》じゃないか、自分《じぶん》の子供《こども》たちが襲《おそ》われるんじゃないか、とね。いやなうわさも飛《と》び交《か》っている。たとえば、ホグワーツのマグル学《がく》の教授《きょうじゅ》の辞任《じにん》にしたって、信《しん》じていないのはおそらく私《わたし》だけじゃない。もう何週間《なんしゅうかん》も彼女《かのじょ》は姿《すがた》を消《け》したままだ。一方《いっぽう》、スクリムジョールは一日中大臣室《いちにちじゅうだいじんしつ》にこもりきりだ。何《なに》か対策《たいさく》を考《かんが》えていると望《のぞ》みたいところだがね」

一瞬話《いっしゅんはなし》がとぎれたところで、ウィーズリーおばさんが空《から》になった皿《さら》を魔法《まほう》で片《かた》づけ、アップルパイを出《だ》した。

「アリー、あなたをどんなふうに変装《へんそう》させるか、決《き》めないといけませーんね」

デザートが行《い》き渡《わた》ったところでフラーが言《い》った。ハリーがキョトンとしていると、フラーが、「結婚式《けっこんしき》のためでーすね」とつけ加《くわ》えた。

「もちろん、招待客《しょうたいきゃく》に死喰《しく》い人《びと》はいませーん。でも、シャンパーニュを飲《の》んだあと、いみつのことをもらさなーいという保証《ほしょう》はありませーんね」

その言《い》い方《かた》で、ハリーは、フラーがまだハグリッドを疑《うたが》っていると思《おも》った。

「そうね、そのとおりだわ」

テーブルの一番奥《いちばんおく》に座《すわ》っていたウィーズリーおばさんが、鼻《はな》めがねをかけて、異常《いじょう》に長《なが》い羊皮《ようひ》紙《し》に書《か》きつけた膨大《ぼうだい》な仕事《しごと》のリストを調《しら》べながら言《い》った。

「さあ、ロン、部屋《へや》のお掃除《そうじ》はすんだの？」

「どうして？」ロンはスプーンをテーブルにたたきつけ、母親《ははおや》をにらみながら叫《さけ》んだ。「どうして自分《じぶん》の部屋《へや》まで掃除《そうじ》しなきゃならないんだ？　ハリーも僕《ぼく》も今《いま》のままでいいのに！」

「まもなくお兄《にい》さんがここで結婚式《けっこんしき》を挙《あ》げるんですよ、坊《ぼっ》ちゃん――」

「僕《ぼく》の部屋《へや》で挙《あ》げるっていうのか？」ロンがカンカンになって聞《き》いた。「ちがうさ！　なら、なんでまた、おたんこなすのすっとこどっこいの――」

「母親《ははおや》に向《む》かってそんな口《くち》をきくものじゃない」ウィーズリーおじさんがきっぱりと言《い》った。

「言《い》われたとおりにしなさい」

ロンは父親《ちちおや》と母親《ははおや》をにらみつけ、それからスプーンを拾《ひろ》い上《あ》げて、少《すこ》しだけ残《のこ》っていたアップルパイに食《く》ってかかった。

「手伝《てつだ》うよ。僕《ぼく》が散《ち》らかした物《もの》もあるし」

ハリーはロンにそう言《い》ったが、おばさんがハリーの言葉《ことば》をさえぎった。

「いいえ、ハリー、あなたはむしろ、アーサーの手伝《てつだ》いをしてくださると助《たす》かるわ。鶏小屋《とりごや》を掃除《そうじ》してね。それからハーマイオニー、デラクールご夫妻《ふさい》のためにシーツを取《と》りかえておいてくださるとありがたいんだけど。ほら、明日《あす》の午前《ごぜん》十一時《じ》に到着《とうちゃく》なさる予定《よてい》なのよ」

結局《けっきょく》、鶏《にわとり》のほうは、ほとんどすることがなかった。

「何《なん》と言《い》うか、その、モリーには言《い》う必要《ひつよう》はないんだが」おじさんはハリーが鶏小屋《とりごや》に近《ちか》づくのをさえぎりながら言《い》った。「しかし、その、テッド・トンクスがシリウスのバイクの残《ざん》がいをほとんど送《おく》ってくれてね、それで、なんだ、ここに隠《かく》して――いやその、保管《ほかん》して――あるわけだ。すばらしいものだよ。排気《はいき》ガス抜《ぬ》きとか――たしかそんな名前《なまえ》だったと思《おも》うが――壮大《そうだい》なバッテリーとかだがね。それにブレーキがどう作動《さどう》するかがわかるすばらしい機会《きかい》だ。もう一度《いちど》組《く》み立《た》ててみるつもりだよ。モリーが見《み》ていない――いや、つまり、時間《じかん》があるときにね」

二人《ふたり》で家《いえ》の中《なか》に戻《もど》ったときには、おばさんの姿《すがた》はどこにも見《み》えなかった。そこでハリーは、こっそり屋根裏《やねうら》のロンの部屋《へや》に行《い》った。

「ちゃんとやってるったら、やってる！――あっ、なんだ、君《きみ》か」

ハリーが部屋《へや》に入《はい》ると、ロンがホッとしたように言《い》った。ロンは、今《いま》のいままで寝転《ねころ》がっていたことが見《み》え見《み》えのベッドに、また横《よこ》になった。ずっと散《ち》らかしっぱなしだった部屋《へや》はそのままで、ちがうと言《い》えば、ハーマイオニーが部屋《へや》のすみに座《すわ》り込《こ》んでいることぐらいだった。足元《あしもと》には、ふわふわしたオレンジ色《いろ》のクルックシャンクスがいた。ハーマイオニーは本《ほん》を選《よ》り分《わ》け、二つの大《おお》きな山《やま》にして積《つ》み上《あ》げていた。中《なか》にはハリーの本《ほん》も見《み》えた。

「あら、ハリー」

ハリーが自分《じぶん》のキャンプベッドに腰《こし》かけると、ハーマイオニーが声《こえ》をかけた。

「ハーマイオニー、君《きみ》はどうやって抜《ぬ》け出《だ》したの？」

「ああ、ロンのママったら、きのうもジニーと私《わたし》にシーツをかえる仕事《しごと》を言《い》いつけたことを、忘《わす》れているのよ」

ハーマイオニーは『数秘学《すうひがく》と文法学《ぶんぽうがく》』を一方《いっぽう》の山《やま》に投《な》げ、『闇《やみ》の魔術《まじゅつ》の興亡《こうぼう》』をもう一方《いっぽう》の山《やま》に投《な》げた。

「マッド-アイのことを話《はな》してたところなんだけど」ロンがハリーに言《い》った。「僕《ぼく》、生《い》き延《の》びたんじゃないかと思《おも》うんだ」

「だけど、『死《し》の呪文《じゅもん》』に撃《う》たれたところを、ビルが見《み》ている」ハリーが言《い》った。

「ああ、だけど、ビルも襲《おそ》われてたんだぞ」ロンが言《い》った。「そんなときに、何《なに》を見《み》たなんて、はっきり言《い》えるか？」

「たとえ『死《し》の呪文《じゅもん》』がそれていたにしても、マッド-アイは地上《ちじょう》三百メートルあたりから落《お》ちたのよ」

『イギリスとアイルランドのクィディッチ・チーム』の本《ほん》の重《おも》さを手《て》で量《はか》りながら、ハーマイオニーが言《い》った。

「『盾《たて》の呪文《じゅもん》』を使《つか》ったかもしれないぜ——」

「杖《つえ》が手《て》から吹《ふ》き飛《と》ばされたって、フラーが言《い》ったよ」ハリーが言《い》った。

「そんならいいさ、君《きみ》たち、どうしてもマッド-アイを死《し》なせたいんなら」

ロンは、枕《まくら》をたたいて楽《らく》な形《かたち》にしながら、不機嫌《ふきげん》に言《い》った。

「もちろん死《し》なせたくないわ！」ハーマイオニーが衝撃《しょうげき》を受《う》けたような顔《かお》で言《い》った。「あの人《ひと》が死《し》ぬなんて、あんまりだわ！　でも現実的《げんじつてき》にならなくちゃ！」

ハリーは初《はじ》めて、マッド-アイのなきがらを想像《そうぞう》した。ダンブルドアと同《おな》じように折《お》れ曲《ま》がっているのに、片方《かたほう》の目玉《めだま》だけが眼窩《がんか》に収《おさ》まったまま、ぐるぐる回《まわ》っている。ハリーは目《め》を背《そむ》けたいような気持《きも》ちが湧《わ》いてくると同時《どうじ》に、笑《わら》いだしたいような奇妙《きみょう》な気持《きも》ちが混《ま》じるのを感《かん》じた。

「たぶん死喰《しく》い人《びと》のやつらが、自分《じぶん》たちの後始末《あとしまつ》をしたんだよ。だからマッド-アイは見《み》つからないのさ」ロンがいみじくも言《い》った。

「そうだな」ハリーが言《い》った。「バーティ・クラウチみたいに、骨《ほね》にしてハグリッドの小屋《こや》の前《まえ》の庭《にわ》に埋《う》めたとか。『変身呪文《へんしんじゅもん》』で姿《すがた》を変《か》えたムーディを、どこかに無理《むり》やり押《お》し込《こ》んだかも――」

「やめて!」ハーマイオニーが金切《かなき》り声《ごえ》を上《あ》げた。

ハリーが驚《おどろ》いて声《こえ》のほうを見《み》ると、ハーマイオニーが自分《じぶん》の教科書《きょうかしょ》の『スペルマンのすっきり音節《おんせつ》』の上《うえ》にワッと泣《な》き伏《ふ》すところだった。

「ごめん」ハリーは、旧式《きゅうしき》のキャンプベッドから立《た》ち上《あ》がろうとじたばたしながら謝《あやま》った。「ハーマイオニー、いやな思《おも》いをさせるつもりは――」

しかしその時《とき》、さびついたベッドのバネがきしむ大《おお》きな音《おと》がして、ベッドから飛《と》び起《お》きたロンが先《さき》にかけ寄《よ》っていた。ロンは片腕《かたうで》をハーマイオニーに回《まわ》しながら、ジーンズのポケットを探《さぐ》って、前《まえ》にオーブンをふいたむかつくほど汚《きたな》らしいハンカチを引《ひ》っ張《ぱ》り出《だ》した。あわてて杖《つえ》を取《と》り出《だ》したロンは、ボロ布《ぬの》に杖《つえ》を向《む》けて唱《とな》えた。

「テルジオ! ぬぐえ!」

杖《つえ》が、油汚《あぶらよご》れを大部分《だいぶぶん》吸《す》い取《と》った。さも得意気《とくいげ》な顔《かお》で、ロンは少《すこ》しくすぶっているハンカチをハーマイオニーに渡《わた》した。

「まあ……ありがとう、ロン……ごめんなさい……」ハーマイオニーは鼻《はな》をかみ、しゃくり上《あ》げた。「ひ、ひどいことだわ。ダンブルドアのす、すぐあとに……。私《わたし》、ほ、ほんとうに――い、一度《いちど》も――マッドｰアイが死《し》ぬなんて、考《かんが》えなかったわ。なぜだか、あの人《ひと》は不死身《ふじみ》みたいだった！」

「うん、そうだね」ロンは、ハーマイオニーを片腕《かたうで》でギュッと抱《だ》きしめながら言《い》った。「でも、マッドｰアイが今《いま》ここにいたら、何《なん》て言《い》うかわかるだろ？」

「『ゆ――油断大敵《ゆだんたいてき》』」ハーマイオニーが涙《なみだ》をぬぐいながら言《い》った。

「そうだよ」ロンがうなずいた。「自分《じぶん》の身《み》に起《お》こったことを教訓《きょうくん》にしろって、そう言《い》うさ。そして、僕《ぼく》は学《まな》んだよ。あの腰抜《こしぬ》けで役立《やくた》たずのチビのマンダンガスを、信用《しんよう》するなってね」

ハーマイオニーは泣《な》き笑《わら》いをし、前《まえ》かがみになって本《ほん》をまた二冊《さつ》拾《ひろ》い上《あ》げた。次《つぎ》の瞬間《しゅんかん》、ロンはハーマイオニーの両肩《りょうかた》に回《まわ》していた腕《うで》を、急《きゅう》に引《ひ》っ込《こ》めた。ハーマイオニーが『怪物的《かいぶつてき》な怪物《かいぶつ》の本《ほん》』をロンの足《あし》に落《お》としたのだ。本《ほん》を縛《しば》っていたベルトがはずれ、解《と》き放《はな》たれた本《ほん》が、ロンのかかとに荒々《あらあら》しくかみついた。

「ごめんなさい、ごめんなさい！」

ハーマイオニーが叫《さけ》び声《ごえ》を上《あ》げ、ハリーはロンのかかとから本《ほん》をもぎ取《と》って元《もと》どおり縛《しば》り上《あ》げた。

「一体全体《いったいぜんたい》、そんなにたくさんの本《ほん》をどうするつもりなんだ？」

ロンは片足《かたあし》を引《ひ》きずりながらベッドに戻《もど》った。

「どの本《ほん》を持《も》っていくか、決《き》めているだけよ」ハーマイオニーが答《こた》えた。「分霊箱《ぶんれいばこ》を探《さが》すときにね」

「ああ、そうだった」ロンが額《ひたい》をピシャリとたたいて言《い》った。「移動図書館《いどうとしょかん》の車《くるま》に乗《の》ってヴォルデモートを探《さが》し出《だ》すってことを、すっかり忘《わす》れてたよ」

「ハ、ハ、ハ、ね」ハーマイオニーが『スペルマンのすっきり音節《おんせつ》』を見下《みお》ろしながら言《い》った。「どうかなぁ……ルーン文字《もじ》を訳《やく》さないといけないことがあるかしら？　ありうるわね……万《まん》一《いち》のために、持《も》っていったほうがいいわ」

ハーマイオニーは「すっきり音節《おんせつ》」を二つの山《やま》の高《たか》いほうに置《お》き、それから『ホグワーツの歴史《れきし》』を取《と》り上《あ》げた。

「聞《き》いてくれ」ハリーが言《い》った。ハリーはベッドに座《すわ》りなおしていた。ロンとハーマイオニーは、二人《ふたり》そろってあきらめと挑戦《ちょうせん》の入《い》りまじった目《め》で、ハリーを見《み》た。

「ダンブルドアの葬儀《そうぎ》のあとで、君《きみ》たちは僕《ぼく》と一緒《いっしょ》に来《き》たいと言《い》ってくれたね。それはわかっているんだ」ハリーが話《はな》しはじめた。

「ほら来《き》た」ロンが目《め》をぎょろぎょろさせながら、ハーマイオニーに言《い》った。

「そう来《く》ると思《おも》ってたわよね」

ハーマイオニーがため息《いき》をついて、また本《ほん》に取《と》りかかった。

「あのね、『ホグワーツの歴史《れきし》』は持《も》っていくわ。もう学校《がっこう》には戻《もど》らないけど、やっぱり安心《あんしん》できないのよ、これを持《も》っていないと——」

「聞《き》いてくれよ！」ハリーがもう一度《いちど》言《い》った。

「いいえ、ハリー、あなたのほうこそ聞《き》いて」ハーマイオニーが言《い》った。「私《わたし》たちはあなたと一緒《いっしょ》に行《い》くわ。もう何《なん》か月《げつ》も前《まえ》に決《き》めたことよ——実《じつ》は何年《なんねん》も前《まえ》にね」

「でも——」

「だまれよ」ロンがハリーに意見《いけん》した。

「——君《きみ》たち、ほんとうに真剣《しんけん》に考《かんが》え抜《ぬ》いたのか？」ハリーは食《く》い下《さ》がった。

「そうね」

ハーマイオニーはかなり激《はげ》しい表情《ひょうじょう》で『トロールとのとろい旅《たび》』を不要本《ふようぼん》の山《やま》にたたきつけた。

「私《わたし》はもう、ずいぶん前《まえ》から荷造《にづく》りしてきたわ。だから、私《わたし》たち、いつでも出発《しゅっぱつ》できます。ご参《さん》考《こう》までに申《もう》し上《あ》げますけど、準備《じゅんび》にはかなり難《むずか》しい魔法《まほう》も使《つか》ったわ。特《とく》に、ロンのママの目《め》と鼻《はな》の先《さき》で、マッドーアイのポリジュース薬《やく》を全部《ぜんぶ》ちょうだいするということまでやってのけました。

それに、私《わたし》の両親《りょうしん》の記憶《きおく》を変《か》えて、ウェンデル・ウィルキンズとモニカ・ウィルキンズという名前《なまえ》だと信《しん》じ込《こ》ませ、オーストラリアに移住《いじゅう》することが人生《じんせい》の夢《ゆめ》だったと思《おも》わせたわ。二人《ふたり》はもう移住《いじゅう》したの。ヴォルデモートが二人《ふたり》を追跡《ついせき》して、私《わたし》のことで、または――残念《ざんねん》ながら、あなたのことを両親《りょうしん》にずいぶん話《はな》してしまったから――あなたのことで二人《ふたり》を尋問《じんもん》するのがいっそう難《むずか》しくなるようにね。

もし私《わたし》が分霊箱探《ぶんれいばこさが》しから生《い》きて戻《もど》ったら、パパとママを探《さが》して呪文《じゅもん》を解《と》くわ。もしそうでなかったら――そうね、私《わたし》のかけた呪文《じゅもん》が充分《じゅうぶん》に効《き》いていると思《おも》うから、安全《あんぜん》に幸《しあわ》せに暮《く》らせると思《おも》う。ウェンデルとモニカ・ウィルキンズ夫妻《ふさい》はね、娘《むすめ》がいたことも知《し》らないの」

ハーマイオニーの目《め》が、再《ふたた》び涙《なみだ》でうるみはじめた。ロンはまたベッドから降《お》り、もう一度《いちど》ハーマイオニーに片腕《かたうで》を回《まわ》して、繊細《せんさい》さに欠《か》けると非難《ひなん》するように、ハリーにしかめっ面《つら》を向《む》けた。ハリーは言《い》うべき言葉《ことば》を思《おも》いつかなかった。ロンが誰《だれ》かに繊細《せんさい》さを教《おし》えるというのが、非常《ひじょう》にめずらしかったせいばかりではない。

「僕《ぼく》――ハーマイオニー、ごめん――僕《ぼく》、そんなことは――」

「気《き》づかなかったの？　ロンも私《わたし》も、あなたと一緒《いっしょ》に行《い》けばどういうことが起《お》こるかって、はっきりわかっているわ。それに気《き》づかなかったの？　ええ、私《わたし》たちにはわかっているわ。ロン、ハリーにあなたのしたことを見《み》せてあげて」

「うぇえ、ハリーは今《いま》、食事《しょくじ》したばかりだぜ」ロンが言《い》った。

「見《み》せるのよ。ハリーは知《し》っておく必要《ひつよう》があるわ！」

「ああ、わかったよ。ハリー、こっちに来《こ》いよ」

ロンは、再《ふたた》びハーマイオニーに回《まわ》していた腕《うで》を離《はな》し、ドアに向《む》かってドスドス歩《ある》いた。

「来《こ》いよ」

「どうして？」ロンについて部屋《へや》の外《そと》の狭《せま》い踊《おど》り場《ば》に出《で》ながら、ハリーが聞《き》いた。

「ディセンド、降下《こうか》」

ロンは杖《つえ》を低《ひく》い天井《てんじょう》に向《む》け、小声《こごえ》で唱《とな》えた。真上《まうえ》の天井《てんじょう》の跳《は》ね戸《ど》が開《ひら》き、二人《ふたり》の足元《あしもと》にはしごがすべり降《お》りてきた。四角《しかく》い跳《は》ね戸《ど》から、半分息《はんぶんいき》を吸《す》い込《こ》むような、半分《はんぶん》うめくような恐《おそ》ろしい音《おと》が聞《き》こえ、同時《どうじ》に下水《げすい》を開《あ》けたような悪臭《あくしゅう》が漂《ただよ》ってきた。

「君《きみ》の家《いえ》の、屋根裏《やねうら》お化《ば》けだろう？」ハリーが聞《き》いた。ときどき夜《よる》の静《しず》けさを破《やぶ》る生《い》き物《もの》だったが、ハリーはまだ実物《じつぶつ》にお目《め》にかかったことはなかった。

「ああ、そうさ」ロンがはしごを上《のぼ》りながら言《い》った。「さあ、こっちに来《き》て、やつを見《み》ろよ」

ロンのあとから短《みじか》いはしごを数段上《すうだんのぼ》ると、狭《せま》い屋根裏部屋《やねうらべや》に出《で》た。頭《あたま》と肩《かた》をその部屋《へや》に突《つ》き出《だ》したところで、一メートルほど先《さき》に身《み》を丸《まる》めている生《い》き物《もの》の姿《すがた》がハリーの目《め》にとまった。薄暗《うすぐら》い部屋《へや》で大口《おおぐち》を開《あ》けてぐっすり寝《ね》ている。

「でも、これ……見《み》たところ……屋根裏《やねうら》お化《ば》けって普通《ふつう》、パジャマを着《き》てるの？」

「いいや」ロンが言《い》った。「それに、普通《ふつう》は赤毛《あかげ》でもないし、こんなできものも噴《ふ》き出《だ》しちゃいない」

ハリーは少《すこ》し吐《は》き気《け》をもよおしながら、生《い》き物《もの》をしげしげと眺《なが》めた。形《かたち》も大《おお》きさも人間並《にんげんな》みだし、暗闇《くらやみ》に目《め》が慣《な》れてよく見《み》ると、着《き》ているのはロンのパジャマのお古《ふる》だと明《あき》らかにわかる。普《ふ》通《つう》の屋根裏《やねうら》お化《ば》けは、たしかはげてぬるぬるした生《い》き物《もの》だったはずだ、とハリーは思《おも》った。こんなに髪《かみ》の毛《け》が多《おお》いはずはないし、体中《からだじゅう》に赤紫《あかむらさき》の疱疹《ほうしん》の炎症《えんしょう》があるはずもない。

「こいつが僕《ぼく》さ。わかるか？」ロンが言《い》った。

「いや」ハリーが言《い》った。「僕《ぼく》にはさっぱり」

「部屋《へや》に戻《もど》ってから説明《せつめい》するよ。この臭《にお》いには閉口《へいこう》だ」ロンが言《い》った。二人《ふたり》は下《した》に降《お》り、ロンがはしごを天井《てんじょう》に片《かた》づけて、まだ本《ほん》を選《よ》り分《わ》けているハーマイオニーの所《ところ》に戻《もど》った。

「僕《ぼく》たちが出発《しゅっぱつ》したら、屋根裏《やねうら》お化《ば》けがここに来《き》て、僕《ぼく》の部屋《へや》に住《す》む」ロンが言《い》った。「あいつ、それを楽《たの》しみにしてると思《おも》うぜ――まあ、はっきりとはわからないけどね。何《なに》しろあいつは、うめくこととよだれをたらすことしかできないからな――だけど、そのことを言《い》うと、あいつ何度《なんど》もうなずくんだ。とにかく、あいつが僕《ぼく》になる。黒斑病《こくはんびょう》にかかった僕《ぼく》だ。さえてるだろう、なっ？」

ハリーは混乱《こんらん》そのものの顔《かお》だった。

「さえてるさ！」

ロンは、ハリーがこの計画《けいかく》のすばらしさを理解《りかい》していないことにじりじりしていた。

「いいか、僕《ぼく》たち三人《にん》がホグワーツに戻《もど》らないと、みんなはハーマイオニーと僕《ぼく》が、君《きみ》と一緒《いっしょ》だと考《かんが》える。そうだろ？　つまり、死喰《しく》い人《びと》たちが、君《きみ》の行方《ゆくえ》を知《し》ろうとして、まっすぐ僕たちの家族《かぞく》の所《ところ》へ来《く》る」

「でも、うまくいけば、私《わたし》は、パパやママと一緒《いっしょ》に遠《とお》くへ行《い》ってしまったように見《み》えるわけ。マグル生《う》まれの魔法使《まほうつか》いたちは、今《いま》、どこかに隠《かく》れる話《はなし》をしている人《ひと》が多《おお》いから」

ハーマイオニーが言《い》った。

「僕《ぼく》の家族《かぞく》を全員隠《ぜんいんかく》すわけにはいかない。それじゃあんまりあやし過《す》ぎるし、全員《ぜんいん》が仕事《しごと》をやめるわけにはいかない」ロンが言《い》った。「そこで、僕《ぼく》が黒斑病《こくはんびょう》で重体《じゅうたい》だ、だから学校《がっこう》にも戻《もど》れない、という話《はなし》をでっち上《あ》げる。誰《だれ》かが調査《ちょうさ》に来《き》たら、パパとママが、できものだらけで僕《ぼく》のベッドに寝《ね》ている屋根裏《やねうら》お化《ば》けを見《み》せる。黒斑病《こくはんびょう》はすごくうつるんだ。だから連中《れんちゅう》はそばに寄《よ》りたがらない。やつが話《はな》せなくたって問題《もんだい》ないんだ。だって、菌《きん》がのどまで広《ひろ》がったら、当然話《とうぜんはな》せないんだから」

「それで、君《きみ》のママもパパも、この計画《けいかく》に乗《の》ってるの？」ハリーが聞《き》いた。

「パパのほうはね。フレッドとジョージが屋根裏《やねうら》お化《ば》けを変身《へんしん》させるのを、手伝《てつだ》ってくれた。ママは……まあね、ママがどんな人《ひと》か、君《きみ》もずっと見《み》てきたはずだ。僕《ぼく》たちがほんとうに行《い》ってしまうまでは、ママはそんなこと受《う》け入《い》れないよ」

部屋《へや》の中《なか》が静《しず》かになった。ときどき静《しず》けさを破《やぶ》るのは、ハーマイオニーがどちらかの山《やま》に本《ほん》を投《な》げるトン、トンという軽《かる》い音《おと》だけだった。ロンは座《すわ》ってハーマイオニーを眺《なが》め、ハリーは何《なに》も言《い》えずに二人《ふたり》を交互《こうご》に見《み》ていた。二人《ふたり》は、ほんとうにハリーと一緒《いっしょ》に来《く》るつもりなのだ。二人《ふたり》が家族《かぞく》を護《まも》るためにそこまで準備《じゅんび》していたということが、何《なに》にも増《ま》してはっきりとハリーにそのことを気《き》づかせてくれた。それに、それがどんなに危険《きけん》なことか、二人《ふたり》にはよくわかっているのだ。

ハリーは、二人《ふたり》の決意《けつい》が自分《じぶん》にとってどんなに重《おも》みを持《も》つことなのかを伝《つた》えたかった。しかし、その重《おも》みに見合《みあ》う言葉《ことば》が見《み》つからない。

沈黙《ちんもく》を破《やぶ》って、四階下《かいした》からウィーズリーおばさんのくぐもったどなり声《ごえ》が聞《き》こえてきた。

「ジニーが、ナプキン・リングなんてつまんないものに、ちょっぴりしみでも残《のこ》してたんじゃないか」ロンが言《い》った。「デラクール一家《いっか》が、なんで式の二日《ふつか》も前《まえ》に来《く》るのか、わかんねえよ」

「フラーの妹《いもうと》が花嫁《はなよめ》の付《つ》き添《そ》い役《やく》だから、リハーサルのために来《こ》なきゃいけないの。それで、まだ小《ちい》さいから、一人《ひとり》では来《こ》られないのよ」ハーマイオニーが『泣《な》き妖怪《ようかい》バンシーとのナウな休日《きゅうじつ》』をどちらに分《わ》けるか決《き》めかねて、じっと見《み》ながら答《こた》えた。

「でもさ、お客《きゃく》が来《く》ると、ママのテンションは上《あ》がる一方《いっぽう》なんだよな」ロンが言《い》った。

「絶対《ぜったい》に決《き》めなくちゃならないのは――」

ハーマイオニーは『防衛術《ぼうえいじゅつ》の理論《りろん》』をちらと見《み》ただけでごみ箱《ばこ》に投《な》げ入《い》れ、『ヨーロッパにおける魔法教育《まほうきょういく》の一考察《いちこうさつ》』を取《と》り上《あ》げながら言《い》った。

「ここを出《で》てから、どこへ行《い》くのかってこと。ハリー、あなたが最初《さいしょ》にゴドリックの谷《たに》に行《い》きたいって言《い》ったのは知《し》ってるし、なぜなのかもわかっているわ。でも……ねえ……分霊箱《ぶんれいばこ》を第一《だいいち》に考《かんが》えるべきなんじゃないかしら？」

「分霊箱《ぶんれいばこ》の在《あ》りかが一つでもわかっているなら、君《きみ》に賛成《さんせい》するけど」ハリーが言《い》った。

ハリーには、ゴドリックの谷《たに》に帰《かえ》りたいという自分《じぶん》の願《ねが》いを、ハーマイオニーがほんとうに理《り》解《かい》しているとは思《おも》えなかった。両親《りょうしん》の墓《はか》があるというのは、そこにひかれる理由《りゆう》の一つにすぎない。ハリーには、あの場所《ばしょ》が答《こた》えを出《だ》してくれるという、強《つよ》い、しかし説明《せつめい》のつかない気持《きも》ちがあるのだ。もしかしたら、ヴォルデモートの死《し》の呪《のろ》いから生《い》き残《のこ》ったのがその場所《ばしょ》だったという、単《たん》にそれだけの理由《りゆう》かもしれない。もう一度《いちど》生《い》き残《のこ》れるかどうかの挑戦《ちょうせん》に立《た》ち向《む》かおうとしている今《いま》、ハリーは最初《さいしょ》にその出来事《できごと》が起《お》こった場所《ばしょ》にひかれ、理解《りかい》したいと考《かんが》えているのかもしれない。

「ヴォルデモートが、ゴドリックの谷《たに》を見張《みは》っている可能性《かのうせい》があるとは思《おも》わない？」ハーマイオニーが聞《き》いた。「あなたがどこへでも自由《じゆう》に行《い》けるようになったら、両親《りょうしん》のお墓参《はかまい》りに、そこに戻《もど》ると読《よ》んでいるんじゃないかしら？」

ハリーはこれまで、そんなことを思《おも》いつきもしなかった。反論《はんろん》はないかとあれこれ考《かんが》えているうちに、どうやら別《べつ》のことを考《かんが》えていたらしいロンが発言《はつげん》した。

「あのR《アール》・A《エー》・B《ビー》って人《ひと》。ほら、本物《ほんもの》のロケットを盗《ぬす》んだ人《ひと》だけど」

ハーマイオニーがうなずいた。

「メモに、自分《じぶん》が破壊《はかい》するつもりだって書《か》いてあった。そうだろ？」

ハリーはリュックサックを引《ひ》き寄《よ》せて、にせの分霊箱《ぶんれいばこ》を取《と》り出《だ》した。中《なか》にR《アール》・A《エー》・B《ビー》のメモが、折《お》りたたんで入《はい》ったままになっている。

「ほんとうの分霊箱《ぶんれいばこ》は私《わたし》が盗《ぬす》みました。できるだけ早《はや》く破壊《はかい》するつもりです」ハリーが読《よ》み上《あ》げた。

「うん、それで、彼《かれ》がほんとにやっつけてたとしたら？」ロンが言《い》った。

「彼女《かのじょ》かもね」ハーマイオニーが口《くち》を挟《はさ》んだ。

「どっちでもさ」ロンが言《い》った。「そしたら、僕《ぼく》たちのやることが一つ少《すく》なくなる！」

「そうね。でも、いずれにしても本物《ほんもの》のロケットの行方《ゆくえ》は追《お》わなくちゃならないわ。そうでしょう？」ハーマイオニーが言《い》った。「ちゃんと破壊《はかい》されているかどうかを、たしかめるのよ」

「それで、分霊箱《ぶんれいばこ》を手《て》に入《い》れたら、いったいどうやって破壊《はかい》するのかなぁ？」ロンが聞《き》いた。

「あのね」ハーマイオニーが答《こた》えた。「私《わたし》、そのことをずっと調《しら》べていたの」

「どうやるの？」ハリーが聞《き》いた。「図書室《としょしつ》には分霊箱《ぶんれいばこ》に関《かん》する本《ほん》なんてないと思《おも》ってたけど？」

「なかったわ」ハーマイオニーがほおを赤《あか》らめた。「ダンブルドアが全部《ぜんぶ》取《と》り除《のぞ》いたの——でも処分《しょぶん》したわけじゃなかったわ」

ロンは、目《め》を丸《まる》くして座《すわ》りなおした。

「おっどろき、桃《もも》の木《き》、山椒《さんしょう》の木《き》だ。どうやって分霊箱《ぶんれいばこ》の本《ほん》を手《て》に入《い》れたんだい？」

「別《べつ》に——別《べつ》に盗《ぬす》んだわけじゃないわ！」

ハーマイオニーはすがるような目《め》でハリーを見《み》て、それからロンを見《み》た。

「ダンブルドアが本棚《ほんだな》から全部取《ぜんぶと》り除《のぞ》きはしたけれど、まだ図書室《としょしつ》の本《ほん》だったのよ。とにかく、ダンブルドアがほんとうに誰《だれ》の目《め》にも触《ふ》れさせないつもりだったら、きっととても困難《こんなん》な方法《ほうほう》でしか——」

「結論《けつろん》を早《はや》く言《い》えよ！」ロンが言《い》った。

「あのね……簡単《かんたん》だったの」ハーマイオニーは小《ちい》さな声《こえ》で言《い》った。「『呼《よ》び寄《よ》せ呪文《じゅもん》』を使《つか》ったのよ。ほら——アクシオ、来《こ》いって。そしたら——ダンブルドアの書斎《しょさい》の窓《まど》から飛《と》び出《だ》して、まっすぐ女子寮《じょしりょう》に来《き》たの」

「だけど、いつの間《ま》にそんなことを？」

ハリーは半《なか》ば感心《かんしん》し、半《なか》ばあきれてハーマイオニーを見《み》た。

「あのあとすぐ——ダンブルドアの——葬儀《そうぎ》の」ハーマイオニーの声《こえ》がますます小《ちい》さくなった。

「私《わたし》たちが学校《がっこう》をやめて分霊箱《ぶんれいばこ》を探《さが》しにいくって決《き》めたすぐあとよ。荷造《にづく》りをしに女子寮《じょしりょう》に上《あ》がったとき、ふと思《おも》いついたの。分霊箱《ぶんれいばこ》のことをできるだけ知《し》っておいたほうがいいんじゃないかって……それで、周《まわ》りに誰《だれ》もいなかったから……それで、やってみたの……そうしたらうまくいったわ。開《ひら》いていた窓《まど》からまっすぐ飛《と》び込《こ》んできて、それで私《わたし》──本《ほん》をみんなしまい込《こ》んだの」

ハーマイオニーはゴクリとつばを飲《の》み込《こ》んで、哀願《あいがん》するように言《い》った。

「ダンブルドアはきっと怒《おこ》らなかったと思《おも》うの。私《わたし》たちは、分霊箱《ぶんれいばこ》を作《つく》るために情報《じょうほう》を使《つか》おうとしているわけじゃないんだから。そうよね？」

「僕《ぼく》たちが文句《もんく》を言《い》ってるか？」ロンが言《い》った。「どこだい、それでその本《ほん》は？」

ハーマイオニーはしばらくゴソゴソ探《さが》していたが、やがて本《ほん》の山《やま》から、すり切《き》れた黒革綴《くろかわと》じの分厚《ぶあつ》い本《ほん》を一冊《さつ》取《と》り出《だ》した。ハーマイオニーは、ちょっと吐《は》き気《け》をもよおしたような顔《かお》をしながら、まだ生々《なまなま》しい死《し》がいを渡《わた》すように、恐《おそ》る恐《おそ》る本《ほん》を差《さ》し出《だ》した。

「この本《ほん》に、分霊箱《ぶんれいばこ》の作《つく》り方《かた》が具体的《ぐたいてき》に書《か》いてあるわ。『深《ふか》い闇《やみ》の秘術《ひじゅつ》』──恐《おそ》ろしい本《ほん》、ほんとうにぞっとするわ。邪悪《じゃあく》な魔法《まほう》ばかり。ダンブルドアはいつ図書室《としょしつ》から取《と》り除《のぞ》いたのかしら……もし校長《こうちょう》になってからだとすれば、ヴォルデモートは、必要《ひつよう》なことをすべて、この本《ほん》から学《まな》び取《と》ったにちがいないわ」

「でもさ、もう読《よ》んでいたんなら、どうしてスラグホーンなんかに、分霊箱《ぶんれいばこ》の作《つく》り方《かた》を聞《き》く必要《ひつよう》があったんだ？」ロンが聞《き》いた。

「あいつは、魂《たましい》を七分割《ななぶんかつ》したらどうなるかを知《し》るために、スラグホーンに聞《き》いただけだ」ハリーが言《い》った。「リドルがスラグホーンに分霊箱《ぶんれいばこ》のことを聞《き》いたときには、もうとっくに作《つく》り方《かた》を知《し》っていただろうって、ダンブルドアはそう確信《かくしん》していた。ハーマイオニー、君《きみ》の言《い》うとおりだよ。あいつはきっと、その本《ほん》から情報《じょうほう》を得《え》ていたと思《おも》う」

「それに、分霊箱《ぶんれいばこ》のことを読《よ》めば読《よ》むほど」ハーマイオニーが言《い》った。「ますます恐《おそ》ろしいものに思《おも》えるし、『あの人《ひと》』がほんとうに六個《こ》も作《つく》ったとは信《しん》じられなくなってくるの。この本《ほん》は、魂《たましい》を裂《さ》くことで、残《のこ》った魂《たましい》がどんなに不安定《ふあんてい》なものになるかを警告《けいこく》しているわ。しかもたった一つの分霊箱《ぶんれいばこ》を作《つく》った場合《ばあい》のことよ！」

ハリーはダンブルドアの言葉《ことば》を思《おも》い出《だ》した。ヴォルデモートは、「通常《つうじょう》の悪《あく》」を超《こ》えた領域《りょういき》にまで踏《ふ》み出《だ》した、と言《い》っていた。

「また元《もと》どおりに戻《もど》す方法《ほうほう》はないのか？」ロンが尋《たず》ねた。

「あるわよ」ハーマイオニーがうつろにほほ笑《え》みながら答《こた》えた。「でも地獄《じごく》の苦《くる》しみでしょうね」

「なぜ？　どうやって戻《もど》すの？」ハリーが聞《き》いた。

「良心《りょうしん》の呵責《かしゃく》」ハーマイオニーが言《い》った。「自分《じぶん》のしたことを心《こころ》から悔《く》いないといけないの。注《ちゅう》釈《しゃく》があるわ。あまりの痛《いた》みに、自《みずか》らを滅《ほろ》ぼすことになるかもしれないって。ヴォルデモートがそんなことをするなんて、私《わたし》には想像《そうぞう》できないわ。できる？」

「できない」ハリーが答《こた》えるより先《さき》にロンが言《い》った。「それで、その本《ほん》には分霊箱《ぶんれいばこ》をどうやって破壊《はかい》するか、書《か》いてあるのか？」

「あるわ」ハーマイオニーは、今度《こんど》はくさった内臓《ないぞう》を調《しら》べるような手《て》つきで、もろくなったページをめくった。

「というのはね、この本《ほん》に、この術《じゅつ》を使《つか》う闇《やみ》の魔法使《まほうつか》いが、分霊箱《ぶんれいばこ》に対《たい》していかに強力《きょうりょく》な呪文《じゅもん》を施《ほどこ》さなければならないかを、警告《けいこく》している箇所《かしょ》があるの。私《わたし》の読《よ》んだことから考《かんが》えると、分霊箱《ぶんれいばこ》を確実《かくじつ》に破壊《はかい》する方法《ほうほう》は少《すく》ないけど、ハリーがリドルの日記《にっき》に対《たい》して取《と》った方法《ほうほう》が、その一つだわ」

「え？　バジリスクの牙《きば》で刺《さ》すってこと？」ハリーが聞《き》いた。

「へー、じゃ、バジリスクの牙《きば》が大量《たいりょう》にあってラッキーだな」ロンが混《ま》ぜっ返《かえ》した。「あんまりあり過《す》ぎて、どう始末《しまつ》していいのかわかんなかったぜ」

「バジリスクの牙《きば》でなくともいいのよ」ハーマイオニーが辛抱強《しんぼうづよ》く言《い》った。「分霊箱《ぶんれいばこ》が、ひとりでに回復《かいふく》できないほど強《つよ》い破壊力《はかいりょく》を持《も》ったものであればいいの。バジリスクの毒《どく》に対《たい》する解毒剤《げどくざい》はたった一つで、しかも信《しん》じられないぐらい稀少《きしょう》なもの――」

「――不死鳥《ふしちょう》の涙《なみだ》だ」ハリーがうなずきながら言《い》った。

「そう」ハーマイオニーが言《い》った。「問題《もんだい》は、バジリスクの毒《どく》と同《おな》じ破壊力《はかいりょく》を持《も》つ物質《ぶっしつ》はとても少《すく》ないということ。しかも持《も》ち歩《ある》くには危険《きけん》なものばかりだわ。私《わたし》たち、これからこの問題《もんだい》を解決《かいけつ》しなければならないわね。だって、分霊箱《ぶんれいばこ》を引《ひ》き裂《さ》いたり、打《う》ち砕《くだ》いたり、押《お》しつぶしたりするだけでは効果《こうか》なしなんだから。魔法《まほう》で回復《かいふく》することができない状態《じょうたい》にまで破壊《はかい》しないといけないわけなのよ」

「だけど、魂《たましい》の入《い》れ物《もの》になってるやつを壊《こわ》したにしても」ロンが言《い》った。「中《なか》の魂《たましい》のかけらがほかのものに入《はい》り込《こ》んで、その中《なか》で生《い》きることはできないのか？」

「分霊箱《ぶんれいばこ》は、人間《にんげん》とは完全《かんぜん》に逆《ぎゃく》ですもの」

ハリーもロンもまるでわけがわからない様子《ようす》なのを見《み》て、ハーマイオニーは急《いそ》いで説明《せつめい》した。

「いいこと、私《わたし》が今《いま》、刀《かたな》を手《て》にして、ロン、あなたを突《つ》き刺《さ》したとするわね。でも私《わたし》はあなたの魂《たましい》を壊《こわ》すことはできないわ」

「そりゃあ、僕《ぼく》としては、きっとホッとするだろうな」ロンが言《い》った。

ハリーが笑《わら》った。

「ホッとすべきだわ、ほんとに！　でも私《わたし》が言《い》いたいのは、あなたの体《からだ》がどうなろうと、魂《たましい》は無《む》傷《きず》で生《い》き残《のこ》るということなの」ハーマイオニーが言《い》った。「ところが、その逆《ぎゃく》が分霊箱《ぶんれいばこ》。中《なか》に入《はい》っている魂《たましい》の断片《だんぺん》が生《い》き残《のこ》るかどうかは、その入《い》れ物《もの》、つまり魔法《まほう》にかけられた体《からだ》に依存《いぞん》しているの。体《からだ》なしには存在《そんざい》できないのよ」

「あの日記帳《にっきちょう》は、僕《ぼく》が突《つ》き刺《さ》したときに、ある意味《いみ》で死《し》んだ」

ハリーは穴《あな》の開《あ》いたページからインクが血《ち》のようにあふれ出《だ》したこと、そしてヴォルデモートの魂《たましい》の断片《だんぺん》が消《き》えていくときの悲鳴《ひめい》を思《おも》い出《だ》した。

「そして、日記帳《にっきちょう》が完全《かんぜん》に破壊《はかい》されたとき、その中《なか》に閉《と》じ込《こ》められていた魂《たましい》の一部《いちぶ》は、もはや存在《ざい》できなくなったの。ジニーはあなたより先《さき》に日記帳《にっきちょう》を処分《しょぶん》しようとしてトイレに流《なが》したけど、当然《とうぜん》、日記帳《にっきちょう》は新品同様《しんぴんどうよう》で戻《もど》ってきたわ」

「ちょっと待《ま》った」ロンが顔《かお》をしかめた。「あの日記帳《にっきちょう》の魂《たましい》のかけらは、ジニーに取《と》り憑《つ》いていたんじゃなかったか？　どういう仕組《しく》みなんだ？」

「魔法《まほう》の容器《ようき》が無傷《むきず》のうちは、中《なか》の魂《たましい》の断片《だんぺん》は、誰《だれ》かが容器《ようき》に近《ちか》づき過《す》ぎると、その人間《にんげん》に出入《ではい》りできるの。何《なに》もその容器《ようき》を長《なが》く持《も》っているという意味《いみ》ではないのよ。容器《ようき》に触《ふ》れることとは関係《かんけい》がないの」ハーマイオニーはロンが口《くち》を挟《はさ》む前《まえ》に説明《せつめい》を加《くわ》えた。「感情的《かんじょうてき》に近《ちか》づくという意味《いみ》なの。ジニーはあの日記帳《にっきちょう》に心《こころ》を打《う》ち明《あ》けた。それで極端《きょくたん》に無防備《むぼうび》になってしまったのね。分霊《ぶんれい》箱《ばこ》を気《き》に入《い》ってしまったり、それに依存《いぞん》するようになると問題《もんだい》だわ」

「ダンブルドアは、いったいどうやって指輪《ゆびわ》を破壊《はかい》したんだろう？」ハリーが言《い》った。「僕《ぼく》、どうしてダンブルドアに聞《き》かなかったのかな？　僕《ぼく》、一度《いちど》も……」

ハリーの声《こえ》がだんだん弱《よわ》くなった。ダンブルドアに聞《き》くべきだったさまざまなことを、ハリーは思《おも》い浮《う》かべていた。どんなに多《おお》くの機会《きかい》を逃《のが》してしまったことか、校長先生《こうちょうせんせい》が亡《な》くなった今《いま》、ハリーはしみじみそう思《おも》った。ダンブルドアが生《い》きているうちに、もっといろいろ知《し》る機会《きかい》があったのに……あれもこれも知《し》る機会《きかい》があったのに……。

壁《かべ》を震《ふる》わせるほどの勢《いきお》いで部屋《へや》の戸《と》が開《ひら》き、一瞬《いっしゅん》にして静《しず》けさが破《やぶ》られた。ハーマイオニーは悲鳴《ひめい》を上《あ》げ、『深《ふか》い闇《やみ》の秘術《ひじゅつ》』を取《と》り落《お》とした。クルックシャンクスはすばやくベッドの下《した》にもぐり込《こ》み、シャーッと威嚇《いかく》した。ロンはベッドから飛《と》び降《お》り、落《お》ちていた「蛙《かえる》チョコ」の包《つつ》み紙《がみ》ですべって反対側《はんたいがわ》の壁《かべ》に頭《あたま》をぶつけた。ハリーは本能的《ほんのうてき》に杖《つえ》に飛《と》びついたが、気《き》がつくと目《め》の前《まえ》にいるのはウィーズリーおばさんだった。髪《かみ》は乱《みだ》れ、怒《いか》りで顔《かお》がゆがんでいる。

「せっかくの楽《たの》しいお集《あつ》まりを、おじゃましてすみませんね」おばさんの声《こえ》はわなわなと震《ふる》えていた。「みなさんにご休息《きゅうそく》が必要《ひつよう》なのはよーくわかりますけどね……でも、私《わたし》の部屋《へや》に山積《やまづ》みになっている結婚祝《けっこんいわ》いの品《しな》は、選《よ》り分《わ》ける必要《ひつよう》があるんです。私《わたし》の記憶《きおく》では、あなた方《がた》が手伝《てつだ》ってくださるはずでしたけど」

「はい、そうです」ハーマイオニーがおびえた顔《かお》で立《た》ち上《あ》がった拍子《ひょうし》に、本《ほん》が四方八方《しほうはっぽう》に散乱《さんらん》した。「手伝《てつだ》います……ごめんなさい」

ハリーとロンに苦悶《くもん》の表情《ひょうじょう》を見《み》せながら、ハーマイオニーはおばさんについて部屋《へや》を出《で》ていった。

「まるで屋敷《やしき》しもべ妖精《ようせい》だ」ハリーと一緒《いっしょ》にそのあとに続《つづ》いたロンが、頭《あたま》をさすりながら低《ひく》い声《こえ》で言《い》った。「仕事《しごと》に満足《まんぞく》してないとこがちがうけどな。結婚式《けっこんしき》が終《お》わるのが早《はや》ければ早《はや》いだけ、僕《ぼく》、幸《しあわ》せだろうなあ」

「うん」ハリーがあいづちを打《う》った。「そしたら僕《ぼく》たちは、分霊箱探《ぶんれいばこさが》しをすればいいだけだし……まるで休暇《きゅうか》みたいなもんだよな？」

ロンが笑《わら》いはじめたが、ウィーズリーおばさんの部屋《へや》に山《やま》と積《つ》まれた結婚祝《けっこんいわ》いを見《み》るなり、突然笑《とつぜんわら》いが止《と》まった。

デラクール夫妻《ふさい》は、翌日《よくじつ》の朝《あさ》十一時《じ》に到着《とうちゃく》した。ハリー、ロン、ハーマイオニー、それにジニーは、それまでに、すでにフラー一家《いっか》に対《たい》する怨《うら》みつらみがつのっていた。ロンは左右《さゆう》そろった靴下《くつした》にはき替《か》えるのに、足《あし》を踏《ふ》み鳴《な》らして上階《じょうかい》に戻《もど》ったし、ハリーも髪《かみ》をなでつけようとはしたが、二人《ふたり》とも仏頂面《ぶっちょうづら》だった。全員《ぜんいん》がきちんとした身《み》じまいだと認《みと》められてから、ぞろぞろと陽《ひ》の降《ふ》り注《そそ》ぐ裏庭《うらにわ》に出《で》て、客《きゃく》を待《ま》った。

ハリーは、こんなにきちんとした庭《にわ》を見《み》るのは初《はじ》めてだった。いつもなら勝手口《かってぐち》の階段《かいだん》のそばに散《ち》らばっているさびた大鍋《おおなべ》や古《ふる》いゴム長《なが》が消《き》え、大《おお》きな鉢《はち》に植《う》えられた真新《まあたら》しい「ブルブル震《ふる》える木《き》」が一対《いっつい》、裏口《うらぐち》の両側《りょうがわ》に立《た》っている。風《かぜ》もないのにゆっくりと葉《は》が震《ふる》え、気持《きも》ちのよいさざなみのような効果《こうか》を上《あ》げていた。鶏《にわとり》は鶏小屋《とりごや》に閉《と》じ込《こ》められ、裏庭《うらにわ》は掃《は》き清《きよ》められている。庭《にわ》木《き》は剪定《せんてい》され雑草《ざっそう》も抜《ぬ》かれ、全体《ぜんたい》にきりっとしていた。しかし伸《の》び放題《ほうだい》の庭《にわ》が好《す》きだったハリーは、いつものようにふざけ回《まわ》る庭小人《にわこびと》の群《む》れもいない庭《にわ》が、何《なん》だかわびしげに見《み》えた。

騎士団《きしだん》と魔法省《まほうしょう》が、「隠《かく》れ穴《あな》」に安全対策《あんぜんたいさく》の呪文《じゅもん》を幾重《いくえ》にも施《ほどこ》していた。あまりに多《おお》くて、ハリーは覚《おぼ》えきれなくなっていたが、もはや魔法《まほう》でここに直接入《ちょくせつはい》り込《こ》むことはできないということだけはわかっていた。そのためウィーズリーおじさんが、移動《ポート》キーで到着《とうちゃく》するはずのデラクール夫妻《ふさい》を、近《ちか》くの丘《おか》の上《うえ》まで迎《むか》えに出《で》ていた。客《きゃく》が近《ちか》づいたことは、まず異常《いじょう》にかん高《だか》い笑《わら》い声《ごえ》でわかった。その直後《ちょくご》に門《もん》の外《そと》に現《あらわ》れた笑《わら》い声《ごえ》の主《ぬし》は、なんとウィーズリーおじさんだった。荷物《にもつ》をたくさん抱《かか》えたおじさんは、美《うつく》しいブロンドの女性《じょせい》を案内《あんない》していた。若葉色《わかばいろ》のすそ長《なが》のドレスを着《き》た婦人《ふじん》は、フラーの母親《ははおや》にちがいない。

「ママン！」フラーが叫《さけ》び声《ごえ》を上《あ》げてかけ寄《よ》り、母親《ははおや》を抱《だ》きしめた。「パパ！」

ムッシュー・デラクールは、魅力的《みりょくてき》な妻《つま》にはとてもおよばない容姿《ようし》だ。妻《つま》より頭《あたま》一つ背《せ》が低《ひく》く、相当豊《そうとうゆた》かな体型《たいけい》で、先端《せんたん》がピンととがった黒《くろ》く短《みじか》いあごひげを生《は》やしている。しかし好人物《こうじんぶつ》らしい。ムッシュー・デラクールはかかとの高《たか》いブーツではずむようにウィーズリーおばさんに近《ちか》づき、その両《りょう》ほおに交互《こうご》に二回《かい》ずつキスをしておばさんをあわてさせた。

「たいえーんなご苦労《くろう》をおかけしまーして」深《ふか》みのある声《こえ》でムッシューが言《い》った。「フラーが、あなたはとてもアードに準備《じゅんび》しているとあなしてくれまーした」

「いいえ、何《なん》でもありませんのよ、何《なん》でも！」ウィーズリーおばさんが、声《こえ》を上《うわ》ずらせてコロコロと答《こた》えた。「ちっとも苦労《くろう》なんかじゃありませんわ！」

ロンは、真新《まあたら》しい一対《いっつい》の鉢植《はちう》えの一つの陰《かげ》から顔《かお》をのぞかせた庭小人《にわこびと》にけりを入《い》れて、うっぷんを晴《は》らした。

「奥《おく》さん！」ムッシュー・デラクールはまるまるとした両手《りょうて》でウィーズリーおばさんの手《て》を挟《はさ》んだまま、ニッコリ笑《わら》いかけた。「私《わたし》たち、両家《りょうけ》が結《むす》ばれるいが近《ちか》づーいて、とても光栄《こうえい》でーすね。妻《つま》を紹介《しょうかい》させてくーださい。アポリーヌです」

マダム・デラクールがスイーッと進《すす》み出《で》て身《み》をかがめ、またウィーズリーおばさんのほおにキスをした。

「アンシャンテ《はじめまして》」マダムが挨拶《あいさつ》した。「あなたのアズバンドが、とてもおもしろーいあなしを聞《き》かせてくれましたのよ！」

ウィーズリーおじさんが普通《ふつう》とは思《おも》えない笑《わら》い声《ごえ》を上《あ》げたが、おばさんのひとにらみがそちらに向《む》かって飛《と》んだとたん、おじさんは静《しず》かになり、病気《びょうき》の友人《ゆうじん》の枕元《まくらもと》を見舞《みま》うにふさわしい表情《ひょうじょう》に変《か》わった。

「それと、もちろんお会《あ》いになったことがありまーすね。私《わたし》のおちーびちゃんのガブリエール！」ムッシューが紹介《しょうかい》した。

ガブリエールはフラーのミニチュア版《ばん》だった。腰《こし》まで伸《の》びたまじり気《け》のないシルバーブロンドの十一歳《さい》は、ウィーズリーおばさんに輝《かがや》くような笑顔《えがお》を見《み》せて抱《だ》きつき、ハリーにはまつげをパチパチさせて燃《も》えるようなまなざしを送《おく》った。ジニーが大《おお》きな咳払《せきばら》いをした。

「さあ、どうぞ、お入《はい》りください！」

ウィーズリーおばさんがほがらかにデラクール一家《いっか》を招《しょう》じ入《い》れた。「いえいえ、どうぞ！」「どうぞお先《さき》に！」「どうぞご遠慮《えんりょ》なく！」がさんざん言《い》い交《か》わされた。

デラクール一家《いっか》は、とても気持《きも》ちのよい、協力的《きょうりょくてき》な客《きゃく》だということがまもなくわかった。何《なん》でも喜《よろこ》んでくれたし、結婚式《けっこんしき》の準備《じゅんび》を手伝《てつだ》いたがった。ムッシューは席次表《せきじひょう》から花嫁付《はなよめつ》き添《そ》い人《にん》用《よう》の靴《くつ》まで、あらゆるものに「シャルマン《すばらしい》」を連発《れんぱつ》したし、マダムは家事《かじ》に関《かん》する呪文《じゅもん》に熟達《じゅくたつ》していて、あっという間《ま》にオーブンをきれいさっぱりと掃除《そうじ》した。ガブリエールは何《なん》でもいいから手伝《てつだ》おうと姉《あね》について回《まわ》り、早口《はやくち》のフランス語《ご》でしゃべり続《つづ》けていた。

マイナス面《めん》は、「隠《かく》れ穴《あな》」がこれほど大所帯用《おおじょたいよう》には作《つく》られていなかったことだ。ウィーズリー夫妻《ふさい》は、抗議《こうぎ》するデラクール夫妻《ふさい》を寄《よ》り切《き》り、自分《じぶん》たちの寝室《しんしつ》を提供《ていきょう》して居間《いま》で寝《ね》ることになった。ガブリエールはパーシーが使《つか》っていた部屋《へや》でフラーと一緒《いっしょ》に、ビルは、花婿付《はなむこつ》き添《そ》い人《にん》のチャーリーがルーマニアから到着《とうちゃく》すれば、同《おな》じ部屋《へや》になる予定《よてい》だった。三人《にん》で計画《けいかく》を練《ね》るチャンスは、事実上《じじつじょう》なくなった。やりきれない思《おも》いから、ハリー、ロン、ハーマイオニーは、混雑《こんざつ》した家《いえ》から逃《のが》れるだけのためにでも、鶏《にわとり》に餌《えさ》をやる仕事《しごと》を買《か》って出《で》た。

「どっこい、ママったら、まだ僕《ぼく》たちのこと、ほっとかないつもりだぜ！」

ロンが歯《は》がみした。三人《にん》が庭《にわ》で話《はな》し合《あ》おうとしたのはこれで二度目《どめ》だったが、両腕《りょううで》に大《おお》きな洗《せん》濯物《たくもの》のかごを抱《かか》えたおばさんの登場《とうじょう》で、またしても挫折《ざせつ》してしまった。

「あら、もう鶏《にわとり》に餌《えさ》をやってくれたのね。よかった」おばさんは近《ちか》づきながら声《こえ》をかけた。「また鶏小屋《とりごや》に入《い》れておいたほうがいいわ。明日《あす》、作業《さぎょう》の人《ひと》たちが到着《とうちゃく》する前《まえ》に……結婚式用《けっこんしきよう》のテント張《は》りにくるのよ」

おばさんは鶏小屋《とりごや》に寄《よ》りかかって、一休《ひとやす》みしながら説明《せつめい》した。つかれているようだった。

「ミラマンのマジック幕《まく》……とってもいいテントよ。ビルが作業《さぎょう》の人手《ひとで》を連《つ》れてくるの……ハリー、その人《ひと》たちがいる間《あいだ》は、家《いえ》の中《なか》に入《はい》っていたほうがいいわね。家《いえ》の周《まわ》りにこれほど安全呪文《あんぜんじゅもん》が張《は》りめぐらされていると、結婚式《けっこんしき》の準備《じゅんび》がどうしても複雑《ふくざつ》になるわね」

「すみません」ハリーは申《もう》し訳《わけ》なさそうに言《い》った。

「あら、謝《あやま》るなんて、そんな！」ウィーズリーおばさんが即座《そくざ》に言《い》った。「そんなつもりで言《い》ったんじゃないのよ――あのね、あなたの安全《あんぜん》のほうがもっと大事《だいじ》なの！　実《じつ》はね、ハリー、あなたに聞《き》こう聞《き》こうと思《おも》っていたんだけど、お誕生日《たんじょうび》はどんなふうにお祝《いわ》いしてほしい？　十七歳《さい》は、何《なん》と言《い》っても、大切《たいせつ》な日《ひ》ですものね……」

「面倒《めんどう》なことはしないでください」この上《うえ》みんなにストレスがかかることを恐《おそ》れて、ハリーが急《いそ》いで言《い》った。「ウィーズリーおばさん、ほんとに、普通《ふつう》の夕食《ゆうしょく》でいいんです……結婚式《けっこんしき》の前《まえ》の日《ひ》だし……」

「まあ、そう。あなたがそう言《い》うならね。リーマスとトンクスを招待《しょうたい》しようと思《おも》うけど、いい？　ハグリッドは？」

「そうしていただけたら、うれしいです」ハリーが言《い》った。「でも、どうぞ、面倒《めんどう》なことはしないでください」

「大丈夫《だいじょうぶ》、大丈夫《だいじょうぶ》よ……面倒《めんどう》なんかじゃありませんよ……」

おばさんは探《さぐ》るような目《め》でしばらくハリーをじっと見《み》つめ、やがて少《すこ》し悲《かな》しげにほほ笑《え》むと、背筋《せすじ》を伸《の》ばして歩《ある》いていった。おばさんが物干《ものほ》しロープのそばで杖《つえ》を振《ふ》ると、洗濯物《せんたくもの》がひとりでに宙《ちゅう》に飛《と》び上《あ》がってロープにぶら下《さ》がった。その様子《ようす》を眺《なが》めながら、ハリーは突然《とつぜん》、おばさんに迷惑《めいわく》をかけ、しかも苦《くる》しませていることに、深《ふか》い自責《じせき》の念《ねん》が湧《わ》き起《お》こるのを感《かん》じた。

第《だい》7章《しょう》 アルバス・ダンブルドアの遺言《ゆいごん》

夜明《よあ》けのひんやりとした青《あお》い光《ひかり》の中《なか》、彼《かれ》は山道《やまみち》を歩《ある》いていた。ずっと下《した》のほうに、霞《かすみ》に包《つつ》まれた影絵《かげえ》のような小《ちい》さな町《まち》が見《み》える。求《もと》める男《おとこ》はあそこにいるのか？　どうしてもあの男《おとこ》が必要《ひつよう》だ。ほかのことはほとんど何《なに》も考《かんが》えられないくらい、彼《かれ》はその男《おとこ》を強《つよ》く求《もと》めていた。その男《おとこ》が答《こた》えを持《も》っている。彼《かれ》の抱《かか》える問題《もんだい》の答《こた》えを……。

「おい、起《お》きろ」

ハリーは目《め》を開《あ》けた。相変《あいか》わらずむさくるしいロンの屋根裏部屋《やねうらべや》のキャンプベッドに横《よこ》たわっていた。太陽《たいよう》が昇《のぼ》る前《まえ》で、部屋《へや》はまだ薄暗《うすぐら》かった。ピッグウィジョンが小《ちい》さな翼《つばさ》に頭《あたま》をうずめて眠《ねむ》っている。ハリーの額《ひたい》の傷痕《きずあと》がチクチク痛《いた》んだ。

「うわごと言《い》ってたぞ」

「そうか？」

「ああ、『グレゴロビッチ』だったな。『グレゴロビッチ』ってくり返《かえ》してた」

まだめがねをかけていないせいで、ロンの顔《かお》が少《すこ》しぼやけて見《み》えた。

「グレゴロビッチって誰《だれ》だ？」

「僕《ぼく》が知《し》るわけないだろ？　そう言《い》ってたのは君《きみ》だぜ」

ハリーは考《かんが》えながら額《ひたい》をこすった。ぼんやりと、どこかでその名《な》を聞《き》いたことがあるような気《き》がする。しかし、どこだったかは思《おも》い出《だ》せない。

「ヴォルデモートがその人《ひと》を探《さが》していると思《おも》う」

「そりゃ気《き》の毒《どく》なやつだな」ロンがひどく同情《どうじょう》した。

ハリーは傷痕《きずあと》をさすり続《つづ》けながら、はっきり目《め》を覚《さ》ましてベッドに座《すわ》りなおした。夢《ゆめ》で見《み》たものを正確《せいかく》に思《おも》い出《だ》そうとしたが、頭《あたま》に残《のこ》っているのは山《やま》の稜線《りょうせん》と、深《ふか》い谷《たに》に抱《いだ》かれた小《ちい》さな村《むら》だけだった。

「外国《がいこく》にいるらしい」

「誰《だれ》が？　グレゴロビッチか？」

「ヴォルデモートだよ。あいつはどこか外国《がいこく》にいて、グレゴロビッチを探《さが》している。イギリスのどこかみたいじゃなかった」

「また、あいつの心《こころ》をのぞいてたっていうのか?」

ロンは心配《しんぱい》そうな口調《くちょう》だった。

「頼《たの》むから、ハーマイオニーには言《い》うなよ」ハリーが言《い》った。「もっとも、ハーマイオニーに夢《ゆめ》で何《なに》か見《み》るなって言《い》われても、できない相談《そうだん》だけど……」

ハリーは、ピッグウィジョンの小《ちい》さな鳥《とり》かごを見《み》つめながら考《かんが》えた……グレゴロビッチという名前《なまえ》に聞《き》き覚《おぼ》えがあるのは、なぜだろう?

「たぶん」ハリーは考《かんが》えながら言《い》った。「その人《ひと》はクィディッチに関係《かんけい》がある。何《なに》かつながりがあるんだ。でもどうしても——それが何《なん》なのかわからない」

「クィディッチ?」ロンが聞《き》き返《かえ》した。「ゴルゴビッチのことを考《かんが》えてるんじゃないのか?」

「誰《だれ》?」

「ドラゴミル・ゴルゴビッチ。チェイサーだ。二年前《ねんまえ》に記録的《きろくてき》な移籍金《いせききん》でチャドリー・キャノンズに来《き》た。一シーズンでのクアッフル・ファンブルの最多記録保持者《さいたきろくほじしゃ》さ」

「ちがう」ハリーが言《い》った。「僕《ぼく》が考《かんが》えているのは、絶対《ぜったい》にゴルゴビッチじゃない」

「僕《ぼく》もなるべく考《かんが》えないようにしてるけどな」ロンが言《い》った。「まあ、とにかく、誕生日《たんじょうび》おめでとう」

「うわぁ――そうだ。忘《わす》れてた！　僕《ぼく》、十七歳《さい》だ！」

ハリーはキャンプベッドの脇《わき》に置《お》いてあった杖《つえ》をつかみ、散《ち》らかった机《つくえ》に向《む》けた。そこにめがねが置《お》いてある。

「アクシオ！　めがねよ、来《こ》い！」

たった三十センチしか離《はな》れていなかったが、めがねがブーンと飛《と》んでくるのを見《み》ると、何《なん》だかとても満足《まんぞく》だった。もっとも、めがねが目《め》をつつきそうになるまでのつかの間《ま》の満足《まんぞく》だったが。

「お見事《みごと》」ロンが鼻先《はなさき》で笑《わら》った。

「におい」が消《き》えたことに有頂天《うちょうてん》になって、ハリーはロンの持《も》ち物《もの》を部屋中《へやじゅう》に飛《と》び回《まわ》らせた。ピッグウィジョンが目《め》を覚《さ》まし、興奮《こうふん》してかごの中《なか》をパタパタと飛《と》び回《まわ》った。ハリーはスニーカーの靴《くつ》ひもも魔法《まほう》で結《むす》んでみたし（あとで結《むす》び目《め》を手《て》でほどくのに数分《すうふん》かかった）、おもしろ半分《はんぶん》に、ロンのチャドリー・キャノンズのポスターの、ユニフォームのオレンジ色《いろ》を鮮《あざ》やかなブルーに変《か》えてみた。

「僕《ぼく》なら、社会《しゃかい》の窓《まど》を手《て》で閉《し》めるけどな」

ロンの忠告《ちゅうこく》で、ハリーはあわててチャックをたしかめた。ロンがニヤニヤ笑《わら》った。

「ほら、プレゼント。ここで開《あ》けろよ。ママには見《み》られたくないからな」

「本《ほん》か？」長方形《ちょうほうけい》の包《つつ》みを受《う》け取《と》ったハリーが言《い》った。「伝統《でんとう》を破《やぶ》ってくれるじゃないか」

「普通《ふつう》の本《ほん》ではないのだ」ロンが言《い》った。「こいつはお宝《たから》ものだぜ。『確実《かくじつ》に魔女《まじょ》をひきつける十二の法則《ほうそく》』。女《おんな》の子《こ》について知《し》るべきことが、すべて説明《せつめい》してある。去年《きょねん》これを持《も》ってたら、ラベンダーを振《ふ》り切《き》るやり方《かた》がばっちりわかったのになぁ。それに、どうやったらうまく……まあ、いい。フレッドとジョージに一冊《さつ》もらったんだ。ずいぶんいろいろ学《まな》んだぜ。君《きみ》も目《め》からうろこだと思《おも》うけど、何《なに》も杖先《つえさき》の技《わざ》だけってわけじゃないんだよ」

二人《ふたり》が台所《だいどころ》に下《お》りていくと、テーブルにはプレゼントの山《やま》が待《ま》っていた。ビルとムッシュー・デラクールが朝食《ちょうしょく》をすませるところで、ウィーズリーおばさんはフライパンを片手《かたて》に、立《た》ったまま二人《ふたり》とおしゃべりしていた。

「ハリー、アーサーから伝言《でんごん》よ、十七歳《さい》の誕生日《たんじょうび》おめでとうって」

おばさんがハリーにニッコリ笑《わら》いかけた。

「朝早《あさはや》く仕事《しごと》に出《で》かけなければならなくてね。でもディナーまでには戻《もど》るわ。一番上《いちばんうえ》にあるのが私《わたし》たちからのプレゼント」

ハリーは腰《こし》かけて、おばさんの言《い》った四角《しかく》い包《つつ》みを取《と》った。開《あ》けると中《なか》から、ウィーズリー夫《ふ》妻《さい》がロンの十七歳《さい》の誕生日《たんじょうび》に贈《おく》ったとそっくりの腕時計《うでどけい》が出《で》てきた。金時計《きんどけい》で、文字盤《もじばん》には針《はり》のかわりに星《ほし》が回《まわ》っている。

「魔法使《まほうつか》いが成人《せいじん》すると、時計《とけい》を贈《おく》るのが昔《むかし》からの習《なら》わしなの」

ウィーズリーおばさんは料理用《りょうりよう》レンジの脇《わき》で、心配《しんぱい》そうにハリーを見《み》ていた。

「ロンのとちがって新品《しんぴん》じゃないんだけど、実《じつ》は弟《おとうと》のフェービアンのものだったのよ。持《も》ち物《もの》を大切《たいせつ》に扱《あつか》う人《ひと》じゃなかったものだから、裏《うら》がちょっとへこんでいるんだけど、でも――」

あとの言葉《ことば》は消《き》えてしまった。ハリーが立《た》ち上《あ》がっておばさんを抱《だ》きしめたからだ。ハリーは抱《だ》きしめることで、言葉《ことば》にならないいろいろな思《おも》いを伝《つた》えたかった。そして、おばさんにはそれがわかったようだった。ハリーが離《はな》れたとき、おばさんは不器用《ぶきよう》にハリーのほおを軽《かる》くたたき、それから杖《つえ》を振《ふ》ったが、振《ふ》り方《かた》が少《すこ》し乱《みだ》れて、パッケージ半分《はんぶん》もの量《りょう》のベーコンが、フライパンから飛《と》び出《だ》して床《ゆか》に落《お》ちた。

「ハリー、お誕生日《たんじょうび》おめでとう！」

ハーマイオニーが台所《だいどころ》にかけ込《こ》んできて、プレゼントの山《やま》に自分《じぶん》のをのせた。

「たいしたものじゃないけど、気《き》に入《い》ってくれるとうれしいわ。あなたは何《なに》をあげたの？」

ロンは、聞《き》こえないふりをした。

「さあ、それじゃ、ハーマイオニーのを開《あ》けろよ！」ロンが言《い》った。

ハーマイオニーの贈《おく》り物《もの》は、新《あたら》しい「かくれん防止器《スニーコスコープ》」だった。ハリーはほかの包《つつ》みも開《あ》けた。ビルとフラーからの魔法《まほう》のひげそり（「ああ、そうそう、これは最高《さいこう》につるつーるにそりまーすよ」ムッシュー・デラクールが保証《ほしょう》した。「でも、どうそりたーいか、あっきーり言《い》わないといけませーん……さもないと、残《のこ》したい毛《け》が残《のこ》らないかもしれませーんよ……」）、デラクール一家《いっか》からはチョコレート、それにフレッドとジョージからの巨大《きょだい》な箱《はこ》には、「ウィーズリー・ウィザード・ウィーズ店《てん》」の新商品《しんしょうひん》が入《はい》っていた。

マダム・デラクール、フラー、ガブリエールが入《はい》ってきて台所《だいどころ》が狭苦《せまくる》しくなったので、ハリー、ロン、ハーマイオニーの三人《にん》はその場《ば》を離《はな》れた。

「全部荷造《ぜんぶにづく》りしてあげる」階段《かいだん》を上《のぼ》りながら、ハーマイオニーがハリーの抱《かか》えているプレゼントを引《ひ》き取《と》って、明《あか》るく言《い》った。「もうほとんど終《お》わっているの。あとは、ロン、洗濯《せんたく》に出《で》ているあなたのパンツが戻《もど》ってくるのを待《ま》つだけ――」

ロンはとたんに咳《せ》き込《こ》んだが、二階《かい》の踊《おど》り場《ば》のドアが開《ひら》いて咳《せき》が止《と》まった。

「ハリー、ちょっと来《き》てくれる？」

ジニーだった。ロンは、はたとその場《ば》に立《た》ち止《ど》まったが、ハーマイオニーがそのひじをつかんで上《うえ》の階《かい》に引《ひ》っ張《ぱ》っていった。ハリーは落《お》ち着《つ》かない気持《きも》ちで、ジニーのあとから部屋《へや》に入《はい》った。

今《いま》まで、ジニーの部屋《へや》に入《はい》ったことはなかった。狭《せま》いが明《あか》るい部屋《へや》だった。魔法界《まほうかい》のバンド、「妖女《ようじょ》シスターズ」の大《おお》きなポスターが一方《いっぽう》の壁《かべ》に、魔女《まじょ》だけのクィディッチ・チーム「ホリヘッド・ハーピーズ」のキャプテン、グウェノグ・ジョーンズの写真《しゃしん》がもう一方《いっぽう》の壁《かべ》に貼《は》ってあった。開《ひら》いた窓《まど》の前《まえ》に机《つくえ》があり、窓《まど》からは果樹園《かじゅえん》が見《み》えた。ジニーとハリーがロン、ハーマイオニーとそれぞれ組《く》んで、この果樹園《かじゅえん》で二人制《ふたりせい》クィディッチをして遊《あそ》んだことがあった。そこには今《いま》、乳白色《にゅうはくしょく》の大《おお》きなテントが張《は》られている。テントの上《うえ》の金色《きんいろ》の旗《はた》が、ジニーの窓《まど》と同《おな》じ高《たか》さだった。

ジニーはハリーの顔《かお》を見上《みあ》げて、深《ふか》く息《いき》を吸《す》ってから言《い》った。

「十七歳《さい》、おめでとう」

「うん……ありがとう」

ジニーは、ハリーをじっと見《み》つめたままだった。しかしハリーは、見《み》つめ返《かえ》すのがつらかった。まぶしい光《ひかり》を見《み》るようだった。

「いい眺《なが》めだね」窓《まど》のほうを指差《ゆびさ》して、ハリーはさえないセリフを言《い》った。

ジニーは無視《むし》した。無視《むし》されて当然《とうぜん》だとハリーは思《おも》った。

「あなたに何《なに》をあげたらいいか、考《かんが》えつかなかったの」

「何《なん》にもいらないよ」

ジニーは、これも無視《むし》した。

「何《なに》が役《やく》に立《た》つのかわからないの。大《おお》きな物《もの》はだめだわ。だって持《も》っていけないでしょうから」

ハリーはジニーを盗《ぬす》み見《み》た。泣《な》いていなかった。ジニーはすばらしいものをたくさん持《も》っている。その一つが、めったにめそめそしないことだ。六人《にん》の兄《あに》たちにきたえられたにちがいないと、ハリーはときどきそう思《おも》ったものだ。

ジニーがハリーに一歩近《ぽちか》づいた。

「それで、私《わたし》、考《かんが》えついたの。私《わたし》を思《おも》い出《だ》す何《なに》かを、あなたに持《も》っていてほしいって。あなたが何《なに》をしにいくにしても、出先《でさき》で、ほら、ヴィーラなんかに出会《であ》ったときに」

「デートの機会《きかい》は、正直言《しょうじきい》って、とても少《すく》ないと思《おも》う」

「私《わたし》、そういう希望《きぼう》の光《ひかり》を求《もと》めていたわ」

ジニーがささやき、これまでのキスとはまるでちがうキスをした。ハリーもキスを返《かえ》した。ファイア・ウィスキーよりよく効《き》く、何《なに》もかも忘《わす》れさせてくれる幸《しあわ》せな瞬間《しゅんかん》だった。ジニー、彼女《かのじょ》こそ、この世界《せかい》で唯一《ゆいいつ》の真実《しんじつ》だった。片手《かたて》をその背中《せなか》に回《まわ》し、片手《かたて》で甘《あま》い香《かお》りのするその長《なが》い髪《かみ》に触《ふ》れ、ジニーを感《かん》じる——。

ドアがバーンと開《ひら》いた。二人《ふたり》は飛《と》び上《あ》がって離《はな》れた。

「おっと」ロンが当《あ》てつけがましく言《い》った。「ごめんよ」

「ロン！」すぐ後《うし》ろに、ハーマイオニーが少《すこ》し息《いき》を切《き》らして立《た》っていた。ピリピリした沈黙《ちんもく》が過《す》ぎ、ジニーが感情《かんじょう》のこもらない小《ちい》さい声《こえ》で言《い》った。

「えーと、ハリー、とにかくお誕生日《たんじょうび》おめでとう」

ロンの耳《みみ》は真《ま》っ赤《か》だった。ハーマイオニーは心配《しんぱい》そうな顔《かお》だ。ハリーは二人《ふたり》の鼻先《はなさき》でドアをピシャリと閉《し》めてやりたかった。しかし、ドアが開《ひら》いたときに冷《つめ》たい風《かぜ》が吹《ふ》き込《こ》んできたかのように、輝《かがや》かしい瞬間《しゅんかん》は泡《あわ》のごとくはじけてしまっていた。ジニーとの関係《かんけい》を終《お》わりにし、近《ちか》づかないようにしなければならない。そのすべての理由《りゆう》が、ロンと一緒《いっしょ》に部屋《へや》にそっと忍《しの》び込《こ》んできたような気《き》がした。すべてを忘《わす》れる、幸《しあわ》せな時間《じかん》は去《さ》ってしまった。

ハリーは何《なに》か言《い》いたくてジニーを見《み》たが、何《なに》が言《い》いたいのかわからなかった。しかしジニーはハリーに背《せ》を向《む》けた。ハリーは、ジニーがこの時《とき》だけは涙《なみだ》に負《ま》けてしまったのではないかと思《おも》った。しかし、ロンの前《まえ》では、ジニーをなぐさめる何《なに》ものもしてやれなかった。

「またあとでね」ハリーはそう言《い》うと、二人《ふたり》について部屋《へや》を出《で》た。

ロンはどんどん先《さき》に下《お》り、混《こ》み合《あ》った台所《だいどころ》を通《とお》り抜《ぬ》けて裏庭《うらにわ》に出《で》た。ハリーもずっと歩調《ほちょう》を合《あ》わせてついていった。ハーマイオニーはおびえた顔《かお》で、小走《こばし》りにそのあとに続《つづ》いた。刈《か》ったばかりの芝生《しばふ》の片隅《かたすみ》まで来《く》ると、ロンが振《ふ》り向《む》いてハリーを見《み》た。

「君《きみ》はジニーを捨《す》てたんだ。もてあそぶなんて、今《いま》になってどういうつもりだ？」

「僕《ぼく》、ジニーをもてあそんでなんか、いない」ハリーが言《い》った。

ハーマイオニーがやっと二人《ふたり》に追《お》いついた。

「ロン――」

しかしロンは片手《かたて》を上《あ》げて、ハーマイオニーをだまらせた。

「君《きみ》のほうから終《お》わりにしたとき、ジニーはずたずただったんだ」

「僕《ぼく》だって。なぜ僕《ぼく》がそうしたか、君《きみ》にはわかっているはずだ。そうしたかったわけじゃないんだ」

「ああ、だけど、今《いま》あいつとキスしたりすれば、また希望《きぼう》を持《も》ってしまうじゃないか――」

「ジニーはばかじゃない。そんなことが起《お》こらないのはわかっている。ジニーは期待《きたい》していないよ、僕《ぼく》たちが結局《けっきょく》――結婚《けっこん》するとか、それとも――」

そう言《い》ったとたん、ハリーの頭《あたま》に鮮烈《せんれつ》なイメージが浮《う》かんだ。ジニーが白《しろ》いドレスを着《き》て、どこの誰《だれ》とも知《し》れない背《せ》の高《たか》い、顔《かお》のないふゆかいな男《おとこ》と結婚《けっこん》する姿《すがた》だ。思《おも》いが高《たか》まった瞬間《しゅんかん》、ハリーはハッと気《き》づいた。ジニーの未来《みらい》は自由《じゆう》で何《なん》の束縛《そくばく》もない。一方《いっぽう》、自分《じぶん》の前《まえ》には……ヴォルデモートしか見《み》えない。

「これからも何《なん》だかんだとジニーに近《ちか》づくっていうなら――」

「もう二度《にど》とあんなことは起《お》こらないよ」ハリーは厳《きび》しい口調《くちょう》で言《い》った。雲一《くもひと》つない天気《てんき》なのに、ハリーは突然太陽《とつぜんたいよう》が消《き》えてしまったような気《き》がした。

「それでいいか？」

ロンは半《なか》ば憤慨《ふんがい》しながらも半分弱気《はんぶんよわき》になったように、しばらくの間《あいだ》、その場《ば》で体《からだ》を前後《ぜんご》に揺《ゆ》すっていたが、やがて口《くち》を開《ひら》いた。

「それならいい。まあ、それで……うん」

その日《ひ》は一日中《いちにちじゅう》、ジニーはけっしてハリーと二人《ふたり》きりで会《あ》おうとはしなかった。そればかりか、自分《じぶん》の部屋《へや》で、二人《ふたり》が儀礼的《ぎれいてき》な会話《かいわ》以上《いじょう》のものを交《か》わしたことなど、そぶりも見《み》せず、おくびにも出《だ》さなかった。それでも、ハリーにとってはチャーリーの到着《とうちゃく》が救《すく》いだった。ウィーズリーおばさんがチャーリーを無理《むり》やり椅子《いす》に座《すわ》らせ、脅《おど》すように杖《つえ》を向《む》けて、これから髪《かみ》の毛《け》をきちんとしてあげると宣言《せんげん》するのを見《み》ていると、気《き》が紛《まぎ》れた。

ハリーの誕生日《たんじょうび》のディナーには、台所《だいどころ》は狭過《せます》ぎた。チャーリー、ルーピン、トンクス、ハグリッドが来《く》る前《まえ》から、台所《だいどころ》ははち切《き》れそうになっていた。そこで庭《にわ》にテーブルを一列《れつ》に並《なら》べた。

フレッドとジョージが、いくつもの紫色《むらさきいろ》のランタンにすべて「17」の数字《すうじ》をデカデカと書き込《か　こ》み、魔法《まほう》をかけて招待客《しょうたいきゃく》の頭上《ずじょう》に浮《う》かべた。ウィーズリーおばさんの看護《かんご》のおかげで、ジョージの傷《きず》はきれいになっていた。しかし、双子《ふたご》が耳《みみ》のことでさんざん冗談《じょうだん》を言《い》っても、ハリーは、いまだにジョージの側頭部《そくとうぶ》の黒《くろ》い穴《あな》を平気《へいき》で見《み》ることはできなかった。

ハーマイオニーが杖《つえ》の先《さき》から出《だ》した紫《むらさき》と金《きん》のリボンは、ひとりでに木《き》や潅木《かんぼく》のしげみを芸術的《げいじゅつてき》に飾《かざ》った。

「すてきだ」ハーマイオニーが最後《さいご》の派手《はで》な一振《ひとふ》りで、野生《やせい》リンゴの木《こ》の葉《は》を金色《きんいろ》に染《そ》めたとき、ロンが言《い》った。「こういうことにかけては、君《きみ》はすごくいい感覚《かんかく》してるよなあ」

「ありがとう、ロン！」

ハーマイオニーはうれしそうだったが、ちょっと面食《めんく》らったようでもあった。ハリーは横《よこ》を向《む》いてひとり笑《わら》いをした。『確実《かくじつ》に魔女《まじょ》をひきつける十二の法則《ほうそく》』を流《なが》し読《よ》みする時間《じかん》があれば、「お世辞《せじ》の言《い》い方《かた》」という章《しょう》が見《み》つかりそうな、何《なん》となくそんな気《き》がしたのだ。ジニーとふと目《め》が合《あ》い、ハリーはニヤッと笑《わら》ったが、ロンとの約束《やくそく》を思《おも》い出《だ》し、あわててムッシュー・デラクールに話《はな》しかけてその場《ば》を取《と》りつくろった。

「どいてちょうだい、どいてちょうだい！」

ウィーズリーおばさんが歌《うた》うように言《い》いながら、ビーチボールほどの巨大《きょだい》なスニッチを前《まえ》に浮《う》かべて裏庭《うらにわ》から門《もん》を通《とお》って出《で》てきた。それがバースデーケーキだと、ハリーはすぐに気《き》づいた。庭《にわ》の地面《じめん》がデコボコして危《あぶ》ないので、杖《つえ》で宙《ちゅう》に浮《う》かせて運《はこ》んできたのだ。ケーキがやっとテーブルの真《ま》ん中《なか》に収《おさ》まるのを見届《みとど》けて、ハリーが言《い》った。

「すごい大《だい》けっさくだ、ウィーズリーおばさん」

「あら、たいしたことじゃないのよ」おばさんは愛《いと》おしげに言《い》った。

おばさんの肩越《かたご》しに、ロンがハリーに向《む》かって両手《りょうて》の親指《おやゆび》を立《た》て、唇《くちびる》の動《うご》きで「今《いま》のはいいぞ」と言《い》った。

七時《じ》には招待客全員《しょうたいきゃくぜんいん》が到着《とうちゃく》し、外《そと》の小道《こみち》の突《つ》き当《あ》たりに立《た》って出迎《でむか》えていたフレッドとジョージの案内《あんない》で、家《いえ》の境界内《きょうかいない》に入《はい》ってきた。ハグリッドはこの日《ひ》のために正装《せいそう》し、一張羅《いっちょうら》のむさくるしい毛《け》むくじゃらの茶色《ちゃいろ》のスーツを着込《きこ》んでいた。ルーピンはハリーと握手《あくしゅ》しながらほほ笑《え》んだが、何《なん》だか浮《う》かぬ顔《かお》だった。横《よこ》で晴《は》れ晴《ば》れとうれしそうにしているトンクスとは、奇妙《きみょう》な組《く》み合《あ》わせだった。

「お誕生日《たんじょうび》おめでとう、ハリー」トンクスは、ハリーを強《つよ》く抱《だ》きしめた。

「十七歳《さい》か、ええ！」ハグリッドは、フレッドからバケツ大《だい》のグラスに入《はい》ったワインを受《う》け取《と》りながら言《い》った。「俺《おれ》たちが出会《であ》った日《ひ》から六年《ねん》だ、ハリー、覚《おぼ》えちょるか?」

「ぼんやりとね」ハリーはニヤッと笑《わら》いかけた。「入口《いりぐち》のドアをぶち破《やぶ》って、ダドリーに豚《ぶた》のしっぽを生《は》やして、僕《ぼく》が魔法使《まほうつか》いだって言《い》わなかった?」

「細《こま》けえことは忘《わす》れたな」ハグリッドがうれしそうに笑《わら》った。「ロン、ハーマイオニー、元気《げんき》か?」

「私《わたし》たちは元気《げんき》よ」ハーマイオニーが答《こた》えた。「ハグリッドは?」

「ああ、まあまあだ。忙《いそが》しくしとった。ユニコーンの赤《あか》ん坊《ぼう》が何頭《なんとう》か生《う》まれてな。おまえさんたちが戻《もど》ったら、見《み》せてやるからな――」

ハリーは、ロンとハーマイオニーの視線《しせん》をさけた。ハグリッドは、ポケットの中《なか》をガサゴソ探《さぐ》りはじめた。

「あったぞ、ハリー――おまえさんに何《なに》をやったらええか思《おも》いつかんかったが、これを思《おも》い出《だ》してな」

ハグリッドは、ちょっと毛《け》の生《は》えた小《ちい》さな巾着袋《きんちゃくぶくろ》を取《と》り出《だ》した。長《なが》いひもがついていて、どうやら首《くび》からかけるらしい。

「モークトカゲの革《かわ》だ。中《なか》に何《なに》か隠《かく》すとええ。持《も》ち主以外《ぬしいがい》は取《と》り出《だ》せねえからな。こいつぁめずらしいもんだぞ」

「ハグリッド、ありがとう！」

「何《なん》でもねえ」ハグリッドは、ごみバケツのふたほどもある手《て》を振《ふ》った。「おっ、チャーリーがいるじゃねえか！　俺《おれ》は昔《むかし》っからあいつが気《き》に入《い》っとってな──ヘイ！　チャーリー！」

チャーリーはやや無念《むねん》そうに、無残《むざん》にも短《みじか》くされたばかりの髪《かみ》を手《て》でかきながらやって来《き》た。ロンより背《せ》が低《ひく》くがっちりしていて、筋肉質《きんにくしつ》の両腕《りょううで》は火傷《やけど》や引《ひ》っかき傷《きず》だらけだった。

「やあ、ハグリッド、どうしてる？」

「手紙《てがみ》を書《か》こう書《か》こうと思《おも》っちょったんだが。ノーバートはどうしちょる？」

「ノーバート？」チャーリーが笑《わら》った。「ノルウェー・リッジバックの？　今《いま》はノーベルタって呼《よ》んでる」

「何《なん》だって──ノーバートは女《おんな》の子《こ》か？」

「ああ、そうだ」チャーリーが言《い》った。

「どうしてわかるの？」ハーマイオニーが聞《き》いた。

「ずっと獰猛《どうもう》だ」チャーリーが答《こた》えた。そして後《うし》ろを見《み》て声《こえ》を落《お》とした。「親父《おやじ》が早《はや》く戻《もど》ってくるといいが。おふくろがピリピリしてる」

みんながいっせいにウィーズリー夫人《ふじん》を見《み》た。マダム・デラクールと話《はなし》をしてはいたが、しょっちゅう門《もん》を気《き》にして、ちらちら見《み》ている。

「アーサーを待《ま》たずに始《はじ》めたほうがいいでしょう」

それからしばらくして、おばさんが庭全体《にわぜんたい》に呼《よ》びかけた。

「あの人《ひと》はきっと何《なに》か手《て》が離《はな》せないことが――あっ！」

みんなも同時《どうじ》にそれを見《み》た。庭《にわ》を横切《よこぎ》って一条《いちじょう》の光《ひかり》が走《はし》り、テーブルの上《うえ》で輝《かがや》く銀色《ぎんいろ》のイタチになった。イタチは後脚《あとあし》で立《た》ち上《あ》がり、ウィーズリーおじさんの声《こえ》で話《はな》した。

「魔法大臣《まほうだいじん》が一緒《いっしょ》に行《い》く」

守護霊《しゅごれい》はふっと消《き》え、そのあとにはフラーの家族《かぞく》が、驚《おどろ》いて消《き》えたあたりを凝視《ぎょうし》していた。

「私《わたし》たちはここにいられない」間髪《かんはつ》を容《い》れず、ルーピンが言《い》った。「ハリー――すまない――別《べつ》の機会《きかい》に説明《せつめい》するよ――」

ルーピンはトンクスの手首《てくび》を握《にぎ》って引《ひ》っ張《ぱ》り、垣根《かきね》まで歩《ある》いてそこを乗《の》り越《こ》え、姿《すがた》を消《け》した。ウィーズリーおばさんは当惑《とうわく》した顔《かお》だった。

「大臣《だいじん》――でもなぜ――？　わからないわ――」

話《はな》し合《あ》う間《ま》はなかった。その直後《ちょくご》に、門《もん》の所《ところ》にウィーズリーおじさんが忽然《こつぜん》と現《あらわ》れた。白髪《しらが》まじりのたてがみのような髪《かみ》で、すぐそれとわかるルーファス・スクリムジョールが同行《どうこう》している。

突然現《とつぜんあらわ》れた二人《ふたり》は、裏庭《うらにわ》を堂々《どうどう》と横切《よこぎ》って、ランタンに照《て》らされたテーブルにやってきた。テーブルには、その夜《よる》の会食者《かいしょくしゃ》が、二人《ふたり》の近《ちか》づくのをじっと見《み》つめながらだまって座《すわ》っていた。スクリムジョールがランタンの光《ひかり》の中《なか》に入《はい》ったとき、ハリーは、その姿《すがた》が前回会《ぜんかいあ》ったときよりずっと老《ふ》けて見《み》えるのに気《き》づいた。ほおはこけ、厳《きび》しい表情《ひょうじょう》をしている。

「おじゃましてすまん」足《あし》を引《ひ》きずりながらテーブルの前《まえ》まで来《き》て、スクリムジョールが言《い》った。「その上《うえ》、どうやら宴席《えんせき》への招《まね》かれざる客《きゃく》になったようだ」

大臣《だいじん》の目《め》が一瞬《いっしゅん》、巨大《きょだい》なスニッチ・ケーキに注《そそ》がれた。

「誕生日《たんじょうび》おめでとう」

「ありがとうございます」ハリーが言《い》った。

「君《きみ》と二人《ふたり》だけで話《はな》したい」スクリムジョールが言葉《ことば》を続《つづ》けた。「さらに、ロナルド・ウィーズリー君《くん》、それとハーマイオニー・グレンジャーさんとも、個別《こべつ》に」

「僕《ぼく》たち？」ロンが驚《おどろ》いて聞《き》き返《かえ》した。「どうして僕《ぼく》たちが？」

「どこか、もっと個別《こべつ》に話《はな》せる場所《ばしょ》に行《い》ってから、説明《せつめい》する」スクリムジョールが言《い》った。「そういう場所《ばしょ》があるかな？」大臣《だいじん》がウィーズリー氏《し》に尋《たず》ねた。

「はい、もちろんです」ウィーズリーおじさんは落《お》ち着《つ》かない様子《ようす》だ。「あー、居間《いま》です。そこを使《つか》ってはいかがですか？」

「案内《あんない》してくれたまえ」スクリムジョールがロンに向《む》かって言《い》った。「アーサー、君《きみ》が一緒《いっしょ》に来《く》る必要《ひつよう》はない」

ハリー、ロン、ハーマイオニーの三人《にん》が立《た》ち上《あ》がったとき、ウィーズリーおじさんが心配《しんぱい》そうにおばさんと顔《かお》を見合《みあ》わせるのを、ハリーは見《み》た。三人《にん》とも無言《むごん》で、先《さき》に立《た》って家《いえ》の中《なか》に入《はい》りながら、ハリーはあとの二人《ふたり》も自分《じぶん》と同《おな》じことを考《かんが》えているだろうと思《おも》った。スクリムジョールは、三人《にん》がホグワーツ校《こう》を退学《たいがく》するという計画《けいかく》をどこからか聞《き》きつけたにちがいない。

散《ち》らかった台所《だいどころ》を通《とお》り、「隠《かく》れ穴《あな》」の居間《いま》に入《はい》るまで、スクリムジョールは終始無言《しゅうしむごん》だった。庭《にわ》には夕暮《ゆうぐ》れのやわらかな金色《きんいろ》の光《ひかり》が満《み》ちていたが、居間《いま》はもう暗《くら》かった。部屋《へや》に入《はい》りながら、ハリーは石油《せきゆ》ランプに向《む》けて杖《つえ》を振《ふ》った。ランプの灯《あか》りが、質素《しっそ》ながらも居心地《いごこち》のよい居間《いま》を照《て》らした。スクリムジョールは、いつもウィーズリーおじさんが座《すわ》っているクッションのへこんだひじかけ椅子《いす》に腰《こし》を落《お》とし、ハリー、ロン、ハーマイオニーは、ソファに並《なら》んできゅうくつに座《すわ》るしかなかった。全員《ぜんいん》が腰《こし》かけるのを待《ま》って、スクリムジョールが口《くち》を開《ひら》いた。

「三人《にん》にいくつか質問《しつもん》があるが、それぞれ個別《こべつ》に聞《き》くのが一番《いちばん》よいと思《おも》う。君《きみ》と君《きみ》は」

スクリムジョールは、ハリーとハーマイオニーを指差《ゆびさ》した。

「上《うえ》の階《かい》で待《ま》っていてくれ。ロナルドから始《はじ》める」

「僕《ぼく》たち、どこにも行《い》きません」ハリーが言《い》った。ハーマイオニーもしっかりうなずいた。「三人一緒《にんいっしょ》に話《はな》すのでなければ、何《なに》も話《はな》さないでください」

スクリムジョールは、冷《つめ》たく探《さぐ》るような目《め》でハリーを見《み》た。ハリーは、大臣《だいじん》が初手《しょて》から対立《たいりつ》する価値《かち》があるかどうか、判断《はんだん》に迷《まよ》っている、という印象《いんしょう》を受《う》けた。

「いいだろう。では、一緒《いっしょ》に」

大臣《だいじん》は肩《かた》をすくめ、それから咳払《せきばら》いして話《はな》しはじめた。

「私《わたし》がここに来《き》たのは、君《きみ》たちも知《し》っているとおり、アルバス・ダンブルドアの遺言《ゆいごん》のためだ」

ハリー、ロン、ハーマイオニーは、顔《かお》を見合《みあ》わせた。

「どうやら寝耳《ねみみ》に水《みず》らしい！　それでは、ダンブルドアが君《きみ》たちに遺《のこ》した物《もの》があることを知《し》らなかったのか？」

「ぼ――僕《ぼく》たち全員《ぜんいん》に？」ロンが言《い》った。「僕《ぼく》とハーマイオニーにも？」

「そうだ、君《きみ》たち全《ぜん》――」

ハリーがその言葉《ことば》をさえぎった。

「ダンブルドアが亡《な》くなったのは、一か月以上《げついじょう》も前《まえ》だ。僕《ぼく》たちへの遺品《いひん》を渡《わた》すのに、どうしてこんなに長《なが》くかかったのですか？」

「見え透《みす》いたことだわ」

スクリムジョールが答《こた》えるより早《はや》く、ハーマイオニーが言《い》った。

「私《わたし》たちに遺《のこ》してくれたものが何《なん》であれ、この人《ひと》たちは調《しら》べたかったのよ。あなたにはそんな権利《けんり》がなかったのに！」

ハーマイオニーの声《こえ》は、かすかに震《ふる》えていた。

「私《わたし》にはちゃんと権利《けんり》がある」スクリムジョールがそっけなく言《い》った。「『正当《せいとう》な押収《おうしゅう》に関《かん》する省令《しょうれい》』により、魔法省《まほうしょう》には遺言書《ゆいごんしょ》に記《しる》された物《もの》を押収《おうしゅう》する権利《けんり》がある」

「それは、闇《やみ》の物品《ぶっぴん》が相続《そうぞく》されるのを阻止《そし》するために作《つく》られた法律《ほうりつ》だわ」ハーマイオニーが言《い》った。「差《さ》し押《お》さえる前《まえ》に、魔法省《まほうしょう》は、死者《ししゃ》の持《も》ち物《もの》が違法《いほう》であるというたしかな証拠《しょうこ》を持《も》っていなければならないはずです！　ダンブルドアが、呪《のろ》いのかかった物《もの》を私《わたし》たちに遺《のこ》そうとしたとでもおっしゃりたいんですか？」

「魔法法関係《まほうほうかんけい》の職《しょく》に就《つ》こうと計画《けいかく》しているのかね、ミス・グレンジャー？」

スクリムジョールが聞《き》いた。

「いいえ、ちがいます」ハーマイオニーが言《い》い返《かえ》した。「私《わたし》は、世《よ》の中《なか》のために何《なに》かよいことをしたいと願《ねが》っています！」

ロンが笑《わら》った。スクリムジョールの目《め》がサッとロンに飛《と》んだが、ハリーが口《くち》を開《ひら》いたので、また視線《しせん》を戻《もど》した。

「それじゃ、なぜ、今《いま》になって僕《ぼく》たちに渡《わた》そうと決《き》めたんですか？　保管《ほかん》しておく口実《こうじつ》を考《かんが》えつかないからですか？」

「ちがうわ。三十一日《にち》の期限《きげん》が切《き》れたからよ」ハーマイオニーが即座《そくざ》に言《い》った。「危険《きけん》だと証明《しょうめい》できなければ、それ以上《いじょう》は物件《ぶっけん》を保持《ほじ》できないの。そうですね？」

「ロナルド、君《きみ》はダンブルドアと親《した》しかったと言《い》えるかね？」スクリムジョールは、ハーマイオニーを無視《むし》して質問《しつもん》した。ロンはびっくりしたような顔《かお》をした。

「僕《ぼく》？　いや――そんなには……それを言《い》うなら、ハリーがいつでも……」

ロンは、ハリーとハーマイオニーの顔《かお》を見《み》た。するとハーマイオニーが、「今《いま》すぐだまれ！」という目《め》つきでロンを見《み》ていた。しかし、遅《おそ》かった。スクリムジョールは、思《おも》うつぼの答《こた》えを得《え》たという顔《かお》をしていた。そして、獲物《えもの》をねらう猛禽類《もうきんるい》のように、ロンの答《こた》えに襲《おそ》いかかった。

「君《きみ》が、ダンブルドアとそれほど親《した》しくなかったのなら、遺言《ゆいごん》で君《きみ》に遺品《いひん》を残《のこ》したという事実《じじつ》をどう説明《せつめい》するかね？　個人的《こじんてき》な遺贈品《いぞうひん》は非常《ひじょう》に少《すく》なく、例外的《れいがいてき》だった。ほとんどの持《も》ち物《もの》は――

個人《こじん》の蔵書《ぞうしょ》、魔法《まほう》の計器類《けいきるい》、そのほかの私物《しぶつ》などだが――ホグワーツ校《こう》に遺《のこ》された。なぜ、君《きみ》が選《えら》ばれたと思《おも》うかね？」

「僕《ぼく》……わからない」ロンが言《い》った。「僕《ぼく》……そんなには親《した》しくなかったと僕《ぼく》が言《い》ったのは……つまり、ダンブルドアは、僕《ぼく》のことを好《す》きだったと思《おも》う……」

「ロン、奥《おく》ゆかしいのね」ハーマイオニーが言《い》った。「ダンブルドアはあなたのことを、とてもかわいがっていたわ」

これは、真実《しんじつ》と言《い》えるぎりぎりの線《せん》だった。ハリーの知《し》るかぎり、ロンとダンブルドアは、一度《いち》も二人《ふたり》きりになったことはないし、直接《ちょくせつ》の接触《せっしょく》もなきに等《ひと》しかった。しかし、スクリムジョールは聞《き》かなかったかのように振《ふ》る舞《ま》った。マントの内側《うちがわ》に手《て》を入《い》れ、ハリーがハグリッドからもらった物《もの》よりずっと大《おお》きい巾着袋《きんちゃくぶくろ》を取《と》り出《だ》した。その中《なか》から羊皮紙《ようひし》の巻《ま》き物《もの》を取《と》り出《だ》し、大臣《だいじん》は広《ひろ》げて読《よ》み上《あ》げた。

「『アルバス・パーシバル・ウルフリック・ブライアン・ダンブルドアの遺言書《ゆいごんしょ》』……そう、ここだ……『ロナルド・ビリウス・ウィーズリーに、〝灯消《ひけ》しライター〟を遺贈《いぞう》する。使《つか》うたびに、わしを思《おも》い出《だ》してほしい』」

スクリムジョールは、巾着《きんちゃく》からハリーに見覚《みおぼ》えのある物《もの》を取《と》り出《だ》した。銀《ぎん》のライターのように見《み》えるものだが、カチッと押《お》すたびに、周囲《しゅうい》の灯《あか》りを全部吸《ぜんぶす》い取《と》り、また元《もと》に戻《もど》す力《ちから》を持《も》っている。スクリムジョールは、前《まえ》かがみになって「灯消《ひけ》しライター」をロンに渡《わた》した。受《う》け取《と》ったロンは、あぜんとした顔《かお》でそれを手《て》の中《なか》でひっくり返《かえ》した。

「それは価値《かち》のある品《しな》だ」スクリムジョールがロンをじっと見《み》ながら言《い》った。「たった一つしかない物《もの》かもしれない。まちがいなくダンブルドア自身《じしん》が設計《せっけい》したものだ。それほどめずらしい物《もの》を、なぜ彼《かれ》は君《きみ》に遺《のこ》したのかな？」

ロンは困惑《こんわく》したように、頭《あたま》を振《ふ》った。

「ダンブルドアは、何千人《なんぜんにん》という生徒《せいと》を教《おし》えたはずだ」スクリムジョールはなおも食《く》い下《さ》がった。「にもかかわらず、遺言書《ゆいごんしょ》で遺贈《いぞう》されたのは、君《きみ》たち三人《にん》だけだ。なぜだ？　ミスター・ウィーズリー、ダンブルドアは、この『灯消《ひけ》しライター』を君《きみ》がどのように使用《しよう》すると考《かんが》えたのかね？」

「灯《ひ》を消《け》すため、だと思《おも》うけど」ロンがつぶやいた。「ほかに何《なに》に使《つか》えるっていうわけ？」

スクリムジョールは当然《とうぜん》、何《なに》も意見《いけん》はないようだった。しばらくの間《あいだ》、探《さぐ》るような目《め》でロンを見《み》ていたが、やがてまたダンブルドアの遺言書《ゆいごんしょ》に視線《しせん》を戻《もど》した。

「『ミス・ハーマイオニー・ジーン・グレンジャーに、わしの蔵書《ぞうしょ》から〝吟遊詩人《ぎんゆうしじん》ビードルの物《もの》語《がたり》〟を遺贈《いぞう》する。読《よ》んでおもしろく、役《やく》に立《た》つ物《もの》であることを望《のぞ》む』」

スクリムジョールは、巾着《きんちゃく》から小《ちい》さな本《ほん》を取《と》り出《だ》した。上《うえ》の階《かい》に置《お》いてある『深《ふか》い闇《やみ》の秘術《ひじゅつ》』と同《おな》じぐらい古《ふる》い本《ほん》のように見《み》えた。表紙《ひょうし》は汚《よご》れ、あちこち革《かわ》がめくれている。ハーマイオニーはだまって本《ほん》を受《う》け取《と》り、ひざにのせてじっと見《み》つめた。ハリーは、本《ほん》の題《だい》がルーン文字《もじ》で書《か》かれているのを見《み》た。ハリーが勉強《べんきょう》したことのない記号文字《きごうもじ》だ。ハリーが見《み》つめていると、表紙《ひょうし》に型押《かたお》しされた記号《きごう》に、涙《なみだ》が一粒《ひとつぶ》落《お》ちるのが見《み》えた。

「ミス・グレンジャー、ダンブルドアは、なぜ君《きみ》にこの本《ほん》を遺《のこ》したと思《おも》うかね？」

「せ……先生《せんせい》は、私《わたし》が本好《ほんず》きなことをご存《ぞん》じでした」

ハーマイオニーはそでで目《め》をぬぐいながら、声《こえ》を詰《つ》まらせた。

「しかし、なぜこの本《ほん》を？」

「わかりません。私《わたし》が読《よ》んで楽《たの》しいだろうと思《おも》われたのでしょう」

「ダンブルドアと、暗号《あんごう》について、または秘密《ひみつ》の伝言《でんごん》を渡《わた》す方法《ほうほう》について、話《はな》し合《あ》ったことがあるかね？」

「ありません」ハーマイオニーは、そでで目《め》をぬぐい続《つづ》けていた。「それに、魔法省《まほうしょう》が三十一日《にち》かけても、この本《ほん》に隠《かく》された暗号《あんごう》が解《と》けなかったのなら、私《わたし》に解《と》けるとは思《おも》いません」

ハーマイオニーは、すすり泣《な》きを押《お》し殺《ころ》した。身動《みうご》きできないほどぎゅうぎゅう詰《づ》めで座《すわ》っていたので、ロンは、片腕《かたうで》を抜《ぬ》き出《だ》してハーマイオニーの両肩《りょうかた》に腕《うで》を回《まわ》すのに苦労《くろう》した。スクリムジョールは、また遺言書《ゆいごんしょ》に目《め》を落《お》とした。

「『ハリー・ジェームズ・ポッターに』」スクリムジョールが読《よ》み上《あ》げると、ハリーは急《きゅう》に興奮《こうふん》を感《かん》じ、腸《はらわた》がギュッと縮《ちぢ》まるような気《き》がした。『スニッチを遺贈《いぞう》する。ホグワーツでの最初《さいしょ》のクィディッチ試合《じあい》で、本人《ほんにん》が捕《つか》まえたものである。忍耐《にんたい》と技《わざ》は報《むく》いられるものである。そのことを思《おも》い出《だ》すためのよすがとして、これを贈《おく》る』」

スクリムジョールは、クルミ大《だい》の小《ちい》さな金色《きんいろ》のボールを取《と》り出《だ》した。銀《ぎん》の羽《はね》がかなり弱々《よわよわ》しく羽《は》ばたいている。ハリーは、高揚《こうよう》していた気持《きも》ちががっくり落《お》ち込《こ》むのをどうしようもなかった。

「ダンブルドアは、なぜ君《きみ》にスニッチを遺《のこ》したのかね？」スクリムジョールが聞《き》いた。

「さっぱりわかりません」ハリーが言《い》った。「今《いま》、あなたが読《よ》み上《あ》げたとおりの理由《りゆう》だと思《おも》います……僕《ぼく》に思《おも》い出《だ》させるために……忍耐《にんたい》と何《なん》とかが報《むく》いられることを」

「それでは、単《たん》に象徴的《しょうちょうてき》な記念品《きねんひん》だと思《おも》うのかね？」

「そうだと思《おも》います」ハリーが答《こた》えた。「ほかに何《なに》かありますか？」

「質問《しつもん》しているのは、私《わたし》だ」

スクリムジョールは、ひじかけ椅子《いす》を少《すこ》しソファのほうに引《ひ》きながら言《い》った。外《そと》は本格的《ほんかくてき》に暗《くら》くなってきた。窓《まど》から見《み》えるテントが、垣根《かきね》の上《うえ》にゴーストのような白《しろ》さでそびえ立《た》っている。

「君《きみ》のバースデーケーキも、スニッチの形《かたち》だった」スクリムジョールがハリーに向《む》かって言《い》った。

「なぜかね？」

ハーマイオニーが、嘲《あざけ》るような笑《わら》い方《かた》をした。

「あら、ハリーが偉大《いだい》なシーカーだからというのでは、あまりにもあたりまえ過《す》ぎますから、そんなはずはないですね」ハーマイオニーが言《い》った。「ケーキの砂糖衣《さとうごろも》に、ダンブルドアからの秘《ひ》密《みつ》の伝言《でんごん》が隠《かく》されているにちがいない！　とか」

「そこに、何《なに》かが隠《かく》されているとは考《かんが》えていない」スクリムジョールが言《い》った。「しかしスニッチは、小《ちい》さな物《もの》を隠《かく》すには格好《かっこう》の場所《ばしょ》だ。君《きみ》は、もちろんそのわけを知《し》っているだろうね？」

ハリーは肩《かた》をすくめたが、ハーマイオニーが答《こた》えた。身《み》にしみついた習慣《しゅうかん》で、ハーマイオニーは、質問《しつもん》に正《ただ》しく答《こた》えるという衝動《しょうどう》を抑《おさ》えることができないのだろう、とハリーは思《おも》った。

「スニッチは肉《にく》の記憶《きおく》を持《も》っているからです」ハーマイオニーが言《い》った。

「えっ？」ハリーとロンが同時《どうじ》に声《こえ》を上《あ》げた。二人《ふたり》とも、クィディッチに関《かん》するハーマイオニーの知識《ちしき》は、なきに等《ひと》しいと思《おも》っていたのだ。

「正解《せいかい》だ」スクリムジョールが言《い》った。「スニッチというものは、空《そら》に放《はな》たれるまで素手《すで》で触《ふ》れられることがない。作《つく》り手《て》でさえも手袋《てぶくろ》をはめている。最初《さいしょ》に触《ふ》れる者《もの》が誰《だれ》か、を認識《にんしき》できるように呪文《じゅもん》がかけられている。判定争《はんていあらそ》いになったときのためだ。このスニッチは――」

スクリムジョールは、小《ちい》さな金色《きんいろ》のボールを掲《かか》げた。

「君《きみ》の感触《かんしょく》を記憶《きおく》している。ポッター、ダンブルドアはいろいろ欠陥《けっかん》があったにせよ、並《なみ》はずれた魔法力《まほうりょく》を持《も》っていた。そこで思《おも》いついたのだが、ダンブルドアはこのスニッチに魔法《まほう》をかけ、君《きみ》だけのために開《ひら》くようにしたのではないかな」

ハリーの心臓《しんぞう》が激《はげ》しく打《う》ちはじめた。スクリムジョールの言《い》うとおりだと思《おも》った。大臣《だいじん》の前《まえ》で、どうやったら素手《すで》でスニッチに触《ふ》れずに受《う》け取《と》れるだろう？

「何《なに》も言《い》わんようだな」スクリムジョールが言《い》った。「たぶんもう、スニッチの中身《なかみ》を知《し》っているのではないかな？」

「いいえ」

ハリーは、スニッチに触《ふ》れずに触《ふ》れたように見《み》せるには、どうしたらいいかを考《かんが》え続《つづ》けていた。「開心術《かいしんじゅつ》」ができたら、ほんとうにできたら、そしてハーマイオニーの考《かんが》えが読《よ》めたらいいのに。隣《となり》で、ハーマイオニーの脳《のう》が激《はげ》しくうなりを上《あ》げているのが聞《き》こえるようだった。

「受《う》け取《と》れ」スクリムジョールが低《ひく》い声《こえ》で言《い》った。

ハリーは大臣《だいじん》の黄色《きいろ》い目《め》を見《み》た。そして、従《したが》うしかないと思《おも》った。ハリーは手《て》を出《だ》し、スクリムジョールは再《ふたた》び前《まえ》かがみになって、ゆっくりと慎重《しんちょう》に、スニッチをハリーの手《て》の平《ひら》にのせた。

何事《なにごと》も起《お》こらなかった。ハリーは指《ゆび》を折《お》り曲《ま》げてスニッチを握《にぎ》ったが、スニッチはつかれた羽《はね》をひらひらさせてじっとしていた。スクリムジョールも、ロンとハーマイオニーも、スニッチが何《なん》らかの方法《ほうほう》で変身《へんしん》することをまだ期待《きたい》しているのか、半分手《はんぶんて》に隠《かく》れてしまった球《たま》を食《く》い入《い》るように見《み》つめ続《つづ》けていた。

「劇的瞬間《げきてきしゅんかん》だった」ハリーが冷静《れいせい》に言《い》った。ロンとハーマイオニーが笑《わら》った。

「これでおしまいですね？」

ハーマイオニーが、ソファのぎゅうぎゅう詰《づ》めから抜《ぬ》け出《だ》そうとしながら聞《き》いた。

「いや、まだだ」今《いま》や不機嫌《ふきげん》な顔《かお》のスクリムジョールが言《い》った。

「ポッター、ダンブルドアは、君《きみ》にもう一つ形見《かたみ》を遺《のこ》した」

「何《なん》ですか？」興奮《こうふん》にまた火《ひ》がついた。

スクリムジョールは、もう遺言書《ゆいごんしょ》を読《よ》もうともしなかった。

「ゴドリック・グリフィンドールの剣《つるぎ》だ」

ハーマイオニーもロンも身《み》を硬《かた》くした。ハリーは、ルビーをちりばめた柄《つか》の剣《つるぎ》がどこかに見《み》えはしないかと、あたりを見回《みまわ》した。しかし、スクリムジョールは革《かわ》の巾着《きんちゃく》から剣《つるぎ》を取《と》り出《だ》しはしなかったし、巾着《きんちゃく》はいずれにしても剣《つるぎ》を入《い》れるには小《ちい》さ過《す》ぎた。

「それで、どこにあるんですか？」ハリーが疑《うたが》わしげに聞《き》いた。

「残念《ざんねん》だが」スクリムジョールが言《い》った。「あの剣《つるぎ》は、ダンブルドアがゆずり渡《わた》せるものではない。ゴドリック・グリフィンドールの剣《つるぎ》は、重要《じゅうよう》な歴史的財産《れきしてきざいさん》であり、それ故《ゆえ》その所属先《しょぞくさき》は――」

「ハリーです！」ハーマイオニーが熱《あつ》く叫《さけ》んだ。「剣《つるぎ》はハリーを選《えら》びました。ハリーが見《み》つけ出《だ》した剣《つるぎ》です。『組分《くみわ》け帽子《ぼうし》』の中《なか》からハリーの前《まえ》に現《あらわ》れたもので――」

「信頼《しんらい》できる歴史的文献《れきしてきぶんけん》によれば、剣《つるぎ》は、それにふさわしいグリフィンドール生《せい》の前《まえ》に現《あらわ》れると言《い》う」スクリムジョールが言《い》った。「とすれば、ダンブルドアがどう決《き》めようと、ポッターだけの専有財産《せんゆうざいさん》ではない」スクリムジョールは、そり残《のこ》したひげがまばらに残《のこ》るほおをかきながら、ハリーを詮索《せんさく》するように見《み》た。「君《きみ》はどう思《おも》うかね？　なぜ――？」

「なぜダンブルドアが、僕《ぼく》に剣《つるぎ》を遺《のこ》したかったかですか？」

ハリーは、やっとのことでかんしゃくを抑《おさ》えつけながら言《い》った。

「僕《ぼく》の部屋《へや》の壁《かべ》にかけると、きれいだと思《おも》ったんじゃないですか？」

「冗談事《じょうだんごと》ではないぞ、ポッター！」スクリムジョールがすごんだ。「ゴドリック・グリフィンドールの剣《つるぎ》のみが、スリザリンの継承者《けいしょうしゃ》を打《う》ち負《ま》かすことができると、ダンブルドアが考《かんが》えたからではないのか？　ポッター、君《きみ》にあの剣《つるぎ》を遺《のこ》したかったのは、ダンブルドアが、そしてほかの多《おお》くの者《もの》もそうだが、君《きみ》こそ『名前《なまえ》を言《い》ってはいけないあの人《ひと》』を滅《ほろ》ぼす運命《うんめい》にある者《もの》だと、信《しん》じたからではないのか？」

「おもしろい理論《りろん》ですね」ハリーが言《い》った。「誰《だれ》か、ヴォルデモートに剣《つるぎ》を刺《さ》してみたことがあるんですか？　魔法省《まほうしょう》で何人《なんにん》かを、その任務《にんむ》に就《つ》けるべきじゃないんですか？　『灯消《ひけ》しライター』をひねくり回《まわ》したり、アズカバンからの集団脱走《しゅうだんだっそう》を隠蔽《いんぺい》したりするひまがあるのなら。それじゃ大臣《だいじん》、あなたは、部屋《へや》にこもって何《なに》をしていたのかと思《おも》えば、スニッチを開《あ》けようとしていたのですか？　たくさんの人《ひと》が死《し》んでいるというのに。僕《ぼく》もその一人《ひとり》になりかけた。ヴォルデモートが州《しゅう》を三つもまたいで僕《ぼく》を追跡《ついせき》してきたことにも、マッド-アイ・ムーディを殺《ころ》したことにも、どれに関《かん》しても、魔法省《まほうしょう》からは一言《ひとこと》もない。そうでしょう？　それなのにまだ、僕《ぼく》たちが協力《きょうりょく》すると思《おも》っているなんて！」

「言葉《ことば》が過《す》ぎるぞ！」

スクリムジョールが立《た》ち上《あ》がって大声《おおごえ》を出《だ》した。ハリーもサッと立《た》ち上《あ》がった。スクリムジョールは足《あし》を引《ひ》きずってハリーに近《ちか》づき、杖《つえ》の先《さき》で強《つよ》くハリーの胸《むね》を突《つ》いた。火《ひ》のついたたばこを押《お》しつけられたように、ハリーのT《ティー》シャツが焦《こ》げて、穴《あな》が開《あ》いた。

「おい！」ロンがパッと立《た》ち上《あ》がって、杖《つえ》を上《あ》げた。しかしハリーが制《せい》した。

「やめろ！　僕《ぼく》たちを逮捕《たいほ》する口実《こうじつ》を与《あた》えたいのか？」

「ここは学校《がっこう》じゃない、ということを思《おも》い出《だ》したかね？」スクリムジョールは、ハリーの顔《かお》に荒《あら》い息《いき》を吹《ふ》きかけた。「私《わたし》が、君《きみ》の傲慢《ごうまん》さも不服従《ふふくじゅう》をも許《ゆる》してきたダンブルドアではないということを、思《おも》い出《だ》したかね？　ポッター。その傷痕《きずあと》を王冠《おうかん》のようにかぶっているのはいい。しかし、十七歳《さい》の青二才《あおにさい》が、私《わたし》の仕事《しごと》に口出《くちだ》しするのはお門《かど》ちがいだ！　そろそろ敬意《けいい》というものを学《まな》ぶべきだ！」

「そろそろあなたが、それを勝《か》ち取《と》るべきです」ハリーが言《い》った。

床《ゆか》が振動《しんどう》した。誰《だれ》かが走《はし》ってくる足音《あしおと》がして居間《いま》のドアが勢《いきお》いよく開《あ》き、ウィーズリー夫妻《ふさい》がかけ込《こ》んできた。

「何《なに》か――何《なに》か聞《き》こえたような気《き》が――」ハリーと大臣《だいじん》がほとんど鼻突《はなつ》き合《あ》わせて立《た》っているのを見《み》て、すっかり仰天《ぎょうてん》したウィーズリーおじさんが言《い》った。

「――大声《おおごえ》を上《あ》げているような」ウィーズリーおばさんが、息《いき》をはずませながら言《い》った。

スクリムジョールは二、三歩《ぽ》ハリーから離《はな》れ、ハリーのT《ティー》シャツに開《あ》けた穴《あな》をちらりと見《み》た。かんしゃくを抑《おさ》えきれなかったことを、悔《く》いているようだった。

「べつに——別《べつ》に何《なん》でもない」スクリムジョールがうなるように言《い》った。「私《わたし》は……君《きみ》の態度《たいど》を残念《ざんねん》に思《おも》う」もう一度《いちど》ハリーの顔《かお》をまともに見《み》ながら、スクリムジョールが言《い》った。「どうやら君《きみ》は、魔法省《まほうしょう》の望《のぞ》むところが、君《きみ》とは——ダンブルドアとは——ちがうと思《おも》っているらしい。我々《われわれ》は、共《とも》に事《こと》に当《あ》たるべきなのだ」

「大臣《だいじん》、僕《ぼく》はあなたたちのやり方《かた》が気《き》に入《い》りません」ハリーが言《い》った。「これを覚《おぼ》えていますか？」

ハリーは右手《みぎて》の拳《こぶし》を上《あ》げて、スクリムジョールに一度《いちど》見《み》せたことのある傷痕《きずあと》を突《つ》きつけた。手《て》の甲《こう》にまだ白《しろ》く残《のこ》る傷痕《きずあと》は、「僕《ぼく》はうそをついてはいけない」と読《よ》めた。スクリムジョールは表《ひょう》情《じょう》をこわばらせ、それ以上《いじょう》何《なに》も言《い》わずにハリーに背《せ》を向《む》けて足《あし》を引《ひ》きずりながら部屋《へや》から出《で》ていった。ウィーズリーおばさんが、急《いそ》いでそのあとを追《お》った。おばさんが勝手口《かってぐち》で立《た》ち止《ど》まる音《おと》がして、まもなくおばさんの知《し》らせる声《こえ》が聞《き》こえてきた。

「行《い》ってしまったわよ！」

「大臣《だいじん》は何《なに》しに来《き》たのかね？」

おばさんが急《いそ》いで戻《もど》ってくると、おじさんは、ハリー、ロン、ハーマイオニーを見回《みまわ》しながら聞《き》いた。

「ダンブルドアが僕《ぼく》たちに遺《のこ》した物《もの》を渡《わた》しに」ハリーが答《こた》えた。「遺言書《ゆいごんしょ》にあった品物《しなもの》を、魔法《まほう》省《しょう》が解禁《かいきん》したばかりなんです」

庭《にわ》のディナーのテーブルで、スクリムジョールがハリーたちに渡《わた》した三つの品《しな》が、手《て》から手《て》へと渡《わた》された。みんなが灯消《ひけ》しライターと『吟遊詩人《ぎんゆうしじん》ビードルの物語《ものがたり》』とに驚《おどろ》き、スクリムジョールが剣《つるぎ》の引《ひ》き渡《わた》しをこばんだことを嘆《なげ》いたが、ダンブルドアがハリーに古《ふる》いスニッチを遺《のこ》した理《り》由《ゆう》については、誰《だれ》も思《おも》いつかなかった。ウィーズリーおじさんが、灯消《ひけ》しライターを念入《ねんい》りに調《しら》べること三回《かい》か四回目《かいめ》に、おばさんが遠慮《えんりょ》がちに言《い》った。

「ねえ、ハリー、みんなとてもお腹《なか》がすいているの。あなたがいないときに始《はじ》めたくなかったものだから……もう夕食《ゆうしょく》を出《だ》してもいいかしら？」

全員《ぜんいん》がかなり急《いそ》いで食事《しょくじ》をすませ、あわただしい「♪ハッピー・バースデー」の合唱《がっしょう》、それからほとんど丸《まる》飲《の》みのケーキのあと、パーティは解散《かいさん》した。ハグリッドは翌日《よくじつ》の結婚式《けっこんしき》に招待《しょうたい》されていたが、すでに満杯《まんぱい》の「隠《かく》れ穴《あな》」にはとても泊《と》まれない図体《ずうたい》だったので、近《ちか》くで野宿《のじゅく》をするためのテントを張《は》りに出《で》ていった。

「あとで僕《ぼく》たちの部屋《へや》に上《あ》がってきて」ウィーズリーおばさんを手伝《てつだ》って、庭《にわ》を元《もと》の状態《じょうたい》に戻《もど》しながら、ハリーがハーマイオニーにささやいた。

「みんなが寝静《ねしず》まってから」

屋根裏部屋《やねうらべや》では、ロンが灯消《ひけ》しライターを入念《にゅうねん》に眺《なが》め、ハリーは、ハグリッドからのモークトカゲの巾着《きんちゃく》に、金貨《きんか》ではなく、一見《いっけん》がらくたのような物《もの》もふくめて、自分《じぶん》にとって一番大切《いちばんたいせつ》な物《もの》を詰《つ》め込《こ》んでいた。忍《しの》びの地図《ちず》、シリウスの両面鏡《りょうめんかがみ》のかけら、R《アール》・A《エー》・B《ビー》のロケットなどだ。ハリーは巾着《きんちゃく》のひもを固《かた》くしめて首《くび》にかけ、それから古《ふる》いスニッチを持《も》って座《すわ》り、弱々《よわよわ》しい羽《は》ばたきを見《み》つめた。やがてハーマイオニーが、ドアをそっとたたいて忍《しの》び足《あし》で入《はい》ってきた。

「マフリアート！　耳《みみ》ふさぎ！」ハーマイオニーは、階段《かいだん》に向《む》けて杖《つえ》を振《ふ》りながら唱《とな》えた。

「君《きみ》は、その呪文《じゅもん》を許《ゆる》してないと思《おも》ったけど？」ロンが言《い》った。

「時代《じだい》が変《か》わったの」ハーマイオニーが言《い》った。「さあ、灯消《ひけ》しライター、使《つか》ってみせて」

ロンはすぐに要求《ようきゅう》を聞《き》き入《い》れ、ライターを高《たか》く掲《かか》げてカチッと鳴《な》らした。一つしかないランプの灯《ひ》がすぐに消《き》えた。

「要《よう》するに」暗闇《くらやみ》でハーマイオニーがささやいた。「同《おな》じことが『ペルー産《さん》インスタント煙幕《えんまく》』

でも、できただろうってことね」

カチッと小《ちい》さな音《おと》がして、ランプの光《ひかり》の球《たま》が飛《と》んで天井《てんじょう》へと戻《もど》り、再《ふたた》び三人《にん》を照《て》らした。

「それでも、こいつはかっこいい」ロンは弁解《べんかい》がましく言《い》った。「それに、さっきの話《はなし》じゃ、ダンブルドア自身《じしん》が発明《はつめい》したものだぜ！」

「わかってるわよ。でも、ダンブルドアが遺言《ゆいごん》であなたを選《えら》んだのは、単《たん》に灯《あか》りを消《け》すのを手伝《てつだ》うためじゃないわ！」

「魔法省《まほうしょう》が遺言書《ゆいごんしょ》を押収《おうしゅう》して、僕《ぼく》たちへの遺品《いひん》を調《しら》べるだろうって、ダンブルドアは知《し》っていたんだろうか？」ハリーが聞《き》いた。

「まちがいないわ」ハーマイオニーが言《い》った。「遺言書《ゆいごんしょ》では、私《わたし》たちにこういう物《もの》を遺《のこ》す理由《りゆう》を教《おし》えることができなかったのよ。でも、まだ説明《せつめい》がつかないのは……」

「……生《い》きているうちに、なぜヒントを教《おし》えてくれなかったのか、だな？」ロンが聞《き》いた。

「ええ、そのとおり」

『吟遊詩人《ぎんゆうしじん》ビードルの物語《ものがたり》』をぱらぱらめくりながら、ハーマイオニーが言《い》った。

「魔法省《まほうしょう》の目《め》が光《ひか》っている、その鼻先《はなさき》で渡《わた》さなきゃならないほど重要《じゅうよう》な物《もの》なら、私《わたし》たちにその理《り》由《ゆう》を知《し》らせておくはずだと思《おも》うでしょう？……ダンブルドアが、言《い》う必要《ひつよう》もないほど明《あき》らかだと考《かんが》えたのなら別《べつ》だけど」

「それなら、まちがった考《かんが》えだな、だろ？」ロンが言《い》った。「ダンブルドアはどこかズレてるって、僕《ぼく》がいつも言《い》ったじゃないか。ものすごい秀才《しゅうさい》だけど、ちょっとおかしいんだ。ハリーに古《ふる》いスニッチを遺《のこ》すなんて――いったいどういうつもりだ？」

「わからないわ」ハーマイオニーが言《い》った。「スクリムジョールがあなたにそれを渡《わた》したとき、ハリー、私《わたし》、てっきり何《なに》かが起《お》きると思《おも》ったわ！」

「うん、まあね」ハリーが言《い》った。

スニッチを握《にぎ》って差《さ》し上《あ》げながら、ハリーの鼓動《こどう》がまた速《はや》くなった。

「スクリムジョールの前《まえ》じゃ、僕《ぼく》、あんまり真剣《しんけん》に試《ため》すつもりがなかったんだ。わかる？」

「どういうこと？」ハーマイオニーが聞《き》いた。

「生《う》まれて初《はじ》めてのクィディッチ試合《じあい》で、僕《ぼく》が捕《つか》まえたスニッチとは？」ハリーが言《い》った。「覚《おぼ》えてないか？」

ハーマイオニーはまったく困惑《こんわく》した様子《ようす》だったが、ロンはハッと息《いき》をのみ、声《こえ》も出《で》ないほど興《こう》奮《ふん》してハリーとスニッチを交互《こうご》に指差《ゆびさ》し、しばらく声《こえ》も出《で》なかった。

「それ、君《きみ》が危《あや》うく飲《の》み込《こ》みかけたやつだ！」

「正解《せいかい》」

心臓《しんぞう》をドキドキさせながら、ハリーはスニッチを口《くち》に押《お》し込《こ》んだ。開《ひら》かない。焦燥感《しょうそうかん》と苦《にが》い失望感《しつぼうかん》が込《こ》み上《あ》げてきた。ハリーは金色《きんいろ》の球《たま》を取《と》り出《だ》した。しかし、その時《とき》ハーマイオニーが叫《さけ》んだ。

「文字《もじ》よ！　何《なに》か書《か》いてある。早《はや》く、見《み》て！」

ハリーは驚《おどろ》きと興奮《こうふん》でスニッチを落《お》とすところだった。ハーマイオニーの言《い》うとおりだった。なめらかな金色《きんいろ》の球面《きゅうめん》の、さっきまでは何《なに》もなかった所《ところ》に、短《みじか》い言葉《ことば》が刻《きざ》まれている。ハリーにはそれとわかる、ダンブルドアの細《ほそ》い斜《なな》めの文字《もじ》だ。

私《わたし》は　終《お》わる　とき　に　開《ひら》く

ハリーが読《よ》むか読《よ》まないうちに、文字《もじ》は再《ふたた》び消《き》えてなくなった。

「『**私《わたし》は終《お》わるときに開《ひら》く**』……どういう意味《いみ》だ？」

ハーマイオニーもロンも、ポカンとして頭《あたま》を振《ふ》った。

「私《わたし》は終《お》わるときに開《ひら》く……終《お》わるときに……私《わたし》は終《お》わるときに開《ひら》く……」

三人《にん》で何度《なんど》その言葉《ことば》をくり返《かえ》してみても、どんなにいろいろな抑揚《よくよう》をつけてみても、その言葉《ことば》から何《なん》の意味《いみ》もひねり出《だ》すことはできなかった。

「それに、剣《つるぎ》だ」

三人《にん》とも、スニッチの文字《もじ》の意味《いみ》を言《い》い当《あ》てるのをあきらめてしまったあとで、ロンが言《い》った。

「ダンブルドアは、どうしてハリーに剣《つるぎ》を持《も》たせたかったんだろう？」

「それに、どうして僕《ぼく》に、ちょっと話《はな》してくれなかったんだろう？」ハリーがつぶやくように言《い》った。「剣《つるぎ》はあそこにあったんだ。一年間《ねんかん》、僕《ぼく》とダンブルドアが話《はな》している間《あいだ》、剣《つるぎ》はあの校長《こうちょう》室《しつ》の壁《かべ》にずっとかかっていたんだ！　剣《つるぎ》を僕《ぼく》にくれるつもりだったのなら、どうしてその時《とき》にくれなかったんだろう？」

ハリーは、試験《しけん》を受《う》けているような気《き》がした。答《こた》えられるはずの問題《もんだい》を前《まえ》にしているのに、脳《のう》みそはにぶく、反応《はんのう》しない。ダンブルドアとの一年間《ねんかん》、何度《なんど》も長《なが》い話《はなし》をした中《なか》で、何《なに》か聞《き》き落《お》としたことがあったのだろうか？　この謎《なぞ》のすべての意味《いみ》を、ハリーはわかっているべきなのだろうか？　ダンブルドアは、ハリーが理解《りかい》することを期待《きたい》していたのだろうか？

「それに、この本《ほん》だけど」ハーマイオニーが言《い》った。「『吟遊詩人《ぎんゆうしじん》ビードルの物語《ものがたり》』……こんな本《ほん》、私《わたし》、聞《き》いたことがないわ！」

「聞《き》いたことがないって？　『吟遊詩人《ぎんゆうしじん》ビードルの物語《ものがたり》』を？」ロンが信《しん》じられないという調子《ちょうし》で言《い》った。「冗談《じょうだん》のつもりか？」

「ちがうわ！」ハーマイオニーが驚《おどろ》いた。「それじゃ、ロン、あなたは知《し》ってるの？」

「ああ、もちろんさ！」

ハリーは、急《きゅう》に興味《きょうみ》を引《ひ》かれて顔《かお》を上《あ》げた。ロンがハーマイオニーの読《よ》んでいない本《ほん》を読《よ》んでいるなんて、前例《ぜんれい》がない。一方《いっぽう》ロンは、二人《ふたり》が驚《おどろ》いていることに当惑《とうわく》した様子《ようす》だった。

「なに驚《おどろ》いてるんだよ！　子供《こども》の昔話《むかしばなし》はみんなビードル物語《ものがたり》のはずだろ？　『豊《ゆた》かな幸運《こううん》の泉《いずみ》』……『魔法使《まほうつか》いとポンポン跳《と》ぶポット』……『バビティうさちゃんとペチャクチャ切《き》り株《かぶ》』……」

「何《なん》ですって？」ハーマイオニーがクスクス笑《わら》った。「最後《さいご》のは何《なん》ですって？」

「いいかげんにしろよ！」ロンは信《しん》じられないという顔《かお》で、ハリーとハーマイオニーを見《み》た。「聞《き》いたことあるはずだぞ、バビティうさちゃんのこと――」

「ロン、ハリーも私《わたし》もマグルに育《そだ》てられたってこと、よく知《し》ってるじゃない！」ハーマイオニーが言《い》った。「私《わたし》たちが小《ちい》さいときは、そういうお話《はなし》は聞《き》かなかったわ。聞《き》かされたのは『白雪姫《しらゆきひめ》と七人《しちにん》のこびと』だとか『シンデレラ』とか――」

「何《なん》だ、そりゃ？　病気《びょうき》の名前《なまえ》か？」ロンが聞《き》いた。

「それじゃ、これは童話《どうわ》なのね？」ハーマイオニーがもう一度《いちど》本《ほん》をのぞき込《こ》み、ルーン文字《もじ》を見《み》ながら聞《き》いた。

「ああ」ロンは自信《じしん》なさそうに答《こた》えた。「つまり、そう聞《き》かされてきたのさ。そういう昔話《むかしばなし》は、全部《ぜんぶ》ビードルから来《き》てるって。元々《もともと》の話《はなし》がどんなものだったのかは、僕《ぼく》、知《し》らない」

「でも、ダンブルドアは、どうして私《わたし》にそういう話《はなし》を読《よ》ませたかったのかしら？」

下《した》の階《かい》で何《なに》かがきしむ音《おと》がした。

「たぶんチャーリーだ。ママが寝《ね》ちゃったから、髪《かみ》の毛《け》を伸《の》ばしにこっそり出《で》ていくとこだろ」ロンがピリピリしながら言《い》った。

「いずれにしても、私《わたし》たちも寝《ね》なくちゃ」ハーマイオニーがささやいた。「あしたは寝坊《ねぼう》したら困《こま》るでしょ」

「まったくだ」ロンがあいづちを打《う》った。「『花婿《はなむこ》の母親《ははおや》による、残忍《ざんにん》な三人連続殺人《にんれんぞくさつじん》』じゃあ、結婚式《けっこんしき》にちょいとケチがつくかもしれないしな。僕《ぼく》が灯《あか》りを消《け》すよ」

ハーマイオニーが部屋《へや》を出《で》ていくのを待《ま》って、ロンは灯消《ひけ》しライターをもう一度《いちど》カチッと鳴《な》らした。

第《だい》8章《しょう》　結婚式《けっこんしき》

翌日《よくじつ》の午後《ごご》三時《じ》、ハリー、ロン、フレッド、ジョージの四人《にん》は、果樹園《かじゅえん》の巨大《きょだい》な白《しろ》いテントの外《そと》に立《た》ち、結婚式《けっこんしき》に出席《しゅっせき》する客《きゃく》の到着《とうちゃく》を待《ま》っていた。ハリーはポリジュース薬《やく》をたっぷり飲《の》んで、近《ちか》くのオッタリー・セント・キャッチポール村《むら》に住《す》む赤毛《あかげ》のマグルになりすましていた。フレッドが「呼《よ》び寄《よ》せ呪文《じゅもん》」で、その少年《しょうねん》の髪《かみ》の毛《け》を盗《ぬす》んでおいたのだ。ハリーを変装《へんそう》させて親《しん》せきの多《おお》いウィーズリー一族《いちぞく》に紛《まぎ》れ込《こ》ませ、「いとこのバーニー」として紹介《しょうかい》するという計画《けいかく》になっていた。

客《きゃく》の案内《あんない》にまちがいがないよう、四人《にん》とも席次表《せきじひょう》を握《にぎ》りしめていた。一時間前《じかんまえ》に、白《しろ》いローブを着《き》たウェイターが大勢到着《おおぜいとうちゃく》し、金色《きんいろ》の上着《うわぎ》を着《き》たバンドマンたちも同時《どうじ》に着《つ》いていた。その魔《ま》法使《ほうつか》いたち全員《ぜんいん》が、四人《にん》から少《すこ》し離《はな》れた木《き》の下《した》に座《すわ》っている。そこからパイプの青《あお》い煙《けむり》が立《た》ち昇《のぼ》っているのが、ハリーのいる場所《ばしょ》から見《み》えた。

ハリーの背後《はいご》にあるテントの入口《いりぐち》からは紫《むらさき》のじゅうたんが伸《の》び、その両側《りょうがわ》には、金色《きんいろ》の華奢《きゃしゃ》な椅子《いす》が何列《なんれつ》も何列《なんれつ》も並《なら》んでいた。テントの支柱《しちゅう》には、白《しろ》と金色《きんいろ》の花《はな》が巻《ま》きつけられている。ビルとフラーがまもなく夫婦《ふうふ》の誓《ちか》いをする場所《ばしょ》の真上《まうえ》には、フレッドとジョージがくくりつけた金色《きんいろ》の風船《ふうせん》の巨大《きょだい》な束《たば》が浮《う》かび、テントの外《そと》の草《くさ》むらや生《い》け垣《がき》の上《うえ》を、蝶《ちょう》や蜂《はち》がのんびりと飛《と》び回《まわ》っている。姿《すがた》を借《か》りたマグルの少年《しょうねん》がハリーより少《すこ》し太《ふと》っていたので、照《て》りつける真夏《まなつ》の陽射《ひざ》しの下《した》ではドレスローブがきゅうくつで暑苦《あつくる》しく、ハリーはかなり難儀《なんぎ》していた。

「俺《おれ》が結婚《けっこん》するときは――」フレッドが、着《き》ているローブのえりを引《ひ》っ張《ぱ》りながら言《い》った。「こんなばかげたことは、いっさいやらないぞ。みんな好《す》きなものを着《き》てくれ。俺《おれ》は、式《しき》が終《お》わるまでおふくろに『全身金縛《ぜんしんかなしば》り術《じゅつ》』をかけてやる」

「だけど、おふくろにしちゃ、今朝《けさ》はなかなか上出来《じょうでき》だったぜ」ジョージが言《い》った。「パーシーが来《き》ていないことでちょっと泣《な》いたけど、あんなやつ、来《き》てどうなる？　おっとどっこい、緊張《きんちょう》しろ――見《み》ろよ、おいでなすったぞ」

華《はな》やかな彩《いろど》りの姿《すがた》が、庭《にわ》のかなたの境界線《きょうかいせん》に、どこからともなく一つまた一つと現《あらわ》れた。まもなく行列《ぎょうれつ》ができ、庭《にわ》を通《とお》ってテントのほうにくねくねとやってきた。魔女淑女《まじょしゅくじょ》の帽子《ぼうし》はめずらしい花々《はなばな》で飾《かざ》られ、魔法《まほう》にかけられた鳥《とり》が羽《は》ばたいている。魔法使《まほうつか》い紳士《しんし》のネクタイには、宝石《ほうせき》が輝《かがや》いているものが多《おお》い。客《きゃく》たちがテントに近《ちか》づくにつれて、興奮《こうふん》したざわめきがしだいに大《おお》きくなり、飛《と》び回る蜂《はち》の羽音《はおと》を消《け》してしまった。

「いいぞ、ヴィーラのいとこが何人《なんにん》かいるな」ジョージがよく見《み》ようと首《くび》を伸《の》ばしながら言《い》った。

「あいつら、イギリスの習慣《しゅうかん》を理解《りかい》するのに助《たす》けがいるな。俺《おれ》に任《まか》せろ……」

「焦《あせ》るな、耳無《みみな》し」言《い》うが早《はや》いか、フレッドは、行列《ぎょうれつ》の先頭《せんとう》でガーガーしゃべっている中年《ちゅうねん》の魔《ま》女《じょ》たちをすばやく飛《と》ばして、かわいいフランスの女性二人《じょせいふたり》に、いいかげんなフランス語《ご》で話《はな》しかけた。「さあ――ペルメテ・モア、あなたたちをアシステします」

二人《ふたり》はクスクス笑《わら》いながら、フレッドにエスコートさせて中《なか》に入《はい》った。ジョージには中年魔女《ちゅうねんまじょ》たちが残《のこ》された。ロンは魔法省《まほうしょう》の父親《ちちおや》の同僚《どうりょう》、年老《としお》いたパーキンズの係《かかり》になり、ハリーの担当《たんとう》は、かなり耳《みみ》の遠《とお》い年寄《としよ》り夫婦《ふうふ》だった。

「よっ」

ハリーがテントの入口《いりぐち》に戻《もど》ってくると、聞《き》き覚《おぼ》えのある声《こえ》がして、列《れつ》の一番前《いちばんまえ》にトンクスとルーピンがいた。トンクスの髪《かみ》は、この日《ひ》のためにブロンドになっていた。

「アーサーが、髪《かみ》がくるくるの男《おとこ》の子《こ》が君《きみ》だって教《おし》えてくれたんだよ。昨夜《さくや》はごめん」二人《ふたり》を案《あん》内《ない》するハリーに、トンクスが小声《こごえ》で謝《あやま》った。「魔法省《まほうしょう》は今《いま》、相当《そうとう》、反人狼的《はんじんろうてき》になっているから、私《わたし》たちがいると君《きみ》のためによくないと思《おも》ったの」

「気《き》にしないで。わかっているから」ハリーはトンクスよりも、むしろルーピンに対《たい》して話《はな》しかけた。ルーピンはハリーにサッと笑顔《えがお》を見《み》せたが、互《たが》いに視線《しせん》をはずしたときにルーピンの顔《かお》がまたかげり、顔《かお》のしわにみじめさが刻《きざ》まれるのに、ハリーは気《き》づいた。ハリーにはそのわけが理《り》解《かい》できなかったが、しかしそのことを考《かんが》えているひまはなかった。ハグリッドがちょっとした騒《さわ》ぎを引《ひ》き起《お》こしていたからだ。フレッドの案内《あんない》を誤解《ごかい》したハグリッドは、後方《こうほう》に魔法《まほう》で用意《ようい》されていた特別《とくべつ》の強化拡大椅子《きょうかかくだいいす》に座《すわ》らずに、普通《ふつう》の椅子《いす》を五席《せき》まとめて腰《こし》かけたため、今《いま》やそのあたりは金色《きんいろ》のマッチ棒《ぼう》が積《つ》み重《かさ》なったようなありさまになっていた。

ウィーズリーおじさんが被害《ひがい》を修復《しゅうふく》し、ハグリッドが誰《だれ》かれなく片《かた》っ端《ぱし》から謝《あやま》っている間《あいだ》、ハリーは急《いそ》いで入口《いりぐち》に戻《もど》った。そこにはロンが、とびきり珍妙《ちんみょう》な姿《すがた》の魔法使《まほうつか》いと向《む》き合《あ》って立《た》っていた。片目《かため》がやや斜視《しゃし》で、綿菓子《わたがし》のような白髪《はくはつ》を肩《かた》まで伸《の》ばし、帽子《ぼうし》の房《ふさ》は鼻《はな》の前《まえ》にたれ下《さ》がっている。着《き》ているローブは、卵《たまご》の黄身《きみ》のような目《め》がチカチカする黄色《きいろ》だ。首《くび》にかけた金鎖《きんぐさり》のペンダントには、三角《さんかく》の目玉《めだま》のような奇妙《きみょう》な印《しるし》が光《ひか》っている。

「ゼノフィリウス・ラブグッドです」男《おとこ》はハリーに手《て》を差《さ》し出《だ》した。

「娘《むすめ》と二人《ふたり》であの丘《おか》の向《む》こうに住《す》んでいます。ウィーズリーご夫妻《ふさい》が、ご親切《しんせつ》にも私《わたし》たちを招《まね》いてくださいました。君《きみ》は、娘《むすめ》のルーナを知《し》っていますね？」ゼノフィリウスがロンに聞《き》いた。

「ええ」ロンが答《こた》えた。「ご一緒《いっしょ》じゃないんですか？」

「あの子《こ》はしばらく、お宅《たく》のチャーミングな庭《にわ》で遊《あそ》んでいますよ。庭小人《にわこびと》に挨拶《あいさつ》をしてましてね。すばらしいまんえんぶりです！　あの賢《かしこ》い庭小人《にわこびと》たちからどんなにいろいろ学《まな》べるかを、認識《にんしき》している魔法使《まほうつか》いがいかに少《すく》ないことか！——学名《がくめい》で呼《よ》ぶならゲルヌンブリ・ガーデンシですがね」

「家《いえ》の庭小人《にわこびと》は、たしかにすばらしい悪態《あくたい》のつき方《かた》をたくさん知《し》ってます」ロンが言《い》った。「だけど、フレッドとジョージがあいつらに教《おし》えたんだと思《おも》うけど」

ロンは、魔法戦士《まほうせんし》の一団《いちだん》を案内《あんない》してテントに入《はい》った。そこへルーナが走《はし》ってきた。

「こんにちは、ハリー！」ルーナが言《い》った。

「あー——僕《ぼく》の名前《なまえ》はバーニーだけど」ハリーは度肝《どぎも》を抜《ぬ》かれた。

「あら、名前《なまえ》も変《か》えたの？」ルーナが明《あか》るく聞《き》いた。

「どうしてわかったの——？」

「うん、あんたの表情《ひょうじょう》」ルーナが言《い》った。

ルーナは父親《ちちおや》と同《おな》じ、真《ま》っ黄色《きいろ》のローブを着《き》ていた。髪《かみ》には大《おお》きなひまわりをつけて、アクセサリーにしている。まぶしい色彩《しきさい》に目《め》が慣《な》れてくれば、全体的《ぜんたいてき》にはなかなか好感《こうかん》が持《も》てた。少《すく》なくとも、耳《みみ》たぶから赤《あか》カブはぶら下《さ》がっていない。

知人《ちじん》との会話《かいわ》に夢中《むちゅう》になっていたゼノフィリウスは、ルーナとハリーのやり取《と》りを聞《き》き逃《のが》していた。話《はな》し相手《あいて》の魔法使《まほうつか》いに「失礼《しつれい》」と挨拶《あいさつ》をして、ゼノフィリウスは娘《むすめ》のほうを見《み》た。娘《むすめ》は指《ゆび》を上《あ》げて見《み》せながら言《い》った。

「パパ、見《み》て——庭小人《にわこびと》がほんとにかんだよ！」

「すばらしい！　庭小人《にわこびと》のだ液《えき》はとても有益《ゆうえき》なんだ！」

ラブグッド氏《し》はルーナが差《さ》し出《だ》した指《ゆび》をつかんで、血《ち》の出《で》ているかみ傷《きず》を調《しら》べながら言《い》った。

「ルーナや、もし今日《きょう》突然《とつぜん》新《あたら》しい才能《さいのう》が芽生《めば》えるのを感《かん》じたら——たとえば急《きゅう》にオペラを歌《うた》いたくなったり、マーミッシュ語《ご》で大演説《だいえんぜつ》したくなったら——抑《おさ》えつけるんじゃないよ！　ゲルヌンブリの才能《さいのう》を授《さず》かったかもしれない！」

ちょうどすれちがったロンが、プーッと噴《ふ》き出《だ》した。

「ロンは笑《わら》ってるけど」ハリーがルーナとゼノフィリウスを席《せき》まで案内《あんない》したとき、ルーナがのんびりと言《い》った。「でもパパは、ゲルヌンブリの魔法《まほう》について、たくさん研究《けんきゅう》したんだもン」

「そう？」ハリーはもうとっくに、ルーナやその父親《ちちおや》の独特《どくとく》な見方《みかた》には逆《さか》らうまいと決《き》めていた。

「でもその傷《きず》、ほんとに何《なに》かつけなくてもいいの？」

「あら、大丈夫《だいじょうぶ》だもン」ルーナは夢見《ゆめみ》るように指《ゆび》をなめながら、ハリーを上《うえ》から下《した》まで眺《なが》めて言《い》った。「あんたすてきだよ。あたしパパに、たいていの人《ひと》はドレスローブとか着《き》てくるだろうって言《い》ったんだ。だけどパパは、結婚式《けっこんしき》には太陽《たいよう》の色《いろ》を着《き》るべきだって信《しん》じてるの。ほら、縁《えん》起《ぎ》がいいもン」

ルーナが父親《ちちおや》のあとについてどこかに行《い》ってしまったあとに、年老《としお》いた魔女《まじょ》に腕《うで》をがっちりつかまれたロンが再《ふたた》び現《あらわ》れた。鼻《はな》はくちばしの形《かたち》で目《め》の周《まわ》りが赤《あか》く、羽根《はね》のついたピンクの帽子《ぼうし》をかぶった魔女《まじょ》の姿《すがた》は、機嫌《きげん》の悪《わる》いフラミンゴのようだ。

「……それにおまえの髪《かみ》は長過《ながす》ぎるぇ、ロナルド。わたしゃ、一瞬《いっしゅん》おまえを妹《いもうと》のジネブラと見《み》まちがえたぇ。なんとまあ、ゼノフィリウス・ラブグッドの着《き》てる物《もの》は何《なん》だぇ？　まるでオムレツみたいじゃないか。それで、あんたは誰《だれ》かぇ？」魔女《まじょ》がハリーにほえたてた。

「ああ、そうだ、ミュリエルおばさん、いとこのバーニーだよ」

「またウィーズリーかね？　おまえたちゃ庭小人算《にわこびとざん》で増《ふ》えるじゃないか。ハリー・ポッターはここにいるのかぇ？　会《あ》えるかと思《おも》ったに。おまえの友達《ともだち》かと思《おも》ったが、ロナルド、自慢《じまん》してただけかぇ？」

「ちがうよ――あいつは来《こ》られなかったんだ――」

「ふむむ。口実《こうじつ》を作《つく》ったというわけかぇ？　それなら新聞《しんぶん》の写真《しゃしん》で見《み》るほど愚《おろ》かしい子《こ》でもなさそうだ。わたしゃね、花嫁《はなよめ》にわたしのティアラの最高《さいこう》のかぶり方《かた》を教《おし》えてきたところだよ」魔女《まじょ》は、ハリーに向《む》かって大声《おおごえ》で言《い》った。「小鬼製《ゴブリンせい》だよ、何《なん》せ。そしてわが家《や》に何百年《なんびゃくねん》も伝《つた》わってきたんだぇ。花嫁《はなよめ》はきれいな子《こ》だ。しかしどうひねくってもーーフランス人《じん》だぞぇ。やれやれ、ロナルド、よい席《せき》を見《み》つけておくれ。わたしゃ百七歳《さい》だぇ。あんまり長《なが》いこと立《た》っとるわけにはいかないぞぇ」

ロンは、ハリーに意味《いみ》ありげな目配《めくば》せをして通《とお》り過《す》ぎ、しばらくの間《あいだ》、出《で》てこなかった。次《つぎ》に入口《いりぐち》でロンを見《み》つけたときは、ハリーは十二人《にん》もの客《きゃく》を案内《あんない》して出《で》てきたところだった。テントは今《いま》やほとんど満席《まんせき》になっていて、入口《いりぐち》にはもう誰《だれ》も並《なら》んでいなかった。

「悪夢《あくむ》だぜ、ミュリエルはーー」ロンが額《ひたい》の汗《あせ》をそでぬぐいながら言《い》った。「以前《いぜん》は毎年《まいとし》クリスマスに来《き》てたんだけど、ありがたいことに、フレッドとジョージが祝宴《しゅくえん》のときにおばさんの椅子《いす》の下《した》でクソ爆弾《ばくだん》を破裂《はれつ》させたのに腹《はら》を立《た》ててさ。親父《おやじ》は、おばさんの遺言書《ゆいごんしょ》から二人《ふたり》の名前《なまえ》が消《け》されてしまうだろうって言《い》うけどーーあいつら気《き》にするもんか。最後《さいご》はあの二人《ふたり》が、親《しん》せきの誰《だれ》よりも金持《かねも》ちになるぜ。そうなると思《おも》う……うわおおっ」

ハーマイオニーが急《いそ》いで二人《ふたり》のほうにやってくるのを見《み》て、ロンは目《め》をパチパチさせながら言《い》った。

「すっごくきれいだ！」

「意外《いがい》で悪《わる》かったわね」そう言《い》いながらも、ハーマイオニーはニッコリした。ハーマイオニーはライラック色《いろ》のふわっとした薄布《うすぬの》のドレスに、同《おな》じ色《いろ》のハイヒールをはいていた。髪《かみ》はまっすぐでつややかだ。

「あなたのミュリエル大《おお》おばさんは、そう思《おも》っていらっしゃらないみたい。ついさっき二階《かい》で、フラーにティアラを渡《わた》していらっしゃるところをお目《め》にかかったわ。そしたら、『おや、まあ、これがマグル生《う》まれの子《こ》かぇ？』ですって。それからね、『姿勢《しせい》が悪《わる》い。足首《あしくび》がガリガリだぞぇ』」

「君《きみ》への個人攻撃《こじんこうげき》だと思《おも》うなよ。おばさんは誰《だれ》にでも無礼《ぶれい》なんだから」ロンが言《い》った。

「ミュリエルのことか？」フレッドと一緒《いっしょ》にテントから現《あらわ》れたジョージが聞《き》いた。「まったくだ。たった今《いま》、俺《おれ》の耳《みみ》が一方《いっぽう》にかたよってるって言《い》いやがった。あの老《お》いぼれコウモリめ。だけど、ビリウスおじさんがまだ生《い》きてたらよかったのになぁ。結婚式《けっこんしき》にはうってつけのおもしろい人《ひと》だったのに」

「その人《ひと》、死神犬《しにがみけん》のグリムを見《み》て、二十四時間後《じかんご》に死《し》んだ人《ひと》じゃなかった？」

ハーマイオニーが聞《き》いた。

「ああ、うん。最後《さいご》は少《すこ》しおかしくなってたな」ジョージが認《みと》めた。

「だけど、いかれっちまう前《まえ》は、パーティを盛《も》り上《あ》げる花形《はながた》だった」フレッドが言《い》った。「ファイア・ウィスキーを一本まるまる飲んで、それからダンスフロアにかけ上《あ》がり、ローブをまくり上《あ》げて花束《はなたば》をいくつも取《と》り出《だ》すんだ。どっからって、ほら――」

「ええ、ええ、さぞかしパーティの花《はな》だったでしょうよ」ハリーは大笑《おおわら》いしたが、ハーマイオニーはツンと言《い》い放《はな》った。

「一度《いちど》も結婚《けっこん》しなかったな。なぜだか」ロンが言《い》った。

「それは不思議《ふしぎ》ね」ハーマイオニーが言《い》った。

あまり笑《わら》い過《す》ぎて、遅《おく》れて到着《とうちゃく》した客《きゃく》がロンに招待状《しょうたいじょう》を差《さ》し出《だ》すまで、誰《だれ》も気《き》がつかなかった。黒《くろ》い髪《かみ》に大《おお》きな曲《ま》がった鼻《はな》、眉《まゆ》の濃《こ》い青年《せいねん》だ。青年《せいねん》はハーマイオニーを見《み》ながら言《い》った。

「君《きみ》はすヴぁらしい」

「ビクトール！」

ハーマイオニーが金切《かなき》り声《ごえ》を上《あ》げて、小《ちい》さなビーズのバッグを落《お》とした。バッグは、小《ちい》さいくせに不釣《ふつ》り合《あ》いに大《おお》きな音《おと》を立《た》てた。ハーマイオニーはほおを染《そ》め、あわててバッグを拾《ひろ》いながら言《い》った。

「私《わたし》、知《し》らなかったわ。あなたが――まあ――またお会《あ》いできて――お元気《げんき》？」

ロンの耳《みみ》が、また真《ま》っ赤《か》になった。招待状《しょうたいじょう》の中身《なかみ》など信《しん》じるものかと言《い》わんばかりに、ロンはクラムの招待状《しょうたいじょう》を一目見《ひとめみ》るなり、不必要《ふひつよう》に大《おお》きな声《こえ》で聞《き》いた。

「どうしてここに来《き》たんだい？」

「フラーに招待《しょうたい》された」クラムは眉《まゆ》を吊《つ》り上《あ》げた。

クラムに何《なん》の恨《うら》みもないハリーは、握手《あくしゅ》したあと、ロンのそばから引《ひ》き離《はな》すほうが賢明《けんめい》だと感《かん》じて、クラムを席《せき》に案内《あんない》した。

「君《きみ》の友達《ともだち》は、ヴぉくに会《あ》ってうれしくない」今《いま》や満員《まんいん》のテントに入《はい》りながら、クラムが言《い》った。「友達《ともだち》でなく親《しん》せきか？」クラムは、ハリーのくるくる巻《ま》いた赤毛《あかげ》をちらりと見《み》ながら聞《き》いた。

「いとこだ」ハリーはボソボソと答《こた》えたが、クラムは別《べつ》に答《こた》えを聞《き》こうとしてはいなかった。クラムが現《あらわ》れたことで、客《きゃく》がざわめいた。特《とく》にヴィーラのいとこたちがそうだった。何《なに》しろ有名《ゆうめい》なクィディッチ選手《せんしゅ》が来《き》たのだ。姿《すがた》をよく見《み》ようとみんなが首《くび》を伸《の》ばしているところに、ロン、ハーマイオニー、フレッド、ジョージの四人《にん》が花道《はなみち》を急《いそ》ぎ足《あし》でやってきた。

「着席《ちゃくせき》する時間《じかん》だ」フレッドがハリーに言《い》った。「座《すわ》らないと花嫁《はなよめ》に轢《ひ》かれるぞ」

ハリー、ロン、ハーマイオニーは二列目《れつめ》の、フレッドとジョージの後《うし》ろの席《せき》に座《すわ》った。ハーマイオニーはかなり上気《じょうき》しているようだったし、ロンの耳《みみ》はまだ真《ま》っ赤《か》だった。しばらくして、ロンがハリーにブツブツ言《い》った。「あいつ、まぬけなちょびあごひげ生《は》やしてやがったの、見《み》たか？」

ハリーは、どっちつかずにうなった。

ピリピリした期待感《きたいかん》が暑《あつ》いテントを満《み》たし、ガヤガヤという話《はな》し声《ごえ》にときどき興奮《こうふん》した笑《わら》い声《ごえ》が混《ま》じった。ウィーズリー夫妻《ふさい》が親《しん》せきに向《む》かって笑顔《えがお》で手《て》を振《ふ》りながら、花道《はなみち》を歩《ある》いてきた。ウィーズリー夫人《ふじん》は真新《まあたら》しいアメシスト色《いろ》のローブに、おそろいの帽子《ぼうし》をかぶっている。

その直後《ちょくご》に、ビルとチャーリーがテントの正面《しょうめん》に立《た》った。二人《ふたり》ともドレスローブを着《き》て、えりには大輪《たいりん》の白《しろ》バラを挿《さ》している。フレッドがピーッと冷《ひ》やかしの口笛《くちぶえ》を吹《ふ》き、ヴィーラのいとこたちがクスクス笑《わら》った。金色《きんいろ》の風船《ふうせん》から聞《き》こえてくるらしい音楽《おんがく》が高《たか》らかに響《ひび》き、会場《かいじょう》が静《しず》かになった。

「わぁぁあっ！」ハーマイオニーが、腰《こし》かけたまま入口《いりぐち》を振《ふ》り返《かえ》り、歓声《かんせい》を上《あ》げた。

ムッシュー・デラクールとフラーがバージンロードを歩《ある》きはじめると、会場《かいじょう》の客《きゃく》がいっせいにため息《いき》をついた。フラーはすべるように、ムッシューは満面《まんめん》の笑《え》みではずむように歩《ある》いてきた。すっきりした白《しろ》いドレスを着《き》たフラーは、銀色《ぎんいろ》の強《つよ》い光《ひかり》を放《はな》っているように見《み》えた。いつもはその輝《かがや》きで、ほかの者《もの》すべてが色《いろ》あせてしまうのだが、今日《きょう》はその光《ひかり》に当《あ》たった者《もの》すべてが美《うつく》しく見《み》えた。金色《きんいろ》のドレスを着《き》たジニーとガブリエールは、いつにも増《ま》してかわいらしく見《み》え、ビルはフラーが隣《となり》に立《た》ったとたん、フェンリール・グレイバックに遭遇《そうぐう》したことさえうそのように見《み》えた。

「お集《あつ》まりのみなさん」少《すこ》し抑揚《よくよう》のある声《こえ》が聞《き》こえてきた。髪《かみ》の毛《け》のふさふさした小《ちい》さな魔法使《まほうつか》いが、ビルとフラーの前《まえ》に立《た》っていた。ダンブルドアの葬儀《そうぎ》を取《と》り仕切《しき》ったと同《おな》じ魔法使《まほうつか》いなのに気《き》づいて、ハリーは少《すこ》しドキリとした。「本日《ほんじつ》ここにお集《あつ》まりいただきましたのは、二つの誠《せい》実《じつ》なる魂《たましい》が結《むす》ばれんがためであります……」

「やっぱり、わたしのティアラのおかげで場《ば》が引《ひ》き立《た》つぞえ」ミュリエルおばさんが、かなりよく聞《き》こえるささやき声《ごえ》で言《い》った。「しかし、どう見《み》てもジネブラの胸開《むねあ》きは広過《ひろす》ぎるぞえ」

ジニーがちらりと振《ふ》り向《む》き、いたずらっぽく笑《わら》ってハリーにウィンクしたが、すぐにまた正面《しょうめん》を向《む》いた。ハリーの心《こころ》はテントをはるか離《はな》れて、ジニーと二人《ふたり》きりで過《す》ごした午後《ごご》の、誰《だれ》もいない校庭《こうてい》の片隅《かたすみ》での思《おも》い出《で》へと飛《と》んでいった。あの日々《ひび》が遠《とお》い昔《むかし》のことのようだ。すばらし過《す》ぎて、現実《げんじつ》とは思《おも》えなかったあの時間《じかん》。ハリーにとっては、普通《ふつう》の人《ひと》の人生《じんせい》から輝《かがや》かしい時《とき》を盗《ぬす》み取《と》ったかのような時間《じかん》だった。額《ひたい》に稲妻形《いなずまがた》の傷《きず》のない誰《だれ》か普通《ふつう》の人《ひと》から……。

「汝《なんじ》、ウィリアム・アーサーは、フラー・イザベルを……」

一番前《いちばんまえ》の列《れつ》で、ウィーズリー夫人《ふじん》とマダム・デラクールが二人《ふたり》とも小《ちい》さなレースの布切《ぬのき》れを顔《かお》に押《お》し当《あ》てて、そっとすすり泣《な》いていた。テントの後《うし》ろから鼻《はな》をかむトランペットのような音《おと》が聞《き》こえ、ハグリッドがテーブルクロス大《だい》のハンカチを取《と》り出《だ》したことを全員《ぜんいん》に知《し》らせていた。ハーマイオニーはハリーを見《み》てニッコリしたが、その目《め》も涙《なみだ》でいっぱいだった。

「……されば、ここに二人《ふたり》を夫婦《ふうふ》となす」

ふさふさした髪《かみ》の魔法使《まほうつか》いは、ビルとフラーの頭上《ずじょう》に杖《つえ》を高《たか》く掲《かか》げた。すると二人《ふたり》の上《うえ》に銀《ぎん》の星《ほし》が降《ふ》り注《そそ》ぎ、抱《だ》き合《あ》っている二人《ふたり》を、らせんを描《えが》きながら取《と》り巻《ま》いた。フレッドとジョージの音頭《おんど》でみんながいっせいに拍手《はくしゅ》すると、頭上《ずじょう》の金色《きんいろ》の風船《ふうせん》が割《わ》れ、中《なか》から極楽鳥《ごくらくちょう》や小《ち》さい金《きん》の鈴《すず》が飛《と》び出《だ》して宙《ちゅう》に浮《う》かび、鳥《とり》の歌声《うたごえ》や鈴《すず》の音《ね》が祝福《しゅくふく》のにぎわいをいっそう華《はな》やかにした。

「お集《あつ》まりの紳士《しんし》、淑女《しゅくじょ》のみなさま！」ふさふさ髪《がみ》の魔法使《まほうつか》いが呼《よ》びかけた。「ではご起立願《きりつねが》います」

全員《ぜんいん》が起立《きりつ》した。ミュリエルおばさんは、聞《き》こえよがしに不平《ふへい》を言《い》いながら立《た》った。ふさふさ髪《がみ》の魔法使《まほうつか》いが杖《つえ》を振《ふ》ると、今《いま》まで座《すわ》っていた椅子《いす》が優雅《ゆうが》に宙《ちゅう》に舞《ま》い上《あ》がり、テントの壁《かべ》の部分《ぶぶん》が消《き》えて、一同《いちどう》は金色《きんいろ》の支柱《しちゅう》に支《ささ》えられた天蓋《てんがい》の下《した》にいた。太陽《たいよう》を浴《あ》びた果樹園《かじゅえん》と、その周囲《しゅうい》のすばらしい田園《でんえん》が見《み》えた。次《つぎ》にテントの中心《ちゅうしん》からとけた金《きん》が流《なが》れ出《だ》し、輝《かがや》くダンスフロアができた。浮《う》かんでいた椅子《いす》が、白《しろ》いテーブルクロスをかけたいくつもの小《ちい》さなテーブルを囲《かこ》んで何《なん》脚《きゃく》かずつ集《あつ》まり、みんな一緒《いっしょ》に優雅《ゆうが》に地上《ちじょう》に戻《もど》ってきてダンスフロアの周《まわ》りに収《おさ》まった。すると金色《きんいろ》の上着《うわぎ》を着《き》たバンドマンが、ぞろぞろと舞台《ぶたい》に上《あ》がった。

「うまいもんだ」ロンが感心《かんしん》したように言《い》った。ウェイターが銀《ぎん》の盆《ぼん》を掲《かか》げて四方八方《しほうはっぽう》から現《あらわ》れた。かぼちゃジュースやバタービール、ファイア・ウィスキーなどがのった盆《ぼん》もあれば、山盛《やまも》りのタルトやサンドイッチがぐらぐら揺《ゆ》れているのもあった。

「お祝《いわ》いを言《い》いに行《い》かなきゃ！」ビルとフラーが祝《いわ》い客《きゃく》に取《と》り囲《かこ》まれて姿《すがた》が見《み》えなくなったあたりをつま先立《さきだ》ちして見《み》ながら、ハーマイオニーが言《い》った。

「あとで時間《じかん》があるだろ」ロンは肩《かた》をすくめ、通《とお》り過《す》ぎる盆《ぼん》からすばやくバタービールを三本《ぼん》かすめて、一本《ぽん》をハリーに渡《わた》しながら言《い》った。「ハーマイオニー、取《と》れよ。テーブルを確保《かくほ》しようぜ……そこじゃない！　ミュリエルに近《ちか》づくな――」

ロンは先《さき》に立《た》って、左右《さゆう》をちらちら見《み》ながら誰《だれ》もいないダンスフロアを横切《よこぎ》った。ハリーは、クラムに目《め》を光《ひか》らせているにちがいないと思《おも》った。テントの反対側《はんたいがわ》まで来《き》てしまったが、大部分《だいぶぶん》のテーブルは埋《う》まっていた。ルーナが一人《ひとり》で座《すわ》っているテーブルが、一番空《いちばんす》いていた。

「ここ、座《すわ》ってもいいか？」ロンが聞《き》いた。

「うん、いいよ」ルーナがうれしそうに言《い》った。「パパは、ビルとフラーにプレゼントを渡《わた》しに行《い》ったんだもン」

「何《なん》だい？　一生分《いっしょうぶん》のガーディルートか？」ロンが聞《き》いた。

ハーマイオニーは、テーブルの下《した》でロンをけろうとして、ハリーをけってしまった。痛《いた》くて涙《なみだ》がにじみ、ハリーはしばらく話《はなし》の流《なが》れを忘《わす》れてしまった。

バンド演奏《えんそう》が始《はじ》まった。ビルとフラーが、拍手《はくしゅ》に迎《むか》えられて最初《さいしょ》にフロアに出《で》た。しばらくしてウィーズリーおじさんがマダム・デラクールをリードし、次《つぎ》にウィーズリーおばさんとフラーの父親《ちちおや》が踊《おど》った。

「この歌《うた》、好《す》きだもン」

ルーナは、ワルツのような調《しら》べに合《あ》わせて体《からだ》を揺《ゆ》らしていたが、やがて立《た》ち上《あ》がってすうっとダンスフロアに出《で》ていき、目《め》をつむって両腕《りょううで》を振《ふ》りながら、たった一人《ひとり》で回転《かいてん》しはじめた。

「あいつ、すごいやつだぜ」ロンが感心《かんしん》したように言《い》った。「いつでも希少価値《きしょうかち》だ」

しかし、ロンの笑顔《えがお》はたちまち消《き》えた。ビクトール・クラムがルーナの空《あ》いた席《せき》にやってきたのだ。ハーマイオニーはうれしそうにあわてふためいた。しかしクラムは、今度《こんど》はハーマイオニーをほめにきたのではなかった。

「あの黄色《きいろ》い服《ふく》の男《おとこ》は誰《だれ》だ？」としかめっ面《つら》で言《い》った。

「ゼノフィリウス・ラブグッド。僕《ぼく》らの友達《ともだち》の父《とう》さんだ」ロンが言《い》った。ゼノフィリウスは明《あき》らかに笑《わら》いを誘《さそ》う姿《すがた》ではあったが、ロンのけんか腰《ごし》の口調《くちょう》は、そうはさせないぞと意思表示《いしひょうじ》していた。「来《こ》いよ。踊《おど》ろう」ロンが、唐突《とうとつ》にハーマイオニーに言《い》った。

ハーマイオニーは驚《おどろ》いたような顔《かお》をしたが、同時《どうじ》にうれしそうに立《た》ち上《あ》がった。二人《ふたり》は、だんだん混《こ》み合《あ》ってきたダンスフロアの渦《うず》の中《なか》に消《き》えた。

「ああ、あの二人《ふたり》は、今《いま》つき合《あ》っているのか？」クラムは、一瞬《いっしゅん》気《き》が散《ち》ったように聞《き》いた。

「んー――そんなような」ハリーが言《い》った。

「君《きみ》は誰《だれ》だ？」クラムが聞《き》いた。

「バーニー・ウィーズリー」

二人《ふたり》は握手《あくしゅ》した。

「君《きみ》、バーニー――あのラヴグッドって男《おとこ》を、よく知《し》っているか？」

「いや、今日《きょう》会《あ》ったばかり。なぜ？」

クラムは、ダンスフロアの反対側《はんたいがわ》で数人《すうにん》の魔法戦士《まほうせんし》としゃべっているゼノフィリウスを、飲《の》み物《もの》のグラスの上《うえ》から怖《こわ》い顔《かお》でにらみつけた。

「なぜならヴぁ」クラムが言《い》った。「あいつがフラーの客《きゃく》でなかったら、ヴぉくはたった今《いま》ここで、あいつに決闘《けっとう》を申《もう》し込《こ》む。胸《むね》にあの汚《けが》らわしい印《しるし》をヴら下《さ》げているからだ」

「印《しるし》？」ハリーもゼノフィリウスのほうを見《み》た。不思議《ふしぎ》な三角《さんかく》の目玉《めだま》が、胸《むね》で光《ひか》っている。

「なぜ？　あれがどうかしたの？」

「グリンデルヴァルド。あれはグリンデルヴァルドの印《しるし》だ」

「グリンデルバルド……ダンブルドアが打《う》ち負《ま》かした、闇《やみ》の魔法使《まほうつか》い？」

「そうだ」

あごの筋肉《きんにく》を、何《なに》かをかんでいるように動《うご》かしたあと、クラムはこう言《い》った。

「グリンデルヴァルドはたくさんの人《ひと》を殺《ころ》した。ヴぉくの祖父《そふ》もだ。もちろん、あいつはこの国《くに》では一度《いちど》も力《ちから》を振《ふ》るわなかった。ダンブルドアを恐《おそ》れているからだと言《い》われてきた――そのとおりだ。あいつがどんなふうに滅《ほろ》びたかを見《み》れヴぁわかる。しかし、あれは――」クラムはゼノフィリウスを指差《ゆびさ》した。「あれは、グリンデルヴァルドの印《しるし》だ。ヴぉくはすぐわかった。グリンデルヴァルドは生徒《せいと》だったときに、ダームストラング校《こう》のかヴぇにあの印《しるし》を彫《ほ》った。ヴぁかなやつらが、驚《おどろ》かすためとか、自分《じぶん》をえらく見《み》せたくて、本《ほん》や服《ふく》にあの印《しるし》をコピーした。ヴぉくらのように、グリンデルヴァルドのせいで家族《かぞく》を失《うしな》った者《もの》たちが、そういう連中《れんちゅう》をこらしめるまでは、それが続《つづ》いた」

クラムは脅《おど》すように拳《こぶし》の関節《かんせつ》をポキポキ鳴《な》らし、ゼノフィリウスをにらみつけた。ハリーはこんがらがった気持《きも》ちだった。ルーナの父親《ちちおや》が闇《やみ》の魔術《まじゅつ》の支持者《しじしゃ》など、どう考《かんが》えてもありえないことのように思《おも》えた。その上《うえ》、テント会場《かいじょう》にいるほかの誰《だれ》も、ルーン文字《もじ》のような三角形《さんかっけい》を見《み》とがめているようには見《み》えない。

「君《きみ》は――えーと――絶対《ぜったい》にグリンデルバルドの印《しるし》だと思《おも》うのか？」

「まちがいない」クラムは冷《つめ》たく言《い》った。「ヴぉくは、何年《なんねん》もあの印《しるし》のそヴぁを通《とお》り過《す》ぎてきたんだ。ヴぉくにはわかる」

「でも、もしかしたら」ハリーが言《い》った。「ゼノフィリウスは、印《しるし》の意味《いみ》を実《じつ》は知《し》らないかもしれない。ラブグッド家《け》の人《ひと》はかなり……変《か》わってるし。充分《じゅうぶん》ありうることだと思《おも》うけど、どこかでたまたまあれを見《み》つけて、しわしわ角《づの》スノーカックの頭《あたま》の断面図《だんめんず》か何《なに》かだと思《おも》ったかもしれない」

「何《なん》の断面図《だんめんず》だって？」

「いや、僕《ぼく》もそれがどういうものか知《し》らないけど、どうやらあの父娘《おやこ》は休暇中《きゅうかちゅう》にそれを探《さが》しにいくらしい……」

ハリーは、ルーナとその父親《ちちおや》のことを、どうもうまく説明《せつめい》できていないような気《き》がした。

「あれが娘《むすめ》だよ」ハリーは、まだ一人《ひとり》で踊《おど》っているルーナを指差《ゆびさ》した。ルーナはユスリカを追《お》い払《はら》うような手《て》つきで、両腕《りょううで》を頭《あたま》の周《まわ》りで振《ふ》り回《まわ》していた。

「なぜ、あんなことをしている?」クラムが聞《き》いた。

「ラックスパートを、追《お》い払《はら》おうとしているんじゃないかな」

ラックスパートの症状《しょうじょう》がどういうものかを知《し》っているハリーは、そう言《い》った。

クラムはハリーにからかわれているのかどうか、判断《はんだん》しかねている顔《かお》だった。ローブから取《と》り出《だ》した杖《つえ》で、クラムは脅《おど》すように自分《じぶん》の太《ふと》ももをトントンとたたいた。杖先《つえさき》から火花《ひばな》が飛《と》び散《ち》った。

「グレゴロビッチ!」ハリーは大声《おおごえ》を上《あ》げた。

クラムがビクッとしたが、興奮《こうふん》したハリーは気《き》にしなかった。クラムの杖《つえ》を見《み》たとたん記憶《きおく》が戻《もど》ってきた。三校対抗試合《さんこうたいこうじあい》の前《まえ》に、その杖《つえ》を手《て》に取《と》って丹念《たんねん》に調《しら》べたオリバンダーの記憶《きおく》だ。

「グレゴロヴィッチがどうかしたか?」クラムがいぶかしげに聞《き》いた。

「杖作《つえつく》りだ!」

「そんなことは知《し》っている」クラムが言《い》った。

「グレゴロビッチが、君《きみ》の杖《つえ》を作《つく》った！　だから僕《ぼく》は連想《れんそう》したんだ――クィディッチって……」

クラムは、ますますいぶかしげな顔《かお》をした。

「グレゴロヴィッチがヴぉくの杖《つえ》を作《つく》ったと、どうして知《し》っている？」

「僕《ぼく》……僕《ぼく》、どこかで読《よ》んだ、と思《おも》う」ハリーが言《い》った。「ファン――ファンの雑誌《ざっし》で」ハリーはとっさにでっち上《あ》げたが、クラムは納得《なっとく》したようだった。

「ファンと、杖《つえ》のことを話《はな》したことがあるとは、ヴぉくは気《き》がつかなかった」

「それで……あの……グレゴロビッチは、最近《さいきん》、どこにいるの？」

クラムはけげんな顔《かお》をした。

「何年《なんねん》か前《まえ》に引退《いんたい》した。ヴぉくは、グレゴロヴィッチの最後《さいご》の杖《つえ》を買《か》った一人《ひとり》だ。最高《さいこう》の杖《つえ》だ――もちろんヴぉくは、君《きみ》たちイギリス人《じん》がオリヴァンダーを信頼《しんらい》していることを知《し》っている」

ハリーは何《なに》も言《い》わずに、クラムと同様《どうよう》、ダンスをする人《ひと》たちを見《み》ているふりをしながら、必死《ひっし》で考《かんが》えていた。するとヴォルデモートは、有名《ゆうめい》な杖作《つえつく》りを探《さが》しているのか。それほど深《ふか》く考《かんが》えなくとも、ハリーにはその理由《りゆう》がわかった。あの晩《ばん》、ヴォルデモートがハリーを空中《くうちゅう》で追跡《ついせき》したときに、ハリーの杖《つえ》がしたことに原因《げんいん》があるにちがいない。柊《ひいらぎ》と不死鳥《ふしちょう》の尾羽根《おばね》の杖《つえ》が、借《か》り物《もの》の杖《つえ》を打《う》ち負《ま》かしたのだ。そんなことは、オリバンダーには予測《よそく》もできず、理解《りかい》もできなかったことだ。グレゴロビッチならわかったのだろうか？　オリバンダーよりほんとうにすぐれているのだろうか？　オリバンダーの知《し》らない杖《つえ》の秘密《ひみつ》を、グレゴロビッチは知《し》っているのだろうか？

「あの娘《こ》はとてもきれいだ」

クラムの声《こえ》で、ハリーは自分《じぶん》がどこにいるのかを思《おも》い出《だ》した。クラムが指差《ゆびさ》しているのは、たった今《いま》、ルーナと踊《おど》り出《だ》したジニーだった。

「あの娘《こ》も君《きみ》の親《しん》せきか？」

「ああ、そうだ」ハリーは急《きゅう》にいらいらした。「それにもうつき合《あ》ってる人《ひと》がいる。しっと深《ぶか》いタイプだ。でかいやつだ。対抗《たいこう》しないほうがいいよ」

クラムがうなった。

「ヴぉくは――」クラムはゴブレットをあおり、立《た》ち上《あ》がりながら言《い》った。「国際的《こくさいてき》なクィディッチ選手《せんしゅ》だ。しかし、かわいい娘《こ》がみんなもう誰《だれ》かのものなら、そんなことに何《なん》の意味《いみ》がある？」

そしてクラムは、鼻息《はないき》も荒《あら》く立《た》ち去《さ》った。残《のこ》されたハリーは、通《とお》りがかったウェイターからサンドイッチを取《と》り、混《こ》み合《あ》ったダンスフロアの縁《へり》を回《まわ》って移動《いどう》した。ロンを見《み》つけてグレゴロビッチのことを話《はな》したかったのだが、ロンはフロアの真《ま》ん中《なか》で、ハーマイオニーと踊《おど》っていた。

ハリーは金色《きんいろ》の柱《はしら》の一本《ぽん》に寄《よ》りかかって、ジニーを眺《なが》めた。今《いま》はフレッドやジョージの親友《しんゆう》のリー・ジョーダンと踊《おど》っている。ハリーは、ロンと約束《やくそく》を交《か》わしたことを恨《うら》みに思《おも》うまいと努《ど》力《りょく》した。

ハリーはこれまで結婚式《けっこんしき》に出席《しゅっせき》したことがなかったので、魔法界《まほうかい》の祝《いわ》い事《ごと》がマグルの場合《ばあい》とどうちがうか判断《はんだん》できなかったが、ケーキのてっぺんに止《と》まった二羽《わ》の作《つく》り物《もの》の不死鳥《ふしちょう》がケーキカットのときに飛《と》び立《た》つとか、シャンパンボトルが客《きゃく》の中《なか》をふわふわ浮《う》いているとか、そういうことはマグルの祝《いわ》いには絶対《ぜったい》にないだろうと思《おも》った。夜《よる》になって、金色《きんいろ》のランタンが浮《う》かべられたテントの中《なか》に、蛾《が》が飛《と》び込《こ》んできはじめるころ、宴《うたげ》はますます盛《も》り上《あ》がり、歯《はど》止《ど》めがきかなくなっていた。フレッドとジョージはフラーのいとこ二人《ふたり》と、とっくに闇《やみ》の中《なか》に消《き》えていたし、チャーリーとハグリッドは、紫《むらさき》の丸《まる》い中折《なかお》れ帽《ぼう》をかぶったずんぐりした魔法使《まほうつか》いと、すみのほうで「英雄《えいゆう》オド」の歌《うた》を歌《うた》っていた。

自分《じぶん》のことを息子《むすこ》だと勘《かん》ちがいするほど酔《よ》っ払《ぱら》ったロンの親《しん》せきの一人《ひとり》から逃《に》げようと、混雑《こんざつ》の中《なか》をあちこち動《うご》き回《まわ》っていたハリーは、ひとりぽつんと座《すわ》っている老魔法使《ろうまほうつか》いに目《め》をとめた。その魔法使《まほうつか》いは、ふわふわと顔《かお》を縁取《ふちど》る白髪《はくはつ》のせいで、年老《としお》いたタンポポの綿毛《わたげ》のような顔《かお》に見《み》えた。その上《うえ》に虫《むし》の食《く》ったトルコ帽《ぼう》がのっている。何《なん》だか見《み》たことのある顔《かお》だ。さんざん頭《あたま》をしぼったあげく、ハリーは突然思《とつぜんおも》い出《だ》した。エルファイアス・ドージという騎士団《きしだん》のメンバーで、ダンブルドアの追悼文《ついとうぶん》を書《か》いた魔法使《まほうつか》いだ。

ハリーはドージに近《ちか》づいた。

「座《すわ》ってもいいですか？」

「どうぞ、どうぞ」ドージは、かなり高《たか》いゼイゼイ声《ごえ》で言《い》った。

ハリーは、顔《かお》を近《ちか》づけて言《い》った。

「ドージさん、僕《ぼく》はハリー・ポッターです」

ドージは息《いき》をのんだ。

「なんと！　アーサーが、君《きみ》は変装《へんそう》して参加《さんか》していると教《おし》えてくれたが……やれうれしや。光栄《こうえい》じゃ！」

喜《よろこ》びに胸《むね》を躍《おど》らせ、そわそわしながら、ドージはハリーにシャンパンを注《そそ》いだ。

「君《きみ》に手紙《てがみ》を書こうと思《おも》っておった」ドージがささやいた。「ダンブルドアのことのあとでな……あの衝撃《しょうげき》……君《きみ》にとっても、きっとそうだったじゃろう……」

ドージの小《ちい》さな目《め》に、突然涙《とつぜんなみだ》があふれそうになった。

「あなたが『日刊予言者《にっかんよげんしゃ》』にお書《か》きになった追悼文《ついとうぶん》を、読《よ》みました」ハリーが言《い》った。「あなたが、ダンブルドア教授《きょうじゅ》をあんなによくご存《ぞん》じだとは知《し》りませんでした」

「誰《だれ》よりもよく知《し》っておった」ドージはナプキンで目《め》をぬぐいながら言《い》った。「もちろん、誰《だれ》よりも長《なが》いつき合《あ》いじゃった。アバーフォースを除《のぞ》けばじゃがな——ただ、なぜかアバーフォースは、一度《いちど》として勘定《かんじょう》に入《い》れられたことがないのじゃよ」

「『日刊予言者《にっかんよげんしゃ》』と言《い》えば……ドージさん、あなたはもしや——」

「ああ、どうかエルファイアスと呼《よ》んでおくれ」

「エルファイアス、あなたはもしや、ダンブルドアに関《かん》するリータ・スキーターのインタビュー記事《きじ》をお読《よ》みになりましたか？」

ドージの顔《かお》に怒《いか》りで血《ち》が上《のぼ》った。

「ああ、読《よ》んだとも、ハリー。あの女《おんな》は、あのハゲタカと呼《よ》ぶほうが正確《せいかく》かもしれんが、わしから話《はなし》を聞《き》き出《だ》そうと、それはもうしつこくわしにつきまといおった。わしは恥《は》ずかしいことに、かなり無作法《ぶさほう》になって、あの女《おんな》を出《で》しゃばりばばぁ呼《よ》ばわりした。『鱒《ます》ばばぁ』とな。その結果《けっか》は、君《きみ》も読《よ》んだとおりで、わしが正気《しょうき》ではないと中傷《ちゅうしょう》しおった」

「ええ、そのインタビューで——」ハリーは言葉《ことば》を続《つづ》けた。「リータ・スキーターは、ダンブルドア校長《こうちょう》が若《わか》いとき、闇《やみ》の魔術《まじゅつ》にかかわったとほのめかしました」

「一言《ひとこと》も信《しん》じるではない！」ドージが即座《そくざ》に言《い》った。「ハリー、一言《ひとこと》もじゃ！　君《きみ》のアルバス・ダンブルドアの思《おも》い出《で》を、何物《なにもの》にも汚《けが》させるでないぞ！」

ドージの、真剣《しんけん》で苦痛《くつう》に満《み》ちた顔《かお》を見《み》て、ハリーは確信《かくしん》が持《も》てないばかりか、かえってやりきれない思《おも》いにかられた。単《たん》にリータを信《しん》じないという選択《せんたく》だけですむほど簡単《かんたん》なことだと、ドージは本気《ほんき》でそう思《おも》っているのだろうか？　確信《かくしん》を持《も》ちたい、何《なに》もかも知《し》りたいというハリーの気《き》持《も》ちが、ドージにはわからないのだろうか？

ドージはハリーの気《き》持《も》ちを察《さっ》したのかもしれない。心配《しんぱい》そうな顔《かお》で、急《いそ》いで言葉《ことば》を続《つづ》けた。

「ハリー、リータ・スキーターは、何《なん》とも恐《おそ》ろしい――」

ところがかん高《だか》い笑《わら》い声《ごえ》が割《わ》り込《こ》んだ。

「リータ・スキーター？　ああ、わたしゃ好《す》きだぇ。いつも記《き》事《じ》を読《よ》んどるぇ！」

ハリーとドージが見《み》上《あ》げると、シャンパンを手《て》に、帽子《ぼうし》の羽飾《はねかざ》りをゆらゆらさせて、ミュリエルおばさんが立《た》っていた。

「それ、ダンブルドアに関《かん》する本《ほん》を書《か》いたんだぞぇ！」

「こんばんは、ミュリエル」ドージが挨拶《あいさつ》した。「そう、その話《はなし》をしていたところじゃ――」

「そこのおまえ！　椅子《いす》をよこさんかぇ。わたしゃ、百七歳《さい》だぞぇ！」

別《べつ》の赤毛《あかげ》のウィーズリーのいとこが、ぎくりとして椅子《いす》から飛《と》び上《あ》がった。ミュリエルおばさんは驚《おどろ》くほどの力《ちから》でくるりと椅子《いす》の向《む》きを変《か》え、ドージとハリーの間《あいだ》にストンと座《すわ》り込《こ》んだ。

「おや、また会《あ》ったね、バリー、とか何《なん》とかいう名《な》だったかぇ」ミュリエルがハリーに言《い》った。「さーて、エルファイアス。リータ・スキーターについて何《なに》を言《い》っていたのかぇ？　リータはダンブルドアの伝記《でんき》を書《か》いたぞぇ。わたしゃ早《はや》く読《よ》みたいね。『フローリシュ・アンド・ブロッツ書店《しょてん》』に注文《ちゅうもん》せにゃ！」

ドージは硬《かた》い厳《きび》しい表情《ひょうじょう》をしたが、ミュリエルおばさんはゴブレットをぐいっと飲《の》み干《ほ》し、通《とお》りかかったウェイターを骨《ほね》ばった指《ゆび》を鳴《な》らして呼《よ》び止《と》め、おかわりを要求《ようきゅう》した。シャンパンをもう一杯《いっぱい》ガブリと飲《の》み、ゲップをしてから、ミュリエルが話《はな》しだした。

「二人《ふたり》ともなんだぇ、ぬいぐるみのカエルみたいな顔《かお》をして！　あんなに尊敬《そんけい》され、ご立派《りっぱ》とかへったくれとか言《い》われるようになる前《まえ》は、アルバスに関《かん》するどーんとおもしろいうわさがいろいろあったんだぞぇ！」

「まちがった情報《じょうほう》にもとづく中傷《ちゅうしょう》じゃ」ドージは、またしても赤《あか》カブのような色《いろ》になった。

「エルファイアス、あんたならそう言《い》うだろうよ」ミュリエルおばさんは高笑《たかわら》いした。「あんたがあの追悼文《ついとうぶん》で、都合《つごう》の悪《わる》い所《ところ》をすっ飛《と》ばしているのに、あたしゃ気《き》づいたぇ！」

「あなたがそんなふうに思《おも》うのは、残念《ざんねん》じゃ」ドージは、めげずにますます冷《つめ》たく言《い》った。「わしは、心《こころ》からあの一文《いちぶん》を書《か》いたのじゃ」

「ああ、あんたがダンブルドアを崇拝《すうはい》しとったのは、周知《しゅうち》のことだぇ。アルバスがスクイブの妹《いもうと》を始末《しまつ》したのかもしれないとわかっても、きっとあんたはまだ、あの人《ひと》が聖人君子《せいじんくんし》だと考《かんが》えることだろうぇ」

「ミュリエル！」ドージが叫《さけ》んだ。

冷《ひ》えたシャンパンとは無関係《むかんけい》の冷《つめ》たいものが、ハリーの胸《むね》に忍《しの》び込《こ》んだ。

「どういう意味《いみ》ですか？」ハリーはミュリエルに聞《き》いた。「妹《いもうと》がスクイブだなんて、誰《だれ》が言《い》ったんです？　病気《びょうき》だったと思《おも》ったけど？」

「それなら見当《けんとう》ちがいだぞぇ、バリー！」ミュリエルおばさんは、自分《じぶん》の言葉《ことば》の反響《はんきょう》に大喜《おおよろこ》びの様子《ようす》だった。「いずれにせよ、それについちゃ、おまえが知《し》るわけはなかろう？　おまえが生《う》まれることさえ誰《だれ》も考《かんが》えていなかった大昔《おおむかし》に起《お》きたことだぇ。その時《とき》に生《い》きておったわたしらにしても、実《じつ》は何《なに》が起《お》こったのか、知《し》らんかったというのがほんとうのところだぇ。だからわたしゃ、スキーターの掘《ほ》り出《だ》しもんを早《はや》く読《よ》みたいというわけぞぇ！　ダンブルドアはあの妹《いもうと》のことについちゃ、長《なが》く沈黙《ちんもく》してきたのだぇ！」

「虚偽《きょぎ》じゃ！」ドージがゼイゼイ声《ごえ》を上《あ》げた。「まったくの虚偽《きょぎ》じゃ！」

「先生《せんせい》は妹《いもうと》がスクイブだなんて、一度《いちど》も僕《ぼく》に言《い》わなかった」

ハリーは胸《むね》に冷《つめ》たいものを抱《かか》えたまま、無意識《むいしき》に言《い》った。

「そりゃまた、なんでおまえなんぞに言《い》う必要《ひつよう》があるのかぇ？」ミュリエルがかん高《だか》い声《こえ》を上《あ》げ、ハリーに目《め》の焦点《しょうてん》を合《あ》わせようとして、椅子《いす》に座《すわ》ったまま体《からだ》を少《すこ》し揺《ゆ》らした。

「アルバスがけっしてアリアナのことを語《かた》らなかった理由《りゆう》は——」エルファイアスは感情《かんじょう》がたかぶって声《こえ》をこわばらせた。「わしの考《かんが》えではきわめて明白《めいはく》じゃ。妹《いもうと》の死《し》でアルバスはあまりにもひどく打《う》ちのめされた——」

「誰《だれ》も妹《いもうと》を見《み》たことがないというのは、エルファイアス、なぜかぇ？」ミュリエルがかん高《だか》くわめきたてた。「ひつぎが家《いえ》から運《はこ》び出《だ》されて葬式《そうしき》が行《おこな》われるまで、わたしらの半数近《はんすうちか》くが、妹《いもうと》の存在《そんざい》さえ知《し》らなかったというのは、なぜかぇ？　アリアナが地下室《ちかしつ》に閉《と》じ込《こ》められていた間《あいだ》、気高《けだか》いアルバスはどこにいたのかぇ？　ホグワーツの秀才殿《しゅうさいどの》だぇ。自分《じぶん》の家《いえ》で何《なに》が起《お》こっていようと、どうでもよかったのよ！」

「どういう意味《いみ》？　『地下室《ちかしつ》に閉《と》じ込《こ》める』って？」ハリーが聞《き》いた。「どういうこと？」

ドージはみじめな表情《ひょうじょう》だった。ミュリエルおばさんがまた高笑《たかわら》いしてハリーに答《こた》えた。

「ダンブルドアの母親《ははおや》はひどい女《おんな》だった。まったくもって恐《おそ》ろしい。マグル生《う》まれだぇ。もっとも、そうではないふりをしておったと聞《き》いたがぇ――」

「そんなふりは、一度《いちど》もしておらん！　ケンドラはきちんとした女性《じょせい》じゃった」

ドージが悲《かな》しそうに小声《こごえ》で言《い》った。しかしミュリエルおばさんは無視《むし》した。

「――気位《きぐらい》が高《たか》くて傲慢《ごうまん》で、スクイブを生《う》んだことを屈辱《くつじょく》に感《かん》じておったろうと思《おも》われるような魔女《まじょ》だぇ――」

「アリアナはスクイブではなかった！」ドージがゼイゼイ声《ごえ》で言《い》った。

「あんたはそう言《い》いなさるが、エルファイアス、それなら説明《せつめい》してくれるかぇ。どうして一度《いちど》もホグワーツに入学《にゅうがく》しなかったのかぇ！」ミュリエルおばさんは、ハリーとの話《はなし》に戻《もど》った。

「わたしらの時代《じだい》には、スクイブはよく隠《かく》されていたものぇ。もっとも、小《ちい》さな女《おんな》の子《こ》を実際《じっさい》に家《いえ》の中《なか》に軟禁《なんきん》して、存在《そんざい》しないかのように装《よそお》うのは極端《きょくたん》だがぇ――」

「はっきり言《い》うが、そんなことは起《お》こってはおらん！」ドージが言《い》ったが、ミュリエルおばさんはがむしゃらに押《お》し切《き》り、相変《あいか》わらずハリーに向《む》かってまくしたてた。

「スクイブは通常《つうじょう》マグルの学校《がっこう》に送《おく》られて、マグルの社会《しゃかい》に溶《と》け込《こ》むようにすすめられたものだぇ……魔法界《まほうかい》に何《なん》とかして場所《ばしょ》を見《み》つけてやるよりは、そのほうが親切《しんせつ》というものだぇ。魔法《まほう》界《かい》では常《つね》に二流市民《にりゅうしみん》じゃからぇ。しかし、ケンドラ・ダンブルドアは娘《むすめ》をマグルの学校《がっこう》にやるなど、当然《とうぜん》、夢《ゆめ》にも考《かんが》えもせなんだのぇ――」

「アリアナは繊細《せんさい》だったのじゃ！」ドージは必死《ひっし》で言《い》った。「あの子《こ》の健康状態《けんこうじょうたい》では、どうしたって――」

「家《いえ》を離《はな》れることさえできんほどかぇ？」ミュリエルがかん高《だか》く言《い》った。「それなのに、一度《いちど》も聖《せい》マンゴには連《つ》れていかれなんだぇ。癒者《いしゃ》が往診《おうしん》に呼《よ》ばれたこともなかったぞぇ！」

「まったく、ミュリエル、そんなことはわかるはずもないのに――」

「知《し》らぬなら教《おし》えてしんぜようかぇ。エルファイアス、わたしのいとこのランスロットは、あの当時《とうじ》、聖《せい》マンゴの癒者《いしゃ》だったのぇ。そのランスロットが、うちの家族《かぞく》にだけ極秘《ごくひ》で話《はな》したがぇ。アリアナは一度《いちど》も病院《びょういん》で診《み》てもらっておらん。ランスロットはどうもあやしいとにらんでおったぇ！」

ドージは、今《いま》にも泣《な》きだしそうな顔《かお》だった。ミュリエルおばさんは大《おお》いに楽《たの》しんでいる様子《ようす》で、指《ゆび》を鳴《な》らしてまたシャンパンを要求《ようきゅう》した。ぼうっとした頭《あたま》で、ハリーはダーズリー一家《いっか》のハリーに対《たい》する仕打《しう》ちを思《おも》った。かつてダーズリーは、魔法使《まほうつか》いであるという罪《つみ》でハリーを閉《と》じ込《こ》め、鍵《かぎ》をかけ、人目《ひとめ》に触《ふ》れないようにした。ダンブルドアの妹《いもうと》は、逆《ぎゃく》の理由《りゆう》で、ハリーと同《おな》じ運命《うんめい》に苦《くる》しんだのだろうか？　魔法《まほう》が使《つか》えないために閉《と》じ込《こ》められたのか？　そして、ダンブルドアはほんとうに、そんな妹《いもうと》を見殺《みごろ》しにして、自分《じぶん》の才能《さいのう》と優秀《ゆうしゅう》さを証明《しょうめい》するためにホグワーツに行《い》ったのだろうか？

「ところで、ケンドラのほうが先《さき》に死《し》んだのでなけりゃ――」ミュリエルがまた話《はな》しだした。「あたしゃ、アリアナを殺《ころ》したのは母親《ははおや》だと言《い》っただろうがぇ――」

「ミュリエル、何《なん》ということを！」ドージがうめいた。「母親《ははおや》が実《じつ》の娘《むすめ》を殺《ころ》す？　自分《じぶん》の言《い》っていることを、よく考《かんが》えなされ！」

「自分《じぶん》の娘《むすめ》を何年《なんねん》も牢《ろう》に入《い》れておける母親《ははおや》なら、できないことはなかろうがぇ？」ミュリエルおばさんは肩《かた》をすくめた。「しかし、今《いま》も言《い》ったように、それではつじつまが合《あ》わぬ。何《なん》せ、ケンドラがアリアナより先《さき》に死《し》んだのぇ――死因《しいん》が何《なん》じゃやら、誰《だれ》も定《さだ》かには――」

「ああ、アリアナが母親《ははおや》を殺《ころ》したにちがいない」ドージは、勇敢《ゆうかん》にも笑《わら》い飛《と》ばそうとした。「そうじゃろう？」

「そうだえ。アリアナは自由《じゆう》を求《もと》めて自暴自棄《じぼうじき》になり、争《あらそ》っているうちにケンドラを殺《ころ》したかもしれんぇ」ミュリエルおばさんが、考《かんが》え深《ぶか》げに言《い》った。

「エルファイアス、否定《ひてい》したけりゃ、いくらでも好《す》きなだけ首《くび》を振《ふ》りゃあええがぇ！　あんたはアリアナの葬式《そうしき》に列席《れっせき》しとったろうがぇ？」

「ああ、したとも」ドージが唇《くちびる》を震《ふる》わせながら言《い》った。「そしてわしの知《し》るかぎり、あれほどに悲《かな》しい出来事《できごと》はほかにない。アルバスは胸《むね》が張《は》り裂《さ》けるほど――」

「張《は》り裂《さ》けたのは胸《むね》だけではないぇ。アバーフォースが葬式《そうしき》の最中《さいちゅう》にアルバスの鼻《はな》をへし折《お》ったろうがぇ？」

ドージがおびえきった顔《かお》をした。それまでもおびえた顔《かお》をしてはいたが、今度《こんど》とは比《くら》べ物《もの》にならない。ミュリエルが、ドージを刺《さ》したのではないかと思《おも》われるほどの顔《かお》だった。ミュリエルは高笑《たかわら》いしてまたシャンパンをぐい飲《の》みし、あごからダラダラとこぼした。

「どうしてそれを――？」ドージの声《こえ》がかすれた。

「母《はは》が、バチルダ・バグショットばあさんと親《した》しかったのぇ」ミュリエルおばさんが、得々《とくとく》として言《い》った。「バチルダが母《はは》に一部始終《いちぶしじゅう》を物語《ものがた》っとるのを、わたしゃドアの陰《かげ》で聞《き》いてたぇ。ひつぎの脇《わき》でのけんかよ！　バチルダが言《い》うには、アバーフォースは、アリアナが死《し》んだのはアルバスのせいだと叫《さけ》んで、顔《かお》にパンチを食《く》らわした。アルバスは防《ふせ》ごうともせんかったということだぇ。それだけで充分《じゅうぶん》おかしいがぇ。アルバスなら両手《りょうて》を後手《うしろで》に縛《しば》られとっても、決闘《けっとう》でアバーフォースを打《う》ち負《ま》かすことができたろうに」

ミュリエルは、またシャンパンをぐいと飲《の》んだ。古《ふる》い醜聞《しゅうぶん》を語《かた》ることがミュリエルを高揚《こうよう》させ、それと同《おな》じぐらいドージをおびえさせているようだった。ハリーは何《なに》をどう考《かんが》えてよいやら、何《なに》を信《しん》じてよいやらわからなくなった。真実《しんじつ》が欲《ほ》しかった。なのにドージは、そこに座《すわ》ったまま、アリアナが病気《びょうき》だったと弱々《よわよわ》しく泣《な》き言《ごと》を言《い》うばかりだった。自分《じぶん》の家《いえ》でそんな残酷《ざんこく》なことが行《おこな》われていたのなら、ダンブルドアが干渉《かんしょう》しなかったはずはない、とハリーは思《おも》った。にもかかわらず、この話《はなし》にはたしかに何《なに》か奇妙《きみょう》なところがある。

「それに、まだ話《はな》すことがあるがえ」ミュリエルはゴブレットを下《した》に置《お》き、しゃっくりまじりに言《い》った。「わたしゃ、バチルダがリータ・スキーターに秘密《ひみつ》をもらしたと思《おも》うがえ。スキーターのインタビューでほのめかしていた、ダンブルドア一家《いっか》に近《ちか》い重要《じゅうよう》な情報源《じょうほうげん》——バチルダがアリアナの一件《いっけん》をずっと見《み》てきたことはまちがいないぇ。それでつじつまが合《あ》うが！」

「バチルダは、リータ・スキーターなんかに話《はな》しはせん！」ドージがささやくように言《い》った。

「バチルダ・バグショット？」ハリーが言《い》った。「『魔法史《まほうし》』の著者《ちょしゃ》の？」

その名《な》は、ハリーの教科書《きょうかしょ》の表《おもて》に印刷《いんさつ》されていた。もっとも、ハリーが一番熱心《いちばんねっしん》に読《よ》んだ教科《きょうか》書《しょ》とは言《い》えない。

「そうじゃ」ドージはハリーの質問《しつもん》に、おぼれる者《もの》が藁《わら》にもすがるようにしがみついた。「魔法《まほう》史家《しか》として最《もっと》もすぐれた一人《ひとり》で、アルバスの古《ふる》くからの友人《ゆうじん》じゃ」

「このごろじゃ、相当《そうとう》おとろえとると聞《き》いたぇ」ミュリエルおばさんが楽《たの》しそうに言《い》った。

「もしそうなら、スキーターがそれを利用《りよう》したのは、恥《はじ》の上塗《うわぬ》りというものじゃ」ドージが言《い》った。「そしてバチルダが語《かた》ったであろうことは、何一《なにひと》つ信頼《しんらい》できん！」

「ああ、記憶《きおく》を呼《よ》び覚《さ》ます方法《ほうほう》はあるし、リータ・スキーターはきっと、そういう方法《ほうほう》をすべて心得《こころえ》ておると思《おも》うぇ」ミュリエルおばさんが言《い》った。「しかし、たとえバチルダが完全《かんぜん》に老《お》いぼれとるとしても、まちがいなくまだ古《ふる》い写真《しゃしん》は持《も》っとるぇ。おそらく手紙《てがみ》も。バチルダはダンブルドアたちと長年《ながねん》つき合《あ》いがあったのだぇ……まあ、ゴドリックの谷《たに》まで足《あし》を運《はこ》ぶ価値《かち》があった、と、あたしゃそう思《おも》うぇ」

バタービールをちびちび飲《の》んでいたハリーは、むせ返《かえ》った。涙目《なみだめ》でミュリエルおばさんを見《み》ながら咳《せ》き込《こ》むハリーの背中《せなか》を、ドージがバンバンたたいた。何《なん》とか声《こえ》が出《で》るようになったところで、ハリーはすぐさま聞《き》いた。

「バチルダ・バグショットは、ゴドリックの谷《たに》に住《す》んでるの？」

「ああ、そうさね。バチルダは永久《えいきゅう》にあそこに住《す》んでいるがぇ！　ダンブルドア一家《いっか》は、パーシバルが投獄《とうごく》されてから引《ひ》っ越《こ》してきて、バチルダはその近所《きんじょ》に住《す》んでおったがぇ」

「ダンブルドアの家族《かぞく》は、ゴドリックの谷《たに》に住《す》んでいたんですか？」

「そうさ、バリー、わたしゃ、たった今《いま》そう言《い》ったがぇ」

ミュリエルおばさんがじれったそうに言《い》った。

ハリーはすっかり力《ちから》が抜《ぬ》け、頭《あたま》の中《なか》がからっぽになった。この六年間《ねんかん》、ダンブルドアはただの一度《いちど》も、ハリーにそのことを話《はな》さなかった。自分《じぶん》たちが二人《ふたり》ともゴドリックの谷《たに》に住《す》んだことがあり、二人《ふたり》とも愛《あい》する人《ひと》をそこで失《うしな》ったことを。なぜだ？　リリーとジェームズは、ダンブルドアの母親《ははおや》と妹《いもうと》の近《ちか》くに眠《ねむ》っているのだろうか？　ダンブルドアは身内《みうち》の墓《はか》を訪《たず》ねたことがあるのだろうか？　その時《とき》に、リリーとジェームズの墓《はか》のそばを歩《ある》いたのではないだろうか？　それなのに、一度《いちど》もハリーに話《はな》さなかった……話《はな》そうともしなかった……。

しかし、それがどうして大切《たいせつ》なことなのか、ハリーは自分自身《じぶんじしん》にも説明《せつめい》がつかなかった。にもかかわらず、ゴドリックの谷《たに》という同《おな》じ場所《ばしょ》を、そしてそのような経験《けいけん》を共有《きょうゆう》していたということをハリーに話《はな》さなかったのは、ダンブルドアがうそをついていたにも等《ひと》しいような気《き》がした。

ハリーは、今《いま》どういう場所《ばしょ》にいるのかもほとんど忘《わす》れて、前《まえ》を見《み》つめたきりだった。ハーマイオニーが混雑《こんざつ》から抜《ぬ》け出《だ》してきたことも、ハリーの横《よこ》に椅子《いす》を持《も》ってきて座《すわ》るまで気《き》づかなかった。

「もうこれ以上《いじょう》は踊《おど》れないわ」靴《くつ》を片方《かたほう》脱《ぬ》ぎ、足《あし》の裏《うら》をさすりながら、ハーマイオニーが息《いき》を切《き》らして言《い》った。「ロンはバタービールを探《さが》しにいったわ。ちょっと変《へん》なんだけど、私《わたし》、ビクトールがすごい剣幕《けんまく》でルーナのお父《とう》さんから離《はな》れていくところを見《み》たの。何《なん》だか議論《ぎろん》していたみたいだったけど――」ハーマイオニーはハリーを見《み》つめて声《こえ》を落《お》とした。

「ハリー、あなた、大丈夫《だいじょうぶ》？」

ハリーは、どこから話《はなし》を始《はじ》めていいのかわからなかった。しかし、そんなことはどうでもよくなってしまった。その瞬間《しゅんかん》、何《なに》か大《おお》きくて銀色《ぎんいろ》のものがダンスフロアの上《うえ》の天蓋《てんがい》を突《つ》き破《やぶ》って落《お》ちてきたのだ。優雅《ゆうが》に光《ひか》りながら、驚《おどろ》くダンス客《きゃく》の真《ま》ん中《なか》に、オオヤマネコがひらりと着地《ちゃくち》した。何人《なんにん》かがオオヤマネコに振《ふ》り向《む》いた。すぐ近《ちか》くの客《きゃく》は、ダンスの格好《かっこう》のまま、滑稽《こっけい》な姿《すがた》でその場《ば》に凍《こお》りついた。すると守護霊《しゅごれい》の口《くち》がくわっと開《ひら》き、大《おお》きな深《ふか》い声《こえ》がゆっくりと話《はな》し出《だ》した。キングズリー・シャックルボルトの声《こえ》だ。

「魔法省《まほうしょう》は陥落《かんらく》した。スクリムジョールは死《し》んだ。連中《れんちゅう》が、そっちに向《む》かっている」

第《だい》9章《しょう》　隠《かく》れ家《が》

何《なに》もかもがぼやけて、ゆっくりと動《うご》くように見《み》えた。ハリーとハーマイオニーは、サッと立《た》ち上《あ》がって杖《つえ》を抜《ぬ》いた。ほとんどの客《きゃく》は事情《じじょう》をのみ込《こ》めずに、何《なに》かおかしなことが起《お》きたと気《き》づきはじめたばかりで、銀色《ぎんいろ》のオオヤマネコが消《き》えたあたりに顔《かお》を振《ふ》り向《む》けつつあるところだった。守護霊《しゅごれい》が着地《ちゃくち》した場所《ばしょ》から周囲《しゅうい》へと、沈黙《ちんもく》が冷《つめ》たい波《なみ》になって広《ひろ》がっていった。やがて、誰《だれ》かが悲鳴《ひめい》を上《あ》げた。

ハリーとハーマイオニーは、恐怖《きょうふ》にあわてふためく客《きゃく》の中《なか》に飛《と》び込《こ》んだ。客《きゃく》はクモの子《こ》を散《ち》らすように走《はし》りだし、大勢《おおぜい》が「姿《すがた》くらまし」した。「隠《かく》れ穴《あな》」の周囲《しゅうい》に施《ほどこ》されていた保護《ほご》の呪文《じゅもん》は破《やぶ》れていた。

「ロン！」ハーマイオニーが叫《さけ》んだ。「ロン、どこなの？」

二人《ふたり》がダンスフロアを横切《よこぎ》って突《つ》き進《すす》む間《あいだ》にも、ハリーは、仮面《かめん》をかぶったマント姿《すがた》が、混乱《こんらん》した客《きゃく》の中《なか》に現《あらわ》れるのを見《み》た。ルーピンとトンクスが杖《つえ》を上《あ》げて「プロテゴ！　護《まも》れ！」と叫《さけ》ぶのが聞《き》こえた。あちこちから同《おな》じ声《こえ》が上《あ》がっている——。

「ロン！ ロン！」ハリーと二人《ふたり》でおびえる客《きゃく》の流《なが》れにもまれながら、ハーマイオニーは半泣《はんな》きになってロンを呼《よ》んだ。ハリーはハーマイオニーと離《はな》れまいと、しっかり手《て》を握《にぎ》っていた。その時《とき》、頭上《ずじょう》に一条《いちじょう》の閃光《せんこう》が飛《と》んだ。盾《たて》の呪文《じゅもん》なのか、それとも邪悪《じゃあく》な呪文《じゅもん》なのか、ハリーには見分《みわ》けがつかなかった——。

ロンがそこにいた。ロンがハーマイオニーのあいている腕《うで》をつかんだとたん、ハリーは、ハーマイオニーがその場《ば》で回転《かいてん》するのを感《かん》じた。周囲《しゅうい》に暗闇《くらやみ》が迫《せま》り、ハリーは何《なに》も見《み》えず、何《なに》も聞《き》こえなくなった。時間《じかん》と空間《くうかん》の狭間《はざま》に押《お》し込《こ》まれながら、ハリーはハーマイオニーの手《て》だけを感《かん》じていた。「隠《かく》れ穴《あな》」から離《はな》れ、降《ふ》ってきた「死喰《しく》い人《びと》」からも、そしてたぶん、ヴォルデモートからも離《はな》れ……。

「ここはどこだ？」ロンの声《こえ》がした。

ハリーは目《め》を開《あ》けた。一瞬《いっしゅん》、ハリーは、結局《けっきょく》、まだ結婚式場《けっこんしきじょう》から離《はな》れていないのではないかと思《おも》った。依然《いぜん》として、大勢《おおぜい》の人《ひと》に周《まわ》りを囲《かこ》まれているように見《み》える。

「トテナム・コート通《どお》りよ」ハーマイオニーが息《いき》を切《き》らせながら言《い》った。「歩《ある》いて、とにかく歩《ある》いて。どこか着替《きが》える場所《ばしょ》を探《さが》さなくちゃ」

ハリーは、言《い》われたとおりにした。暗《くら》い広《ひろ》い通《とお》りを、三人《にん》は半分走《はんぶんはし》りながら歩《ある》いた。通《とお》りには深夜《しんや》の酔客《すいきゃく》があふれ、両側《りょうがわ》には閉店《へいてん》した店《みせ》が並《なら》び、頭上《ずじょう》には星《ほし》が輝《かがや》いている。二階建《かいだ》てバスがゴロゴロとそばを走《はし》り、パブで浮《う》かれていたグループが、通《とお》りかかった三人《にん》をじろじろ見《み》た。ハリーとロンは、まだドレスローブ姿《すがた》だった。

「ハーマイオニー、着替《きが》える服《ふく》がないぜ」ロンが言《い》った。若《わか》い女性《じょせい》がロンを見《み》て、さもおかしそうに噴《ふ》き出《だ》し、耳《みみ》ざわりなクスクス笑《わら》いをしたときだった。

「『透明《とうめい》マント』を肌身離《はだみはな》さず持《も》っているべきだったのに、どうしてそうしなかったんだろう？」ハリーはまぬけな自分《じぶん》を内心呪《ないしんのろ》った。「一年間《ねんかん》ずっと持《も》ち歩《ある》いていたのに……」

「大丈夫《だいじょうぶ》、『マント』は持《も》ってきたし、二人《ふたり》の服《ふく》もあるわ」ハーマイオニーが言《い》った。「ごく自《し》然《ぜん》に振《ふ》る舞《ま》って。場所《ばしょ》を見《み》つけるまで――ここがいいわ」

ハーマイオニーは先《さき》に立《た》って脇道《わきみち》に入《はい》り、そこから人目《ひとめ》のない薄暗《うすぐら》い横丁《よこちょう》へ二人《ふたり》をいざなった。

「『マント』と服《ふく》があるって言《い》ったけど……」ハリーがハーマイオニーを見《み》て顔《かお》をしかめた。

ハーマイオニーはたった一つ手《て》に持《も》った、小《ちい》さなビーズのバッグを引《ひ》っかき回《まわ》していた。

「ええ、ここにあるわ」その言葉《ことば》とともにハーマイオニーは、あっけに取《と》られているハリーとロンの目《め》の前《まえ》に、ジーンズ一着《ちゃく》とT《ティー》シャツ一枚《まい》、栗色《くりいろ》のソックス、そして最後《さいご》に銀色《ぎんいろ》の「透明《とうめい》マント」を引《ひ》っ張《ぱ》り出《だ》した。

「一体全体《いったいぜんたい》どうやって――？」

「『検知不可能拡大呪文《けんちふかのうかくだいじゅもん》』」ハーマイオニーが言《い》った。「ちょっと難《むずか》しいんだけど。でも私《わたし》、うまくやったと思《おも》うわ。とにかく、必要《ひつよう》なものは何《なん》とか全部《ぜんぶ》詰《つ》め込《こ》んだから」

ハーマイオニーは華奢《きゃしゃ》に見《み》えるバッグをちょっと振《ふ》った。すると中《なか》で重《おも》い物《もの》がたくさん転《ころ》がる音《おと》がして、まるで貨物室《かもつしつ》の中《なか》のような音《おと》が響《ひび》き渡《わた》った。

「ああ、しまった！　きっと本《ほん》だわ」ハーマイオニーはバッグをのぞき込《こ》みながら言《い》った。「せっかく項目別《こうもくべつ》に積《つ》んでおいたのに……しょうがないわね……ハリー、透明《とうめい》マントをかぶったほうがいいわ。ロン、急《いそ》いで着替《きが》えて……」

「いつの間《ま》にこんなことをしたの？」ロンがローブを脱《ぬ》いでいる間《あいだ》、ハリーが聞《き》いた。

「『隠《かく》れ穴《あな》』で言《い》ったでしょう？　もうずいぶん前《まえ》から、重要《じゅうよう》なものは荷造《にづく》りをすませてあるって。急《きゅう》に逃《に》げ出《だ》さなきゃいけないときのためにね。ハリー、あなたのリュックサックは今朝《けさ》、あなたが着替《きが》えをすませたあとで荷造《にづく》りして、この中《なか》に入《い》れたの……何《なん》だか予感《よかん》がして……」

「君《きみ》ってすごいよ、ほんと」ロンが、丸《まる》めたローブを渡《わた》しながら言《い》った。

「ありがと」ハーマイオニーはローブをバッグに押《お》し込《こ》みながら、ちょっぴり笑顔《えがお》になった。「ハリー、さあ、透明《とうめい》マントを着《き》てちょうだい！」

ハリーは肩《かた》にかけたマントを引《ひ》っ張《ぱ》り上《あ》げて、頭《あたま》からかぶって姿《すがた》を消《け》した。今《いま》になってやっと、ハリーはさっきの出来事《できごと》の意味《いみ》を意識《いしき》しはじめていた。

「ほかの人《ひと》たちは――結婚式《けっこんしき》に来《き》ていたみんなは――」

「今《いま》はそれどころじゃないわ」ハーマイオニーが小声《こごえ》で言《い》った。「ハリー、ねらわれているのはあなたなのよ。あそこに戻《もど》ったりしたら、みんなをもっと危険《きけん》な目《め》にあわせることになるわ」

「そのとおりだ」ロンが言《い》った。ハリーの顔《かお》は見《み》えないはずなのに、ハリーが反論《はんろん》しかけたのを見《み》て取《と》ったような言《い》い方《かた》だった。「騎士団《きしだん》の大多数《だいたすう》はあそこにいた。みんなのことは、騎士団《きしだん》が面倒見《めんどうみ》るよ」

ハリーはうなずいたが、二人《ふたり》には見《み》えないことに気《き》づいたので、声《こえ》を出《だ》した。「うん」。しかし、ジニーのことを考《かんが》えると、胃《い》にすっぱいものが込《こ》み上《あ》げるように、不安《ふあん》が湧《わ》き上《あ》がってきた。

「さあ、行《い》きましょう。移動《いどう》し続《つづ》けなくちゃ」ハーマイオニーが言《い》った。

三人《にん》は脇道《わきみち》に戻《もど》り、再《ふたた》び広《ひろ》い通《とお》りに出《で》た。道《みち》の反対側《はんたいがわ》の歩道《ほどう》を、塊《かたまり》になって歌《うた》いながら、千鳥《ちどり》足《あし》で歩《ある》いている男《おとこ》たちがいる。

「後学《こうがく》のために聞《き》くけど、どうしてトテナム・コート通《どお》りなの？」

ロンがハーマイオニーに聞《き》いた。

「わからないわ。ふと思《おも》いついただけ。でも、マグルの世界《せかい》にいたほうが安全《あんぜん》だと思《おも》うの。死喰《しく》い人《びと》は、私《わたし》たちがこんな所《ところ》にいるとは思《おも》わないでしょうから」

「そうだな」ロンはあたりを見回《みまわ》しながら言《い》った。「だけど、ちょっと――むき出《だ》し過《す》ぎないか？」

「ほかにどこがあるって言《い》うの？」道《みち》の反対側《はんたいがわ》で自分《じぶん》に向《む》かって冷《ひ》やかしの口笛《くちぶえ》を吹《ふ》きはじめた男《おとこ》たちに眉《まゆ》をひそめながら、ハーマイオニーが言《い》った。「『もれ鍋《なべ》』の部屋《へや》の予約《よやく》なんか、とてもできないでしょう？　それにグリモールド・プレイスは、スネイプが入《はい》れるからアウトだし……。私《わたし》の家《いえ》という手《て》もありうるけど、連中《れんちゅう》がそこを調《しら》べにくる可能性《かのうせい》もあると思《おも》うわ……ああ、あの人《ひと》たちいやだわ、だまってくれないかしら！」

「よう、ねえちゃん？」道《みち》の反対側《はんたいがわ》で、一番泥酔《いちばんでいすい》した男《おとこ》が大声《おおごえ》で言《い》った。「一杯《いっぱい》飲《の》まねえか？　赤毛《あかげ》なんか振《ふ》っちまって、こっちで一緒《いっしょ》に飲《の》もうぜ！」

「どこかに座《すわ》りましょう」ロンがどなり返《かえ》そうと口《くち》を開《ひら》いたので、ハーマイオニーがあわてて言《い》った。「ほら、ここがいいわ。さあ！」

小《ちい》さなみすぼらしい二十四時間営業《じかんえいぎょう》のカフェだった。プラスチックのテーブルはどれも、うっすらと油汚《あぶらよご》れがついていたが、客《きゃく》がいないのがよかった。ボックス型《がた》のベンチ席《せき》に、ハリーが最《さい》初《しょ》に入《はい》り込《こ》み、ロンがその隣《となり》に座《すわ》った。向《む》かいの席《せき》のハーマイオニーは、入口《いりぐち》に背《せ》を向《む》けて座《すわ》るのが気《き》になるらしく、しょっちゅう背後《はいご》を振《ふ》り返《かえ》って、まるでけいれんを起《お》こしているかのようだった。ハリーはじっとしていたくなかった。歩《ある》いている間《あいだ》は、錯覚《さっかく》でもゴールに向《む》かっているような気《き》がしていたのだ。透明《とうめい》マントの下《した》で、ハリーは、ポリジュース薬《やく》の効《き》き目《め》が切《き》れてきたのを感《かん》じた。両手《りょうて》が元《もと》の長《なが》さと形《かたち》を取《と》り戻《もど》しつつあった。ハリーは、ポケットからめがねを取《と》り出《だ》してかけた。

「あのさ、ここから『もれ鍋《なべ》』まで、そう遠《とお》くはないぜ。あれはチャリング・クロスにあるから――」まもなくしてロンが言《い》った。

「ロン、できないわ」ハーマイオニーが即座《そくざ》にはねつけた。

「泊《と》まるんじゃなくて、何《なに》が起《お》こっているかを知《し》るためだよ！」

「どうなっているかはわかっているわ！　ヴォルデモートが魔法省《まほうしょう》を乗《の》っ取《と》ったのよ。ほかに何《なに》を知《し》る必要《ひつよう》があるの？」

「オッケー、オッケー。ちょっとそう思《おも》っただけさ！」

三人《にん》ともピリピリしながらだまり込《こ》んだ。ガムをかみながら面倒《めんどう》くさそうにやってきたウェイトレスに、ハーマイオニーはカプチーノを二つだけ頼《たの》んだ。ハリーの姿《すがた》が見《み》えないのに、もう一つ注文《ちゅうもん》するのは変《へん》だからだ。がっちりした労働者風《ろうどうしゃふう》の男《おとこ》が二人《ふたり》、カフェに入《はい》ってきて、隣《となり》のボックス席《せき》にきゅうくつそうに座《すわ》った。ハーマイオニーは声《こえ》を落《お》としてささやいた。

「どこか静《しず》かな場所《ばしょ》を見《み》つけて『姿《すがた》くらまし』しましょう。そして地方《ちほう》のほうに行《い》くの。そこに着《つ》いたら、騎士団《きしだん》に伝言《でんごん》を送《おく》れるわ」

「じゃ、君《きみ》、あのしゃべる守護霊《しゅごれい》とか、できるの？」ロンが聞《き》いた。

「ずっと練習《れんしゅう》してきたわ。できると思《おも》う」ハーマイオニーが言《い》った。

「まあね、騎士団《きしだん》のメンバーが困《こま》ったことにならないなら、それでいいけど。だけど、もう捕《つか》まっちまってるかもな。ウエッ、むかつくぜ」

ロンが、泡《あわ》だった灰色《はいいろ》のコーヒーを一口《ひとくち》すすり、吐《は》き捨《す》てるように言《い》った。のろのろと隣《となり》の客《きゃく》の注文《ちゅうもん》を取《と》りにいくところだったウェイトレスが、聞《き》きとがめてロンにしかめっ面《つら》を向《む》けた。労《ろう》働者風《どうしゃふう》の二人《ふたり》のうち、ブロンドでかなり大柄《おおがら》なほうの男《おとこ》が、あっちへ行《い》けとウェイトレスを手《て》で追《お》い払《はら》うのを、ハリーは見《み》ていた。ウェイトレスはむっとした顔《かお》で男《おとこ》をにらんだ。

「それじゃ、もう行《い》こうぜ。僕《ぼく》、こんな泥《どろ》、飲《の》みたくない」ロンが言《い》った。「ハーマイオニー、支払《しはら》いするのに、マグルのお金持《かねも》ってるのか？」

「ええ、『隠《かく》れ穴《あな》』に行《い》く前《まえ》に、住宅金融組合《じゅうたくきんゆうくみあい》の貯金《ちょきん》を全部下《ぜんぶお》ろしてきたから。でも小銭《こぜに》はきっと、バッグの一番底《いちばんそこ》に沈《しず》んでるに決《き》まってるわ」

ハーマイオニーはため息《いき》をついて、ビーズのバッグに手《て》を伸《の》ばした。二人《ふたり》の労働者《ろうどうしゃ》が同時《どうじ》に動《うご》いた。ハリーも無意識《むいしき》に同《おな》じ動《うご》きをし、三人《にん》が杖《つえ》を抜《ぬ》いていた。ロンは一瞬遅《いっしゅんおく》れて事態《じたい》に気《き》づき、テーブルの反対側《はんたいがわ》から飛《と》びついて、ハーマイオニーをベンチ席《せき》に横倒《よこだお》しにした。死喰《しく》い人《びと》たちの強力《きょうりょく》な呪文《じゅもん》が、それまでロンの頭《あたま》があった所《ところ》の背後《はいご》のタイル壁《かべ》を粉々《こなごな》に砕《くだ》いた。同時《どうじ》に、姿《すがた》を隠《かく》したままのハリーが叫《さけ》んだ。

「ステューピファイ！　まひせよ！」

大柄《おおがら》のブロンドの死喰《しく》い人《びと》は、赤《あか》い閃光《せんこう》をまともに顔《かお》に受《う》けて気《き》を失《うしな》い、ドサリと横向《よこむ》きに倒《たお》れた。もう一人《ひとり》は誰《だれ》が呪文《じゅもん》をかけたのかわからず、またロンをねらって呪文《じゅもん》を発射《はっしゃ》した。黒《くろ》く光《ひか》る縄《なわ》が杖先《つえさき》から飛《と》び出《だ》し、ロンの頭《あたま》から足《あし》までを縛《しば》り上《あ》げた――ウェイトレスが悲鳴《ひめい》を上《あ》げて出口《でぐち》に向《む》かって逃《に》げ出《だ》した――ロンを縛《しば》ったひん曲《ま》がり顔《がお》の死喰《しく》い人《びと》に、ハリーはもう一発《ぱつ》「失神《しっしん》の呪文《じゅもん》」を撃《う》ったがそれて、窓《まど》で跳《は》ね返《かえ》った呪文《じゅもん》がウェイトレスに当《あ》たった。ウェイトレスは出《で》口《ぐち》の前《まえ》に倒《たお》れた。

「エクスパルソ！　爆破《ばくは》！」死喰《しく》い人《びと》が大声《おおごえ》で唱《とな》えると、ハリーの前《まえ》のテーブルが爆発《ばくはつ》し、その衝撃《しょうげき》でハリーは壁《かべ》に打《う》ちつけられた。杖《つえ》が手《て》を離《はな》れ、「マント」がすべり落《お》ちるのを感《かん》じた。

「ペトリフィカス　トタルス！　石《いし》になれ！」見《み》えない所《ところ》からハーマイオニーが叫《さけ》んだ。

死喰《しく》い人《びと》は石像《せきぞう》のように固《かた》まり、割《わ》れたカップやコーヒー、テーブルの破片《はへん》などの上《うえ》にバリバリと音《おと》を立《た》てて前《まえ》のめりに倒《たお》れた。ベンチの下《した》からはい出《だ》したハーマイオニーは、ブルブル震《ふる》えながら、髪《かみ》の毛《け》についた灰皿《はいざら》の破片《はへん》を振《ふ》り落《お》とした。

「ディ――ディフィンド、裂《さ》けよ」ハーマイオニーは杖《つえ》をロンに向《む》けて唱《とな》えた。とたんにロンは、痛《いた》そうな叫《さけ》び声《ごえ》を上《あ》げた。呪文《じゅもん》はロンのジーンズのひざを切《き》り裂《さ》き、深《ふか》い切《き》り傷《きず》を残《のこ》していた。

「ああぁっ、ロン、ごめんなさい。手《て》が震《ふる》えちゃって！　ディフィンド！」

縄《なわ》が切《き》れて落《お》ちた。ロンは、感覚《かんかく》を取《と》り戻《もど》そうと両腕《りょうで》を振《ふ》りながら立《た》ち上《あ》がった。ハリーは杖《つえ》を拾《ひろ》い、破片《はへん》を乗《の》り越《こ》えてベンチに大《だい》の字《じ》になって倒《たお》れている大柄《おおがら》なブロンドの死喰《しく》い人《びと》に近《ちか》づいた。

「こっちのやつは見破《みやぶ》れたはずなのに。ダンブルドアが死《し》んだ夜《よる》、その場《ば》にいたやつだ」そう言《い》いながら、ハリーは床《ゆか》に倒《たお》れている色黒《いろぐろ》の死喰《しく》い人《びと》を、足《あし》でひっくり返《かえ》した。男《おとこ》の目《め》がすばやくハリー、ロン、ハーマイオニーを順《じゅん》に見《み》た。

「そいつはドロホフだ」ロンが言《い》った。「昔《むかし》、お尋《たず》ね者《もの》のポスターにあったのを覚《おぼ》えてる。大《おお》きいほうは、たしかソーフィン・ロウルだ」

「名前《なまえ》なんかどうでもいいわ！」ハーマイオニーが、ややヒステリー気味《ぎみ》に言《い》った。「どうして私《わたし》たちを見《み》つけたのかしら？　私《わたし》たち、どうしたらいいの？」

ハーマイオニーがあわてふためいていることで、ハリーはかえって頭《あたま》がはっきりした。

「入口《いりぐち》に鍵《かぎ》をかけて」ハリーはハーマイオニーに言《い》った。「それから、ロン、灯《あか》りを消《け》してくれ」

カチリと鍵《かぎ》がかかり、ロンが「灯消《ひけ》しライター」でカフェを暗《くら》くした。その間《あいだ》にハリーは、金縛《かなしば》りになっているドロホフを見下《みお》ろしながら、すばやく考《かんが》えをめぐらした。ついさっきハーマイオニーを冷《ひ》やかした男《おとこ》たちの、別《べつ》の女性《じょせい》に呼《よ》びかける声《こえ》が、どこか遠《とお》くから聞《き》こえてきた。

「こいつら、どうする？」暗《くら》がりでロンがハリーにささやいた。それから一段《いちだん》と低《ひく》い声《こえ》で言《い》った。「殺《ころ》すか？　こいつら、僕《ぼく》たちを殺《ころ》すぜ。たった今《いま》、殺《や》られるとこだったしな」

ハーマイオニーは身震《みぶる》いして、一歩下《いっぽさ》がった。ハリーは首《くび》を振《ふ》った。

「こいつらの記憶《きおく》を消《け》すだけでいい」ハリーが言《い》った。「そのほうがいいんだ。連中《れんちゅう》は、それで僕《ぼく》たちをかぎつけられなくなる。殺《ころ》したら、僕《ぼく》たちがここにいたことがはっきりしてしまう」

「君《きみ》がボスだ」ロンは、心《こころ》からホッとしたように言《い》った。「だけど、ぼく『忘却呪文《ぼうきゃくじゅもん》』を使《つか》ったことがない」

「私《わたし》もないわ」ハーマイオニーが言《い》った。「でも、理論《りろん》は知《し》ってる」

ハーマイオニーは深呼吸《しんこきゅう》して気《き》を落《お》ち着《つ》け、杖《つえ》をドロホフの額《ひたい》に向《む》けて唱《とな》えた。

「オブリビエイト！　忘《わす》れよ！」

たちまちドロホフの目《め》がとろんとし、夢《ゆめ》を見《み》ているような感《かん》じになった。

「いいぞ！」ハリーは、ハーマイオニーの背中《せなか》をたたきながら言《い》った。「もう一人《ひとり》とウェイトレスもやってくれ。その間《あいだ》に僕《ぼく》とロンはここを片《かた》づけるから」

「片《かた》づける？」ロンが半壊《はんかい》したカフェを見回《みまわ》しながら言《い》った。「どうして？」

「こいつらが正気《しょうき》づいて、自分《じぶん》たちのいる場所《ばしょ》が爆破《ばくは》されたばかりの状態《じょうたい》だったら、何《なに》があったのかと疑《うたが》うだろう？」

「ああ、そうか、そうだな……」

ロンは、尻《しり》ポケットから杖《つえ》を引《ひ》っ張《ぱ》り出《だ》すのに一瞬《いっしゅん》苦労《くろう》していた。

「なんで杖《つえ》が抜《ぬ》けないのかと思《おも》ったら、わかったよ、ハーマイオニー、君《きみ》、僕《ぼく》の古《ふる》いジーンズを持《も》ってきたんだ。これ、きついよ」

「あら、悪《わる》かったわね」ハーマイオニーがかんにさわったように小声《こごえ》で言《い》い、ウェイトレスを窓《まど》から見《み》えない位置《いち》まで引《ひ》きずりながら、それならあそこにさせばいいのにと別《べつ》な場所《ばしょ》をブツブツ言《い》うのが、ハリーの耳《みみ》に聞《き》こえてきた。

カフェが元《もと》どおりになると、三人《にん》は、死喰《しく》い人《びと》たちが座《すわ》っていたボックスに二人《ふたり》を戻《もど》し、向《む》かい合《あ》わせにして寄《よ》りかからせた。

「だけどこの人《ひと》たち、どうして私《わたし》たちを見《み》つけたのかしら？」ハーマイオニーが、放心状態《ほうしんじょうたい》の死喰《しく》い人《びと》たちの顔《かお》を交互《こうご》に見《み》ながら疑問《ぎもん》をくり返《かえ》した。「どうして私《わたし》たちの居場所《いばしょ》がわかったのかしら？」

ハーマイオニーはハリーの顔《かお》を見《み》た。

「あなた――まだ『におい』をつけたままなんじゃないでしょうね、ハリー？」

「そんなはずないよ」ロンが言《い》った。「『におい』の呪文《じゅもん》は十七歳《さい》で破《やぶ》れる。魔法界《まほうかい》の法律《ほうりつ》だ。大人《おとな》には『におい』をつけることができない」

「あなたの知《し》るかぎりではね」ハーマイオニーが言《い》った。「でも、もし死喰《しく》い人《びと》が、十七歳《さい》に『におい』をつける方法《ほうほう》を見《み》つけだしていたら？」

「だけどハリーは、この二十四時間《じかん》、死喰《しく》い人《びと》に近寄《ちかよ》っちゃいない。誰《だれ》がハリーに『におい』をつけなおせたって言《い》うんだ？」

ハーマイオニーは答《こた》えなかった。ハリーは自分《じぶん》が汚《よご》れてしみがついているような気《き》になった。ほんとうに死喰《しく》い人《びと》は、そのせいで自分《じぶん》たちを見《み》つけたのだろうか？

「もし僕《ぼく》に魔法《まほう》が使《つか》えず、君《きみ》たちも僕《ぼく》の近《ちか》くでは魔法《まほう》が使《つか》えないということなら、使《つか》うと僕《ぼく》たちの居場所《いばしょ》がばれてしまうのなら……」ハリーが話《はな》しはじめた。

「別《わか》れないわ！」ハーマイオニーがきっぱりと言《い》った。

「どこか安全《あんぜん》な隠《かく》れ場所《ばしょ》が必要《ひつよう》だ」ロンが言《い》った。「そうすれば、よく考《かんが》える時間《じかん》ができる」

「グリモールド・プレイス」ハリーが言《い》った。

二人《ふたり》があんぐり口《くち》を開《あ》けた。

「ハリー、ばかなこと言《い》わないで。あそこにはスネイプが入《はい》れるのよ！」

「ロンのパパが、あそこにはスネイプよけの呪詛《じゅそ》をかけてあるって言《い》ってた――それに、その呪文《じゅもん》が効《き》かないとしても」ハーマイオニーが反論《はんろん》しかけるのを、ハリーは押《お》し切《き》って話《はな》し続《つづ》けた。「それがどうしたって言《い》うんだ？　いいかい、僕《ぼく》はスネイプに会《あ》えたら、むしろそれが百年目《ねんめ》さ！」

「でも――」

「ハーマイオニー、ほかにどこがある？　残《のこ》されたチャンスはあそこだよ。スネイプは死喰《しく》い人《びと》だとしてもたった一人《ひとり》だ。もし僕《ぼく》にまだ『におい』があるのなら、僕《ぼく》らがどこへ行《い》こうと、死喰《しく》い人《びと》が群《む》れをなして追《お》ってくる」

ハーマイオニーは、できることなら反論《はんろん》したそうな顔《かお》をした。しかし、できなかった。ハーマイオニーがカフェの鍵《かぎ》をはずす間《あいだ》、ロンは灯消《ひけ》しライターをカチッと鳴《な》らして灯《あか》りを戻《もど》した。それからハリーの三つ数《かぞ》える合図《あいず》で呪文《じゅもん》を解《と》き、ウェイトレスも二人《ふたり》の死喰《しく》い人《びと》もまだ眠《ねむ》そうにもぞもぞ動《うご》いている間《あいだ》に、ハリー、ロン、ハーマイオニーはその場《ば》で回転《かいてん》して、再《ふたた》びきゅうくつな暗闇《くらやみ》の中《なか》へと姿《すがた》を消《け》した。

数秒後《すうびょうご》、ハリーの肺《はい》は心地《ここち》よく広《ひろ》がり、目《め》を開《あ》けると、三人《にん》は見覚《みおぼ》えのある小《ち い》さなさびれた広場《ひろば》の真《ま》ん中《なか》に立《た》っていた。四方《しほう》から、老朽化《ろうきゅうか》した丈《たけ》の高《たか》い建物《たてもの》がハリーたちを見下《みお》ろしていた。「秘密《ひみつ》の守人《もりびと》」だったダンブルドアから教《おし》えられていたので、ハリー、ロン、ハーマイオニーはグリモールド・プレイス十二番地《ばんち》の建物《たてもの》を見《み》ることができた。跡《あと》をつけられていないか、見張《みは》られていないかを数歩《すうほ》ごとにたしかめながら、三人《にん》は建物《たてもの》に向《む》かって急《いそ》いだ。入口《いりぐち》の石段《いしだん》を大急《おおいそ》ぎでかけ上《あ》がり、ハリーが杖《つえ》で玄関《げんかん》の扉《とびら》を一回《かい》だけたたいた。カチッカチッと金属音《きんぞくおん》が何度《なんど》か続《つづ》き、カチャカチャ言《い》う鎖《くさり》の音《おと》が聞《き》こえて、扉《とびら》がギーッと開《ひら》いた。三人《にん》は急《いそ》いで敷居《しきい》をまたいだ。

ハリーが扉《とびら》を閉《し》めると、旧式《きゅうしき》のガスランプがポッとともり、玄関《げんかん》ホール全体《ぜんたい》にチラチラと明《あ》かりを投《な》げかけた。ハリーの記憶《きおく》にあるとおりの場所《ばしょ》だった。不気味《ぶきみ》で、クモの巣《す》だらけで、壁《かべ》にずらりと並《なら》んだしもべ妖精《ようせい》の首《くび》が、階段《かいだん》に奇妙《きみょう》な影《かげ》を落《お》としている。黒《くろ》く長《なが》いカーテンは、その裏《うら》にシリウスの母親《ははおや》の肖像画《しょうぞうが》を隠《かく》している。あるべき場所《ばしょ》にないのは、トロールの足《あし》の傘立《かさた》てだけだった。トンクスがまたしてもひっくり返《かえ》したように、横倒《よこだお》しになっている。

「誰《だれ》かがここに来《き》たみたい」ハーマイオニーが、それを指差《ゆびさ》してささやいた。

「騎士団《きしだん》が出《で》ていくときに、ひっくり返《かえ》った可能性《かのうせい》もあるぜ」ロンがささやき返《かえ》した。

「それで、スネイプよけの呪詛《じゅそ》って、どこにあるんだ？」ハリーが問《と》いかけた。

「あいつが現《あらわ》れたときだけ、作動《さどう》するんじゃないのか？」ロンが意見《いけん》を言《い》った。

それでも三人《にん》は、それ以上中《いじょうなか》に入《はい》るのを恐《おそ》れて、扉《とびら》に背《せ》をくっつけて身《み》を寄《よ》せ合《あ》ったまま、玄関《げんかん》マットの上《うえ》に立《た》っていた。

「さあ、いつまでもここに立《た》っているわけにはいかない」

そう言《い》うと、ハリーは一歩《ぽ》踏《ふ》み出《だ》した。

「**セブルス・スネイプか？**」

暗闇《くらやみ》からマッド-アイ・ムーディの声《こえ》がささやきかけた。三人《にん》はギョッとして飛《と》びすさった。

「僕《ぼく》たちはスネイプじゃない！」ハリーがかすれ声《ごえ》で言《い》った。その直後《ちょくご》、冷《つめ》たい風《かぜ》のように何《なに》かがシュッとハリーの頭上《ずじょう》を飛《と》び、ひとりでに舌《した》が丸《まる》まって、ハリーはしゃべれなくなった。しかし、手《て》を口《くち》の中《なか》に入《い》れて調《しら》べる前《まえ》に、舌《した》がほどけて元《もと》どおりになった。

あとの二人《ふたり》も同《おな》じ不快《ふかい》な感覚《かんかく》を味《あじ》わったらしい。ロンはゲェゲェ言《い》い、ハーマイオニーは言葉《ことば》がもつれた。

「こ、こ、これは——きっと——し、し——『舌《した》もつれの呪《のろ》い』で——マッド‐アイがスネイプに仕掛《しか》けたのよ！」

ハリーは、そっともう一歩踏《ぼふ》み出《だ》した。ホールの奥《おく》の薄暗《うすぐら》い所《ところ》で何《なに》かが動《うご》き、三人《にん》が一言《ひとこと》も言《い》う間《ま》も与《あた》えず、じゅうたんからほこりっぽい色《いろ》の恐《おそ》ろしい姿《すがた》がぬうっと立《た》ち上《あ》がった。ハーマイオニーは悲鳴《ひめい》を上《あ》げたが、同時《どうじ》にカーテンがパッと開《ひら》き、ブラック夫人《ふじん》も叫《さけ》んだ。灰色《はいいろ》の姿《すがた》はするすると三人《にん》に近《ちか》づいた。腰《こし》までの長《なが》い髪《かみ》とあごひげを後《うし》ろになびかせ、だんだん速度《そくど》を上《あ》げて近《ちか》づいてくる。げっそりと肉《にく》の落《お》ちた顔《かお》、目玉《めだま》のない落《お》ちくぼんだ目《め》。見知《みし》った顔《かお》がぞっとするほど変《か》わりはてている。その姿《すがた》は、やせおとろえた腕《うで》を上《あ》げ、ハリーを指差《ゆびさ》した。

「ちがう！」ハリーが叫《さけ》んだ。杖《つえ》を上《あ》げたものの、ハリーには何《なん》の呪文《じゅもん》も思《おも》いつかなかった。

「ちがう！　僕《ぼく》たちじゃない！　僕《ぼく》たちがあなたを殺《ころ》したんじゃない——」

「殺《ころ》す」という言葉《ことば》とともに、その姿《すがた》は破裂《はれつ》し、もうもうとほこりが立《た》った。むせ込《こ》んで涙目《なみだめ》になりながら、ハリーはあたりを見回《みまわ》した。ハーマイオニーは両腕《りょううで》で頭《あたま》を抱《かか》えて扉《とびら》の脇《わき》の床《ゆか》にしゃがみ込《こ》み、ロンは頭《あたま》のてっぺんからつま先《さき》まで震《ふる》えながら、ハーマイオニーの肩《かた》をぎこちなくたたいていた。「もう、だ――大丈夫《だいじょうぶ》だ……もう、い――いなくなった……」

ほこりはガスランプの青《あお》い光《ひかり》を映《うつ》して、ハリーの周《まわ》りで霧《きり》のように渦巻《うずま》いていた。ブラック夫人《ふじん》の叫《さけ》びは、まだ続《つづ》いている。

「**穢《けが》れた血《ち》、クズども、不名誉《ふめいよ》な汚点《おてん》、わが先祖《せんぞ》の館《やかた》を汚《けが》す輩《やから》――**」

「**だまれ!**」ハリーは大声《おおごえ》を出《だ》し、肖像画《しょうぞうが》に杖《つえ》を向《む》けた。バーンという音《おと》、噴《ふ》き出《だ》した赤《あか》い火花《ひばな》とともにカーテンが再《ふたた》び閉《と》じて、夫人《ふじん》をだまらせた。

「あれ……あれは……」ロンに助《たす》け起《お》こされながら、ハーマイオニーは弱々《よわよわ》しい泣《な》き声《ごえ》を出《だ》した。

「そうだ」ハリーが言《い》った。「だけど、あれは本物《ほんもの》のあの人《ひと》じゃない。そうだろう? 単《たん》にスネイプを脅《おど》すための姿《すがた》だよ」

そんなことでうまくいったのだろうか、とハリーは疑《うたが》った。それともスネイプは、本物《ほんもの》のダンブルドアを殺《ころ》したと同《おな》じ気軽《きがる》さで、あのぞっとするような姿《すがた》を吹《ふ》き飛《と》ばしてしまったのだろうか? 神経《しんけい》を張《は》りつめたまま、ほかにも恐《おそ》ろしいものが姿《すがた》を現《あらわ》すかもしれないと半《なか》ば身《み》がまえながら、ハリーは先頭《せんとう》に立《た》ってホールを歩《ある》いた。しかし、壁《かべ》のすそに沿《そ》ってちょろちょろ走《はし》るネズミ一匹以外《ぴきいがい》に、動《うご》くものは何《なに》もない。

「先《さき》に進《すす》む前《まえ》に、調《しら》べたほうがいいと思《おも》うわ」ハーマイオニーは小声《こごえ》でそう言《い》うと、杖《つえ》を上《あ》げて唱《とな》えた。

「ホメナム　レベリオ」

何事《なにごと》も起《お》こらない。

「まあ、君《きみ》は、たった今《いま》、すごいショックを受《う》けたばかりだしな」ロンは思《おも》いやりのある言《い》い方《かた》をした。「今《いま》のは何《なん》の呪文《じゅもん》のつもりだったの？」

「呪文《じゅもん》はちゃんと効《き》いたわ！」ハーマイオニーはかなり気《き》を悪《わる》くしたようだった。「人《ひと》がいれば姿《すがた》を現《あらわ》す呪文《じゅもん》よ。だけどここには、私《わたし》たち以外《いがい》に人《ひと》はいないの！」

「それと『ほこりじいさん』だけだな」

ロンは、死人《しにん》の姿《すがた》が立《た》ち上《あ》がったじゅうたんのあたりをちらりと見《み》た。

「行《い》きましょう」ハーマイオニーも同《おな》じ場所《ばしょ》をおびえたように見《み》たあと、先《さき》に立《た》ってきしむ階段《かいだん》を上《のぼ》り、二階《かい》の客間《きゃくま》に入《はい》った。

ハーマイオニーは杖《つえ》を振《ふ》って古《ふる》ぼけたガスランプをともし、すきま風《かぜ》の入《はい》る部屋《へや》で少《すこ》し震《ふる》えながら両腕《りょううで》で自分《じぶん》の体《からだ》をしっかり抱《だ》くようにして、ソファに腰《こし》かけた。ロンは窓際《まどぎわ》まで行《い》って、分《ぶ》厚《あつ》いビロードのカーテンをちょっと開《あ》けた。

「外《そと》には何《なん》にも見《み》えない」ロンが報告《ほうこく》した。「もしハリーがまだ『におい』をつけているなら、やつらがここまで追《お》ってきているはずだと思《おも》う。この家《いえ》に連中《れんちゅう》が入《はい》れないことはわかってるけど

――ハリー、どうした？」

ハリーは痛《いた》さで叫《さけ》び声《ごえ》を上《あ》げていた。水《みず》に反射《はんしゃ》するまばゆい光《ひかり》のように、ハリーの心《こころ》に何《なに》かがひらめき、傷痕《きずあと》がまた焼《や》けるように痛《いた》んだ。大《おお》きな影《かげ》が見《み》え、自分《じぶん》のものではない激《はげ》しい怒《いか》りが、電気《でんき》ショックのように鋭《するど》く体《からだ》を貫《つらぬ》いた。

「何《なに》を見《み》たんだ？」ロンがハリーに近寄《ちかよ》って聞《き》いた。「あいつが僕《ぼく》の家《いえ》にいたのか？」

「ちがう。怒《いか》りを感《かん》じただけだ――あいつは心《こころ》から怒《おこ》っている――」

「だけど、その場所《ばしょ》、『隠《かく》れ穴《あな》』じゃなかったか」ロンの声《こえ》が大《おお》きくなった。「ほかには？　何《なに》か見《み》なかったのか？　あいつが誰《だれ》かに呪《のろ》いをかけていなかったか？」

「ちがう。怒《いか》りを感《かん》じただけだ――あとはわからないんだ――」

ハリーはしつこいと感《かん》じ、頭《あたま》が混乱《こんらん》した。その上《うえ》ハーマイオニーのぎょっとした声《こえ》にも追《お》い討《う》ちをかけられた。

「また傷痕《きずあと》なの？　いったいどうしたって言《い》うの？　その結《むす》びつきはもう閉《と》じられたと思《おも》ったのに！」

「そうだよ。しばらくはね」ハリーがつぶやいた。傷痕《きずあと》の痛《いた》みがまだ続《つづ》いていて、意識《いしき》が集中《しゅうちゅう》できなかった。「ぼ――僕《ぼく》の考《かんが》えでは、あいつが自制《じせい》できなくなるとまた開《ひら》くようになったんだ。以前《いぜん》もそうだったし――」

「だけど、それなら、あなた、心《こころ》を閉《と》じなければ！」ハーマイオニーが金切《かなき》り声《ごえ》になった。「ハリー、ダンブルドアは、あなたがその結《むす》びつきを使《つか》うことを望《のぞ》まなかったわ。あなたに、それを閉《と》じてほしかったのよ。『閉心術《へいしんじゅつ》』を使《つか》うのはそのためだったの！　でないと、ヴォルデモートは、あなたにうそのイメージを植《う》えつけることができるのよ。覚《おぼ》えて――」

「ああ、覚《おぼ》えてるよ。わざわざどうも」ハリーは歯《は》を食《く》いしばった。ハーマイオニーに言《い》われるまでもない。ヴォルデモートが、まさにこのとおりの二人《ふたり》の間《あいだ》の結《むす》びつきを利用《りよう》して、かつてハリーを罠《わな》にかけたことも、その結果《けっか》シリウスが死《し》んだことも覚《おぼ》えている。ハリーは、自分《じぶん》が見《み》たことや感《かん》じたことを、二人《ふたり》に言《い》わなければよかったと思《おも》った。話題《わだい》にすることで、まるでヴォルデモートがこの部屋《へや》の窓《まど》に張《は》りついているかのように、その脅威《きょうい》がより身近《みぢか》なものに感《かん》じられた。

しかし傷痕《きずあと》の痛《いた》みはますます激《はげ》しくなり、ハリーは、吐《は》きたい衝動《しょうどう》をこらえるような思《おも》いで痛《いた》みと戦《たたか》った。

ハリーは、壁《かべ》にかかったブラック家《け》の家系図《かけいず》の古《ふる》いタペストリーを見《み》るふりをして、ロンとハーマイオニーに背《せ》を向《む》けた。その時《とき》、ハーマイオニーが鋭《するど》い悲鳴《ひめい》を上《あ》げた。ハリーは再《ふたた》び杖《つえ》を抜《ぬ》いて振《ふ》り返《かえ》った。すると、ちょうど客間《きゃくま》の窓《まど》を通《とお》り抜《ぬ》けて、銀色《ぎんいろ》の守護霊《しゅごれい》が飛《と》び込《こ》んでくるのが目《め》に入《はい》った。三人《にん》の前《まえ》で着地《ちゃくち》し、イタチの姿《すがた》になった守護霊《しゅごれい》は、ロンの父親《ちちおや》の声《こえ》で話《はな》しだした。

「**家族《かぞく》は無事《ぶじ》。返事《へんじ》をよこすな。我々《われわれ》は見張《みは》られている**」

守護霊《しゅごれい》は雲散霧消《うんさんむしょう》した。ロンは、悲鳴《ひめい》ともうめきともつかない音《おと》を出《だ》し、ソファに座《すわ》り込《こ》んだ。ハーマイオニーも座《すわ》ってロンの腕《うで》をしっかりつかんだ。

「みんな無事《ぶじ》なのよ。みんな無事《ぶじ》なのよ！」ハーマイオニーがささやくと、ロンは半分笑《はんぶんわら》いながらハーマイオニーを抱《だ》きしめた。

「ハリー」ロンが、ハーマイオニーの肩越《かたご》しに言《い》った。「僕《ぼく》——」

「いいんだよ」ハリーは頭痛《ずつう》で吐《は》きそうになりながら言《い》った。「君《きみ》の家族《かぞく》じゃないか。心配《しんぱい》して当然《とうぜん》だ。僕《ぼく》だってきっと君《きみ》と同《おな》じ気持《きも》ちになると思《おも》う」ハリーはジニーを思《おも》った。「僕《ぼく》だって、ほんとに君《きみ》と同《おな》じ気持《きも》ちだよ」

傷痕《きずあと》の痛《いた》みは最高《さいこう》に達《たっ》し、「隠《かく》れ穴《あな》」の庭《にわ》で感《かん》じたと同《おな》じ、焼《や》けるような痛《いた》みだった。かすかにハーマイオニーの声《こえ》が聞《き》こえた。

「私《わたし》、一人《ひとり》になりたくないわ。持《も》ってきた寝袋《ねぶくろ》で、今夜《こんや》はここで一緒《いっしょ》に寝《ね》てもいいかしら？」

ロンの承諾《しょうだく》する声《こえ》が聞《き》こえた。ハリーはこれ以上痛《いじょういた》みにたえられなくなり、ついに降参《こうさん》した。

「トイレに行《い》く」小声《こごえ》でそう言《い》うなり、ハリーは走《はし》りたいのをこらえて足早《あしばや》に部屋《へや》を出《で》た。

やっと間《ま》に合《あ》った。震《ふる》える手《て》でバスルームの内側《うちがわ》からかんぬきをかけ、割《わ》れるように痛《いた》む頭《あたま》を抱《かか》えて、ハリーは床《ゆか》に倒《たお》れた。するると、苦痛《くつう》が爆発《ばくはつ》し、ハリーは、自分《じぶん》のものではない怒《いか》りが心《こころ》に入《はい》り込《こ》むのを感《かん》じた。暖炉《だんろ》の明《あ》かりだけの、細長《ほそなが》い部屋《へや》だ。大柄《おおがら》なブロンドの死喰《しく》い人《びと》が床《ゆか》で身《み》もだえし、叫《さけ》び声《ごえ》を上《あ》げている。それを見下《みお》ろして、杖《つえ》を突《つ》き出《だ》したか細《ぼそ》い姿《すがた》が立《た》っている。ハリーはかん高《だか》い、冷《つめ》たく情《なさ》け容赦《ようしゃ》のない声《こえ》でしゃべった。

「まだまだ、ロウル。それともこれでしまいにして、おまえをナギニの餌《えさ》にしてくれようか？ヴォルデモート卿《きょう》は、今回《こんかい》は許《ゆる》さぬかもしれぬぞ……ハリー・ポッターにまたしても逃《に》げられたと言《い》うために、俺様《おれさま》を呼《よ》び戻《もど》したのか？　ドラコ、ロウルに我々《われわれ》の不興《ふきょう》をもう一度思《いちどおも》い知《し》らせてやれ……さあ、やるのだ。さもなければ俺様《おれさま》の怒《いか》りを、おまえに思《おも》い知《し》らせてくれるわ！」

暖炉《だんろ》の薪《まき》が一本崩《ぽんくず》れ、炎《ほのお》が燃《も》え上《あ》がった。その明《あ》かりが、あごのとがった、おびえて蒼白《そうはく》な顔《かお》をサッと横切《よこぎ》った――深《ふか》い水《みず》の底《そこ》から浮《う》かび上《あ》がるときのように、ハリーは大《おお》きく息《いき》を吸《す》い、目《め》を開《あ》けた。

ハリーは、冷《つめ》たい黒《くろ》い大理石《だいりせき》の床《ゆか》に大《だい》の字《じ》に倒《たお》れていた。鼻先《はなさき》に、大《おお》きなバスタブを支《ささ》える銀《ぎん》の脚《あし》の一本《ぽん》が見《み》えた。蛇《へび》の尾《お》の形《かたち》をしている。ハリーは上体《じょうたい》を起《お》こした。やつれて硬直《こうちょく》したマルフォイの顔《かお》が、目《め》の中《なか》に焼《や》きついていた。ドラコがヴォルデモートにどう使《つか》われているかを示《しめ》す、今《いま》しがた見《み》た光景《こうけい》に、ハリーは吐《は》き気《け》をもよおした。

扉《とびら》を鋭《するど》くたたく音《おと》で、ハリーは飛《と》び上《あ》がった。ハーマイオニーの声《こえ》が響《ひび》いた。

「ハリー、歯《は》ブラシはいる？　ここにあるんだけど」

「ああ、助《たす》かるよ。ありがとう」なにげない声《こえ》を出《だ》そうと奮闘《ふんとう》しながら、ハーマイオニーを中《なか》に入《い》れるために、ハリーは立《た》ち上《あ》がった。

第《だい》10章《しょう》 クリーチャー語《かた》る

翌朝早《よくあさはや》く、ハリーは、客間《きゃくま》の床《ゆか》で寝袋《ねぶくろ》にくるまって目《め》を覚《さ》ました。分厚《ぶあつ》いカーテンのすきまから見《み》える、夜《よる》と夜明《よあ》けの間《あいだ》の光《ひかり》は、水《みず》に溶《と》かしたインクのようなすっきりと澄《す》んだブルーだった。ロンとハーマイオニーのゆっくりした深《ふか》い寝息《ねいき》のほかに、聞《き》こえるものはない。ハリーは横《よこ》で寝《ね》ている二人《ふたり》の影《かげ》をちらりと見《み》た。昨晩《さくばん》、ロンが、突然騎士道精神《とつぜんきしどうせいしん》の発作《ほっさ》を起《お》こして、ソファのクッションを床《ゆか》に敷《し》き、ハーマイオニーにその上《うえ》で寝《ね》るべきだと言《い》い張《は》ったため、ハーマイオニーのシルエットはロンより高《たか》い所《ところ》にあった。ハーマイオニーの片腕《かたうで》が床《ゆか》まで曲線《きょくせん》を描《えが》いて垂《た》れ下《さ》がり、その指先《ゆびさき》がロンの指《ゆび》のすぐ近《ちか》くにあった。ハリーは、二人《ふたり》が手《て》を握《にぎ》ったまま眠《ねむ》り込《こ》んだのではないかと思《おも》った。そう思《おも》うと、不思議《ふしぎ》に孤独《こどく》を感《かん》じた。

ハリーは暗《くら》い天井《てんじょう》を見上《みあ》げ、クモの巣《す》の張《は》ったシャンデリアを見《み》た。陽《ひ》の照《て》りつけるテントの入口《いりぐち》に立《た》ち、結婚式《けっこんしき》の招待客《しょうたいきゃく》の案内《あんない》のために待機《たいき》していたときから、まだ二十四時間《じかん》とたっていない。それがもう別《べつ》の人生《じんせい》だったように遠《とお》く感《かん》じる。これから何《なに》が起《お》きるのだろう？　床《ゆか》に横《よこ》になったまま、ハリーは分霊箱《ぶんれいばこ》のことを考《かんが》え、ダンブルドアが自分《じぶん》に残《のこ》した任務《にんむ》の、気《き》が遠《とお》くなるような重《おも》さと複雑《ふくざつ》さを思《おも》った……ダンブルドア……。

ダンブルドアの死後《しご》、ずっとハリーの心《こころ》を占《し》めていた深《ふか》い悲《かな》しみが、今《いま》はちがったものに感《かん》じられた。結婚式《けっこんしき》でミュリエルから聞《き》かされた非難《ひなん》、告発《こくはつ》が頭《あたま》に巣食《すく》い、その病巣《びょうそう》が崇拝《すうはい》してきた魔法使《まほうつか》いの記憶《きおく》をむしばんでいくようだった。ダンブルドアは、そんなことを黙認《もくにん》できたのだろうか？　ダドリーと同《おな》じように、誰《だれ》が遺棄《いき》されようと虐待《ぎゃくたい》されようと、自分《じぶん》の身《み》に降《ふ》りかからないかぎりは、平気《へいき》で眺《なが》めていられたのだろうか。監禁《かんきん》され隠《かく》されていた妹《いもうと》に、背《せ》を向《む》けることができたのだろうか？

ハリーはゴドリックの谷《たに》を思《おも》い、ダンブルドアが一度《いちど》も口《くち》にしなかった墓《はか》のことを思《おも》った。何《なん》の説明《せつめい》もなしに遺《のこ》された謎《なぞ》の品々《しなじな》を思《おも》った。すると、薄暗《うすくら》がりの中《なか》で激《はげ》しい恨《うら》みが突《つ》き上《あ》げてきた。ダンブルドアはなぜ話《はな》してくれなかったんだ？　なぜ説明《せつめい》してくれなかったんだ？　僕《ぼく》のことをほんとうに気《き》にかけていてくれたのだろうか？　それとも僕《ぼく》は、磨《みが》いたり研《と》ぎ上《あ》げたりするべき道具《どうぐ》にすぎず、信用《しんよう》したり打《う》ち明《あ》けたりする対象《たいしょう》ではなかったのだろうか？

苦《にが》い思《おも》いだけをかみしめて横《よこ》たわっているのは、たえがたかった。何《なに》かしなければ居《い》ても立《た》ってもいられなくなり、気《き》を紛《まぎ》らわせるためにハリーは寝袋《ねぶくろ》を抜《ぬ》け出《だ》し、杖《つえ》を持《も》ってそっと部屋《へや》を出《で》た。踊《おど》り場《ば》で「ルーモス、光《ひかり》よ」と小声《こごえ》で唱《とな》え、ハリーは杖灯《つえあか》りを頼《たよ》りに階段《かいだん》を上《のぼ》りはじめた。

三階《かい》には、前回《ぜんかい》ロンと一緒《いっしょ》だった寝室《しんしつ》がある。踊《おど》り場《ば》から、ハリーはその部屋《へや》をのぞき込《こ》んだ。洋《よう》だんすの戸《と》は開《あ》けっ放《ぱな》しで、ベッドの上《うわ》がけははがされている。ハリーは、階下《かいか》のトロールの足《あし》が横倒《よこだお》しになっていたことを思《おも》い出《だ》した。騎士団《きしだん》が引《ひ》き払《はら》ったあと、誰《だれ》かがここを家捜《やさが》しした。スネイプか？　それとも、シリウスの生前《せいぜん》も死後《しご》もこの家《いえ》から多《おお》くの物《もの》をくすねたマンダンガスか？　ハリーの視線《しせん》は、フィニアス・ナイジェラス・ブラックの肖像《しょうぞう》がときどき現《あらわ》れた額《がく》に移《うつ》った。シリウスの曾々祖父《そうそうそふ》だが、絵《え》には泥色《どろいろ》にべた塗《ぬ》りされた背景《はいけい》が見《み》えるだけで、からっぽだった。フィニアス・ナイジェラスは、ホグワーツの校長室《こうちょうしつ》で夜《よる》を過《す》ごしているにちがいない。

ハリーはさらに階段《かいだん》を上《のぼ》り、最上階《さいじょうかい》の踊《おど》り場《ば》に出《で》た。ドアは二つだけだ。ハリーが向《む》き合《あ》っているドアの名札《なふだ》には「シリウス」と書《か》いてある。ハリーは、名付《なづ》け親《おや》の部屋《へや》に入《はい》ったことがなかった。ドアを押《お》し開《あ》け、なるべく遠《とお》くまで灯《あか》りが届《とど》くように、ハリーは杖《つえ》を高《たか》く掲《かか》げた。

部屋《へや》は広《ひろ》かった。かつてはしゃれた部屋《へや》だったにちがいない。木彫《きぼ》りのヘッドボードがついた大《おお》きなベッド、長《なが》いビロードのカーテンでほとんど覆《おお》われている縦長《たてなが》の大《おお》きな窓《まど》、分厚《ぶあつ》いほこりの積《つ》もったシャンデリア、そこにまだ残《のこ》っているろうそくの燃《も》えさしには、垂《た》れて固《かた》まったろうが霜《しも》のようについている。壁《かべ》にかかった絵《え》やヘッドボードはうっすらとほこりで覆《おお》われ、シャンデリアと大《おお》きな木製《もくせい》の洋《よう》だんすとの間《あいだ》には、クモの巣《す》が張《は》っている。部屋《へや》の奥《おく》まで入《はい》っていくと、ネズミがあわてて走《はし》り回《まわ》る音《おと》が聞《き》こえた。

十代《だい》のシリウスがびっしりと貼《は》りつけたポスターやら写真《しゃしん》やらで、銀《ぎん》ねず色《いろ》の絹《きぬ》の壁紙《かべがみ》はほとんど見《み》えない。おそらくシリウスの両親《りょうしん》は、壁《かべ》に貼《は》りつけるのに使《つか》われた「永久粘着呪文《えいきゅうねんちゃくじゅもん》」を解《と》くことができなかったのだろう。そうとしか考《かんが》えられない。なぜなら、両親《りょうしん》は、長男《ちょうなん》の装飾《そうしょく》の趣味《しゅみ》が気《き》に入《い》らなかったにちがいないと思《おも》えるからだ。どうやらシリウスは、ひたすら両親《りょうしん》をいらいらさせることに努力《どりょく》したようだ。全員《ぜんいん》がスリザリン出身《しゅっしん》である家族《かぞく》と自分《じぶん》とはちがう、ということを強調《きょうちょう》するためだけに貼《は》られたグリフィンドールの大《だい》バナーが何枚《なんまい》か、紅《くれない》も金色《きんいろ》も色《いろ》あせて残《のこ》っている。マグルのオートバイの写真《しゃしん》がたくさんあるし、その上《うえ》――ハリーはシリウスの度《ど》胸《きょう》に感心《かんしん》したが――ビキニ姿《すがた》の若《わか》いマグルの女性《じょせい》のポスターも数枚《すうまい》ある。色《いろ》あせた笑顔《えがお》も生気《せいき》のない目《め》も紙《かみ》に固定《こてい》され、写真《しゃしん》の中《なか》でじっと動《うご》かないことから、マグルの女性《じょせい》であることは明《あき》らかだ。それと対照的《たいしょうてき》なのが、壁《かべ》に貼《は》られた唯一《ゆいいつ》の魔法界《まほうかい》の写真《しゃしん》だ。ホグワーツの四人《にん》の学生《がくせい》が肩《かた》を組《く》み、カメラに向《む》かって笑《わら》っている。

ハリーは父親《ちちおや》を見《み》つけて胸《むね》が躍《おど》った。くしゃくしゃな黒《くろ》い髪《かみ》は、ハリーと同《おな》じに後《うし》ろがピンピン立《た》っているし、ハリーと同《おな》じにめがねをかけている。隣《となり》はシリウスで、無頓着《むとんじゃく》なのにハンサムだ。少《すこ》し高慢《こうまん》ちきな顔《かお》は、シリウスが生前《せいぜん》ハリーに見《み》せたどの顔《かお》よりも若《わか》く、幸福《こうふく》そうだった。シリウスの右《みぎ》に立《た》っているのはペティグリューで、頭《あたま》一つ以上《いじょう》背《せ》が低《ひく》く小太《こぶと》りで、色《いろ》の薄《うす》い目《め》をしている。みんなの憧《あこが》れの反逆児《はんぎゃくじ》であるジェームズとシリウスがいる、最高《さいこう》にかっこいいグループの仲間《なかま》に入《い》れてもらえたうれしさで、顔《かお》を輝《かがや》かせている。ジェームズの左側《ひだりがわ》にルーピンがいる。そのころにして、すでにややみすぼらしい。しかし、ペティグリューと同様《どうよう》、自分《じぶん》が好《す》かれていることや仲間《なかま》にしてもらえたことに驚《おどろ》き、喜《よろこ》んでいる……いや、そんなふうに見《み》えるのは、ハリーがそのころの事情《じじょう》を知《し》っているからにすぎないのだろうか？　ハリーは写真《しゃしん》を壁《かべ》からはがそうとした。これは結局《けっきょく》、ハリーの物《もの》だ――シリウスはハリーにすべてを遺《のこ》したのだから――しかし写真《しゃしん》はびくともしない。シリウスは、両親《りょうしん》が自分《じぶん》の部屋《へや》の内装《ないそう》を変《か》えるのを、あくまで阻止《そし》するつもりだったのだ。

ハリーは床《ゆか》を見回《みまわ》した。空《そら》が徐々《じょじょ》に明《あか》るくなってきて、一条《いちじょう》の光《ひかり》が、じゅうたんに散《ち》らばっている羊皮紙《ようひし》や本《ほん》や小物《こもの》を照《て》らした。シリウスの部屋《へや》もあさられているのが一目《ひとめ》でわかる。もっとも部屋《へや》の中《なか》にある物《もの》は、全部《ぜんぶ》とは言《い》わないまでも、大部分《だいぶぶん》は価値《かち》がないと判断《はんだん》されたらしい。何《なん》冊《さつ》かの本《ほん》は、乱暴《らんぼう》に振《ふ》られたらしく表紙《ひょうし》がはずれて、ページがバラバラになって散乱《さんらん》していた。

ハリーはしゃがんで紙《かみ》を何枚《なんまい》か拾《ひろ》い、内容《ないよう》をたしかめた。一枚《まい》はバチルダ・バグショットの旧《きゅう》版《はん》の『魔法史《まほうし》』だったし、もう一枚《まい》はオートバイの修理《しゅうり》マニュアルの一部《いちぶ》だとわかった。三枚目《まいめ》の手書《てが》きの紙《かみ》は丸《まる》めてあったので、開《ひら》いて伸《の》ばした。

親愛《しんあい》なるパッドフット

ハリーの誕生祝《たんじょういわ》いをほんとに、ほんとにありがとう！　もうハリーの一番《いちばん》のお気《き》に入《い》りになったのよ。一歳《さい》なのに、もうおもちゃの箒《ほうき》に乗《の》って飛《と》び回《まわ》っていて、自分《じぶん》でもとても得意《とくい》そうなの。写真《しゃしん》を同封《どうふう》しましたから見《み》てください。地上《ちじょう》からたった六十センチぐらいしか浮《う》かばないのに、ハリーったら危《あや》うく猫《ねこ》を殺《ころ》してしまうところだったし、ペチュニアからクリスマスにもらった趣味《しゅみ》の悪《わる》い花瓶《かびん》を割《わ》ってしまったわ（これは文句《もんく》じゃないんだけど）。ジェームズがとってもおもしろがって、こいつは偉大《いだい》なクィディッチ選手《せんしゅ》になるなんて言《い》ってるわ。でも飾《かざ》り物《もの》は全部片《ぜんぶかた》づけてしまわないといけなくなったし、ハリーが飛《と》んでいるときは目《め》が離《はな》せないの。

誕生祝《たんじょういわ》いは、バチルダおばあさんと一緒《いっしょ》に、静《しず》かな夕食《ゆうしょく》をしたの。バチルダはいつもやさしくしてくれるし、ハリーをとってもかわいがっているの。あなたが来《こ》られなくてとても残念《ざんねん》だったけど、騎士団《きしだん》のことが第一《だいいち》だし、ハリーはまだ小《ちい》さいから、どうせ自分《じぶん》の誕生日《たんじょうび》だなんてわからないわ！　ジェームズはここにじっとしていることで少《すこ》し焦《あせ》っているの。表《おもて》には出《だ》さないようにしているけど、私《わたし》にはわかるわ――それに、ダンブルドアがまだジェームズの透明《とうめい》マントを持《も》っていったままだから、ちょっとお出《で》かけというわけにはいかないの。あなたが来《き》てくだされば、ジェームズはどんなに元気《げんき》が出《で》るか。ワーミーが先週末《せんしゅうまつ》、ここに来《き》たわ。落《お》ち込《こ》んでいるように見《み》えたけれど、マッキノンたちの訃報《ふほう》のせいかもしれないわね。それを聞《き》いたときは、私《わたし》、一晩中《ひとばんじゅう》泣《な》きました。

バチルダはほとんど毎日《まいにち》寄《よ》ってくれます。ダンブルドアについての驚《おどろ》くような話《はなし》を知《し》っている、おもしろいおばあさんです。

ダンブルドアがそのことを知《し》ったら、喜《よろこ》ぶかどうか！　実《じつ》はどこまで信《しん》じていいか、私《わたし》にはわからないの。だって信《しん》じられないのよ、ダンブルドアが

ハリーは手足《てあし》がしびれたような気《き》がした。神経《しんけい》のまひした指《ゆび》に奇跡《きせき》のような羊皮紙《ようひし》を持《も》って、ハリーはじっと動《うご》かずに立《た》っていた。体《からだ》の中《なか》では、静《しず》かな噴火《ふんか》が起《お》こり、喜《よろこ》びと悲《かな》しみが同《おな》じぐらいの強《つよ》さで血管《けっかん》をかけめぐっていた。ハリーはよろよろとベッドに近《ちか》づき、座《すわ》った。

ハリーはもう一度手紙《いちどてがみ》を読《よ》んだ。しかし最初《さいしょ》に読《よ》んだとき以上《いじょう》の意味《いみ》は読《よ》み取《と》れず、筆跡《ひっせき》をじっと見《み》るだけだった。母親《ははおや》の「が」の書《か》き方《かた》は、ハリーと同《おな》じだ。手紙《てがみ》の中《なか》で、ハリーは全部《ぜんぶ》の「が」を一つ一つ拾《ひろ》った。そのたびに、その字《じ》がベールの陰《かげ》からのぞいて、小《ちい》さくやさしく手《て》を振《ふ》ってくれているような気《き》がした。この手紙《てがみ》は信《しん》じがたいほどの宝《たから》だ。リリー・ポッターが生《い》きていたことの、ほんとうに生《い》きていたことの証《あか》しだ。母親《ははおや》の温《あたた》かな手《て》が、一度《いちど》はこの羊皮紙《ようひし》の上《うえ》を動《うご》いて、インクでこういう文字《もじ》を、こういう言葉《ことば》をしたためたのだ。自分《じぶん》の息子《むすこ》、ハリーに関《かん》するこういう言葉《ことば》を。

ぬれた目《め》をぬぐうのももどかしく、今度《こんど》は内容《ないよう》に集中《しゅうちゅう》して、ハリーはもう一度手紙《いちどてがみ》を読《よ》んだ。かすかにしか覚《おぼ》えていない声《こえ》を聞《き》くような思《おも》いがする。

猫《ねこ》を飼《か》っていたのだ……両親《りょうしん》と同《おな》じように、ゴドリックの谷《たに》でたぶん非業《ひごう》の死《し》をとげたのだろう……そうでなければ、誰《だれ》も餌《えさ》をやる人《ひと》がいなくなったときに逃《に》げたのかもしれない……。シリウスが、ハリーの最初《さいしょ》の箒《ほうき》を買《か》ってくれた人《ひと》なんだ……。両親《りょうしん》はバチルダ・バグショットと知《し》り合《あ》いだった。ダンブルドアが紹介《しょうかい》したのだろうか？　**ダンブルドアがジェームズの「透明《とうめい》マント」を持《も》っていったまま**――何《なん》だか変《へん》だ……。

ハリーは読《よ》むのを中断《ちゅうだん》し、母親《ははおや》の言葉《ことば》の意味《いみ》を考《かんが》えた。ダンブルドアはなぜジェームズの「透《とう》明《めい》マント」を持《も》っていったのだろう？　ハリーは、校長先生《こうちょうせんせい》が何年《なんねん》も前《まえ》にハリーに言《い》ったことを、はっきり覚《おぼ》えている――**わしはマントがなくても透明《とうめい》になれるのでな**――。誰《だれ》か騎士団《きしだん》のメンバーで、それほどの能力《のうりょく》がない魔法使《まほうつか》いが、マントの助《たす》けを必要《ひつよう》としたのかもしれない。それでダンブルドアが運《はこ》び役《やく》になったのか？　ハリーはその先《さき》を読《よ》んだ……。

ワーミーがここに来《き》たわ――あの裏切《うらぎ》り者《もの》のペティグリューが、「**落《お》ち込《こ》んでいる**」ように見《み》えたって？　それが生《い》きたジェームズとリリーに会《あ》う最後《さいご》になると、やつにはわかっていたのだろうか？

最後《さいご》はまたバチルダだ。ダンブルドアに関《かん》して、信《しん》じられないような話《はなし》をしたという。**信《しん》じられないのよ、ダンブルドアが**――。

ダンブルドアがどうしたって？　だけど、ダンブルドアに関《かん》しては、信《しん》じられないと言《い》えそうなことはいくらでもあった。たとえば、変身術《へんしんじゅつ》の試験《しけん》で最低《さいてい》の成績《せいせき》を取《と》ったことがあるとか、アバーフォースと同《おな》じに「山羊使《やぎつか》い」の術《じゅつ》を学《まな》んだとか……。

ハリーは歩《ある》き回《まわ》って、床全体《ゆかぜんたい》をざっと見渡《みわた》した。もしかしたら手紙《てがみ》の続《つづ》きがどこかにあるかもしれない。ハリーは羊皮紙《ようひし》を探《さが》した。見《み》つけたい一心《いっしん》で、最初《さいしょ》にこの部屋《へや》を探《さが》し回《まわ》った者《もの》と同《おな》じぐらい乱暴《らんぼう》に部屋《へや》を引《ひ》っかき回《まわ》した。引《ひ》き出《だ》しを開《あ》け、本《ほん》を逆《さか》さに振《ふ》り、椅子《いす》に乗《の》って洋《よう》だんすの上《うえ》に手《て》をはわせたり、ベッドやひじかけ椅子《いす》の下《した》をはい回《まわ》ったりした。

最後《さいご》に床《ゆか》にはいつくばって、整理《せいり》だんすの下《した》に羊皮紙《ようひし》の切《き》れ端《はし》のような物《もの》を見《み》つけた。引《ひ》っ張《ぱ》り出《だ》してみると、それは一部《いちぶ》が欠《か》けてはいたが、リリーの手紙《てがみ》に書《か》いてあった写真《しゃしん》だった。黒《くろ》い髪《かみ》の男《おとこ》の子《こ》が、小《ちい》さな箒《ほうき》に乗《の》って大声《おおごえ》で笑《わら》いながら写真《しゃしん》から出《で》たり入《はい》ったりしている。追《お》いかけている二本《ほん》の足《あし》は、ジェームズのものにちがいない。ハリーは写真《しゃしん》をリリーの手紙《てがみ》と一緒《いっしょ》にポケットに入《い》れ、また手紙《てがみ》の二枚目《まいめ》を探《さが》しにかかった。

しかし十五分《ふん》も探《さが》すと、母親《ははおや》の手紙《てがみ》の続《つづ》きはなくなってしまったと考《かんが》えざるをえなくなった。書《か》かれてから十六年《ねん》もたっているので、その間《あいだ》になくなったのか、それともこの部屋《へや》を家捜《やさが》しした誰《だれ》かに持《も》ち去《さ》られてしまったのか？　ハリーは一枚目《まいめ》をもう一度《いちど》読《よ》んだ。今度《こんど》は、二枚目《まいめ》に重《じゅう》要《よう》なことが書《か》かれていたのならそれは何《なに》か、そのヒントを探《さが》しながら読《よ》んだ。おもちゃの箒《ほうき》が死《し》喰《く》い人《びと》にとって関心《かんしん》があるとは、とうてい考《かんが》えられない……唯一役《ゆいいつやく》に立《た》つかもしれないと思《おも》われるのは、ダンブルドアに関《かん》する情報《じょうほう》の可能性《かのうせい》だ。――信《しん》じられないのよ、ダンブルドアが――何《なん》だろう？

「ハリー？　ハリー！　ハリー！」

「ここだよ！」ハリーが声《こえ》を張《は》り上《あ》げた。「どうかしたの？」

ドアの外《そと》でバタバタと足音《あしおと》がして、ハーマイオニーが飛《と》び込《こ》んできた。

「目《め》が覚《さ》めたら、あなたがいなくなってたんですもの！」

ハーマイオニーは息《いき》を切《き》らしながら言《い》った。

「ロン！　見《み》つけたわ！」ハーマイオニーが振《ふ》り返《かえ》って叫《さけ》んだ。

ロンのいらだった声《こえ》が、数階下《すうかいした》のどこか遠《とお》くから響《ひび》いてきた。

「よかった！　バカヤロって言《い》っといてくれ！」

「ハリー、だまって消《き》えたりしないで、お願《ねが》いよ。私《わたし》たちどんなに心配《しんぱい》したか！　でも、どうしてこんな所《ところ》に来《き》たの？」

さんざん引《ひ》っかき回《まわ》された部屋《へや》をぐるりと眺《なが》めて、ハーマイオニーが言《い》った。

「ここで何《なに》してたの？」

「これ、見《み》つけたんだ」

ハリーは、母親《ははおや》の手紙《てがみ》を差《さ》し出《だ》した。ハーマイオニーが手《て》に取《と》って読《よ》む間《あいだ》、ハリーはそれを見《み》つめていた。読《よ》み終《お》えると、ハーマイオニーはハリーを見上《みあ》げた。

「ああ、ハリー……」

「それから、これもあった」

ハリーは破《やぶ》れた写真《しゃしん》を渡《わた》した。ハーマイオニーは、おもちゃの箒《ほうき》に乗《の》った赤《あか》ん坊《ぼう》が、写真《しゃしん》から出《で》たり入《はい》ったりしているのを見《み》てほほ笑《え》んだ。

「僕《ぼく》、手紙《てがみ》の続《つづ》きを探《さが》してたんだ」ハリーが言《い》った。「でも、ここにはない」

ハーマイオニーは、ざっと見回《みまわ》した。

「あなたがこんなに散《ち》らかしたの？　それともあなたがここに来《き》たときはもう、ある程度《ていど》こうなっていたの？」

「誰《だれ》かが、僕《ぼく》より前《まえ》に家捜《やさが》しした」ハリーが言《い》った。

「そうだと思《おも》ったわ。ここに上《あ》がってくるまでにのぞいた部屋《へや》は、全部荒《ぜんぶあ》らされていたの。いったい何《なに》を探《さが》していたのかしら？」

「騎士団《きしだん》の情報《じょうほう》。スネイプならね」

「でも、あの人《ひと》ならもう、必要《ひつよう》なものは全部持《ぜんぶも》ってるんじゃないかしら。だって、ほら、騎士団《きしだん》の中《なか》にいたんですもの」

「それじゃあ」

ハリーは自分《じぶん》の考《かんが》えを検討《けんとう》してみたくて、うずうずしていた。

「ダンブルドアに関《かん》する情報《じょうほう》っていうのは？　たとえば、この手紙《てがみ》の二枚目《まいめ》とか。母《かあ》さんの手紙《てがみ》に書《か》いてあるこのバチルダのことだけど、誰《だれ》だか知《し》ってる？」

「誰《だれ》なの？」

「バチルダ・バグショット。教科書《きょうかしょ》の――」

「『魔法史《まほうし》』の著者《ちょしゃ》ね」ハーマイオニーは、興味《きょうみ》をそそられたようだった。「それじゃ、あなたのご両親《りょうしん》は、バチルダを知《し》っていたのね？　魔法史家《まほうしか》としてすごい人《ひと》だったわ」

「それに、彼女《かのじょ》はまだ生《い》きている」ハリーが言《い》った。「その上《うえ》、ゴドリックの谷《たに》に住《す》んでる。ロンの大《おお》おばさんのミュリエルが、結婚式《けっこんしき》でバチルダのことを話《はな》したんだ。バチルダはダンブルドアの家族《かぞく》のこともよく知《し》っていたんだよ。話《はなし》をしたら、かなりおもしろい人《ひと》じゃないかな？」

ハーマイオニーは、ハリーに向《む》かって、すべてお見透《みとお》しというほほ笑《え》み方《かた》をした。ハリーは気《き》に入《い》らなかった。ハリーは手紙《てがみ》と写真《しゃしん》を取《と》り戻《もど》し、本心《ほんしん》を見透《みす》かされまいと、ハーマイオニーの目《め》をさけて、うつむいたまま首《くび》にかけた袋《ふくろ》に入《い》れた。

「あなたがなぜバチルダと話《はな》したいか、わかるわよ。ご両親《りょうしん》のことや、ダンブルドアについてもね」ハーマイオニーが言《い》った。「でも、それは私《わたし》たちの分霊箱探《ぶんれいばこさが》しには、あまり役《やく》に立《た》たないんじゃないかしら？」

ハリーは答《こた》えなかった。ハーマイオニーはたたみかけるように話《はな》し続《つづ》けた。

「ハリー、あなたがゴドリックの谷に行《い》きたがる気持《きも》ちはわかるわ。でも、私《わたし》、怖《こわ》いの……きのう、死喰《しく》い人《びと》たちにあんなに簡単《かんたん》に見《み》つかったことが怖《こわ》いの。それで私《わたし》、あなたのご両親《りょうしん》が眠《ねむ》っていらっしゃる所《ところ》はさけるべきだっていう気持《きも》ちが、前《まえ》よりも強《つよ》くなっているの。あなたがお墓《はか》をたずねるだろうと、連中《れんちゅう》は絶対《ぜったい》にそう読《よ》んでいるわ」

「それだけじゃないんだ」

ハリーは、相変《あいか》わらずハーマイオニーの目《め》をさけながら言《い》った。

「結婚式《けっこんしき》で、ミュリエルがダンブルドアについてあれこれ言《い》った。僕《ぼく》はほんとうのことが知《し》りたい……」

ハリーはミュリエルに聞《き》いたことをすべて、ハーマイオニーに話《はな》した。ハリーが話《はな》し終《お》えると、ハーマイオニーが言《い》った。

「もちろん、なぜあなたがそんなに気《き》にするかはわかるわ、ハリー――」

「――別《べつ》に気《き》にしちゃいない」ハリーはうそをついた。「ただ知《し》りたいだけだ。ほんとうのことなのかどうか――」

「ハリー、意地悪《いじわる》な年寄《としよ》りのミュリエルとかリータ・スキーターなんかから、ほんとうのことが聞《き》けるなんて、本気《ほんき》でそう思《おも》っているの？　どうして、あんな人《ひと》たちが信用《しんよう》できる？　あなたはダンブルドアを知《し》っているでしょう！」

「知《し》ってると思《おも》っていた」ハリーがつぶやいた。

「でも、リータがあなたについていろいろ書《か》いた中《なか》に、どのくらいほんとうのことがあったか、あなたにはわかっているでしょう！　ドージの言《い》うとおりよ。そんな連中《れんちゅう》に、ダンブルドアの思《おも》い出《で》を汚《けが》されていいはずがないでしょう？」

ハリーは顔《かお》を背《そむ》け、腹立《はらだ》たしい気持《きも》ちを悟《さと》られまいとした。またか。どちらを信《しん》じるか決《き》めろ、ときた。ハリーは真実《しんじつ》が欲《ほ》しかった。どうして誰《だれ》もかれもがかたくなに、ハリーは真実《しんじつ》を知《し》るべきではないと言《い》うのだろう。

「厨房《ちゅうぼう》に下《お》りましょうか？」しばらくだまったあとで、ハーマイオニーが言《い》った。「何《なに》か朝食《ちょうしょく》を探《さが》さない？」

ハリーは同意《どうい》したが、しぶしぶだった。ハーマイオニーについて踊《おど》り場《ば》に出《で》て、階段《かいだん》を下《お》りる手前《てまえ》にある、もう一つの部屋《へや》の前《まえ》を通《とお》り過《す》ぎた。暗《くら》い中《なか》では気《き》づかなかったが、ドアに小《ちい》さな字《じ》で何《なに》か書《か》いてあり、その下《した》に、ペンキを深《ふか》く引《ひ》っかいたような跡《あと》がある。ハリーは、階段《かいだん》の上《うえ》で立《た》ち止《ど》まって文字《もじ》を読《よ》んだ。パーシー・ウィーズリーが自分《じぶん》の部屋《へや》のドアに貼《は》りつけそうな感《かん》じの、気取《きど》った手書《てが》き文字《もじ》できちんと書《か》かれた小《ちい》さな掲示《けいじ》だった。

許可《きょか》なき者《もの》の入室禁止《にゅうしつきんし》
レギュラス・アークタルス・ブラック

ハリーの体《からだ》にゆっくりと興奮《こうふん》が広《ひろ》がった。しかしなぜなのか、すぐにはわからなかった。ハリーはもう一度《いちど》掲示《けいじ》を読《よ》んだ。ハーマイオニーはすでに一つ下《した》の階《かい》にいた。

「ハーマイオニー」ハリーは自分《じぶん》の声《こえ》が落《お》ち着《つ》いているのに驚《おどろ》いた。「ここまで戻《もど》ってきて」

「どうしたの？」

「R《アール》・A《エー》・B《ビー》だ。僕《ぼく》、見《み》つけたと思《おも》う」

驚《おどろ》いて息《いき》をのむ音《おと》が聞《き》こえ、ハーマイオニーが階段《かいだん》をかけ戻《もど》ってきた。

「お母《かあ》さまの手紙《てがみ》に？　でも私《わたし》は見《み》なかったけど――」

ハリーは首《くび》を振《ふ》ってレギュラスの掲示《けいじ》を指差《ゆびさ》した。ハーマイオニーはそれを読《よ》むと、ハリーの腕《うで》をギュッと握《にぎ》った。あまりの強《つよ》さに、ハリーはたじろいだ。

「シリウスの弟《おとうと》ね？」ハーマイオニーがささやくように言《い》った。

「死《し》喰《く》い人《びと》だった」ハリーが言《い》った。「シリウスが教《おし》えてくれた。弟《おとうと》はまだとても若《わか》いときに参《さん》加《か》して、それから怖気《おじけ》づいて抜《ぬ》けようとした――それで連中《れんちゅう》に殺《ころ》されたんだ」

「それでぴったり合《あ》うわ」ハーマイオニーがもう一度《いちど》息《いき》をのんだ。「この人《ひと》が死喰《しく》い人《びと》だったのなら、ヴォルデモートに近《ちか》づけたし、失望《しつぼう》したのなら、ヴォルデモートを倒《たお》したいと思《おも》ったでしょう！」

ハーマイオニーはハリーの腕《うで》を離《はな》し、階段《かいだん》の手《て》すりから身《み》を乗《の》り出《だ》して叫《さけ》んだ。

「ロン！　**ロン！**　こっちに来《き》て。早《はや》く！」

ロンはすぐさま息《いき》せき切《き》って現《あらわ》れた。杖《つえ》をかまえている。

「どうした？　またおっきなクモだって言《い》うなら、その前《まえ》に朝食《ちょうしょく》を食《た》べさせてもらうぞ。それから――」

ロンは、ハーマイオニーがだまって指差《ゆびさ》したレギュラスのドアの掲示《けいじ》を、しかめっ面《つら》で見《み》た。

「何《なに》？　シリウスの弟《おとうと》だろ？　レギュラス・アークタルス……レギュラス……R《アール》・A《エー》・B《ビー》！　ロケットだ――もしかしたら――？」

「探《さが》してみよう」ハリーが言《い》った。

ドアを押《お》したが、鍵《かぎ》がかかっている。ハーマイオニーが、杖《つえ》をドアの取《と》っ手《て》に向《む》けて唱《とな》えた。

「アロホモラ！」カチリと音《おと》がして、ドアがパッと開《ひら》いた。

三人《にん》は一緒《いっしょ》に敷居《しきい》をまたぎ、目《め》を凝《こ》らして中《なか》を見回《みまわ》した。レギュラスの部屋《へや》はシリウスのよりやや小《ちい》さかったが、同《おな》じようにかつての豪華《ごうか》さを思《おも》わせた。シリウスはほかの家族《かぞく》とはちがうことを誇示《こじ》しようとしたが、レギュラスはその逆《ぎゃく》を強調《きょうちょう》しようとしていた。スリザリンのエメラルドと銀色《ぎんいろ》が、ベッドカバー、壁《かべ》、窓《まど》と、いたる所《ところ》に見《み》られた。ベッドの上《うえ》には、ブラック家《け》の家紋《もん》が、「**純血《じゅんけつ》よ、永遠《えいえん》なれ**」の家訓《かくん》とともに念入《ねんい》りに描《えが》かれている。その下《した》にはセピア色《いろ》になった一連《いちれん》の新聞《しんぶん》の切《き》り抜《ぬ》きが、コラージュ風《ふう》にギザギザに貼《は》りつけてあった。ハーマイオニーは、そばまで行《い》ってよく見《み》た。

「全部《ぜんぶ》ヴォルデモートに関《かん》するものだわ」ハーマイオニーが言《い》った。「レギュラスは、死喰《しく》い人《びと》になる前《まえ》の数年間《すうねんかん》、ファンだったみたいね……」

ハーマイオニーが切《き》り抜《ぬ》きを読《よ》むのにベッドに腰《こし》かけると、ベッドカバーからほこりが小《ちい》さく舞《ま》い上《あ》がった。一方《いっぽう》ハリーは、別《べつ》の写真《しゃしん》に気《き》がついた。ホグワーツのクィディッチ・チームが額《がく》の中《なか》から笑《わら》いかけ、手《て》を振《ふ》っている。近《ちか》くに寄《よ》って見《み》ると、胸《むね》に蛇《へび》の紋章《もんしょう》が描《えが》かれている。スリザリンだ。レギュラスはすぐに見分《みわ》けがついた。前列《ぜんれつ》の真《ま》ん中《なか》に腰《こし》を下《お》ろしている少年《しょうねん》だ。シリウスと同《おな》じく黒《くろ》い髪《かみ》で少《すこ》し高慢《こうまん》ちきな顔《かお》だが、背《せ》は兄《あに》より少《すこ》し低《ひく》くやや華奢《きゃしゃ》で、往時《おうじ》のシリウスほどハンサムではない。

「シーカーだったんだ」ハリーが言《い》った。

「なあに？」ヴォルデモートの切り抜《ぬ》きをずっと読《よ》みふけっていたハーマイオニーは、あいまいな返事《へんじ》をした。

「前列《ぜんれつ》の真《ま》ん中《なか》に座《すわ》っている。ここはシーカーの場所《ばしょ》だ……別《べつ》にいいけど」

誰《だれ》も聞《き》いていないのに気《き》づいて、ハリーが言《い》った。ロンははいつくばって、洋《よう》だんすの下《した》を探《さが》していた。ハリーは部屋《へや》を見回《みまわ》して隠《かく》し場所《ばしょ》になりそうな所《ところ》を探《さが》し、机《つくえ》に近《ちか》づいた。ここもまた、誰《だれ》かがすでに探《さが》し回《まわ》っていた。引《ひ》き出《だ》しの中《なか》も、つい最近誰《さいきんだれ》かに引《ひ》っかき回《まわ》され、ほこりさえもかき乱《みだ》されていたが、目《め》ぼしい物《もの》は何《なに》もなかった。古《ふる》い羽根《はね》ペン、手荒《てあら》に扱《あつか》われた跡《あと》が見《み》える古《ふる》い教科書《きょうかしょ》、最近割《さいきんわ》られたばかりのインクつぼなどで、引《ひ》き出《だ》しの中身《なかみ》は、こぼれたインクでまだべとべとしている。

「簡単《かんたん》な方法《ほうほう》があるわ」

ハリーがインクのついた指《ゆび》をジーンズにこすりつけていると、ハーマイオニーが言《い》った。そして杖《つえ》を上《あ》げて唱《とな》えた。

「アクシオ！　ロケットよ、来《こ》い！」

何事《なにごと》も起《お》こらない。色《いろ》あせたカーテンのひだを探《さぐ》っていたロンは、がっかりした顔《かお》をした。

「それじゃ、これでおしまいか？　ここにはないのか？」

「いいえ、まだここにあるかもしれないわ。でも、呪文《じゅもん》よけをかけられて――」ハーマイオニーが言《い》った。「ほら、魔法《まほう》で呼《よ》び寄《よ》せられないようにする呪文《じゅもん》よ」

「ヴォルデモートが、洞窟《どうくつ》の石《いし》の水盆《すいぼん》にかけた呪文《じゅもん》のようなものだね」

ハリーは、偽《にせ》のロケットに「呼《よ》び寄《よ》せ呪文《じゅもん》」が効《き》かなかったことを思《おも》い出《だ》した。

「それじゃ、どうやって探《さが》せばいいんだ？」ロンが聞《き》いた。

「手作業《てさぎょう》で探《さが》すの」ハーマイオニーが言《い》った。

「名案《めいあん》だ」ロンはあきれたように目《め》をぐるぐるさせて、カーテン調《しら》べに戻《もど》った。

三人《にん》は一時間以上《じかんいじょう》、隈《くま》なく部屋《へや》を探《さが》したが、結局《けっきょく》、ロケットはここにはないと結論《けつろん》せざるをえなかった。

すでに太陽《たいよう》が昇《のぼ》り、すすけた踊《おど》り場《ば》の窓《まど》を通《とお》してでさえ、光《ひかり》がまぶしかった。

「でも、この家《いえ》のどこかにあるかもしれないわ」

階段《かいだん》を下《お》りながらハーマイオニーが、二人《ふたり》を奮《ふる》い立《た》たせるような調子《ちょうし》で言《い》った。ハリーとロンが気落《きお》ちすればするほど、ハーマイオニーは決意《けつい》を固《かた》くするようだった。

「レギュラスが破壊《はかい》できたかどうかは別《べつ》にして、ヴォルデモートからは隠《かく》しておきたかったはずでしょう？　私《わたし》たちが前《まえ》にここにいたとき、いろいろ恐《おそ》ろしい物《もの》を捨《す》てなければならなかったこと、覚《おぼ》えてる？　誰《だれ》にでもボルトを発射《はっしゃ》するかけ時計《どけい》とか、ロンをしめ殺《ころ》そうとした古《ふる》いローブとか。レギュラスは、ロケットの隠《かく》し場所《ばしょ》を守《まも》るために、そういうものを置《お》いといたのかもしれないわ。ただ、私《わたし》たち、そうとは気《き》づかなかっただけで……あ……あ」

ハリーとロンはハーマイオニーを見《み》た。ハーマイオニーは片足《かたあし》を上《あ》げたまま、「忘却術《ぼうきゃくじゅつ》」にかかったような、ぼうっとした顔《かお》で立《た》っていた。目《め》の焦点《しょうてん》が合《あ》っていない。

「……あの時《とき》は」ハーマイオニーはささやくように言《い》い終《お》えた。

「どうかしたのか？」ロンが聞《き》いた。

「ロケットが、あったわ」

「ええっ？」ハリーとロンの声《こえ》が重《かさ》なった。

「客間《きゃくま》の飾《かざ》り棚《だな》に。誰《だれ》も開《あ》けられなかったロケット。それで私《わたし》たち……私《わたし》たち……」

ハリーは、れんがが一個《こ》、胸《むね》から胃《い》にすべり落《お》ちたような気《き》がした。思《おも》い出《だ》した。みんなが順番《じゅんばん》にそれをこじ開《あ》けようとして手《て》から手《て》へ渡《わた》していたとき、ハリーも実際《じっさい》、それをいじっている。それは、ごみ袋《ぶくろ》に投《な》げ入《い》れられた。「かさぶた粉《こ》」の入《はい》ったかぎたばこ入《い》れや、みんなを眠《ねむ》りにいざなったオルゴールなどと一緒《いっしょ》に……。

「クリーチャーが、僕《ぼく》たちからずいぶんいろんなものをかすめ取《と》った」ハリーが言《い》った。最後《さいご》の望《のぞ》みだ。残《のこ》された唯一《ゆいいつ》のかすかな望《のぞ》みだ。どうしてもあきらめざるをえなくなるまで、ハリーはその望《のぞ》みにしがみつこうとした。

「あいつは厨房脇《ちゅうぼうわき》の納戸《なんど》に、ごっそり隠《かく》していた。行《い》こう」

ハリーは二段跳《だんと》びで階段《かいだん》を走《はし》り下《お》りた。そのあとを、二人《ふたり》が足音《あしおと》をとどろかせて走《はし》った。あまりの騒音《そうおん》に、三人《にん》が玄関《げんかん》ホールを通《とお》り過《す》ぎるとき、シリウスの母親《ははおや》の肖像画《しょうぞうが》が目《め》を覚《さ》ました。

「**クズども！　穢《けが》れた血《ち》！　塵芥《ちりあくた》の輩《やから》！**」地下《ちか》の厨房《ちゅうぼう》に疾走《しっそう》する三人《にん》の後《うし》ろから、肖像画《しょうぞうが》が叫《さけ》んだ。三人《にん》は厨房《ちゅうぼう》の扉《とびら》をバタンと閉《し》めた。

ハリーは厨房《ちゅうぼう》を一気《いっき》に横切《よこぎ》り、クリーチャーの納戸《なんど》の前《まえ》で急停止《きゅうていし》し、ドアをぐいと開《あ》けた。そこには、しもべ妖精《ようせい》がかつてねぐらにしていた、汚《きたな》らしい古《ふる》い毛布《もうふ》の巣《す》があった。しかしクリーチャーがあさってきたキラキラ光《ひか》るがらくたはもう見当《みあ》たらない。『生粋《きっすい》の貴族《きぞく》――魔法界家系《まほうかいかけい》図《ず》』の古本《ふるほん》があるだけだった。そんなはずはないと、ハリーははぎ取《と》った毛布《もうふ》を振《ふ》った。死《し》んだネズミが一匹落《ぴきお》ちてきて、みじめに床《ゆか》に転《ころ》がった。ロンはうめき声《ごえ》を上《あ》げて厨房《ちゅうぼう》の椅子《いす》に座《すわ》り込《こ》み、ハーマイオニーは目《め》をつむった。

「まだ終《お》わっちゃいない」そう言《い》うなり、ハリーは声高《こわだか》に呼《よ》んだ。「**クリーチャー！**」

バチンと大《おお》きな音《おと》がして、ハリーがシリウスからしぶしぶ相続《そうぞく》したしもべ妖精《ようせい》が、火《ひ》の気《け》のない寒々《さむざむ》とした暖炉《だんろ》の前《まえ》にこつぜんと現《あらわ》れた。人間《にんげん》の半分《はんぶん》ほどの小《ちい》さな体《からだ》に、青白《あおじろ》い皮膚《ひふ》が折《お》り重《かさ》なって垂《た》れ下《さ》がり、コウモリのような大耳《おおみみ》から白《しろ》い毛《け》がぼうぼうと生《は》えている。最初《さいしょ》に見《み》たときと同《おな》じ、汚《きたな》らしいボロを着《き》たままの姿《すがた》だ。ハリーを見《み》る軽蔑《けいべつ》した目《め》が、持《も》ち主《ぬし》がハリーに変《か》わっても、ハリーに対《たい》する態度《たいど》は着《き》ている物《もの》と同様《どうよう》、変《か》わっていないことを示《しめ》していた。

「ご主人様《しゅじんさま》」

クリーチャーは食用《しょくよう》ガエルのような声《こえ》を出《だ》し、深々《ふかぶか》とおじぎをして、自分《じぶん》のひざに向《む》かってブツブツ言《い》った。

「奥様《おくさま》の古《ふる》いお屋敷《やしき》に戻《もど》ってきた。血《ち》を裏切《うらぎ》るウィーズリーと穢《けが》れた血《ち》も一緒《いっしょ》に――」

「誰《だれ》に対《たい》しても『血《ち》を裏切《うらぎ》る者《もの》』とか『穢《けが》れた血《ち》』と呼《よ》ぶことを禁《きん》じる」

ハリーが叱《しか》りつけた。豚《ぶた》のような鼻《はな》、血走《ちばし》った目《め》――シリウスを裏切《うらぎ》ってヴォルデモートの手《て》に渡《わた》したことを別《べつ》にしたとしても、どのみちハリーは、クリーチャーを好《す》きになれなかっただろう。

「おまえに質問《しつもん》がある」

心臓《しんぞう》が激《はげ》しく鼓動《こどう》するのを感《かん》じながら、ハリーはしもべ妖精《ようせい》を見下《みお》ろした。

「それから、正直《しょうじき》に答《こた》えることを命《めい》じる。わかったか？」

「はい、ご主人様《しゅじんさま》」クリーチャーはまた深々《ふかぶか》と頭《あたま》を下《さ》げた。ハリーはその唇《くちびる》が動《うご》くのを見《み》た。禁《きん》じられてしまった侮辱《ぶじょく》の言葉《ことば》を、声《こえ》を出《だ》さずに言《い》っているにちがいない。

「二年前《ねんまえ》に」ハリーの心臓《しんぞう》は、今《いま》や激《はげ》しくろっ骨《こつ》をたたいていた。「二階《かい》の客間《きゃくま》に大《おお》きな金《きん》のロケットがあった。僕《ぼく》たちはそれを捨《す》てた。おまえはそれをこっそり取《と》り戻《もど》したか？」

一瞬《いっしゅん》の沈黙《ちんもく》の間《あいだ》に、クリーチャーは背筋《せすじ》を伸《の》ばしてハリーをまともに見《み》た。そして「はい」と答《こた》えた。

「それは、今《いま》どこにある？」

ハリーは小躍《こおど》りして聞《き》いた。ロンとハーマイオニーは大喜《おおよろこ》びだ。

クリーチャーは、次《つぎ》の言葉《ことば》に三人《にん》がどう反応《はんのう》するか見《み》るにたえないというように、目《め》をつむった。

「なくなりました」

「なくなった？」

ハリーがくり返《かえ》した。高揚《こうよう》した気持《きも》ちが一気《いっき》にしぼんだ。

「なくなったって、どういう意味《いみ》だ？」

しもべ妖精《ようせい》は身震《みぶる》いし、体《からだ》を揺《ゆ》らしはじめた。

「クリーチャー」ハリーは厳《きび》しい声《こえ》で言《い》った。「命令《めいれい》だ――」

「マンダンガス・フレッチャー」クリーチャーは固《かた》く目《め》を閉《と》じたまま、しわがれ声《ごえ》で言《い》った。「マンダンガス・フレッチャーが全部盗《ぜんぶぬす》みました。ミス・ベラやミス・シシーの写真《しゃしん》も、奥様《おくさま》の手袋《てぶくろ》も、勲《くん》一等《とう》マーリン勲章《くんしょう》も家紋《かもん》入《い》りのゴブレットも、それに、それに――」

クリーチャーは息《いき》を吸《す》おうとあえいでいた。へこんだ胸《むね》が激《はげ》しく上下《じょうげ》している。やがて両眼《りょうがん》をカッと開《ひら》き、クリーチャーは血《ち》も凍《こお》るような叫《さけ》び声《ごえ》を上《あ》げた。

「――それにロケットも。**レギュラス様《さま》のロケットも。クリーチャーめは過《あやま》ちを犯《おか》しました。クリーチャーはご主人様《しゅじんさま》の命令《めいれい》をはたせませんでした！**」

ハリーは本能的《ほんのうてき》に動《うご》いた。火格子《ひごうし》のそばの火《ひ》かき棒《ぼう》に飛《と》びつこうとするクリーチャーに飛《と》びかかり、床《ゆか》に押《お》さえつけた。ハーマイオニーとクリーチャーの悲鳴《ひめい》とが混《ま》じり合《あ》った。しかしハリーのどなり声《ごえ》のほうが大《おお》きかった。

「クリーチャー、命令《めいれい》だ。動《うご》くな！」

しもべ妖精《ようせい》をじっとさせてから、ハリーは手《て》を離《はな》した。クリーチャーは冷《つめ》たい石《いし》の床《ゆか》にべたっと倒《たお》れたまま、たるんだ両眼《りょうがん》からぼろぼろ涙《なみだ》をこぼしていた。

「ハリー、立《た》たせてあげて！」ハーマイオニーが小声《こごえ》で言《い》った。

「こいつが火《ひ》かき棒《ぼう》で、自分《じぶん》をなぐれるようにするのか？」ハリーは、フンと鼻《はな》を鳴《な》らしてクリーチャーのそばにひざをついた。「そうはさせない。さあ、クリーチャー、ほんとうのことを言《い》うんだ。どうしておまえは、マンダンガス・フレッチャーがロケットを盗《ぬす》んだと思《おも》うんだ？」

「クリーチャーは見《み》ました」しもべ妖精《ようせい》はあえぎながら言《い》った。

涙《なみだ》があふれ、豚《ぶた》のような鼻《はな》から汚《きたな》らしい歯《は》の生《は》えた口《くち》へと流《なが》れた。

「あいつが、クリーチャーの宝物《たからもの》を腕《うで》いっぱいに抱《かか》えて、クリーチャーの納戸《なんど》から出《で》てくるところを見《み》ました。クリーチャーはあのこそ泥《どろ》に、やめろと言《い》いました。マンダンガス・フレッチャーは笑《わら》って、そして逃《に》――逃《に》げました……」

「おまえはあれを、『レギュラス様《さま》のロケット』と呼《よ》んだ」ハリーが言《い》った。「どうしてだ？　ロケットはどこから手《て》に入《い》れた？　レギュラスは、それとどういう関係《かんけい》があるんだ？　クリーチャー、起《お》きて座《すわ》れ。そして、あのロケットについて知《し》っていることを全部僕《ぜんぶぼく》に話《はな》すんだ。レギュラスが、どうかかわっているのかを全部《ぜんぶ》！」

しもべ妖精《ようせい》は体《からだ》を起《お》こして座《すわ》り、ぬれた顔《かお》をひざの間《あいだ》に突《つ》っ込《こ》んで丸《まる》くなり、前後《ぜんご》に体《からだ》を揺《ゆ》すりはじめた。話《はな》しだすと、くぐもった声《こえ》にもかかわらず、しんとした厨房《ちゅうぼう》にはっきりと響《ひび》いた。

「シリウス様《さま》は、家出《いえで》しました。やっかい払《ばら》いができました。悪《わる》い子《こ》でしたし、無法者《むほうもの》で奥様《おくさま》の心《こころ》を破《やぶ》った人《ひと》です。でもレギュラス坊《ぼっ》ちゃまは、きちんとしたプライドをお持《も》ちでした。ブラック家《け》の家名《かめい》と純血《じゅんけつ》の尊厳《そんげん》のために、なすべきことをご存《ぞん》じでした。坊《ぼっ》ちゃまは何年《なんねん》も闇《やみ》の帝王《ていおう》の話《はなし》をなさっていました。隠《かく》れた存在《そんざい》だった魔法使《まほうつか》いを、陽《ひ》の当《あ》たる所《ところ》に出《だ》し、マグルやマグル生《う》まれを支配《しはい》する方《かた》だと……。そして十六歳《さい》におなりのとき、レギュラス坊《ぼっ》ちゃまは闇《やみ》の帝王《ていおう》のお仲間《なかま》になりました。とてもご自慢《じまん》でした。とても。あの方《かた》にお仕《つか》えすることをとても喜《よろこ》んで……」

「そして一年《ねん》がたったある日《ひ》、レギュラス坊《ぼっ》ちゃまは、クリーチャーに会《あ》いに厨房《ちゅうぼう》に下《お》りていらっしゃいました。坊《ぼっ》ちゃまは、ずっとクリーチャーをかわいがってくださいました。そして坊《ぼっ》ちゃまがおっしゃいました……おっしゃいました……」

年老《としお》いたしもべ妖精《ようせい》は、ますます激《はげ》しく体《からだ》を揺《ゆ》すった。

「……闇《やみ》の帝王《ていおう》が、しもべ妖精《ようせい》を必要《ひつよう》としていると」

「ヴォルデモートが、しもべ妖精《ようせい》を必要《ひつよう》としている？」

ハリーはロンとハーマイオニーを振《ふ》り返《かえ》りながら、くり返《かえ》した。二人《ふたり》ともハリーと同《おな》じく、けげんな顔《かお》をしていた。

「さようでございます」クリーチャーがうめいた。「そしてレギュラス様《さま》は、クリーチャーを差《さ》し出《だ》したのです。坊《ぼっ》ちゃまはおっしゃいました。これは名誉《めいよ》なことだ。自分《じぶん》にとっても、クリーチャーにとっても名誉《めいよ》なことだから、クリーチャーは闇《やみ》の帝王《ていおう》のお言《い》いつけになることは何《なん》でもしなければならないと……そのあとで帰《かえ》――帰《かえ》ってこいと」

クリーチャーの揺《ゆ》れがますます速《はや》くなり、すすり泣《な》きながら切《き》れ切《ぎ》れに息《いき》をしていた。

「そこでクリーチャーは、闇《やみ》の帝王《ていおう》の所《ところ》へ行《い》きました。闇《やみ》の帝王《ていおう》は、クリーチャーに何《なに》をするのかを教《おし》えてくれませんでしたが、一緒《いっしょ》に海辺《うみべ》の洞穴《ほらあな》に連《つ》れていきました。洞穴《ほらあな》の奥《おく》に洞窟《どうくつ》があって、洞窟《どうくつ》には大《おお》きな黒《くろ》い湖《みずうみ》が……」

ハリーは首筋《くびすじ》がゾクッとして、毛《け》が逆立《さかだ》った。クリーチャーの声《こえ》が、あの暗《くら》い湖《みずうみ》を渡《わた》って聞《き》こえてくるようだった。その時何《ときなに》が起《お》こったのか、まるで自分《じぶん》がそこにいるかのようによくわかった。

「……小舟《こぶね》がありました……」

そのとおりだ、小舟《こぶね》があった。ハリーはその小舟《こぶね》を知《し》っている。緑色《みどりいろ》の幽光《ゆうこう》を発《はっ》する小《ちい》さな舟《ふね》には魔法《まほう》がかけられ、一人《ひとり》の魔法使《まほうつか》いと一人《ひとり》の犠牲者《ぎせいしゃ》を乗《の》せて中央《ちゅうおう》の島《しま》へと運《はこ》ぶようになっていた。そういうやり方《かた》で、ヴォルデモートは分霊箱《ぶんれいばこ》の護《まも》りをテストしたのだ。使《つか》い捨《す》ての生《い》き物《もの》である屋敷《やしき》しもべ妖精《ようせい》を借《か》りて……。

「島《しま》に、す――水盆《すいぼん》があって、薬《くすり》で満《み》たされていました。や――闇《やみ》の帝王《ていおう》は、クリーチャーに飲《の》めと言《い》いました……」

しもべ妖精《ようせい》は全身《ぜんしん》を震《ふる》わせていた。

「クリーチャーは飲《の》みました。飲《の》むと、クリーチャーは恐《おそ》ろしいものを見《み》ました……内臓《ないぞう》が焼《や》けました……クリーチャーは、レギュラス坊《ぼっ》ちゃまに助《たす》けを求《もと》めて叫《さけ》びました。ブラック奥様《おくさま》に、助《たす》けてと叫《さけ》びました。でも、闇《やみ》の帝王《ていおう》は笑《わら》うだけでした……クリーチャーに薬《くすり》を全部《ぜんぶ》飲《の》み干《ほ》させました……そして空《から》の水盆《すいぼん》にロケットを落《お》として……薬《くすり》をまた満《み》たしました」

「それから闇《やみ》の帝王《ていおう》は、クリーチャーを島《しま》に残《のこ》して舟《ふね》で行《い》ってしまいました……」

ハリーにはその場面《ばめん》が見《み》えるようだった。まもなく死《し》ぬであろうしもべ妖精《ようせい》が身《み》もだえしているのを、非情《ひじょう》な赤《あか》い目《め》で見《み》つめながら、ヴォルデモートの青白《あおじろ》い蛇《へび》のような顔《かお》が暗闇《くらやみ》に消《き》えていく。まもなく薬《くすり》の犠牲者《ぎせいしゃ》は、焼《や》けるようなのどのかわきにたえかねて……しかし、ハリーの想像《そうぞう》はそこまでだった。クリーチャーがどのようにして脱出《だっしゅつ》したのかが、わからなかった。

「クリーチャーは水《みず》が欲《ほ》しかった。クリーチャーは島《しま》の端《はし》まではっていき、黒《くろ》い湖《みずうみ》の水《みず》を飲《の》みました……すると手《て》が、何本《なんぼん》もの死人《しにん》の手《て》が水《みず》の中《なか》から現《あらわ》れて、クリーチャーを水《みず》の中《なか》に引《ひ》っ張《ぱ》り込《こ》みました……」

「どうやって逃《に》げたの？」ハリーは、知《し》らず知《し》らず自分《じぶん》がささやき声《ごえ》になっているのに気《き》づいた。

クリーチャーは醜《みにく》い顔《かお》を上《あ》げ、大《おお》きな血走《ちばし》った目《め》でハリーを見《み》た。

「レギュラス様《さま》が、クリーチャーに帰《かえ》ってこいとおっしゃいました」

「わかってる――だけど、どうやって亡者《もうじゃ》から逃《のが》れたの？」

クリーチャーは、何《なに》を聞《き》かれたのかわからない様子《ようす》だった。

「レギュラス様《さま》が、クリーチャーに帰《かえ》ってこいとおっしゃいました」

クリーチャーは、くり返《かえ》した。

「わかってるよ、だけど――」

「そりゃ、ハリー、わかりきったことじゃないか？」ロンが言《い》った。「『姿《すがた》くらまし』したんだ！」

「でも……あの洞窟《どうくつ》からは『姿《すがた》くらまし』で出入《ではい》りできない」ハリーが言《い》った。「できるんだったらダンブルドアだって――」

「しもべ妖精《ようせい》の魔法《まほう》は、魔法使《まほうつか》いのとはちがう。だろ？」ロンが言《い》った。「だって、僕《ぼく》たちにはできないのに、しもべ妖精《ようせい》はホグワーツに『姿《すがた》あらわし』も『姿《すがた》くらまし』もできるじゃないか」

しばらく誰《だれ》もしゃべらなかった。ハリーは、すぐには事実《じじつ》をのみ込《こ》めずに考《かんが》え込《こ》んだ。ヴォルデモートは、どうしてそんなミスを犯《おか》したのだろう？　しかし、考《かんが》えがまとまらないうちに、ハーマイオニーが先《さき》に口《くち》を開《ひら》いた。冷《つめ》たい声《こえ》だった。

「もちろんだわ。ヴォルデモートは、屋敷《やしき》しもべ妖精《ようせい》がどんなものかなんて、気《き》にとめる価値《かち》もないと思《おも》ったのよ。純血《じゅんけつ》たちが、しもべ妖精《ようせい》を動物扱《どうぶつあつか》いするのと同《おな》じようにね……あの人《ひと》は、しもべ妖精《ようせい》が自分《じぶん》の知《し》らない魔力《まりょく》を持《も》っているかもしれないなんて、思《おも》いつきもしなかったでしょうよ」

「屋敷《やしき》しもべ妖精《ようせい》の最高法規《さいこうほうき》は、ご主人様《しゅじんさま》のご命令《めいれい》です」クリーチャーが唱《とな》えるように言《い》った。「クリーチャーは家《いえ》に帰《かえ》るようにと言《い》われました。ですから、クリーチャーは家《いえ》に帰《かえ》りました……」

「じゃあ、あなたは、言《い》われたとおりのことをしたんじゃない？」ハーマイオニーがやさしく言《い》った。「命令《めいれい》に背《そむ》いたりしていないわ！」

クリーチャーは首《くび》を振《ふ》って、ますます激《はげ》しく体《からだ》を揺《ゆ》らした。

「それで、帰《かえ》ってきてからどうなったんだ？」ハリーが聞《き》いた。「おまえから話《はなし》を聞《き》いたあとで、レギュラスは何《なん》と言《い》ったんだい？」

「レギュラス坊《ぼっ》ちゃまは、とてもとても心配《しんぱい》なさいました」クリーチャーがしわがれ声《ごえ》で答《こた》えた。「坊《ぼっ》ちゃまは、クリーチャーに隠《かく》れているように、家《いえ》から出《で》ないようにとおっしゃいました。それから……しばらく日《ひ》がたってからでした……レギュラス坊《ぼっ》ちゃまが、ある晩《ばん》、クリーチャーの納戸《なんど》にいらっしゃいました。坊《ぼっ》ちゃまは変《へん》でした。いつもの坊《ぼっ》ちゃまではありませんでした。正《しょう》気《き》を失《うしな》っていらっしゃると、クリーチャーにはわかりました……そして坊《ぼっ》ちゃまは、その洞穴《ほらあな》に自分《じぶん》を連《つ》れていけとクリーチャーに頼《たの》みました。クリーチャーが、闇《やみ》の帝王《ていおう》と一緒《いっしょ》に行《い》った洞穴《ほらあな》です……」

二人《ふたり》はそうして出発《しゅっぱつ》したのか。ハリーには、二人《ふたり》の姿《すがた》が目《め》に見《み》えるようだった。年《とし》を取《と》っておびえたしもべ妖精《ようせい》と、シリウスによく似《に》た、やせて黒《くろ》い髪《かみ》のシーカー……クリーチャーは、地《ち》の底《そこ》の洞窟《どうくつ》への隠《かく》された入口《いりぐち》の開《あ》け方《かた》を知《し》っていたし、小舟《こぶね》の引《ひ》き揚《あ》げ方《かた》も知《し》っていた。今度《こんど》は愛《いと》しいレギュラス坊《ぼっ》ちゃまが、一緒《いっしょ》の小舟《こぶね》で毒《どく》の入《はい》った水盆《すいぼん》のある島《しま》に行《い》く……。

「それで、レギュラスは、おまえに薬《くすり》を飲《の》ませたのか？」ハリーはむかつく思《おも》いで言《い》った。

しかしクリーチャーは首《くび》を振《ふ》り、さめざめと泣《な》いた。ハーマイオニーの手《て》がパッと口《くち》を覆《おお》った。何《なに》かを理解《りかい》した様子《ようす》だ。

「ご――ご主人様《しゅじんさま》は、ポケットから闇《やみ》の帝王《ていおう》の持《も》っていたロケットと似《に》た物《もの》を取《と》り出《だ》しました」

クリーチャーの豚鼻《ぶたばな》の両脇《りょうわき》から、涙《なみだ》がぼろぼろこぼれ落《お》ちた。「そしてクリーチャーにこうおっしゃいました。それを持《も》っていろ、水盆《すいぼん》が空《から》になったら、ロケットを取《と》り替《か》えろ……」

クリーチャーのすすり泣《な》きは、ガラガラと耳《みみ》ざわりな音《おと》になっていた。ハリーは聞《き》き取《と》るのに、神経《しんけい》を集中《しゅうちゅう》しなければならなかった。

「それから坊《ぼっ》ちゃまはクリーチャーに——命令《めいれい》なさいました——一人《ひとり》で去《さ》れと。そしてクリーチャーに——家《いえ》に帰《かえ》れと。——奥様《おくさま》にはけっして——自分《じぶん》のしたことを言《い》うな。——そして最初《さいしょ》のロケットを——破壊《はかい》せよと。そして坊《ぼっ》ちゃまは、お飲《の》みになりました——全部《ぜんぶ》です。——そしてクリーチャーは、ロケットを取《と》り替《か》えました。——そして見《み》ていました……レギュラス坊《ぼっ》ちゃまが……水《みず》の中《なか》に引《ひ》き込《こ》まれて……そして……」

「ああ、クリーチャー！」

泣《な》き続《つづ》けていたハーマイオニーが、悲《かな》しげな声《こえ》を上《あ》げた。そしてしもべ妖精《ようせい》のそばにひざをつき、クリーチャーを抱《だ》きしめようとした。クリーチャーはすぐさま立《た》ち上《あ》がり、あからさまにいやそうな様子《ようす》で身《み》を引《ひ》いた。

「穢《けが》れた血《ち》がクリーチャーにさわった。クリーチャーはそんなことをさせない。奥様《おくさま》が何《なん》とおっしゃるか！」

「ハーマイオニーを『穢《けが》れた血《ち》』って呼《よ》ぶなと言《い》ったはずだ！」

ハリーがうなるようにどなった。しかし、しもべ妖精《ようせい》は早《はや》くも床《ゆか》に倒《たお》れて額《ひたい》を床《ゆか》に打《う》ちつけ、自分《じぶん》を罰《ばっ》していた。

「やめさせて――やめさせてちょうだい！」ハーマイオニーが泣《な》き叫《さけ》んだ。「ああ、ねえ、わからないの？　しもべ妖精《ようせい》を隷従《れいじゅう》させるのがどんなにひどいことかって」

「クリーチャー――やめろ、やめるんだ！」ハリーが叫《さけ》んだ。

しもべ妖精《ようせい》は震《ふる》え、あえぎながら床《ゆか》に倒《たお》れていた。豚鼻《ぶたばな》の周《まわ》りには緑色《みどりいろ》のはなみずが光《ひか》り、青《あお》ざめた額《ひたい》には、今打《いまう》ちつけた所《ところ》にもうあざが広《ひろ》がっていた。そして、腫《は》れ上《あ》がって血走《ちばし》った目《め》には、涙《なみだ》があふれている。ハリーはこんなに哀《あわ》れなものを、これまで見《み》たことがなかった。

「それでおまえは、ロケットを家《いえ》に持《も》ち帰《かえ》った」話《はなし》の全貌《ぜんぼう》を知《し》ろうと固《かた》く心《こころ》に決《き》めていたハリーは、容赦《ようしゃ》なく聞《き》いた。「そして破壊《はかい》しようとしたわけか？」

「クリーチャーが何《なに》をしても、傷《きず》一つつけられませんでした」しもべ妖精《ようせい》がうめいた。

「クリーチャーは全部《ぜんぶ》やってみました。知《し》っていることは全部《ぜんぶ》。でもどれも、どれもうまくいきませんでした……外側《そとがわ》のケースには強力《きょうりょく》な呪文《じゅもん》があまりにもたくさんかかっていて、クリーチャーは、破壊《はかい》する方法《ほうほう》は中《なか》に入《はい》ることにちがいないと思《おも》いましたが、どうしても開《ひら》きません……クリーチャーは自分《じぶん》を罰《ばっ》しました。そして開《あ》けようとしてはまた罰《ばっ》し、罰《ばっ》してはまた開《あ》けようとしました。クリーチャーは、命令《めいれい》に従《したが》うことができませんでした。クリーチャーは、ロケットを破壊《はかい》できませんでした！　そして、奥様《おくさま》はレギュラス坊《ぼっ》ちゃまが消《き》えてしまったので、狂《くる》わんばかりのお悲《かな》しみでした。それなのにクリーチャーは、何《なに》があったかを奥様《おくさま》にお話《はな》しできませんでした。レギュラス様《さま》に、き——禁《きん》じられたからです。か——家族《かぞく》の誰《だれ》にも、ど——洞窟《どうくつ》でのことは話《はな》すなと……」

すすり泣《な》きが激《はげ》しくなり、言葉《ことば》が言葉《ことば》としてつながらなくなっていた。クリーチャーを見《み》ているハーマイオニーのほおにも、涙《なみだ》が流《なが》れ落《お》ちていた。しかし、あえてまたクリーチャーに触《ふ》れようとはしなかった。クリーチャーが好《す》きでもないロンでさえ、いたたまれなさそうだった。ハリーは、しゃがみ込《こ》んだまま顔《かお》を上《あ》げ、頭《あたま》を振《ふ》ってすっきりさせようとした。

「クリーチャー、僕《ぼく》にはおまえがわからない」しばらくしてハリーが言《い》った。「ヴォルデモートはおまえを殺《ころ》そうとしたし、レギュラスはヴォルデモートを倒《たお》そうとして死《し》んだ。それなのに、まだおまえは、シリウスをヴォルデモートに売《う》るのがうれしかったのか？　おまえはナルシッサやベラトリックスの所《ところ》へ行《い》き、二人《ふたり》を通《つう》じてヴォルデモートに情報《じょうほう》を渡《わた》すのがうれしかった……」

「ハリー、クリーチャーはそんなふうには考《かんが》えないわ」

ハーマイオニーは手《て》の甲《こう》で涙《なみだ》をぬぐいながら言《い》った。

「クリーチャーは奴隷《どれい》なのよ。屋敷《やしき》しもべ妖精《ようせい》は、不当《ふとう》な扱《あつか》いにも残酷《ざんこく》な扱《あつか》いにさえも慣《な》れているの。ヴォルデモートがクリーチャーにしたことは、普通《ふつう》の扱《あつか》いとたいしたちがいはないわ。魔法使《ほうつか》いの争《あらそ》いなんて、クリーチャーのようなしもべ妖精《ようせい》にとって、何《なん》の意味《いみ》があると言《い》うの？　クリーチャーは、親切《しんせつ》にしてくれた人《ひと》に忠実《ちゅうじつ》なのよ。ブラック夫人《ふじん》がそうだったのでしょうし、レギュラスはまちがいなくそうだった。だからクリーチャーは、そういう人《ひと》たちには喜《よろこ》んで仕《つか》えたし、その人《ひと》たちの信条《しんじょう》をそのまま、まねたんだわ。あなたが今言《いまい》おうとしていることはわかるわよ」

ハリーが抗議《こうぎ》しかけるのを、ハーマイオニーがさえぎった。

「レギュラスは考《かんが》えが変《か》わった……でもね、それをクリーチャーに説明《せつめい》したとは思《おも》えない。そうでしょう？　私《わたし》にはなぜだかわかるような気《き》がする。クリーチャーもレギュラスの家族《かぞく》も、全員《ぜんいん》、昔《むかし》からの純血《じゅんけつ》のやり方《かた》を守《まも》っていたほうが安全《あんぜん》だったのよ。レギュラスは全員《ぜんいん》を護《まも》ろうとしたんだわ」

「シリウスは――」

「シリウスはね、ハリー、クリーチャーに対《たい》してむごかったのよ。そんな顔《かお》をしてもだめよ、あなたにもそれがわかっているはずだわ。クリーチャーは、シリウスがここに来《き》て住《す》みはじめるまで、長《なが》いことひとりぼっちだった。おそらく、ちょっとした愛情《あいじょう》にも飢《う》えていたんでしょうね。『ミス・シシー』も『ミス・ベラ』も、クリーチャーが現《あらわ》れたときには完璧《かんぺき》にやさしくしたにちがいないわ。だからクリーチャーは、二人《ふたり》のために役《やく》に立《た》ちたいと思《おも》って、二人《ふたり》が知《し》りたかったことをすべて話《はな》したんだわ。しもべ妖精《ようせい》にひどい扱《あつか》いをすれば、魔法使《まほうつか》いはその報《むく》いを受《う》けるだろうって、私《わたし》がずっと言《い》い続《つづ》けてきたことだけど。まあ、ヴォルデモートは報《むく》いを受《う》けたわ……そしてシリウスも……」

ハリーには言《い》い返《かえ》すことができなかった。クリーチャーが床《ゆか》ですすり泣《な》く姿《すがた》を見《み》ていると、ダンブルドアが、シリウスの死後何時間《しごなんじかん》とたたないうちに、ハリーに言《い》った言葉《ことば》が思《おも》い出《だ》された。**──クリーチャーが人間《にんげん》と同《おな》じように鋭《するど》い感情《かんじょう》を持《も》つ生《い》き物《もの》だとみなしたことがなかったのじゃろう──。**

「クリーチャー」しばらくして、ハリーが呼《よ》びかけた。「気《き》がすんだら、えーと……座《すわ》ってくれないかな」

数分《すうふん》たってやっと、クリーチャーはしゃっくりしながら泣《な》きやんだ。そして起《お》き上《あ》がって再《ふたた》び床《ゆか》に座《すわ》り、小《ちい》さな子供《こども》のように拳《こぶし》で目《め》をこすった。

「クリーチャー、君《きみ》に頼《たの》みたいことがあるんだ」

ハリーはハーマイオニーをちらりと見て助《たす》けを求《もと》めた。親切《しんせつ》に命令《めいれい》したかったが、同時《どうじ》に、それが命令《めいれい》ではないような言《い》い方《かた》はできなかった。しかし、口調《くちょう》が変《か》わったことで、ハーマイオニーにも受《う》け入《い》れてもらえたらしく、ハーマイオニーはその調子《ちょうし》よ、とほほ笑《え》んだ。

「クリーチャー、お願《ねが》いだから、マンダンガス・フレッチャーを探《さが》してきてくれないか。僕《ぼく》たち、ロケットがどこにあるか、見《み》つけないといけない――レギュラス様《さま》のロケットのある場所《ばしょ》だよ。とても大切《たいせつ》なことなんだ――レギュラス様《さま》のやりかけた仕事《しごと》を、僕《ぼく》たちがやり終《お》えたいんだ。僕《ぼく》たちは――えーと――レギュラス様《さま》の死《し》が無駄《むだ》にならないようにしたいんだ」

クリーチャーは拳《こぶし》をパタッと下《お》ろし、ハリーを見上《みあ》げた。

「マンダンガス・フレッチャーを見《み》つける？」しわがれ声《ごえ》が言《い》った。

「そしてあいつをここへ、グリモールド・プレイスへ連《つ》れてきてくれ」ハリーが言《い》った。「僕《ぼく》たちのために、やってくれるかい？」

クリーチャーは、うなずいて立《た》ち上《あ》がった。ハリーは突然《とつぜん》ひらめいた。ハグリッドにもらった巾着《きんちゃく》を引《ひ》っ張《ぱ》り出《だ》し、偽《にせ》の分霊箱《ぶんれいばこ》を取《と》り出《だ》した。レギュラスがヴォルデモートへのメモを入《い》れた、すり替《か》え用《よう》のロケットだ。

「クリーチャー、僕《ぼく》、あの、君《きみ》にこれを受《う》け取《と》ってほしいんだ」ハリーはロケットをしもべ妖精《ようせい》の手《て》に押《お》しつけた。「これはレギュラスのものだった。あの人《ひと》はきっと、これを君《きみ》にあげたいと思《おも》うだろう。君《きみ》がしたことへの感謝《かんしゃ》の証《あか》しに――」

「おい、ちょっとやり過《す》ぎだぜ」ロンが言《い》った。しもべ妖精《ようせい》はロケットを一目見《ひとめみ》るなり、衝撃《しょうげき》と悲《かな》しみで大声《おおごえ》を上《あ》げ、またもや床《ゆか》に突《つ》っ伏《ぷ》した。

クリーチャーをなだめるのに、ゆうに三十分《ぷん》はかかった。ブラック家《け》の家宝《かほう》を自分《じぶん》のものとして贈《おく》られ、感激《かんげき》に打《う》ちのめされたクリーチャーは、きちんと立《た》ち上《あ》がれないほどひざが抜《ぬ》けてしまっていた。やっとのことで、二、三歩《ぽ》ふらふらと歩《ある》けるようになったとき、三人《にん》とも納戸《なんど》まで付《つ》き添《そ》い、クリーチャーが汚《きたな》らしい毛布《もうふ》にロケットを後生大事《ごしょうだいじ》に包《つつ》み込《こ》むのを見守《みまも》った。それから、クリーチャーの留守中《るすちゅう》は、ロケットを守《まも》ることを三人《にん》の最優先事項《さいゆうせんじこう》にすると固《かた》く約束《やくそく》した。そしてクリーチャーは、ハリーとロンにそれぞれ深々《ふかぶか》とおじぎし、なんとハーマイオニーに向《む》かっても小《ちい》さくおかしなけいれんをした。うやうやしく敬礼《けいれい》しようとしたのかもしれない。そのあとでクリーチャーは、いつものようにバチンと大《おお》きな音《おと》を立《た》てて「姿《すがた》くらまし」した。

つづく

J.K.ローリング 作

1990年、旅の途中の遅延した列車の中で「ハリー・ポッター」のアイデアを思いつくと、全7巻のシリーズを構想して執筆を開始。97年に第1巻『ハリー・ポッターと賢者の石』が出版、その後、物語の完結までにはさらに10年を費やし、2017年に第7巻『ハリー・ポッターと死の秘宝』が出版された。シリーズに付随して、チャリティのための短編3作も執筆したほか、舞台劇『ハリー・ポッターと呪いの子』の脚本にも協力し、脚本集として出版された。さらに詳しい情報はjkrowlingstories.comで。

松岡佑子《まつおかゆうこ》 訳

同時通訳者、翻訳家。国際基督教大学卒、モントレー国際大学院大学国際政治学修士。日本ペンクラブ会員。スイス在住。訳書に「ハリー・ポッター」シリーズ全7巻のほか、「少年冒険家トム」シリーズなど。

静山社ペガサス文庫

ハリー・ポッター ⑰

ハリー・ポッターと死《し》の秘宝《ひほう》〈新装版《しんそうばん》〉7-1

2024年11月6日 第1刷発行

作者	J.K.ローリング
訳者	松岡佑子
発行者	松岡佑子
発行所	株式会社静山社 〒102-0073 東京都千代田区九段北1-15-15 電話・営業 03-5210-7221 https://www.sayzansha.com
装画	ダン・シュレシンジャー
装丁	城所 潤（ジュン・キドコロ・デザイン）
印刷・製本	中央精版印刷株式会社

ISBN 978-4-86389-876-9 Printed in Japan
Published by Say-zan-sha Publications Ltd.

「静山社《せいざんしゃ》ペガサス文庫《ぶんこ》」創刊《そうかん》のことば

小《ちい》さくてもきらりと光《ひか》る、星《ほし》のような物語《ものがたり》を届《とど》けたい――一九七九年《ねん》の創業以来《そうぎょういらい》、静山社《せいざんしゃ》が抱《いだ》き続《つづ》けてきた願《ねが》いをこめて、少年少女《しょうねんしょうじょ》のための文庫《ぶんこ》「静山社《せいざんしゃ》ペガサス文庫《ぶんこ》」を創刊《そうかん》します。

読書《どくしょ》は、みなさんの心《こころ》に眠《ねむ》っている想像《そうぞう》の羽《はね》を広《ひろ》げ、未知《みち》の世界《せかい》へいざないます。読書体験《どくしょたいけん》をとおしてつちかわれた想像力《そうぞうりょく》は、楽《たの》しいとき、苦《くる》しいとき、悲《かな》しいとき、どんなときにも、みなさんに勇気《ゆうき》を与《あた》えてくれるでしょう。

ギリシャ神話《しんわ》に登場《とうじょう》する天馬《てんま》・ペガサスのように、大《おお》きなつばさとたくましい足《あし》、しなやかな心《こころ》で、みなさんが物語《ものがたり》の世界《せかい》を、自由《じゆう》にかけまわってくださることを願《ねが》っています。

二〇一四年《ねん》

静《せい》山《ざん》社《しゃ》